# ～『アンの青春』の世界～

## プリンス・エドワード島

ン・ゲイブルズの母屋と馬車

からす麦畑
ニュー・ロンドン

モンゴメリが
1897年に教えた学校
ロウアーベデック

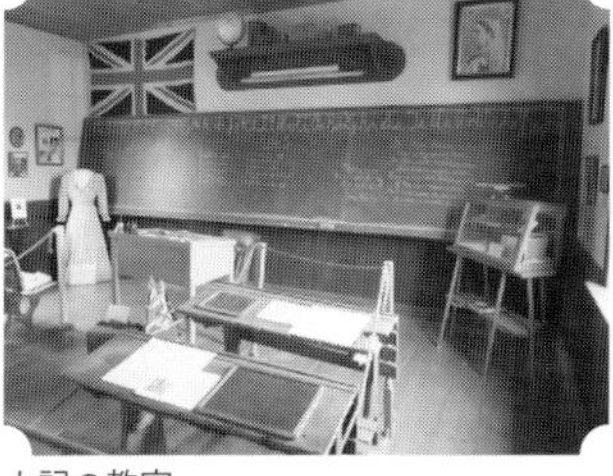

上記の教室

青柳模様（ブルー・ウィロー）の大皿
グリーン・ゲイブルズの客間
本作でデイヴィが割る

モンゴメリが1894年に
教師として下宿した牧師館
ビデフォード

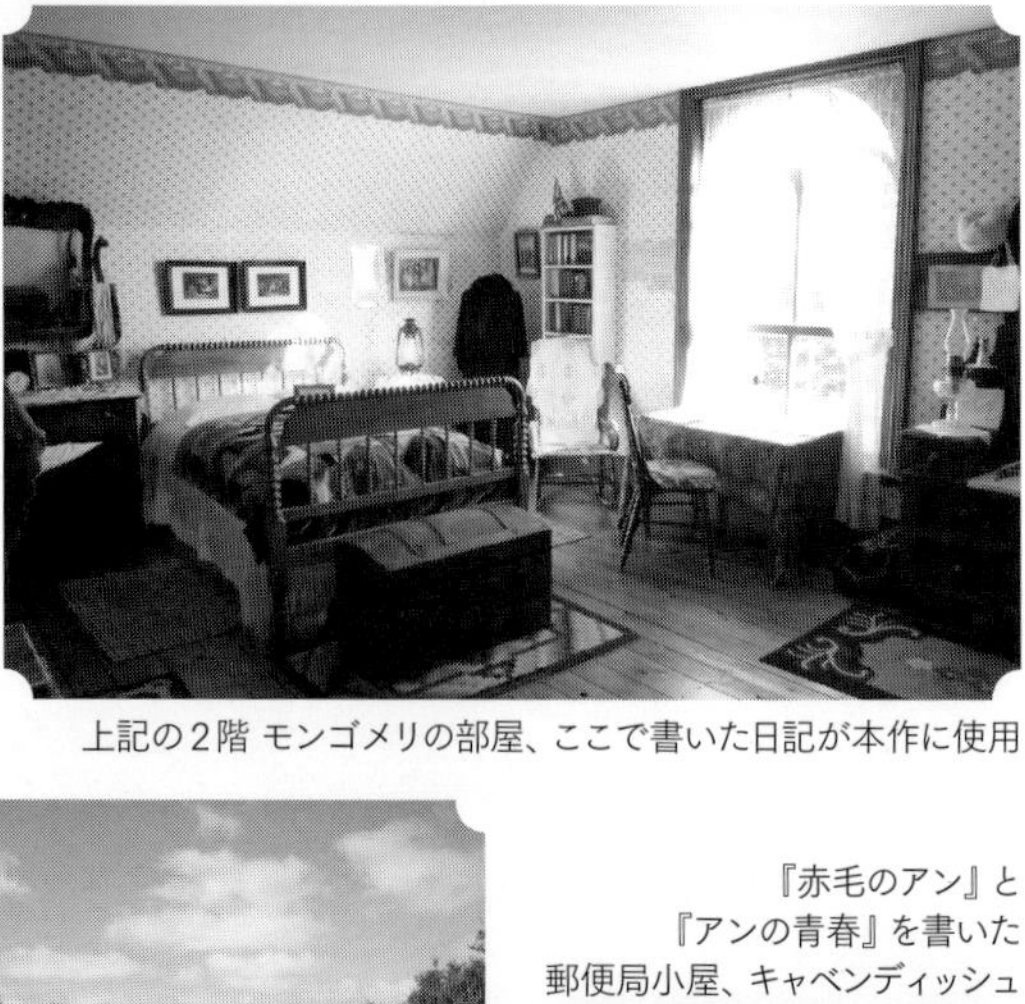

上記の2階 モンゴメリの部屋、ここで書いた日記が本作に使用

赤土の道、道の曲がり角

『赤毛のアン』と
『アンの青春』を書いた
郵便局小屋、キャベンディッシュ

撮影・松本侑子

文春文庫

# アンの青春

L・M・モンゴメリ
松本侑子訳

文藝春秋

*Anne of Avonlea*

2

# アンの青春

彼女のゆくところ次々と花が咲きいずる
務めを注意深く果たし歩《あゆ》んでいく道に
我らの苦しくつらい人生の道筋も、彼女と共にあれば
美しい曲線を描くであろう

ホィティアー（1）

恩師
ハティ・ゴードン・スミス先生に捧《ささ》ぐ（2）
先生の思いやりと励ましを
感謝をこめてふり返りつつ

# 目次

# 第1章　怒りっぽい隣人

まろやかな陽ざしにつつまれた八月の昼下がり、プリンス・エドワード島の農家の戸口に、背が高く、ほっそりとした少女がすわっていた。年は「十六歳と半年」、瞳はきまじめで灰色、髪の色は友人たちの言葉を借りると金褐色だった。少女はあがり段の幅広の赤い砂岩《さがん》に腰かけ、ヴァージルの長編詩を読みとこうと、かたく心に誓っていた(1)。

しかし八月の昼下がりというものは、今ではめったに使わないラテン語(2)を読むより、うっとりと夢想にふけるほうがふさわしいものだ。収穫をむかえた丘の斜面には、青々としたかすみがたなびいている。そよ風は、妖精のささやきのようにポプラの梢《こずえ》を鳴らして吹きすぎ、真っ赤に咲く鮮やかなひなげし《ポピー》をおどらせている。けしの赤い花は、さくらんぼの果樹園のすみに植えられた若いもみの深緑のしげみに美しく映えている。ヴァージルの詩集は、やがて気づかないうちに地面にすべり落ちていった。アンは組んだ両手にあごをのせ、J・A・ハリソン(3)氏の家の真上に高い雪山のようにわき立つ、柔らかそうな大きな雲をながめていたが、心は、はるかかなたの楽しい夢想の世界にあった。空想のなかでは、一人の教師が、すばらしい指導をしていた。末は博士か大臣かと教え子たちの運命を形作り、若い頭脳と心を、気高く立派な志でふるい立たせていたのだ。

なるほど、厳しい現実にむきあえば――これは言っておかなければならないが、アンは直視しなければならなくなるまで、めったに現実を見なかった――アヴォンリーの学校から、名士になるような将来有望な人材が続々と出るということは、ありそうもなかった。しかし、教師がすばらしい影響をおよぼしたら、何がおきるか誰にもわからないのだ。うまく教えたら、教師はどんなことがなしとげられるか、アンには薔薇色の理想がいくつもあった。空想は、ちょうど晴れやかな場面の真っ最中だった。今から四十年後、有名人が――といっても、実際のところ何で有名なのかは都合よくもやがかかってはっきりしなかったが、大学総長かカナダの首相だといいなとアンは思った――とにかくそうした人物が、アンの老いてしわのよった手にむかって低く頭をさげて、語るのだ。「私の野心に最初に火をともしてくださったのは、先生でした。わが生涯における成功はすべて、遠い昔、アヴォンリーの学校で、先生が教えてくださった授業のたまものです」と。しかし、この幸せな夢想は、不愉快きわまりないじゃまが入って壊れてしまった。

若いジャージー乳牛（4）がとぼけた顔をして、家に続く小径をかけおりてきたかと思うと、五秒ほど遅れてハリソン氏が到着した。もっとも、「到着した」などという言い方は、彼が庭にかけこんできたありさまを表すには穏当すぎるかもしれない。

ハリソン氏は、門の木戸をあけるのも待てず、垣根を飛びこえてきた。そして怒りもあらわに、アンの前に立ちはだかった。驚いて立ちあがったアンは、いささか困惑しながら、つっ立ったままハリソン氏を見つめた。ハリソン氏は、右隣に新しく越してきた人物だった。あいさつしたことはなかったが、一、二度、姿は見かけていた。

四月の初め、まだアンがクィーン学院に行っていたころ、カスバート家の西隣のロバート・ベル氏が農場を売りはらい、シャーロットタウンへ引っ越していった。農場は、J・A・ハリソン氏という人物が買ったということだった。買い主については、名前と、ニュー・ブランズウィック(5)から来たということしかわからなかった。しかし、アヴォンリーに来てひと月もたたないうちに、変わり者だと評判がたったのだ――「あれは変人ですよ」と、レイチェル・リンド夫人は言った。この夫人をご存じの読者のみなさんは、思ったことを遠慮なく口にするご婦人だと憶えておいででしょう。たしかにハリソン氏は、他の人とは違っていた――そして周知のとおり、人と違っているということが、変わり者の変わり者たる所以《ゆえん》なのだ。

まず第一に、ハリソン氏は、男所帯を一人で切り盛りして、わが家に馬鹿な女どもなんぞいらんと、おおっぴらに言い放っていた。お返しに、アヴォンリーの女たちは、この男の家事と料理がいかにひどいものか噂《うわさ》しあった。ハリソン氏は畑の手伝いに、ホワイト・サンズのジョン・ヘンリー・カーター（6）少年を雇っていて、この子が噂の出どころだった。まず一つめに、ハリソン氏の家には、決まった食事時間というものがなく、氏が空腹をおぼえたときに「ちょっと一口つまむ」だけだった。ジョン・ヘンリー少年は、そのときそばにいれば分け前にあずかれるが、もしいなければ、次にハリソン氏がふと腹が減ったなと思うまで待たねばならなかった。ジョン・ヘンリーは、日曜ごとに家へ帰って腹いっぱいつめこんだ上に、月曜の朝は母親がいつも「おやつ」をつめたかごを持たせてくれたが、そうでもしなければ飢え死にしていただろうと、悲しげに訴えるのだった。

皿洗いも、ハリソン氏は雨ふりの日曜日しかしなかった。日曜に雨がふると、ようやくとりかかるのだ。といっても、汚れた皿を雨水をためる大樽《おおだる》に入れて雨水で全部いっぺんに洗い、水を捨てると、置きっぱなしにして乾かした。

さらにハリソン氏は「けち」だった。アラン牧師の給料を寄付する記名帳に署名を頼まれると、ひとまず牧師の説教を聞いて、何ドルくらいの御利益《ごりやく》があったか、ためしてからにすると言った――この男は、品物も見ないで買い物をするくらい馬鹿なことはないと思っていたのだ。そんなわけだから、リンド夫人が、海外布教に寄付してほしいと頼みに行ったときも――そのとき、はからずも家のなかが見えたのだが――ハリソン氏はこう言い放った。ここアヴォンリーのばあさん連中は大した噂好きで、わしの知ってるどこよりも不信心者が多いようだが、あんたが、あのばあさんどもをまともなキリスト教徒にしてくれるんなら、喜んで金を出させてもらうよと。リンド夫人は立ち去りながら、つぶやいたのだった。ロバート・ベルの奥さんのかわいそうなこと、今ごろ墓の下でのうのうと寝ていて良かったよ、ご自慢の家があんなありさまになってるのを見たら、胸がつぶれたろうよ。

「だってあの奥さんは、台所の床を、一日おきに磨いてたんだよ」リンド夫人は、マリラ・カスバート（7）に憤然として語った。「それが今じゃ、あの散らかりよう！　スカートをたくしあげなきゃ歩けなかったよ」

最後に、ハリソン氏はジンジャーという名前のおうむ（8）を飼っていた。アヴォンリーの住人は、誰ひとりとしておうむを飼ったことがなく、ほめられたことではないと思っていた。またそのおうむときたら！　ジョン・ヘンリー・カーターの言葉を信じるなら、あんなに罰当たりな鳥もいないという。口ぎたない言葉でののしるからだ。他に働き口があれば、母親のカーター夫人はすぐにでも息子をよそへ行かせただろう。そのうえジンジャーは、ある日、ジョン・ヘンリーが鳥かごの間近でかがんだところ、首の後ろに噛みついたのだ。カーター夫人は、不運なジョン・ヘンリーが日曜ごとに帰ると、誰彼となく傷あとを見せた。

アンの目の前に、ハリソン氏が怒りのあまり口もきけず立ちはだかったとき、こうしたもろもろすべてがアンの脳裏をよぎっていった。彼は背が低く、肥っていて、はげていた。いちばん愛想のいいときでも、好男子には見えないだろう。ましてや今、その丸い顔は怒って紫色にそまり、青い出目は顔から飛び出さんばかりだ。こんなにみっともない人は見たことがないとアンは思った。

いきなりハリソン氏が怒鳴った。

「もう我慢ならんぞ」早口でまくしたてた。「もう一日たりともな、聞いてるのか、小娘。なんということだ、これで三度めだぞ、若造め……三度めだからな！　忍耐は美徳だなんて言うが、もうやめるぞ(9)、小娘。この前、あんたのおばさんに、二度としてくれるなよと念を押したんだ……それなのにまたやってくれた……またやったんだ……どういうつもりか、教えてもらいたいもんだ。それをききに来たんだ、この小娘」

「何がお困りか、説明していただけませんか」アンは、できうるかぎりの威厳をもって言った。教員生活が始まったら、威厳のある口ぶりで話せるように、このところ熱心に練習していたのだ。しかし、怒り心頭に発しているJ・A・ハリソンには、大した効き目はなかった。

「何がお困りか、だと？　ふざけるんじゃない。大いにお困りだよ、まったく。あんたのおばさんのジャージー牛が、またうちのからす麦《オート》(10)畑に入って荒らしたんだ、まだ半ときとたってない。いいか、これで三度めだぞ。先週の火曜、昨日、そいから今日だ。ここへ出むいて、二度としてくれるなよと、おばさんに念を押したのに、またやってくれた。おばさんはどこだ、小娘。ちょいと会って、怒鳴りつけてやる……このJ・A・ハリソンの考えを意見してやるぞ、この小娘」

「ミス・マリラ・カスバートのことでしたら、私のおばではありません。それに今日は、東グラフトンに出かけています。遠縁の親戚が重病で、見舞いに行きました」アンは一言言うたびに、さらに重々しく威厳を強めた。「牛がおたくの畑に入ったというなら、たしかに失礼しました……でもあの牛は私のであって、カスバートさんのじゃありません……三年前、まだ子牛だったとき、マシューが私にくれたんです、ベルさんから買ったんです」

「失礼しました、だと？　この小娘が！　謝っても、なんにもならんわい。あのけだものが畑をどんなにめちゃめちゃにしたか、行って見てこい……まん中からぐるっと輪をかいて、麦を踏み倒してまわったんだぞ、小娘」

「それは大変失礼いたしました」アンは毅然とした口調でくり返した。「でも、おたくが柵をきちんと直しておけば、ドリィも押し入らなかったでしょう(11)。おたくのからす麦畑と、うちの牧草地を区切っている柵は、おたくが受け持つところですからね。先日見たんですけど、いたんでました」

「うちの柵は、立派なもんだ」ハリソン氏は激しく言い返した。文句を言いに来たのに、逆《さか》ねじをくわされて、ますます怒ったのだ。「おまえの牛は、あんなに乱暴にぶちやぶるんだ、牢屋の塀でもひとたまりもないわい。それに言わせてもらうがな、この赤毛の小娘、自分の牛だと言うなら、人さまの畑をうろつかんよう、しっかと見はってろ。くだらん黄表紙本《きびょうしぼん》なんぞ、すわりこんで読んでる暇があったら」――アンの足もとに落ちていた黄ばんだヴァージルの詩集には何の罪もないのだが、ハリソン氏は、あざけるように一瞥《いちべつ》した。

赤毛と言われた瞬間、アンは、その髪のように赤くなって逆上した――この話題は、今でも彼女の弱点なのだ。

「赤毛でも、全然ないよりましでしょ。耳のまわりに、ちょっぴり生えてるだけじゃない」アンは、すぐさま切り返した。

鋭い一撃だった。ハリソン氏は、実のところ、はげ頭をひどく気にしていたのだ。激怒にまたうっと言葉につまり、黙ってアンをにらみつけるのがやっとだった。

するとアンの怒りもおさまり、自分が優勢なのをいいことに追い打ちをかけるように言った。

「ハリソンさん、あなたの無礼は、大目に見てあげましょう。私には、想像力がありますからね。からす麦の畑に牛が入ったら、どんなに癪《しゃく》にさわるか、たやすく想像できますわ。だからあなたがおっしゃったことを根に持ったりしませんよ。もう二度とドリィを畑に入れないと約束しましょう。その点は名誉にかけて誓います」

「よろしい。気をつけるんだぞ」ハリソン氏はいくらか気圧《けお》された様子で、口ごもって言った。とはいうものの、まだ冷めやらぬ怒りにまかせて、足を踏み鳴らして帰った。遠ざかりながら文句を言うのが聞こえた。

アンは動転した心地で、たったと庭を横切り、やんちゃなジャージー牛を、乳しぼりの囲いに閉じこめた。

「もう逃げられないわよ、囲いを壊さないかぎり」アンは思った。「この子ったら、今はとてもおとなしいのに。からす麦を食べすぎて、具合が悪くなったのね。先週シアラー(12)さんがドリィを買いたいと言ってきたとき、売っておけばよかった。でもあのときは、家畜の競売をするまで待って、まとめて競《せ》りに出すほうがいいと思っていたんだもの。それにしても、ハリソンさんが変わり者だというのは本当ね。あの人が心の同類じゃないことは、たしかだわ」

アンは常日ごろから、心の同類がいないかどうか、あたりに気をくばっているのだった。

牛小屋からもどると、ちょうどマリラ・カスバートが馬車で庭に入ってきた。アンは急いで夕食の支度にとりかかり、二人で食事をしながら、このできごとを話しあった。

「競売が終わると、ほっとするよ（13）」マリラが言った。「うちであんなにたくさん家畜を飼うのは荷が重いよ、あのあてにならないマーティン（14）しか、世話をする者がいないんだから。マーティンときたら、まだ帰ってこないんだよ。昨日の夜には必ず帰るって約束したのに。おばさんの葬式に出るというから、一日、休みをやったんだが、いったい何人、おばさんがいることやら。一年前にうちで働くようになってから、亡くなったのは、これで四人めだ。畑の刈り入れが終わって、あとはバリーさんが農場を借りてくださると、本当に助かるよ。ドリィは、マーティンがもどってくるまで、囲いに閉じこめとくしかないね。放すなら裏の牧草地だが、まず柵を直さなきゃいけないからね。レイチェルが言うように、この世はやっかいなものだ。それでメアリ・キース（15）だが、かわいそうに、死にそうだよ。二人の子どもが先々どうなるか、それがなおさら心配でね。ブリティッシュ・コロンビア（16）にはメアリの兄さんがいるんだがね、子どものことで手紙を書いても音沙汰《おとさた》ないそうだ」

「その子たち、どんな感じ？　年はいくつ？」

「六つをすぎたところで……双子なんだよ」

「まあ、私、双子にはとくに興味があるの。ハモンドのおばさんのところで何組も育ててからずっとよ」アンは目を輝かせた。「その子たち、可愛い？」

「可愛いも何も、よくわからなかったよ……泥《どろ》んこだらけでね。デイヴィ（17）が表で泥饅頭《まんじゆう》をこしらえていたところへ、ドーラ（18）がデイヴィを呼びにいったんだよ。そうしたらデイヴィがドーラを、泥饅頭のいちばん大きなのに、頭から押し倒してね。そうしたらドーラが泣くもんだから、デイヴィは自分も泥んこに入って転がりまわる始末だ。何も泣くことたないって、ドーラに見せようとしてね。メアリが言うには、ドーラは本当にいい女の子なんだが、デイヴィはいたずらざかりのようだ。あんたなら、きちんと育ててくれる大人がいないからだって言うだろうね。あの子たちの父親は、双子が赤ん坊のときに死んでしまったし、母親のメアリはその時分から病気がちだったからね」

「ちゃんと育ててもらえない子どもを見ると、いつもかわいそうで仕方ないの」アンは真剣になった。「私だって、マリラが引きとってくれるまで、誰もいなかったのよ。双子のおじさんが面倒を見てくれるといいわね。マリラは、キースの奥さんとどういう親戚なの」

「メアリかい？　何のつながりもないよ。縁つづきだったのは死んだご亭主のほうでね……またまたいとこだったのさ。あれ、レイチェルが庭をやってくる。思ったとおりだ、メアリのことを聞きに来たんだよ」

「ハリソンさんと牛の話は黙っていてね」アンは頼んだ。

マリラは請けあってくれたが、その必要はなかった。リンド夫人は腰をおろすやいなや切り出したのだ。

「見ましたよ、ハリソンさんが、アンの牛をからす麦畑から出そうと、追いかけまわしてたね。カーモディからの帰りに見かけてね。そうとう頭に来てるようだったが、ひと騒動あったでしょう」

アンとマリラは、ほら来たとばかりに、しのび笑いをかわした。リンド夫人は、アヴォンリーのどんなことも見逃さないのだ。ちょうどその朝も、アンが言ったところだった。「夜中に寝室にあがって、ドアに鍵をかけて、日よけもおろして、それからくしゃみをしても、リンドのおばさんなら、次の日、風邪はどんな具合かねってきくわよ！」

「ハリソンさんはうちへ来たようだね」マリラはうなずいた。「私は出かけていたんだが、アンを怒鳴りつけたんだよ」

「本当に不愉快な人だわ」アンは憤慨して、赤毛の頭をもたげた。

「まったくそのとおりだよ」リンド夫人はもったいぶって言った。「ロバート・ベルが、ニュー・ブランズウィックの男なんぞに家土地を売ったときから、やっかいごとになると思ってたよ、まったく。こんなによそ者が押しかけてくるんじゃ、アヴォンリーもこの先どうなることやら、わかったもんじゃない。そのうち、おちおち寝ていられなくなるよ」

「おや、ほかに誰が来るんだね」マリラがきいた。

「知らないのかい？　ええとね、まずドネルという一家が、ピーター・スローンの古い家を借りたよ。ピーターは製粉所をやるために、その男を雇ったのさ。島の東のほうの者だが、どんな一家だか誰も知らないんだよ。それから、甲斐性なしのティモシー・コトンが、家族そろってホワイト・サンズから越してくる。あの一家のことだ、村のお荷物になるよ。亭主は肺病やみで寝ついててね……さもなければ盗みをしているかだ……おまけに女房は怠け者で、横のものを縦にもしない。すわったまま皿を洗うんだとさ。それからジョージ・パイの奥さんは、ご亭主の甥《おい》っ子に身よりがなくなったんで引きとったよ。アンソニー・パイといって、アン、あんたが教える学校に通ってくるよ。パイ家の子どもだ、何かしら面倒がおきるということだ、まったく。それからもう一人、よそから来る。ポール・アーヴィング(19)という子が、合衆国から来て、おばあさんと暮らすんだよ。マリラ、ポールの父親を憶えてるだろう……スティーヴン(20)・アーヴィング、ほら、グラフトンのラヴェンダー・ルイスに気をもたせて捨てた男だよ」

「別に捨てたとは思わないがね。喧嘩したんだよ……両方が悪かったんだろう」

「そうだとしても、結局、あの男は、ラヴェンダーと結婚しなかったじゃないか。それからというもの、あの女は変わり者になった、世間じゃそう言ってるよ……小さな石の家に一人っきりで住んで、自分でこだま荘と名づけてね。一方のスティーヴンは合衆国へ行って、おじさんと事業を始めて、アメリカ娘《ヤンキー》と結婚した。それから一度も島にもどってこないが、たしかあれの母親が一度か二度、会いに行ったはずだ。ところが二年前、スティーヴンは奥さんを亡くしたもんで、自分の息子を、島にいる母親にしばらくあずけるんだよ。十歳だそうだが、好ましい子だかどうだか。アメリカ連中《ヤンキー》なんて、わかったもんじゃない」

リンド夫人は、不幸にもプリンス・エドワード島の外で生まれるか育ったかした者は、ナザレから良い人物があらわれるだろうかと疑うように(21)、ろくでもないと決めつけていた。もちろん島の外にも善人はいるだろうが、大事をとって疑っておくに越したことはない。リンド夫人は、わけても「アメリカ人《ヤンキー》」に偏見があった。以前、夫がアメリカのボストンで働いたとき、雇い主に十ドルだましとられたからだ。だからといって、すべての合衆国民に責任があるわけではないと夫人に納得させるのは、たとえ天使でも君主でも権力者でも無理だった(22)。

「新しい子が少々入ったところで、アヴォンリー校がだめになるとは、思わないがね」マリラは冷静だった。「それにポールという子が父親似なら、いい子だろうよ。何しろスティーヴン・アーヴィングは、このあたりで育った中じゃ、いちばん感じのいい子だったじゃないか。もっとも、気位が高いという人もいたがね。孫と暮らすことになって、アーヴィングの奥さんは大喜びだろうね。旦那さんが亡くなって、ずっとひとりぼっちだったから」

「まあ、その子はまずまずかもしれないが、アヴォンリーの子どもらとは違うよ」リンド夫人は、その問題はもう片がついたかのように言った。夫人は、どんな人物、場所、事柄を評しようと、こうと決めると意見を変えないのだ。

「ところでアン、聞くところによると、村の改善協会とやらを始めるそうだが、それはどんなものだね」

「あら、この前の討論《デイベーティング》クラブで、若い人たちに相談しただけよ」アンは赤くなった。「みんないいことだって賛成してくれたわ……牧師のアラン夫妻もよ。今じゃ、いろんな村にあるのよ」

「そんなものを始めると、やっかいごとから抜けられなくなるよ。ほうっておくんだね、アン。人は改善なんかされたくないんだよ」

「まあ、人を改善するんじゃないの、アヴォンリーを良くするのよ。村をもっときれいにしようと思ったら、するべきことがたくさんあるわ。たとえばリーヴァイ・ボウルターさんを説得して、上の農場に建っているあのぼろぼろの家をとり壊してもらったら、村の改善になるでしょう？」

「それはもっともだ」リンド夫人も認めた。「あのあばら屋は、ここ何年も、集落の目ざわりだからね。でもまあ、あんた方の改善員とやらが、あのリーヴァイ・ボウルターを説きふせて、一セントの金にもならんことを世間のためにさせようなんて芸当ができるなら、どうやるのか、その場でとくと拝見したいもんだよ、まったく。アンのやる気をくじくつもりはないんだよ、あんたの考えにも一理あるからね。といっても、どうせ下らんアメリカの雑誌から思いついたことだろうが。友だちとして忠告させてもらうとね、これからは学校の仕事で手いっぱいになるんだから、あれこれ改善しようなんて、かかわらないほうがいいよ、まったく。といってもあんたは、一度決めたら、進めるだろうがね。今までも、なんとしても、ことをやり遂げてきたんだから」

アンが固く唇を結んでいるところを見ると、リンド夫人の推測は外れていないようだった。アンの心は、改善協会の設立にむけて燃えていた。ギルバート・ブライスもはりきっていた。ギルバートはホワイト・サンズで教えることになっていたが、週末は、金曜の夜から月曜の朝まで、村に帰ってくるのだ。ただし、ほかの若者たちにとっては、定期的にみんなで集まって結果的に「愉《たの》し」ければ、何でも歓迎というだけだった。村を「改善する」とは、何をするのか、アンとギルバートのほかは誰もはっきり心得ていなかった。しかしこの二人はいく度も話しあい、計画を出しあううちに、理想のアヴォンリーはまだこの世のどこにもないものの、二人の胸には、はっきり浮かびあがるまでになっていた。

リンド夫人は、もう一つニュースを持ってきた。

「カーモディの学校は、プリシラ・グラントという娘さんが先生に決まったよ。アン、こんな名前の女の子が、クィーン学院にいなかったかい」

「ええ、同級生よ。プリシラがカーモディで教えるのね！　なんてすてきでしょう！」

アンの声がうわずり、灰色の瞳が、宵《よい》の明星のようにきらきらと輝いたので、リンド夫人は、またわからなくなった。アン・シャーリーは本当は美人かそうでないか、いつになったら納得のいく答えが出るのだろうか。

# 第2章　慌てて売って、ゆっくり悔やむ（1）

翌日の昼下がり、アンは馬車で遠出してカーモディへ買い物に行った。ダイアナ・バリーも一緒だった。もちろんダイアナは改善協会の一員になると約束してくれ、二人の若い娘は、カーモディへの行き帰り、ほとんどその話でもちきりだった。

「協会が始まったら、まず最初に、公会堂にペンキを塗らなくてはね」ダイアナが言った。ちょうど、そのアヴォンリー公会堂を通りすぎたところだった。森の窪地にたつ、みすぼらしい建物で、えぞ松《とうひ》の木々におおわれていた。「村の公会堂がこんな見てくれで恥ずかしいわ。リーヴァイ・ボウルターさんに空家を壊してもらうより先に、こっちにとりくむべきよ。お父さんが言ってたけど、ボウルターさんを説得するのは、まず無理だろうって……リーヴァイ・ボウルターはけちだから、とり壊す時間すら惜しがるって」

「男の子たちが行けば、たぶんとり壊させてくださるわよ。もっとも、壊した家から古材を運び出して、たき木に割ってあげましょうって約束すればでしょうけどね」アンは希望をこめて言った。「まずはできるだけのことをしましょう。それに最初のうちは、ゆっくりでも進むことに満足すべきよ。何もかもいっぺんに改善しようなんて思わないほうがいいわ。もちろん、最初は公共の気運を養うことが大切よ」

ダイアナは、公共の気運を養うというのは何なのか、よくわからなかったが、すばらしいことのように聞こえ、自分がそんな目的を持つ協会に入ろうとしているのが、なんだか誇らしかった。

「アン、私たちに何ができるか、ゆうべ考えてみたんだけど、ほら、カーモディ街道とニューブリッジ街道とホワイト・サンズ街道の交差点に、三角形の場所があるでしょ。あそこは若いえぞ松がしげってるけど、みんな切りはらって、二、三本、白樺を残したら、きれいになるんじゃない？」

「それはすてきね」アンが嬉しそうに賛成した。「それで白樺の木陰には、丸木造りのベンチをおくのよ。春になったら、まん中に花壇を作って、ゼラニウムを植えましょう」

「そうね。ただ一つ、ハイラム・スローンの老夫人に頼んで、あのおばあさんとこの牛が、道へ出てこないようにしてもらわなくちゃね。ゼラニウムをすっかり食べてしまうもの」ダイアナが笑った。「アンが言っていた公共の気運を養うっていうのが、少しずつわかってきたわ。ほら、ボウルターさんの古家よ。こんなあばら家、見たことある？それも道のすぐきわなんだもの。窓ガラスの抜け落ちた古い家って、目をえぐられた死体みたい」

「人がいなくなった古い家って、とても寂しそうに見えるわ」アンは遠い目をした。「すぎ去った昔を思い出して、前はあんなに愉しかったのにって嘆いている気がするの。マリラの話だと、昔はあの古い家で大勢の子どもが大きくなったんですってね。本当にきれいなところだったそうよ。すてきな庭があって、薔薇のつるが家をおおって、花が咲いて。小さな子どもたちがたくさんいて、笑ったり歌ったりする声が家中にあふれていたのよ。それが今ではがらんとして、ただ風が吹き抜けていくだけ。家にしてみたら、どんなに寂しくて悲しいことでしょう！　でも、たぶん、月夜の晩には、みんなもどってくるの……遠い昔の子どもたちや薔薇の花や歌が、幽霊となって……しばしこの古い家は、若くて愉しい日にもどった夢を見るのよ」

ダイアナは首をふった。

「私はもう、そんな想像はしないわ。《お化けの森》に幽霊が出るって想像したとき、お母さんとマリラにどんなに叱られたか忘れたの？　今でも暗くなってからあの森を通るのは、気持ちが悪いくらいよ。ボウルターさんのあばら屋をそんなふうに想像したら、ここも通るのが怖くなるわ。それにあの家の子どもたちは、まだ死んでないわ。みんな大人になって、ぴんぴんしてるんだから……一人は肉屋さんなのよ。それから、花や歌の幽霊なんかいないわ」

アンは小さなため息がもれるのをこらえた。アンはダイアナを深く愛し、二人は変わることなく良き仲間だったが、ずいぶん前に悟ったのだ。空想の王国へは一人でさまよいゆくしかないのだ。王国へむかう魔法の小道は、最愛の友でさえついて行くことはできないのだから。

二人がカーモディにいる間、雷雨《かみなりあめ》がふったが、すぐにあがった。馬車で帰る道すがら、木々の枝には雨のしずくが陽にきらめき、草のしげる谷間ではぬれた羊歯《しだ》がさわやかに薫り、気持ちがよかった。しかしカスバート家の小径に入ったとたん、美しい景色を台なしにするものが目に入った。

二人の前方、右手は、ハリソン氏の畑が広がり、くすんだ緑色の晩生《おくて》のからす麦が雨にぬれ、よく育っていた。その中央に、ジャージー牛が堂々と立っていたのだ！　牛は、生いしげる麦に、毛づやのいい脇腹までうずめ、麦穂のむこうから目をぱちくりさせ、こともなげに二人を見つめていた。

アンは手綱《たづな》を落とし、唇を真一文字にむすんで立ち上がった。盗み食いをするこのけだものめ、もうこらえておかないぞ。アンは無言で車輪をまたぎ、すばやく馬車からおりた。そして何事かと呆気《あっけ》にとられているダイアナをよそに、柵を飛びこえていった。

「アン、もどりなさいよ」われにかえったダイアナは叫んだ。「ぬれた畑なんかに入ったら、ドレスがだめになるわ……めちゃめちゃになるんだから。聞こえないのね！　アン一人じゃ、牛を追い出せないわ。行って手伝わなきゃ」

アンは気でもふれたように猛烈な勢いで麦をかきわけていく。ダイアナは馬車から飛びおり、馬を杭にしっかりつないだ。きれいなギンガム地のドレスのすそを両肩にはしょりあげ、柵をよじのぼると、のぼせてかけていく友のあとを追った。アンより速く走れたので、すぐに追いついた。アンはぬれたスカートが足にまとわりつき、思うように進めなかったのだ。二人がかけずりまわったあとは麦が倒れ、ハリソン氏が見たら胸がつぶれそうなありさまになっていた。

「アン、お願い、待って」ダイアナがあえぎあえぎ頼んだ。「息が切れて。あんた、ずぶぬれじゃないの」

「あの牛を……追い出さなきゃ……ハリソンさんに……見つかる……前に」アンも息を切らして言った。「ぬれても……かまわないわ……牛を……追い出せれば」

しかしジャージー牛の身になれば、おいしい麦穂を食べている畑から追い立てられる理由はない。二人の娘が息も絶え絶えにやっと近づくと、くるりとむきを変え、反対のすみをめがけて逃げ出した。

「先まわりして、さえぎるのよ」アンが叫んだ。「早く、ダイアナ、走って」

ダイアナは走りに走った。アンも走った。しかし牛は手に負えないことに、畑を逃げまわった。何かがとりついているのではないかと、ひそかにダイアナが思ったほどだった。たっぷり十分もひた走り、やっと牛の前にまわりこむと、牛を追い立て、柵の角のすき間からカスバート家の小径につれ出した。

このときのアンは、天使のような気分どころではなかった(2)。小径の脇に一頭立ての馬車がとまっているのが見えても、一向に怒りはおさまらなかった。カーモディのシアラーさんが息子とすわり、親子そろってにやにやしていたからだ。

「アン、牛をわしに売っておけばよかったのに。先週、買いたいと言ったろう」シアラーさんはおかしそうにしのび笑いをもらした。

「ご入り用なら、今すぐ売りますわ」牛の持ち主は、顔は上気して赤く、髪はほつれ、服は乱れていた。「このままつれていって結構です」

「よし買った。この前言ったとおり二十ドル出そう。さっそく息子のジムに、牛をカーモディへつれていかせるよ。夕方、他の牛と一緒に町へ送るのさ。ブライトンのリードさんが、ジャージー牛をほしがってるもんでな」

五分後、ジム・シアラーとジャージー牛は、街道を重々しく歩いていった。一方、つい衝動的に牛を売ったアンは、二十ドルを手に、グリーン・ゲイブルズの小径へ馬車で入った。

「マリラがなんて言うかしら」ダイアナが心配した。

「大丈夫、マリラは気にしないわ。ドリィは、私の牛だもの。それに競売にかけても、二十ドルより高くは売れないわ。それよりハリソンさんが畑を見たら、また牛が入ったって、ばれてしまうわね。二度と入れませんって名誉にかけて約束したのに！　そうね、この失敗でまた学んだわ。牛のことなんかで、名誉をかけた約束をしちゃいけないのよ。牛は乳しぼりの囲いを飛びこえたり壊して出たりするんだもの、どこに入れても信用しちゃいけなかったんだわ」

マリラはリンド夫人のところへ出かけていた。帰ってきたときには、ドリィを売り、つれていってもらったことを知っていた。リンド夫人が、窓から売り買いのやりとりをあらかた見ていて、あとは推測したのだ。

「売ってよかったよ。だけどアン、あんたもまたずいぶんせっかちなやり方をするんだね。それに牛は、どうやって乳しぼりの囲いから出たんだろう。板切れを何枚も壊して出たにちがいないね」

「そういえば、囲いを見に行くことに頭がまわらなかったわ」アンが言った。「今すぐ見てくる。マーティンはまだ帰ってこないの。おそらくまたおばさんが亡くなったのよ。まるでピーター・スローンさんと八十代《オクトジエナリアン》のご老人の話みたいね。先だっての夕方、スローンの奥さんが新聞を読んでて、ご主人に聞いたんですって。『また八十代《オクトジエナリアン》が死んだって書いてあるけど、ねえ、ピーター、オクトジェナリアンって何だろうね（3）』そうしたらスローンさんが言ったんですって。『わしも知らんが、きっと病気がちの生きものだわいな。死んだという話ばっかじゃないか』マーティンのおばさんたちも同じで、死んだという話ばかりなのよ」

「マーティンも、ほかのフランス人たちと同じだね」マリラはうんざりして言った。

「一日だってあてにならない」

マリラが、カーモディでアンが買ってきた品物を広げていると、納屋の前で、けたたましい悲鳴があがった。間もなくアンが動転のあまり両手をもみしぼって台所に飛びこんできた。

「アン・シャーリー、今度は何だい」

「ああ、どうしよう。恐ろしいことになったわ。全部私が悪いの。ああ、私ったら、いつになったら、むこうみずなことをする前に、立ち止まってちょっと考える、ということを覚えるのかしら。そのうちあんたはとんでもないことをしでかすよって、いつもリンド夫人に言われたけど、ついに今日、やってしまったの！」

「ほんとにいらいらさせる子だね！　だから何をしたんだい」

「ハリソンさんの牛を、売っちゃったのよ……ハリソンさんがベルさんから買った牛を

……シアラーさんに売ってしまったの！　ドリィは、ちゃんと囲いにいるのよ」

「アン・シャーリー、あんた、夢でも見ているのかい」

「夢だったらどんなにいいか。夢じゃないけど、まるで悪夢だわ。ハリソンさんの牛は、

今ごろはシャーロットタウンよ。ああ、私もやっと大失敗をしなくなったと思っていたのに、わが人生で最悪の大失敗だわ。どうすればいいの」

「どうするって、アンや、もうどうしようもないよ。ハリソンさんのとこへ行って事情を話すしかないね。売ったお金をもらっても仕方ないとおっしゃるなら、代わりにうちのジャージー牛をあげてもいいんだよ、同じくらいいい牛だからね」

「あの人のことだから、かんかんに怒って喧嘩腰になるわ」アンはうめいた。

「おそらくそうなるだろうね。怒りっぽい人のようだから。なんなら、私が行って話してあげようか」

「いいえ、いいの。私はそんなに卑怯《ひきよう》じゃないわ」アンははっきり言った。「何もかも私が悪いもの。マリラに私の罰を受けてもらおうなんて絶対にしないわ。自分で行ってくる、それも今すぐ。不面目なことは、早く終われば終わるほどいいもの」

かわいそうなアンは帽子をかぶり、二十ドルを持って出ていった。そのとき配膳室《パントリー》の戸が開いていて、たまたま見えたのだ。テーブルに、ナッツ・ケーキがあるではないか。今朝、アンが焼いたもので——ピンク色の糖衣がけとくるみを飾り、ひときわおいしそうな出来ばえだった。金曜の夕方、アヴォンリーの若者たちがグリーン・ゲイブルズに集まり、改善協会設立の会合を開くので、こしらえたものだったが、今気分を害しているハリソンさんのほうがはるかに大事だ。ケーキがあれば、どんな男性のかたくなな心もやわらぐだろう。自炊をしている男性なら、なおさらだ。アンはすぐさまケーキを箱に入れた。仲直りの贈り物(4)として持っていこう。

「仲直りといっても、私に一言でも、話をさせてくれればだけど」アンは暗い気持ちで小径の柵をよじのぼり、近道をしてまき場を横切っていった。夢のように美しい八月の夕暮れ、あたりは金色の光に染まっていた。「死刑台につれていかれる人の気持ちが、今初めてわかったわ」

# 第3章　ハリソン氏の家へ

ハリソン氏の家は昔風のひさしの低い建物で、白く塗られていた。裏はえぞ松の生いしげる森だった。

彼は葡萄《ぶどう》のつるをはわせて日陰にしたヴェランダに腰かけていた。シャツ姿でくつろぎ、パイプ煙草をくゆらして夕方のひとときを楽しんでいたのだ。しかし、小径をやってくる人物に気づいたとたん、つと立ちあがり、家にかけこみ戸を閉めた。アンに不安を与えるふるまいになったのは、驚いたのと、前の日に癇癪《かんしゃく》を破裂させたことを恥じていたからだが、アンにしてみれば、どうにか残っていた勇気もおおかた吹き飛んでしまった。

「今でもこんなに怒っているなら、私の話を聞いたらどうなるのかしら」アンは沈んだ気持ちで扉をたたいた。

ところがハリソン氏は、気恥ずかしそうな笑みを浮かべて戸をあけてくれた。いささか緊張しているようだったが、実に優しく、親しげに招き入れてくれたのだ。パイプはしまい、上着をはおっていた(1)。そしてほこりだらけのいすを丁重にすすめた。こうしてハリソン氏は、まことに愛想良くアンを迎えようとしていたのだが、鳥かごのすき間から意地悪そうな金色の目でのぞいていたおしゃべりおうむ（2）が台なしにした。アンが腰をおろしたとたん、ジンジャーが叫んだのだ。

「こいつめ、赤毛の小娘がっ、何しに来やがった」

ハリソン氏とアンは、そろって同じくらい顔を赤くした。

「おうむのことは気にしなくていいよ」ハリソン氏は怒ってジンジャーをにらみつけた。「あいつは……四六時中、下らんことをしゃべるんだ。船乗りだった弟からもらったもんでな。船乗り連中はろくな言葉を話さんし、しかもおうむは物真似がうまいときてな」

「そうでしょうね」かわいそうに、アンはそう言うしかなかった、ここへ何しに来たのか思い出せば、怒りもおさまるというものだ。今は、ハリソン氏にくってかかるわけにいかない、それはたしかだ。人の牛を、何のことわりも承諾もなしに勝手に売りさばいたのだ。そんなときに、おうむがけしからん文句を口真似したからといって気にしてはいけない。とは言うものの、ほかのときに「赤毛の小娘がっ」だなんて言われたら、こんなに穏やかではいられなかっただろう。

「私、ハリソンさんに告白しに来たんです」アンは覚悟して切り出した。「その……実は……ジャージー牛のことで」

「なんだって」ハリソン氏は不安そうに声をはりあげた。「またぞろわしのからす麦畑に牛が入ったのかい。そうかい、でも気にしなさんな……しかたがない、大したことじゃないさ……ちっともな……わしも……昨日は短気がすぎた、本当にな、だから牛が入っても気にしなさんな」

「あのう、それだけならいいんですけど」アンはため息まじりに言った。「十倍も悪いことなんです。あの……」

「なんだと、さては小麦畑に入ったのかね」

「いいえ……違うんです……小麦じゃなくて、その……」

「キャベツか！　品評会に出すキャベツ畑に入ったんだな、は？」

「キャベツでもないんです、ハリソンさん、何もかもお話ししますわ……そのためにうかがったんです……でも、途中で口をはさまないでくださいね、緊張しますから。まずは私の話を聞いてください、終わるまで何も言わないでくださいよ……どうせその後は、山ほどおっしゃるでしょうから」最後のところは、心の中でつぶやいた。

「そんなら、一言たりともしゃべりませんぞ」ハリソン氏は言った。実際、彼は黙っていた。しかしジンジャーに黙っていろという約束はさせられない。おうむは合間合間に「赤毛の小娘がっ」を連発し、しまいにはアンもいらだつほどだった。

「昨日、うちのジャージー牛は、ちゃんと囲いに閉じこめたんです。それなのに、今朝カーモディへ行って帰ってみたら、お宅のからす麦畑に牛がいたんです。ダイアナと追いかけまわして出したんですけど、どんなに大変だったか。ずぶぬれになるし疲れるしで頭に来たんです……するとちょうどそこへシアラーさんが来て、牛を買おうとおっしゃったので、その場で二十ドルで売りました。それが間違いのもとなんです。少し待って、マリラに相談すべきだったんです。だけど私はいけないことに、よく考えもしないで、ことをおこすんです……私を知っている人は、誰でもそう言うでしょう。それで牛は、シアラーさんが午後の汽車に乗せようと、すぐにつれていったんです」

「赤毛の小娘がっ」ジンジャーがいかにも軽蔑しきった口調で、ハリソン氏が言ったであろう言葉を真似した。

ついにハリソン氏も立ちあがり、ほかの鳥なら恐ろしくて縮み上がるような顔でにらみつけたが、おうむは平気だった。ハリソン氏はかごをとなりの部屋へ持っていき、戸を閉めた。ジンジャーは金切り声をあげ、ののしり、ほかにも噂どおりのふるまいをしてみせたが、誰も相手にしないのがわかると、むっとおし黙った。

「失礼したね、さあ、続けて」ハリソン氏はまた腰をおろした。「船乗りの弟が、あの鳥めに、ろくに礼儀を教えなかったもんでな」

「それから私は家に帰り、夕食の後、乳しぼりの囲いを見に行ったんです。そうしたらハリソンさん」――ここでアンは身をのりだし、両手を胸の前で握りあわせた。子どものころからのアンならではのしぐさだった。そして灰色の目を大きく見開いて懇願するように、ハリソン氏の困惑顔をじっと見つめた——「私の牛は、ちゃんと囲いにいたんです。シアラーさんに売ったのは、お宅の牛だったんです」

「なんということだ」ハリソン氏は叫び、思いがけない結末に唖然《あぜん》とした。「そんな奇妙きてれつなことが！」

「それが少しも奇妙きてれつじゃないんです、私はいつも自分やまわりの人を大変な目にあわせるんです」アンは悲しそうに言った。「それで私は有名なんです。これくらいの年になれば大人になって……来年の三月で十七になるんですけど……失敗しなくなるとお考えでしょう。でもまだ直らないんです。ハリソンさん、許していただこうなんて虫がよすぎるでしょうか。残念ながら、牛はとりもどせないと思います。でも、ここに牛を売った代金があります……それとも牛がお望みなら、うちのをさしあげてもいいんです。とてもいい牛です。かえすがえすも、なんとお詫びしていいか、言葉にできないくらいです」

「なんのなんの」ハリソン氏ははきはき言った。「お嬢さん、もう何もおっしゃらずに。とるにたらんことだ……ちっとも大したことじゃない。思いがけない事故《アクシデント》はおきるもの(3)と言うじゃないか。わしもときにはそうとう気短なことをしますでな……せっかちすぎるくらいだ。思ったことを口にせずにはいられん性分なもんで、こんな人間だと思って、受け入れてもらわんとな。もし牛がキャベツ畑に入ってたら、今ごろは……でも入らなかったんだから気にしなさんな、大丈夫だ。わしはお金より、牛をもらいたいな、お宅さんも手放したがっているようだから」

「まあ、ありがとうございます。怒らないでくださって、とても嬉しいわ。ご立腹されるだろうと心配していたんです」

「そんなら、ここに来るのは、死ぬほど怖かったろう？　何しろ昨日、わしは癇癪玉を破裂させたばかりだからな。だけど気にするな。わしは口の悪い年寄りだが、それだけだ……どんなにあからさまなことでも、ついほんとのことを言っちまうんだ」

「リンド夫人もそうなんです」うっかりアンは口にした。

「誰だと？　リンド夫人とな？　あんなおしゃべり婆さんと、一緒くたにせんでくれ」ハリソン氏はいらだたしげに言った。「わしは似とらんぞ……ちっともな。ところで、この箱は何だい」

「ケーキです」アンは茶目っ気たっぷりに答えた。思いがけずハリソン氏の愛想が良く、安堵して、心は羽根のように軽く浮きたっていた。「ハリソンさんのために持ってきたんです……ケーキはあまり手に入らないと思って」

「そのとおり、しかもケーキは大好物じゃ。まことにありがたい。見た目はけっこうだな。中身もうまいといいんだが」

「おいしいですよ」アンは自信ありげに、ほがらかに言った。「前はおいしくないケーキを作ったこともありました、アラン夫人がよくご存じです(4)。でもこれは絶品ですよ。改善協会の集まりに焼いたんですけど、もう一つこしらえますから」

「そりゃあどうも。じゃあお嬢さん、ひとつケーキをつきあっとくれ。わしがやかんをかけるから、二人でお茶を一杯というのは、どうだい」

「私がお茶をいれますわ」アンは、ハリソン氏の腕前を疑うように言った。

ハリソン氏はくっくと笑った。

「わしに紅茶はいれられまいと思ってるな。そりゃ間違いだぞ。おまえさんが飲んだこともないようなうまいのを、たっぷりいれてみせよう。だがな、やはりおまえさんにいれてもらおうかの。ありがたいことに、この前の日曜は雨だったもんで、きれいな皿が、たんとあるわい」

アンは、はつらつとして立ちあがり、支度にとりかかった。まずティーポットを何度もすすいで洗ってから、紅茶の葉を入れた。それから料理用ストーブを掃除し、配膳室から食器を持ってきてテーブルに並べた。配膳室のありさまはアンをふるえあがらせたが、賢明にも何も言わなかった。ハリソン氏は、パンとバター、桃の缶詰がどこにあるか教えてくれた。アンは庭で花をつんでブーケを作り、食卓に飾った。テーブルクロスのしみには目をつぶった。そのうちお茶も入り、アンはハリソン氏とテーブルにむかいあってすわった。紅茶をつぎ、学校のこと、友だちの話、これからの計画についてうちとけておしゃべりした。自分でも信じられないなりゆきだった。

ハリソン氏はまたジンジャーをつれてきた。かわいそうに、おうむが寂しかろうと言うのだ。アンは誰でも何でも許せるような気持ちになり、おうむにくるみをやろうとした。しかしジンジャーはひどく機嫌をそこねていて、友だちになろうという申し出をことごとく拒絶した。ふてくされて止まり木にうずくまり、羽根をふくらませている。緑色と金色の鞠《まり》のようだった。

「どうしてジンジャーっていうんですか」アンは、ふさわしい名前が好きであり、豪華な羽根をしたおうむがジンジャーではそぐわない気がしたのだ(5)。

「船乗りだった弟がつけたもんでな。おそらくこいつの気性にちなんだんだろう。わしはこのおうむを大事にしててな……どんなに可愛がってるか知ったら、びっくりするだろうよ。もちろんこいつにゃ欠点もある、この鳥のおかげで、さんざっぱら迷惑な目にもあった。口ぎたない言葉をつかって、けしからんと言う人もいる。でも直せないんじゃよ。わしも直そうとした……ほかの者もやってみたがな。そもそも、おうむというものに偏見のある者もいる。馬鹿げたことじゃないか。でもわしはおうむが好きでな。ジンジャーはいい話し相手だ。何を言われようと、このおうむは手放さんぞ……何があろうとな」

最後の言葉は、アンにむかって語気も荒く言い放った。アンがひそかに、ジンジャーを手放すよう自分を説得しようと考えているとでも、勘ぐっているようだった。しかしアンは、風変わりで、怒りっぽく、そして気ぜわしいこの小柄な男が好きになり始めていた。軽い食事が終わるころには、二人はすっかり親しくなっていた。ハリソン氏は改善協会のことを知ると、賛成だというところを見せた。

「そりゃあ結構だ。どんどんやりたまえ。この村には改善の余地が大いにある……住民もな」

「まあ、そうでしょうか」アンは紅潮した。アヴォンリーと村人に、少々、欠点があることは、自分でも、また仲間うちの話でなら、承知していた。といっても簡単に直せるようなものだ。しかしハリソン氏のような島に来たばかりの、ほとんどよそ者から指摘されると、話は違ってくる。「アヴォンリーはすばらしいところですわ。住んでいる人たちも、とても親切です」

「どうやら、あんたはかっとなりやすい性分《しょうぶん》だな」ハリソン氏は、自分にむけられたアンの血がのぼった顔と怒った目から判断した。「あんたみたいな赤毛は、そうした性分なのさ。もちろんアヴォンリーは感じのいいとこだ、そうでなきゃ越してこないさ。だがな、たとえおまえさんでも、多少は欠点があるのは認めるだろう？」

「欠点があるからこそ、よけいに好きなんです」郷土愛にもえるアンは言った。「一つも欠点のない場所や人なんて好きになれません。完璧な人って、おもしろみに欠けると思うんです。ミルトン・ホワイトの奥さんも言っています、完璧な人には一度も会ったためしがないけど、完璧な人の話なら耳にたこができるほど聞かされているって……ホワイトさんのご主人の最初の奥さんが、そうだったんですって。前の奥さんが完璧だった男の人と結婚するなんて、やりにくいでしょうね」

「完璧な女房と結婚するほうが、もっとやりにくいよ」ハリソン氏はどういうわけか、急に、説明のつかない剣幕《けんまく》で言い切った。

お茶が終わると、アンはぜひ皿を洗わせてほしいと頼んで片づけた。もっともハリソン氏は、まだ何週間か皿はあるからけっこうだと言ったのだが。本当は床も掃きたかったが、ほうきが見あたらなかったし、どこにあるのか聞くのも気が進まなかった。そんなものは一本もないと言われたら恐ろしいではないか。

「ときどき話しにおいでなさい」アンが帰ろうとすると、ハリソン氏は言った。「近いことだ、隣人は近所づきあいをせんとな。あんた方のその協会にも、少々興味がある。なんだかおもしろそうじゃないか。手始めに、誰を改善するんだい」

「人をどうこうするんじゃありません……改善するのは場所だけです」アンは重々しく言った。ハリソン氏が計画をからかっているのではないかと危《あや》ぶんだのだ。

アンが出ていくと、ハリソン氏は窓から見送った――しなやかな娘らしい姿が、夕映えに照らされたまき場を心もかろくはねるように歩いていく。

「わしは無愛想で、人嫌いの、気むずかしい爺《じい》さんだが」ハリソン氏は声に出して言った。「あの子といると気が若返るな……それになんとも愉快だ、これからも、たまにはこんな気分になりたいもんだ」

「赤毛の小娘がっ」ジンジャーが、しわがれ声であざけるように言った。

ハリソン氏は、おうむにむかってこぶしをふってみせた。

「強情なやつめ」彼はつぶやいた。「船乗りの弟がおまえを連れてきたとき、いっそ首をひねっとけばよかったくらいだ。もうわしを困らせるなよ」

アンは弾む足どりで走って帰り、この思いがけない顚末《てんまつ》を、マリラに話して聞かせた。マリラはアンがなかなか帰ってこないのを案じて、探しに出るところだった。

「つまるところ、世の中ってすばらしいわ」アンは幸せそうに話を結んだ。「この前、リンドのおばさんは、世の中なんてろくでもないってこぼしていたの。いいことがあると思って期待していると、多かれ少なかれ失望するものだ……期待通りには行かないよって。それはそうかもしれないけど、世の中には、いいこともあるわ。うまくいかないだろうと予測しても、必ずしも悪くならないでしょう……物事はたいてい、思っていたよりずっとうまくいくのよ。今夜だってハリソンさんの家へ行く前は、どんないやな目にあうか心配したけど、ハリソンさんはとても親切で、楽しかったくらい。私たち、大いにゆずりあえば、本当にいい友だちになれそうよ。それに結局は、何もかも、いちばんいい結果におさまったのよ。でもね、マリラ、これから牛を売るときは、まず飼い主を確かめるわ。それから、おうむは好きになれないわ！」

# 第4章　意見の相違

夕暮れどき、ちょうど日の沈むころ、えぞ松の枝が風にそよと揺れる木陰で、ジェーン・アンドリューズ、ギルバート・ブライス、アン・シャーリーの三人は柵のあたりでのんびりつどっていた。《樺《かば》の道》と名づけた小道が森を抜け、街道につきあたるところだった。午後、ジェーンはアンのところへ遊びに行き、アンにともなわれて帰る途中、柵のところで、ギルバートに会ったのだ。そこで三人は、運命を決する明くる日について語りあっていたのだった。翌日は九月一日、学校が始まる。ジェーンはニューブリッジで、ギルバートはホワイト・サンズで教えることになっていた。

「あなたたちは私よりも有利よ」アンはため息をついた。「二人とも、自分のことを知らない生徒を教えるんだもの。それにひきかえ私は、前は一緒に通った下級生に教えるのよ。リンドのおばさんったら、最初からよほどびしびししないと、見ず知らずの先生みたいには尊敬してくれないって言うの。でも私は教師は厳しくあるべきだなんて思わないもの。ああ、なんて責任が重いんでしょう！」

「三人ともうまくいくわよ」ジェーンは暢気《のんき》に言った。彼女には、子どもたちに良い感化をおよぼそうなどという抱負はなく、気苦労もなかった。働いた分は月給をもらい、理事たちの機嫌をとり、視察官が自分の名を優等教員の名簿にのせてくれればいい、それ以上の野心はなかった。「大事なのは秩序を保つことよ。そのためには、教師は少々気むずかしいくらいがいいわ。言うことを聞かなかったら罰を与えるわ」

「どうやって」

「もちろん、鞭《むち》でぴしゃりとぶつのよ」

「まあ、ジェーンったらまさか」アンは驚いて叫んだ。「そんなこと、ジェーンにできっこないわ」

「大丈夫、私はできる、やるわよ。罰するべきときは」ジェーンは決意をこめて言った。

「鞭で子どもを叩くなんて、私は絶対にできないわ」アンもまた、同じくらい固い決意をこめて言った。「少しもいいことじゃないもの。ステイシー先生は一度も鞭を使わなかったけど、教室の秩序を保っておられたわ。でもフィリップス先生はいつも鞭でぶったけど、秩序もへったくれもなかったじゃない。鞭がないとうまくまとめられないなら、私は教師になろうなんて思わないわ。子どもをまとめるには、もっといい方法があるはずよ。私だったら生徒の愛情を勝ちとるわ。そうすれば、子どもたちは自分から進んで言うことを聞くわ」

「でも、そうならなかったら？」現実派のジェーンが言った。

「とにかく鞭は使わないわ。何のためにもならないもの。だから生徒がどんなことをしても鞭でぶたないで、ジェーン」

「ギルバート、あんたはどう思う」ジェーンはたずねた。「そのうち鞭でぶたなきゃ、どうしようもない子が出てくると思わない？」

「子どもを鞭でたたくなんて残酷で野蛮よね……たとえどんな子だろうと」アンは一生懸命になるあまり、顔を赤くして訴えかけた。

「そうだなあ」ギルバートはゆっくり答えた。教壇に立ったらどうするかという現実の考えと、アンの理想論を評価したい思いに、引きさかれていたのだ。「アンもジェーンも、もっともだよ。鞭でぶつのは、僕もあまり感心しないね。アンが言うように、子どもたちをまとめるには、おおかたの場合、もっといい方法があるよ。体罰は、最後の手段としてとっておくべきだ。でも一方でジェーンが言うように、どんな指導をしても言うことを聞かない子も、たまにはいる。要するに、そんな子には鞭を使わなければならないし、効き目もあるだろう。体罰は最後の手段というのが、僕の方針だ」

ギルバートは両方を喜ばせようとした。しかしこういう場合の常として、また、そうなるのは当たり前だが、結果的に二人とも機嫌をそこねた。ジェーンはつんと頭をそらせて言った。

「教え子が悪さをしたら、鞭でぶつわ。悪かったと悟らせるのに、いちばん手っとり早くて簡単だもの」

アンは失望してギルバートを見やった。

「私は絶対に子どもを鞭でぶたないわ」アンは毅然《きぜん》とくり返した。「間違っているし、その必要もないもの」

「男の子に何かしなさいと言ったのに、口答えをしたら、どうするの」ジェーンがきいた。

「放課後に残して、優しく、でもしっかりと言って聞かせるわ。一人一人の子どもには何かしらいいところがあるのよ、それを見つけることができればの話だけど。教師のつとめは、その長所を見つけて、伸ばしてあげることよ。クィーン学院の『学校運営』(1)のクラスで、教授がそうおっしゃったでしょ。鞭で打てば、子どもの長所が見つかるとでも言うの？　教師は読み書き計算を教えるより、子どもに良い影響を与えるほうがずっと大切だって、レニー先生はおっしゃったわ」

「でも視察官は、子どもたちの読み書き計算の力を調べにくるのよ。いいこと、子どもの学力が標準に達していなかったら、教師にいい評価をつけてくれないわ」ジェーンは反論した。

「優等教員の名簿に名前がのるより、生徒たちに愛されて、何年たっても、先生は本当に親身になってくれたなって思い出してくれるほうがいいわ」アンは心に決めたように言い切った。

「じゃあ悪さをしても、全然罰を与えないのかい」ギルバートがたずねた。

「もちろん罰しなければいけないわ。でも気が進まないでしょうね。休み時間に教室に残すとか、立たせるとか、反省文を何行も書かせたりするわ」

「女の子を罰するのに、まさか男の子とならんですわらせはしないでしょうね」ジェーンがお茶目に言った。

ギルバートとアンは顔を見あわせ、きまり悪そうに笑った。以前、アンは罰としてギルバートの隣にすわらされ、それがもとで五年も口をきかず終《じま》いという悲しく苦い結果になったからだ。

「まあいいわ。ときがたてば、どっちが正しいかわかるわ」別れぎわに、ジェーンは達観したように言った。

アンは《樺の道》を歩いてグリーン・ゲイブルズへ帰った。すでに日は陰り、木々の葉はそよ風に鳴り、羊歯が香っていた。《すみれの谷》を通り、《ウィローミア》をすぎると、もみの下で、夕闇と西日の陽光が口づけをするように溶けあっていた。それから《恋人の小径》(2)へおりていった――どの場所も、子どもだったころ、アンとダイアナが名づけたところだった。静かな森と野原の美しさ、星がまたたきはじめた夏の黄昏《たそがれ》を心ゆくまで味わいながら、アンはゆっくりと歩いた。翌朝から始まる教師の務《つと》めを、真摯《しんし》に考えていたのだ。グリーン・ゲイブルズの庭につくと、開け放した台所の窓から、リンド夫人のけたたましく、断固とした調子の声が流れてきた。

「リンドのおばさん、明日のことで私に忠告しに来たんだわ」アンは顔をしかめた。「まだ入らないほうがいいわね。おばさんの忠告ったら、胡椒《こしょう》みたいだもの……少しならすばらしいけど、おばさんの言う分量だと、ひりひりするくらいなんだから。かわりにハリソンさんのところへ行って、おしゃべりしてこよう」

ジャージー牛の騒動以来、ハリソン氏の家へ話しに行くのは、これが初めてではなかった。夕方、何度か遊びに行き、親交を深めていた。もっとも、ハリソン氏が誇りとする遠慮のない物言いが、しばしば癪にさわったが。ジンジャーはいまだにアンを胡散臭《うさんくさ》く思い、「赤毛の小娘がっ」という皮肉っぽいあいさつを決して忘れなかった。ハリソン氏はその癖を直そうと、アンがやって来るのが見えるとジンジャーのところへ飛んでいき、「ほらほら、あの可愛い女の子がまた来たぞ」なぞと大声でアンをほめちぎり、覚えさせようとしたが、無駄だった。ジンジャーは、そんなたくらみはとうにお見通しで、馬鹿にしていたのだ。アンのいないところで、どれほどハリソン氏がほめているか、アンには知るよしもなかった。本人の前では、決してお世辞を言わないからだ。

アンがヴェランダの階段をのぼっていくと、ハリソン氏は、

「おやおや、森へ行ってきたな、明日にそなえて、鞭に手ごろな小枝をたっぷり集めて

きたんだろう」と迎えてくれた。

「違います」アンは憤慨した。アンはからかうのに恰好《かっこう》の相手だった。何でも真《ま》に受けるからだ。「私の教室では、絶対に枝で鞭打ったりしません。もちろん黒板をさすときは枝がいりますけど、物を示すときしか使いません」

「ということは、革ひもを鞭にするのか。なるほど、そりゃあいい。小枝でたたくと、その場はよっぽど痛いが、革ひもでぴしゃりとやるほうが、後々までひりひりする、ほんとだぞ」

「そうした類《たぐ》いのものは、一切使わないんです。教え子を鞭でぶつなんてしません」

「なんてこったい」ハリソン氏は心底驚いて叫んだ。「じゃあ、どうやって子どもをまとめるつもりだい」

「愛情でまとめます」

「無理なこった」彼は言った。「うまくいかないよ、アン。『可愛い子には鞭をくれよ』(3)だ。わしが学校へ通っていた時分は、先生が毎日決まってぴしゃりぴしゃり、鞭でぶったもんだ。たとえ悪さをしてなくても、ちょうど目論《もくろ》んでるとこだと言われてな」

「ハリソンさんが子どものころとは、教え方が変わったんです」

「だがな、人間の本性というものは変わらんさ。いいか、鞭を用意してかからんことには、絶対に、がきどもをまとめられんぞ。不可能じゃ」

「そうですか。でも最初は私のやり方で試してみます」アンには、なかなかに強い意志がそなわり、また自分の理屈に頑固にしがみつく性分だった。

「あんたもそうとう強情だな」こうしたアンの気質を、ハリソン流にまとめるとこうなった。「わかったわかった、そのうちはっきりするさ。どうせいつかは、かっとなって……というのも、お前さんみたいな髪の者《もん》は、困ったことに頭に血がのぼりやすいんでな……それで子どもじみた小理屈なんかきれいさっぱり忘れちまって、ばしっとたたくのさ。どのみち教えるには、若すぎる……若すぎるし、子どもっぽいときてるからな」

というわけでいろいろな意見を聞かされ、アンはその晩、悲観的な気持ちでベッドに入った。ろくろく眠れず、翌日、朝食にあらわれたアンは青ざめ、見るも痛ましいほどだった。マリラは心配して、熱々の生姜《しょうが》のお茶を一杯飲んでいきなさい（4）と言って聞かない。生姜のお茶にどんな効き目があるのかアンは見当もつかなかったが、無理してすすった。もしお茶に何か魔法でもしみ出して、年齢と経験がさずかるというなら、迷わず一クオート（約一リットル）でも飲み干しただろう。

「マリラ、失敗したらどうしよう！」

「たった一日で、大失敗なんかできないよ。まだ先は長いじゃないか」マリラは励ました。「あんたも困った人だね、子どもたちに何でもかんでも教えこんで、悪いところも全部、今すぐいっぺんに直そうと思っているんだろ。だからそれができそうもないとなると、失敗したなんて思うのさ」

# 第5章　一人前の女性教師

その朝、アンは学校へむかった——《樺の道》を通ったが、道ぞいの美しさに目をうばわれず、鳥のさえずりや葉ずれの音に耳も傾けなかったのは初めてだった——到着すると、子どもたちはみな静かにおとなしくしていた。前任の教師が、先生が学校へ着いたときは着席しているよう躾《しつ》けていたのだ。教室に入ると、行儀のいい子どもたちの列また列がこちらをむいた。「朝日に輝くたくさんの顔」（1）、好奇心にきらめく瞳。アンは帽子をかけ、教え子たちの前に立った。アンはおびえていた上に自分がまるで馬鹿になった気がして、それが顔に出なければいいが、ふるえているのを気づかれなければいいが、と願っていた。

ゆうべは十二時ごろまでかかって、新学年の始まりにあたり、子どもたちに聞かせるスピーチを考えた。何度も読みかえし苦心して書き直すと、暗記した。それはまことに立派なお話で、たがいに助けあうこと、知識を求めて真摯《しんし》に努力すること、といった、ためになる教訓がいくつも入っていた。ただ困ったことに、それが今、一言も思い出せなかった。

アンには一年もたった気がしたが——実際には十秒ほどすぎただろうか——やっとのことで「聖書を出してください」と小さな声で言った。続いて、紙の音や机のふたを開ける音がした。そのざわめきにまぎれ、アンは息も絶え絶えにいすにすわりこんだ。そして子どもたちが聖書の節を読んでいる間に、揺らいだ理性を立て直し、大人の国へ旅立っていく小さな巡礼者たち(2)の列を見わたした。

子どもたちの大半を、もちろんアンはよく知っていた。アンの同級生は、前の年に卒業していた。しかし残りの生徒はみな、かつてアンと一緒に通った下級生だった。ただ、一年生とアヴォンリーに新しく越してきた十人は、初めての顔ぶれだった。なじみの子どもたちは将来性をほぼ知っているため、アンはむしろ未知の十人にひそかな関心をよせた。なるほど、彼らもほかの子らと同じように平凡かもしれない、だが一人くらい天才がいるかもしれない。そう思うと胸がおどった。

すみの机に一人ですわっているのは、アンソニー・パイだ。日に焼けた小さな顔は無愛想で、黒い目に敵意をこめてアンをにらみつけている。ただちにアンは心に決めた。あの男の子の愛情を勝ちとって、パイ一族をぎゃふんと言わせてやろう。

反対のすみにも、見なれない男の子がいて、アーティ・スローンと並んでいた——陽気そうで小柄な男の子だ。獅子《しし》っ鼻《ばな》、顔にはそばかす、ぱっちりした水色の目に白っぽいまつげ——おそらくドネル家の息子だろう。どことなく似た女の子が通路をはさんでメアリ・ベルとすわっているのは、妹だろう。娘にこんななりをさせて学校によこすとは、いったいどういう母親だろう。女の子は、色あせた桃色の絹のワンピースを着ていたのだ。すそには木綿のレースがふんだんについて、絹の靴下、よごれた子山羊革《キッド》の白靴をはいている。砂色の髪は無理に縮らせた上に不自然にカールさせ、ピンク色のリボンを、頭よりも大きな派手派手しい蝶結びにしてのせていた。女の子の面《おも》もちから察するに、本人は、至極《しごく》ご満悦のようだった。

顔色の悪い小柄な女の子が、細く絹のような淡い黄褐色の髪をゆるやかに波うたせて両肩に流しているのは、アネッタ・ベルに違いない。以前はニューブリッジの校区に住んでいたが、両親が家を五十ヤード（一ヤードは約九十センチメートル）北にうつし、アヴォンリー校になったのだ。一つのベンチに肩をよせあっている三人のやせた青白い女の子たちは、コトン家の姉妹だろう。それからとび色の長い巻き毛の美少女が、はしばみ色《ヘーゼル》の瞳で聖書ごしにジャック・ギリスにむかって色目をつかっているが、あれは間違いなくプリリー・ロジャーソンだ。父親が近ごろ再婚したので、グラフトンに住むおばあさんにあずけていたプリリーを呼びもどしたのだ。後ろの席にいる背が高い女の子は、手足が何本もあるかのように落ちつきがないが、アンは誰だかわからなかった。後で、バーバラ・ショーといって、アヴォンリーにいるおばさんの家へきた子だとわかった。バーバラが自分の足や人の足につまずくことなく通路を歩いたら珍しいことで、それを祝ってアヴォンリーの生徒たちがポーチの壁に書き出すほどだというのも後で知った。

しかし、一番前の机でアンとむかいあわせに着席している男の子と目があったとき、不思議なときめきが全身を走った。ついに天才を見つけた気がしたのだ。この子こそポール・アーヴィングに違いない。リンド夫人は、ポールがアヴォンリーの子らとは違うだろうと語ったが、この点だけは正しかったのだ。彼はアヴォンリーばかりか、どこのどんな子とも違っていた。アンを一心に見つめる濃い青色の瞳には、アンの魂とどこか相通じるものが感じられた(3)。

ポールは十歳だと知っていたが、八歳くらいにしか見えなかった。ほっそりした顔はこの上なく美しく、こんなにきれいな顔だちの子どもは見たことがなかった——うっとりするほど優雅で、洗練された面ざし、そのまわりを栗色の巻き毛が光の輪のようにとりまいている。口もとは愛らしくふっくらしているが、突き出していない。深紅の唇はやわらかく閉じられ、曲線をえがいて両端でひきしまり、ほとんどえくぼになりそうだった。その表情には落ちつきがあり、まじめで、瞑想的でさえあった。精神は、体つきよりずっと大人びているようだ。ところがアンが優しくほほえみかけると、そうした表情は消え失せ、すぐさま笑みかえしてくれた。すると少年の内側にランプの火がともり、頭の天辺から爪先《つまさき》まで照らし出したように、全身が明るくなった。しかもその笑みは無意識にこぼれ出たもので、表面を取りつくろったものでも意図的なものでもなく、内に秘められた希有《けう》で、上品で、優しい人間性がふとあらわれ出たところが、なおさらすばらしかった。アンとポールはまだ口もきかないうちに、短いほほえみをかわしただけで、たちまち永遠の友となったのである。

最初の一日は、夢のようにすぎた。後になってもはっきり思い出せないほどで、誰かほかの人が教えていたかのようだった。アンは機械になったように子どもたちの朗読を聞き、算数の計算をさせ、国語の練習文を書き写させた。生徒たちはすこぶる行儀がよく、注意したのはわずか二つだった。一つは、モーリー・アンドリューズが飼い慣らした二匹のこおろぎを通路に走らせたので、一時間ほど教壇に立たせた――そしてモーリーにはこちらのほうがこたえたのだが――こおろぎを没収した。アンはこおろぎを箱に入れ、帰りに《すみれの谷》で放したが、モーリーは、先生が家へ持ち帰って自分の愉しみに飼っているに違いないと、そのときはもちろん、後々まで信じこんでいた。

もう一人の罪人《つみびと》はアンソニー・パイだった。石板を拭く水がびんに数滴残っていたのを、オーレリア・クレイの首の後ろからたらしたのだ。そこで休み時間にアンソニーを教室に残し、紳士《ジェントルマン》とはいかなるべきものか言って聞かせた。つまり紳士とは、決して女性《レディ》の衿もとに水をそそいだりしないのですと教えさとした。アンは、自分の教える男子はみな紳士になってほしいのですと語った。それはまことに心優しく胸をうつ教えだったが、あいにくアンソニーの心はみじんも動かされず、相変わらずふてくされた顔で、おし黙っていた。しかも話がすむと、人を小馬鹿にしたように口笛を吹き吹き出ていった。アンはため息をついた。しかしローマの建設と同じように(4)、パイ家の子どもの愛情を勝ちえるのも、一日で成しうる仕事ではないと考え直し、自分を励ました。もっとも、パイ家の連中に勝ちとるべき愛情があるかどうかは疑わしいが、アンソニーもあの反抗的な顔つきを一皮むきさえすれば、むしろいい子ではないかと、良いふうに考えるのだった。

授業が終わり、子どもたちが帰ると、アンは疲れ果て、いすにすわりこんだ。頭痛がして、夢も希望もうち砕かれた心地がした。何か具体的な理由があったわけではない。気落ちするようなことは何もおきなかった。だがアンはひどく疲れ、この先、教えることが好きになれそうもない気がした。これから毎日、好きでもないことを続けるとは――それも四十年間――なんと恐ろしいことだろう。今すぐこの場で泣き出そうか、それとも帰って自分の白い部屋にたどりついてから心おきなく泣こうか、と迷っていたそのとき、玄関先でヒールの音が響き、衣《きぬ》ずれがしたかと思うと、一人のご婦人があらわれた。その姿を見て、アンは思い出した。先日ハリソン氏が、シャーロットタウンの店で、くどいほど着飾った女性を見かけたと語り、「そいつはまるで、最新流行の服の女と悪夢が正面衝突したみたいだった」と評していたのだ。

初めて見るそのご婦人は、うす青のサマー・シルクのドレスで豪華にめかしこんでいた。パフにフリルにシャーリングがつけられるだけついた服だった。頭にのせたつばの広い白いシフォンの帽子には、長すぎてひものようになっただちょうの羽根が三本飾られている。帽子のふちからは、大きな黒い水玉がふんだんに散った桃色のシフォンのヴェールがひだ飾りのように肩にたれ、吹き流しさながらに後ろへ二本たなびいている。さらに小さな体につけられる限りの宝石を飾り、香水の強烈な匂いがしていた。

「あたくし、ミセス・ドネルでございます……ミセス・H・B・ドネルです」その現実離れした身なりの人物は言った。「うかがいましたのは、娘のクラリス・アルマイラ（5）が、今日、昼食に帰ってきて話してくれましたことで、大いに不愉快な点がございましたの」

「どうもすみません」アンは弱々しく言った。今日、ドネルの子どもたちに、何か不手ぎわをしたか思い出そうとしたが、とくに思い当たらなかった。

「クラリス・アルマイラが申しますには、先生はあたくしどもの名前をドネルと発音なさったそうですが、よろしいですか、シャーリー先生、正しくはドネルでございますの……後ろにアクセントがつくんですのよ。今後はお忘れにならないよう、お願いしますわ」

「気をつけます」笑い出しそうになるのをこらえて息がつまった。「私も名前を間違って綴られると、どんなに不愉快か、経験からわかります。発音を間違えられたら、もっとご迷惑だと存じます」

「その通りですわ。それからもう一つ、クラリス・アルマイラが申しますには、先生は息子をジェイコブ（6）とお呼びになったそうで」

「息子さんがジェイコブだとおっしゃったもので」アンは返した。

「そんなことだろうと思いました」とH・B・ドネル夫人は言ったが、その口ぶりから察するに、この堕落した時代に子どもに感謝されることなど求めていないようだった。

「あの子ったら、なんて俗っぽい趣味なんでしょう。あの子が生まれましたとき、あたくしは、セント・クレア（7）という名前にしたかったんです……とっても貴族的な響きでございましょう。ところが主人は、自分のおじにちなんで、ジェイコブにすべきだと言って聞かなかったんですの。たしかにジェイコブおじは金持ちの老人で、しかも独身でしたから、従いましたわ。それがどうなったと思われます？　息子が五つのとき、あの子は何も悪くないのに、年寄りのジェイコブおじが、まさかのことに結婚して、今では息子が三人もいるんですのよ。せっかくおじの名前をついだというのに、そんな恩知らずなことってあります？　だから結婚式の招待状が来たとき……しゃあしゃあと送りつけてきたんですのよ……招待状が家に届くなり言ってやりましたわ、『今後は、あの子を、一切ジェイコブと呼びませんから』とね。その日から、セント・クレアと呼んでおりますの。セント・クレアと呼ぶって決めたんですもの。あれの父親は頑固で、いまだにジェイコブと呼んでおりますし、息子も息子でわけのわからないことに、あんな庶民的な名前を好いておりますが、あの子はセント・クレアですから、これからもセント・クレアですの。どうかお忘れのないよう、お願いいたしますわ。クラリス・アルマイラには、これはちょっとした行き違いだから、先生に一言お話しすれば大丈夫って言い聞かせましたわ。それでは、ドネルは……アクセントを後ろに、そしてセント・クレアは……決してジェイコブではございません。よろしいですか、ではお願いします」

H・B・ドネル夫人がしずしず出ていくと、アンは学校の戸じまりをして帰宅した。丘のふもとへおりると、《樺の道》にポール・アーヴィングがいて、野生蘭の可憐な花束をさし出した。アヴォンリーの子らが「ライス・リリー」と呼ぶ花だった。

「先生、これをどうぞ。ライトさんの原っぱに咲いていたんです」彼ははにかんだ。「先生にあげたくて、もどってきたの。先生はお花が好きなレディじゃないかと思って。それに……」ポールは大きな美しい瞳でアンを見あげた。「ぼく、先生が好きなんだもの」

「まあ、いい子ね」アンはかぐわしい花束を受けとった。まるでポールの言葉が魔法の呪文だったかのように、憂鬱《ゆううつ》も疲れもアンの心から消え去り、胸には希望が噴水のようにわきあがった。アンは《樺の道》をかろやかな足どりで帰っていった。蘭の甘い香りが、アンにともなって神の祝福のようにただよった。

「おかえり、どんな具合だったかい」マリラはさっそくきいた。

「ひと月たってきいてくれたら、答えられるけど、今はまだなんとも……自分のことだからわからないの……あんまり近すぎて。それにいろんなことを考えて、頭がこんがらがって、わけがわからないのよ。ただ一つ、今日確実になしとげたのは、クリフィ・ライトにAはAだって教えたことよ。今まではわかっていなかったの。果てはシェイクスピア(8)や『失楽園』(9)に通じる道へ、一人の子どもを旅立たせたのね」

やがてリンド夫人がやってきて、さらにアンを勇気づけた。この人のいいご婦人は、帰宅する子どもたちを自分の家の前で待ち受け、新しい先生を気に入ったか聞き出したのだ。

「みんながみんな、アンのことを大好きだって言ったよ。ただアンソニー・パイは別だがね。あの子がそう言うはずはないよ。『ちっとも良かねえや、若い女の先生なんか、みんな同じだ』とさ。でもこれは、パイ家がアンをどう思っているか、その影響を受けてるだけだよ、気にすることたないよ」

「気にしないわ」アンは穏やかに言った。「今はまだアンソニー・パイの心をときほぐしている最中なの。だけど我慢強く優しくすれば、いつかきっと私を好きになってくれるわ」

「どうだかね、パイ家のことは何とも言えないね」リンド夫人は用心深かった。「あの人たちは、こちらの思った逆へ逆へと出るからね、とかく夢というものが逆夢になるのと同じだよ。それからドネルの奥さんだが、私はドネルだなんて呼ばないよ、これは言っとくよ。あの人たちの名前はドネルで、これまでもずっとそうだったんだから。あの奥さんはどうかしてるよ、まったく。パグ犬(10)を飼ってるんだが、女王《クィーニー》ちゃま、だなんて呼んで、家族と同《おんな》じ食卓で、しかも磁器の皿で食べさせる(11)んだとよ。私だったら最後の審判がこわくて(12)、そんな真似はできないね。トーマスが言うには、ドネルの旦那は、道理のわかった男で働き者らしいが、女房を選んだときは、分別が働かなかったんだね、まったく」

# 第6章　男も……そして女も人さまざま（1）

九月のある日、プリンス・エドワード島の丘に、すがすがしい海風が浜の砂丘をこえて吹いていた。一本の赤土の道が野原を通り、森を抜け、曲がりくねって遠くまで続いていく。道はえぞ松の深い森のはずれで大きく曲がり、若いかえでの植林地を縫うようにのびていく。かえでの木陰には、羊歯の葉が大きな羽根のように茂っている。やがて道が窪地へくだると、小川がきらりと水しぶきをあげて木々の合間から姿をあらわし、また木立のなかへ消えてゆく。今、道はまた燦々《さんさん》と陽のあたる開けた野に出て、あきのきりん草（2）と青灰色のアスター（3）の花が帯なして咲きひろがるところを通っていた。夏の丘に小さなこおろぎたちが楽しげに歌い、無数の鈴を鳴らし、空気をふるわせている。そんな道を、肥えた茶色の小馬《ポニー》がのどかに進んでいった。後ろの馬車には、若い日を生きる素朴だが何ものにも代えがたい喜びに満ち満ちた二人の娘が乗っていた。

「ああダイアナ、今日はエデンの園に残された一日（4）のようね」アンは幸福そうに息をついた。「この空気には、魔法がとけているんだわ。ほら、刈り入れの谷間の杯《さかずき》が紫色にそまっている。それに枯れたもみの木がなんていい匂い！　あの日当たりのいい小さな窪地からただよってくるわ。そこでエベン・ライトさんがもみを切り出しているもの、柵の柱にするのね。かかる日に生きる無上の喜びよ、されど枯れたもみの香をかぐはまさに天国なり。これは三分の二がワーズワースで、三分の一がアン・シャーリーよ(5)。もっとも天国にもみの枯れ木はなさそうだけど、天国の森を通るとき、枯れたもみの匂いがしなかったら、たとえ天国でも完璧じゃないわ。天国だから木は枯れないでしょうけど、枯れ木のかぐわしい匂いはあるでしょう。ええ、そう思うことにするわ。このうっとりする香りは、もみの魂に違いないわ……だって天国にいるのは魂だけだもの」

「木に魂はないわ」現実家のダイアナが言った。「だけど、もみの枯れ木は、ほんとにいい匂いね。クッションを縫って、もみの葉をつめようかしら。アンも作ったらどう？」

「そうね、私なら……お昼寝の枕にするわ。木の精《ドライアド》(6)か、森の精《ニンフ》(7)になった夢を見るでしょうね。だけど今、この瞬間は、アヴォンリー校の先生のアン・シャーリーで大いに満足よ。こんなによく晴れた気持ちのいい日に、道を馬車でゆくんだもの」

「すばらしいお天気だけど、私たちにはすばらしいとは言いがたい仕事が待ってるのよ」ダイアナはため息をついた。「アンったら、どうしてこの街道の寄付集めにまわるだなんて、自分から言い出したの？　アヴォンリーの偏屈者はほとんど、この道すじに住んでるのよ。私たち、物ごいでもしに来たみたいにあしらわれるわよ。この道がいちばん大変なんだから」

「だからこそ選んだのよ。ギルバートとフレッドに頼めば、もちろん引きうけてくれたでしょう。でも、アヴォンリー村改善協会は、私が言い出したんだから、責任を感じているの。いちばん面倒なことを自分がすべきだっていう気がするのよ。ダイアナには悪いと思っているわ。気むずかしい人のところでは、何も言わなくていいからね。しゃべるのは全部まかせて……リンドのおばさんなら、話すことにかけちゃアンは得意だろうよって、おっしゃるでしょうね。おばさんは、私たちの計画に賛成しようかしまいか迷っておられるの。アラン牧師夫妻が賛成なさっていると思うと認めようという気もするし、集落の改善協会なんてものは、もともと合衆国から始まったと思えば反対だし、というところなのよ。決めかねていなさるから、私たちがうまくやりさえすれば、認めて賛成にまわってくださるわ。プリシラは、協会の次の会合に、意見書を書いて出すんですって。きっとすばらしいものよ。おばさんがすばらしい作家だもの、文才の血をひいているはずよ。シャーロット・E・モーガン夫人が、プリシラのおばさんだと知ったときの感動といったら、忘れられないわ。『エッジウッドの日々』(8)や『薔薇のつぼみたちの園《ガーデン》』(9)を書いた人の姪御《めいご》さんと友だちだなんて、なんてすてきだろうと思ったの」

「モーガン夫人はどこに住んでるの」

「トロント(10)よ。プリシラの話では、来年の夏、島にいらっしゃるから、できれば会えるように都合をつけてくれるんですって。すてきすぎて、信じられないくらい……でもこんな楽しいことは、ベッドに入ってから思い浮かべるのにいいわ」

アヴォンリー村改善協会は、正式に設立された。ギルバート・ブライスが会長、フレッド・ライトが副会長、アン・シャーリーは書記、ダイアナ・バリーは会計係になった。彼らはほどなく「改善員」と呼ばれるようになり、二週間ごとに会員の家に集まることになった。もう秋口なので年内はたいした改善もできないが、来年夏の活動にむけて計画を練るつもりでアイディアをつのり、話しあい、また新聞に記事を書き送り、いろいろな紙面を読んだ。アンが語ったように、広く公共の気運を養うのだ。

もちろん会に反対する人もいた。だが――さんざんからかわれたことのほうが、改善員たちにはこたえた。たとえばイライシャ(11)・ライト氏は、あの会は求婚クラブと呼ぶほうがよほどふさわしいと語った。ハイラム・スローンの奥さんは、改善員は道ばたをそこいらじゅう鋤《すき》で掘りおこしてゼラニウムを植えるつもりらしいと言いふらした。リーヴァイ・ボウルター氏は、改善員は家を壊して協会の計画にしたがって建てかえろと誰彼となく無理強いするから用心しろと近所の人たちに語った。そうかと思えば、ジエイムズ・スペンサー氏はことづけをよこして、どうか教会の丘を切り崩していただけないでしょうかと頼んできた。エベン・ライトはアンにむかって、ジョサイア・スローンの爺さんに頬ひげを刈りこんで手入れするよう改善員から説得してくれと頼んだ。ローレンス・ベル氏は、どうしてもと言われれば納屋を白く塗るくらいはするが、牛小屋の窓にレースのカーテンを下げるのは勘弁してほしいと言った。メイジャー・スペンサー氏は、改善員のクリフトン・スローンがカーモディのチーズ工場へ牛乳を運んでいたところへ来て、来年の夏は、誰もが乳しぼりの台をペンキで塗って刺繍のテーブルセンターをかけにゃならんというのは本当かねときいてきた。

こうした風聞にもかかわらず――いやそれが人間性というものかもしれないが――協会の面々は、かえって勇気をふるい、せめて計画の一つはこの秋に実現させようとはりきった。二度めの会合がバリー家の客間で開かれると、オリヴァー・スローンが、公会堂の屋根をふきかえ、壁にペンキを塗ろう、その費用は寄付で集めようと提案した。ジュリア・ベルは賛成、と発言した後で、女らしくないふるまいをしたのでは、と落ちつかない気持ちになった。ギルバートがこの提案を議決にかけると、満場一致で決まった。それをアンは、重々しいそぶりで議事録に書きこんだ。次に、寄付集めにまわる委員を決めた。ガーティ・パイは、ジュリア・ベルなんかに賞賛をさらわせてなるものかと、ジェーン・アンドリューズさんを寄付集め委員会の委員長に推薦します、と堂々と意見をのべた。これも十分に支持され、可決された。するとジェーンは推薦された返礼に、寄付集めの委員にガーティを任命し、あわせてギルバート、アン、ダイアナ、フレッド・ライトも指名した。最後に、寄付集めの委員だけが集まり、どの街道を担当するか話しあった。アンとダイアナはニューブリッジ街道を受けもち、ギルバートとフレッドはホワイト・サンズ街道、ジェーンとガーティはカーモディ街道をまわることになった。

「この分担の理由はね」帰り道、《お化けの森》を歩きながら、ギルバートはアンに説明した。「パイ一族はみんなカーモディ街道に住んでいるんだよ。パイ家の人たちは、身内のガーティが頼みに行かないかぎり、一セントだって出してくれないからね」

次の土曜日、アンとダイアナは寄付集めに出かけた。まず街道のいちばん外れまで馬車で行き、そこから一軒一軒、寄付を頼みながらもどることにした。最初は「アンドリューズ姉妹」を訪ねた。

「キャサリンしかいなかったら、多少は寄付してもらえるわ」ダイアナが言った。「でもイライザがいたら期待できないわよ」

果たして、そのイライザはいた――さらに都合の悪いことに――いつにも増して気むずかしい顔をしていた。ミス・イライザは、この世はまさに涙の谷間(12)、声を出して笑うなぞもってのほか、ほほえむことすら神経の無駄づかいでゆゆしきこと、といった印象を与える人物だった。アンドリューズ姉妹は五十年あまり「独身《ガールズ》」だったが、この先も地上の巡礼を終えるまで独身だろうと思われた。もっとも、キャサリンはまだ希望を捨てていないという話だったが、イライザは生まれながらの悲観主義者《ペシミスト》で、望みなどというものは持ちあわせていなかった。二人は小さな茶色い家に暮らしていた。家はマーク・アンドリューズのぶなの森を切り開いた日当たりのいい一角にあり、イライザは夏は暑くてかなわないとこぼしたが、キャサリンはここはきれいで冬は暖かいと常日ごろから言っていた。

イライザは、つぎもの細工《パッチワーク》を縫っていた。その必要はなかったが、馬鹿げたレースの飾りものをかぎ針で編んでいるキャサリンに当てつけるためにしていた。アンとダイアナが用むきを説明する間、イライザは眉をひそめて聞いていたが、キャサリンは笑みを浮かべていた。もっともキャサリンは、イライザと目があうたびに、悪いことでもしたように狼狽《うろた》えて笑みをひっこめたが、すぐにまた笑顔が広がった。

「無駄づかいするようなお金があれば」イライザは苦々しく言った。「お札に火をつけて、ぱっと燃え上がるのを見て愉しんでるほうがましだね。公会堂には一セントたりとも出さないよ。集落のためにならないね……公会堂だなんて、若い者《もん》が家で布団に入ってりゃいいものを、夜集まって騒ぐだけだ」

「まあ、イライザ、若い人にだって娯楽はいりますよ」キャサリンが反対した。

「そんなものはいらないね。キャサリン・アンドリューズ、あたしたちが若い時分にゃ、公会堂だのなんだのに出歩いたりしなかったよ。この世は日増しに悪くなる」

「私は良くなっていると思いますよ」キャサリンははっきり言った。

「それはあんたの考えでしょ！」イライザは見下げた調子で言った。「あんたがどう思おうと、何の意味もないんだよ、キャサリン・アンドリューズ。事実は事実なんだから」

「でもねイライザ、私はいつも物事の明るい面を見たいのよ」

「明るい面なんて、ありゃしないよ」

「まあ、ありますわ」ついにアンは叫んだ。信念に反することを言われて黙っていられなかったのだ。「アンドリューズさん、明るい面はたくさんありますよ。この世は本当にすばらしいものです」

「あんたも私と同じくらい生きりゃ、そんなのぼせたことは言わなくなるよ」イライザは腹立たしげにやり返した。「改善だの何だのにも熱中しなくなるさ。ところでダイアナ、お母さんはどうだい。まあ気の毒に、お母さんもこのところ衰えたね。すっかり弱った感じになって。それからアン、マリラはいつ目が見えなくなるんだって」

「気をつければ、今より悪くならないと、お医者様はおっしゃってます」アンはたじろいで口ごもった。

　しかしイライザは首をふった。

「医者というものはね、患者を励ますために、そんな気休めを言うんだよ。あたしがマリラなら、希望なんか持たないよ。最悪の事態にそなえとくに越したことはないんだから」

「でも、最もうまくいった場合にも、そなえるべきではないでしょうか」アンは熱心に訴えた。「最悪のことがおきるのと同じくらい、最善のこともおきますわ」

「あたしの経験から言うと、そんなことはないよ。あたしは五十七年も生きてるが、あんたはまだ十六だ」イライザは切り返した。「おや、もうお帰り？　とにかくその新しい会のおかげで、アヴォンリーがこれ以上堕落しなけりゃ、けっこうなことだが、あんまり期待はしてないよ」

アンとダイアナはやれやれと外へ出て、肥えたポニーを全速力で走らせて立ち去った。ぶなの森を下り、カーブをまわると、丸々太った人がアンドリューズ氏の牧草地を走ってきて、しきりに手をふる。キャサリン・アンドリューズだった。彼女は息が切れ、なかなか言葉が出なかったが、アンの手に二十五セント硬貨を二枚握らせた。

「私からの、寄付ですよ、公会堂を塗るのに、使って」あえぎあえぎ言った。「一ドルあげたいけど、卵の売り上げからは、そんなに出せなくて。イライザに勘づかれますからね。協会にはとても興味がありますよ。いいことをたくさんなさるって信じてます。私は楽観主義者《オプチミスト》ですからね。イライザと暮らすには、そうでなきゃ、やってられないでしょ。じゃあ、イライザが気づく前に急いで帰らなくては……めんどりにえさをやりに出たと思ってますからね。寄付集め、がんばって。イライザが言ったことは気にしないで。この世はどんどん良くなってます……それはたしかですよ」

次なる訪問先は、ダニエル・ブレアの家だった。

「ここは、奥さんがいるかいないかに、すべてかかってるわ」ダイアナが言った。家に続く小径は、轍《わだち》が深く、馬車に揺られながら進んだ。「奥さんがいたら、一セントだってもらえないわ。みんな言ってるの、ダン・ブレアは、奥さんの了解なしには、おそれ多くて髪も切らないって。あの奥さんは、ひかえめに言ってもけちね。気前をよくする前に正しくあれ(13)って奥さんは言うけど、リンド夫人に言わせると、あの奥さんは気前をよくする前どころか、ずっと『手前』にいて、気前がいいところまで届かないんですって」

その夜、アンは、ブレア家での模様をマリラに話した。

「馬をつないで勝手口の戸をたたいたら、誰も出てこなかったけど、扉が開いていて、配膳室でののしっている声が聞こえたの。何を言っているのか、わからなかったけど、ダイアナは、あの声の感じは、一人で毒づいているところだって言うのよ。ブレアさんはいつも無口でおとなしいから信じられなかったけど、よっぽど頭に来ていたみたい。ブレアさんだってね、マリラ、戸口に出てきたブレアさんったら、お気の毒に、赤かぶみたいに真っ赤で、顔中汗だく、しかも大きなギンガム模様の奥さんのエプロンをかけていたのよ。『エプロンの結び目がほどけませんでしてな、ひもをかたく結んだら、とけなくなりましたもので、こんななりで失礼しますぞ、お嬢さんがた』っておっしゃるから、どうぞおかまいなくと言って、入って腰かけたの。ブレアさんもすわったわ。エプロンは背中にまわして、くるくる巻きあげてあったけど、まだ恥ずかしそうにして、心配なさっているから、なんだかかわいそうになってね。それでダイアナがおとりこみ中でしたでしょうかって言ったの。そうしたら『いえいえ、大丈夫です』って無理してにっこりなさって……ほら、あの人は礼儀正しいでしょ……『少々手間取っておりましてな……いわば、その、ケーキを焼こうとしてたんです。今日、家内に電報がきまして、今夜モントリオール(14)の姉が来ることになったんです。そこで家内は、夕食のケーキを焼いてくれと言って、駅へむかえに行きましたんです。作り方を書いて、手順を教えてくれましたんですが、半分はきれいに忘れてしまいましてな。紙には〈香料は好みに応じて〉とありますが、どれくらいでしょうな？ それがわかりませんでして。私の好みが人さまの口にあわなければ、どうするんでしょう。小さなレイヤーケーキ(15)ですと、ヴァニラは大さじ一杯で充分でしょうかな(16)』

それを聞いてますます気の毒になったの。ふだんしつけないことをなさっているんだもの。世間には奥さんの尻に敷かれる旦那さんがいるとは聞いていたけど、こういう人を言うのね。『ブレアさん、公会堂に寄付してくだされば、ケーキの材料をまぜてあげましょう』って喉《のど》まで出かかったけど、困っているのにつけ込んで取引しようなんて、隣人にすべきじゃないと、すぐに思ったの。だからそんな条件は出さずに、ケーキの生地を作ってあげましょうと言ったら、飛びあがって喜んでくださったわ。ブレアさんは、独身時代はご自分でパンは焼いたものの、ケーキは手に余ると思って、作ったことがなかったんですって。それなのに奥さんを失望させたくなかったのね。私にエプロンを貸してくださったから、私が生地を配合してまぜて、ダイアナは卵を泡立てたの。ブレアさんはかけずりまわって材料をとって来てくださったけど、背中にまわしたエプロンをきれいに忘れて、走っていく後ろにひらひらするから、ダイアナったら、おかしくて死にそうだったたって。ブレアさんは焼くのは得意ですっておっしゃったわ……慣れているんですって……それから寄付名簿のことをきいて、四ドルと書いて署名してくださったの。というわけで私たちはむくわれたのよ。でも、一セントももらえなかったとしても、ブレアさんを助けてあげて、真のキリスト教徒らしい行いをした気がするわ」

次に立ちよったのは、シアドーア・ホワイトの家だった。アンもダイアナも一度も行ったことがなかった。奥さんも、客をもてなすような人ではなく、ほとんど面識がなかった。二人が裏口へ行こうか玄関にしようか、小声で相談していると、奥さんが腕いっぱいに新聞をかかえて玄関先にあらわれた。そして一枚一枚、ポーチに新聞紙を慎重に敷いていくと、次はポーチの階段にならべ、さらには小径に下りてきて、何ごとだろうと煙《けむ》にまかれている二人の訪問者の足もとまで敷いてきた。

「すみませんが、靴を草でよくぬぐって、新聞紙の上を歩いてきてください。家中すっかり掃いたところで、土を入れたくないんです」夫人は心配そうに言った。「昨日は雨でしたから、道がぬかるんでいるんです」

「笑っちゃだめよ」新聞紙の上を行進しながら、アンは、声をひそめてダイアナに釘をさした。

「言っとくけど、奥さんがどんなことを言っても、私を見ないでね、まじめな顔ができなくなるから」

新聞紙は玄関ホールを通り、整然と片づいてちり一つない客間まで続いていた。アンとダイアナは、入口にいちばん近いいすに、よく気をくばって腰かけ、用むきを説明した。ホワイト夫人は礼儀正しく聞いてくれたが、二度ほど話をさえぎった。一度めは、迷いこんできた蠅《はえ》を追いはらうため、もう一度は、アンの服から小さな草切れが絨毯《じゅうたん》に落ちたのをつまみ上げるためだった。アンは悪いことをしたようで身の縮む思いだったが、ホワイト夫人は二ドルと署名し、しかもその場ではらった——「私たちがまたとりに来るのがいやだったのよ」外へ出ると、ダイアナが言った。夫人は、二人がまだ馬をほどきもしないうちから、新聞紙をさっさと拾い集め、馬車が庭を出ていくころには、玄関をほうきでせわしげに掃き出していた。

「シアドーア・ホワイト夫人は、この世でいちばんきれい好きだって、かねがね聞いてたけど、本当にそうだったわ」ダイアナは、もう大丈夫というところまで遠ざかると、こらえていた笑いをふき出した。

「お子さんがいなくて良かったわよ」アンが大まじめで言った。「もしいたら、子どものほうが大変だわ」

スペンサーの家では、奥さんのイザベラ・スペンサーがアヴォンリー中の誰彼について悪口をならべ、二人はみじめな気分になった。トーマス・ボウルター氏は寄付を断った。二十年前に公会堂を建てたとき、自分がすすめた土地にしなかったからだという。エスター・ベル夫人は絵にかいたような健康体だが、ここが痛い、あそこが苦しいと三十分も事細かに愚痴をこぼしてから、哀れっぽく五十セントほど出した。来年寄付をするころにゃ、あたしゃ、いませんよ……お墓に入ってますからね、ということだった。

しかし最もひどい応対は、サイモン・フレッチャーの家だった。馬車で庭に入ると、玄関ポーチの窓から顔が二つ、こちらをうかがっていたのに、戸をたたけど、辛抱強く待てど暮らせど誰も出てこない。二人はいらだち、腹を立てながら、サイモン・フレッチャーの家を後にした。さすがのアンも気がくじけそうになった。しかし後は、流れが一変した。スローン一族をまわると、どこも気前よく寄付してくれたのだ。それからは数軒、相手にされなかっただけで、終わりまで順調にいった。最後の一軒は、池の橋のたもとにあるロバート・ディクソンの家だった。自分たちの家はもう目と鼻の先だったが、言われるままにお茶をよばれた。「すぐかっとなる」という噂のディクソン夫人を怒らせないほうがいいと思ったからだ。

そこへジェイムズ・ホワイトの老夫人がやってきた。

「ロレンゾのとこへ寄ったんですけどね、あれは今、アヴォンリーでいちばん鼻高々の男ですよ。なぜってね、男の子が生まれたんだよ……女の子が七人続いた後だから、そりゃそりゃ一大事ですよ、ほんとうに」

耳をそばだてていたアンは、馬車で家を出るなり言った。

「まっすぐロレンゾ・ホワイトさんのところへ行くわ」

「でも、あそこはホワイト・サンズ街道で、かなり遠いわ。それにギルバートとフレッドの受け持ちよ」ダイアナが言った。

「あの二人が行くのは来週の土曜でしょ。それじゃ間にあわないわ」アンは言い切った。「新鮮な感激がうすれてしまうもの。ロレンゾ・ホワイトさんはしまり屋だけど、今なら何にでも寄付してくれるわ。絶好の機会をのがしちゃだめよ、ダイアナ」

結果は、アンの思ったとおりだった。二人が庭に入ると、ホワイト氏は、春の復活祭《イースター》(17)にのぼる太陽のごとく輝く笑顔で出迎え、アンが寄付を頼むと、大乗気で引きうけた。

「いいですとも、いいですとも。いちばん多く出した人より、さらに一ドル上乗せしましょう」

「すると五ドルになりますが……ダニエル・ブレアさんが四ドルと書かれましたから」

アンは半ばだめかもしれないと思ったが、ロレンゾはたじろがなかった。

「それでは五ドル……今ここでお渡ししますよ。ところで、ちょっとあがっていかれませんか。お見せしたいものがありましてな……まだ二、三人しかご覧になってないんです。ささ、どうぞあがって、ご感想を聞かせてください」

「赤ちゃんが可愛くなかったら、なんて言えばいいの」ダイアナは、浮き足だつロレンゾの後について入りながら心配そうにささやいた。

「大丈夫、きっと何かしらほめるところがあるわ」アンは気楽に答えた。「赤ちゃんだもの、必ずあるわ」

果たして、赤ん坊はまことに愛らしかった。生まれたばかりの丸々とした赤ん坊を前に、二人の娘が心から大喜びしているのを見て、ホワイト氏は五ドル出した甲斐があったと思った。しかし、ロレンゾ・ホワイトが寄付というものをしたのは、これが最初で最後、一度きりだった。

その夜、アンは疲れていたが、公共の福利のためにもうひと頑張りと、まき場を横切ってハリソン氏を訪ねた。彼はいつものようにヴェランダでパイプをくゆらし、かたわらにはジンジャーがいた。厳密に言うと、この家はカーモディ街道にあるが、ジェーンとガーティは、ハリソン氏のあやしげな噂を聞いたことがあるばかりで、面識もなく、アンに行ってほしいと不安げに頼んだのだ。

ハリソン氏は、しかし、一セントも出さないと、にべもなく断った。アンが言葉をつくして頼んでも無駄だった。

「私たちの協会に賛成だと思っていたのに」アンは残念そうに言った。

「うむ、そのとおり……そのとおり……だがな、賛成といっても、財布のひもをゆるめるほどじゃないんでな」

「今日みたいなことを、もう二、三度経験したら、イライザ・アンドリューズさんみたいな悲観主義者になってしまいそう」アンは寝る前に、東の切妻の部屋で、鏡にうつる自分にむかって語りかけた。

# 第7章　義務を語る

十月の穏やかな夕暮れ、アンはいすの背にもたれ、ため息をついた。机には教科書と練習帳が広がっている。しかし彼女の前には、ぎっしり書きこんだ紙の束があり、それは勉強とも学校の仕事とも見るからに関係がなかった。

「どうかしたのかい」ギルバートが声をかけた。グリーン・ゲイブルズに着くなり、開いていた勝手口の扉からため息が聞こえたのだ。

アンは頬を赤くそめ、紙の束を子どもたちの作文の下に隠した。

「たいしたことじゃないわ。ハミルトン教授に教わったように、思ったことを書こうとしたけど、満足のいくように書けないの。白い紙に黒いインクで文字にしたとたん、ぎこちなくて下らないものに思えるのよ。想像は影のようなものね……つかまえて閉じこめることはできない。ふわふわおどりまわって、とらえどころがないわ。でも書き続けていれば、いつかこつをおぼえるわね。だけど私にはあまり時間がないのよ。生徒の練習帳と作文を直し終わったころには、自分の考えを書きたいなんていう気分になれないの」

「アンは学校でよくやっているよ。子どもたちみんなに人気があるんだよ」ギルバートはあがり口の石段に腰かけた。

「みんなじゃないわ。アンソニー・パイは好いてくれないの、好きになろうともしないわ。もっと悪いことに、私を尊敬してくれないの……そうよ、ただ馬鹿にしているの。あなただから言うけど、悩んでいて、みじめな気持ちよ。アンソニーが悪い子だからじゃないのよ……いたずらっ子だけど、ほかの生徒とくらべても、ひどくはないわ。言うことを聞かないこともめったにないし。でも、従うにしても、まあ辛抱してやるか、といった小馬鹿にした態度なの。つべこべ文句をつける価値もないから従ってるんだ、そうでなきゃ、いちゃもんつけてやる、とでも言わんばかり……ほかの子たちにも悪い影響があるわ。何をやってもなついてくれなくて、もう無理かもしれないと思いかけているの。私はあの子を好きになりたいわよ。パイ家の子だとしても、可愛げのある男の子だもの。あの子がその気になってくれれば、私も好きになれるのに」

「なつかないのは、ただ、家で何かと聞かされているからだよ」

「そうでもないの。アンソニーは独立心旺盛な子だから、自分で判断するわ。今まで、ずっと男の先生だったから、若い女の教師なんかろくでもないって言うの。でも、忍耐強く、優しく接していけばどうなるか、そのうちわかるわね。幸い、私はむずかしいことを克服するのが好きよ。教えるという仕事も、とても面白いわ。ポール・アーヴィングは、ほかの子に欠けているものを全部持っていて埋めあわせをしてくれるの。完璧に可愛い子よ。その上、天才なんだから。いつかきっとあの子の名は世に知れわたるわ」アンは力をこめてしめくくった。

「僕も教えることが好きだよ」ギルバートが言った。「教えることは、それだけでいい勉強になるね。何しろこれまで学校に何年も通って学んだことより、この数週間ホワイト・サンズで初々しい心の子どもたちを教えて得たことのほうが多いくらいだ。僕たちはみんな、うまくやっているよ。ジェーンはニューブリッジで評判がいいらしいし、この不肖《ふしよう》の僕にも、ホワイト・サンズの人たちは、どうにか満足してくれているようだ……もっともアンドリュー・スペンサー氏は別だけどね。ゆうべ、帰る途中、ピーター・ブリュエット夫人（１）に会ったら、お耳に入れるのが義務だと思うんで言いますがね、スペンサーさんは先生のやり方に感心していませんよ、ときたんだよ」

「ねえ知っている」アンは考えこみながら言った。「お耳に入れるのが義務だと思いましてね、と言われたら、いやなことを聞かされるから気をつけたほうがいいわ。でも、良い評判を聞いたときは、どうして本人の耳に入れるのが義務だと思わないのかしら。昨日もH・B・ドネル夫人が学校にやってきて、お知らせするのがあたくしの義務だと思いますから申し上げますけど、ハーモン・アンドリューズ夫人は、先生がおとぎ話《フェアリー・テイル》を読んで聞かせるのに反対（２）なさってます、それからロジャーソンさんは娘さんのプリリーの算数がなかなか上達しないとお感じですわ、ですって。プリリーも、石板ごしに男子に色目をつかう時間を減らせば、もっとよくできるのに。あの子の算数はジャック・ギリスが計算しているのはたしかなんだけど、まだ現場を押さえられないの」

「そのドネル夫人だが、例の前途有望な息子は、聖人ぶった名前で呼ばれることに納得したかい」

「まあね」アンは笑った。「でもなかなか大変だったわ。初めて『セント・クレア（聖クレア）』って呼んだらちっとも気づかなかったから、二、三回、呼んだの。そうしたら男の子たちがこづいて、やっと顔をあげたんだけど、いかにも不当に扱われたといった顔をするのよ、ジョンだのチャーリーだのって呼ばれても、自分だってわかるはずがないじゃないか、とでも言いたげにね。だから夕方、放課後に残して、優しく言って聞かせたわ。お母さんにセント・クレアと呼んでほしいと頼まれたから、ご希望にそわないわけにはいかないのよって。すっかり話すと、わかってくれて……物わかりのいい子よ……それであの子は、先生はセント・クレアと呼んでもいいけど、ほかのやつらが言ったら『ぶちのめしてやる』って言うから、今度は、そんな乱暴な言葉づかいはいけませんって叱らなければいけなかったわ。以来、私はセント・クレアと呼んで、ほかの子はジェイクと呼ぶことで万事丸くおさまっているの。あの子は大工さんになりたいって言うけど、ドネル夫人は大学教授にするつもりですって」

大学という言葉が出たので、ギルバートは新しい話題に移った。しばらくの間、二人は、将来の計画と夢を語りあった――真剣に、熱心に、希望いっぱいに。若者は夢を語るのを好むものだ。未来が、まだ足を踏み入れてない一筋の道で、輝かしい可能性に満ちている限りは。

ギルバートは、医者になろうと、ついに決意を固めたところだった。

「すばらしい仕事だよ」ギルバートは夢中で語った。「人は、生涯を通じて闘わなければならないんだ……人は闘う動物だって、誰かが言わなかったかい？……僕は、病気と苦しみと無知を相手に闘いたい……この三つはつながりあった同じ仲間だからね。僕は、世のなかの誠実で意義のある仕事に加わって、自分の役割を果たしたいんだよ……人類が始まって以来、偉人たちがつみあげてきた人間の英知に少しでも貢献したいんだ。僕より前に生きた人たちがこれほど多くのことをなしとげてくれた、その感謝の気持ちを、後世の人たちのために尽くすことで表したいのさ。そうしてこそ人は、人類に対する義務をまっとうできると思うんだ」

「私は、人生に美しいものを加えたいわ」アンは夢見るように言った。「人に知識を与えることには、さほど興味はないの……もちろんそれは何よりも気高い目的よ……だけど私は、私がいることで、より楽しいときをすごしてもらえたら嬉しいの……私が生まれていなかったら、決して味わえなかったさりげない喜びや幸せを、人に感じてほしいの」

「君はその願いを、日々果たしているよ」ギルバートは感嘆の面もちで言った。

彼の言う通りだった。アンは生まれながらに光の子らの一人(3)だった。きらめく光る陽ざしのように、アンが笑いかけ、言葉をかけて通りすぎるだけで、少なくともその一瞬だけでも、人は自分の人生が希望に満ち、愉快で、評判がいいものに思えるのだ。

ようやくギルバートは名残惜しそうに立ちあがった。

「マクファーソンの家に行かなくては。ムーディ・スパージョンが週末をすごしに、クィーン学院から帰ってきたんだ、それでボイド教授が僕に貸してくださる本を持って来てくれることになっているんだ」

「私もマリラに夕食を作らなくては。今夜はキースの奥さんに会いに行っているの。もうじき帰ってくるわ」

マリラがもどると、アンは食事をすっかり支度していた。暖炉に火は音をたてて勢いよく燃え、食卓の花瓶には、霜枯れに白くなった羊歯と深紅《ルビー・レッド》に色づいたかえでの枝が飾られていた。ハムとトーストのおいしそうな匂いもただよっている。しかしマリラは深いため息をもらし、いすにすわりこんだ。

「目が痛むの？　頭痛がするの？」アンは案じて声をかけた。

「いいや、疲れたんだよ……それと心配事だ。メアリと子どもたちだよ……メアリは、ますます悪くてね……もう長くないよ。そうしたら双子が、どうなることやらと思ってね」

「おじさんから返事はあって？」

「ああ、メアリに手紙を寄こしたんだが、今は材木の伐採場で働いていて『山小屋に住みこんでいる』とかで、どのみち春まで引きとれないそうだ。春になったら結婚して所帯を持つから引きとるが、冬の間は近所にあずけてくれと言ってきたんだよ。でもメアリは、ご近所にはとても頼めないとこぼしてね。実際、東グラフトンの人とは、懇意《こんい》にしてこなかったからね。要するにアン、メアリは私に引きとってほしいんだよ……口にこそ出さないが、そんな顔つきだったね」

「まあ！」アンはすっかり興奮して両手を握りあわせた。「もちろん引きとるでしょう？」

「まだ決めちゃいないよ」マリラはいささかけわしい顔をした。「私は、あんたみたいにむこう見ずに物事をおっ始めたりしないよ。またまたいとこなんて間柄は、たいしたゆかりも責任もないしね。それに六つの子を、二人も面倒見るなんて、荷が重すぎるよ……しかも双子だよ」

マリラは、双子というものは、子ども二人より二倍も手がかかると思っていた。

「双子はとても面白いのよ……せいぜい一組ならね」アンは言った。「二組、三組となると、うんざりするけど。マリラにとってもいいじゃないの。私が学校へ行っている間、何かと楽しいわよ」

「何が楽しいもんかね……大変で手間がかかるだけだよ。せめてあんたがうちへ来たときくらいの年なら、さほど心配はないけれど。ドーラならかまわないよ……いい子でおとなしいからね。だけどデイヴィの腕白坊主ときたら」

子ども好きのアンは、キース家の双子に愛しさをおぼえていた。誰にもかえりみられなかった子ども時代の記憶が、今なおありありとアンには残っていた。マリラの唯一の弱点は、義務だと思ったことは、律儀に務めなければ気のすまない性分にある。それをアンはわかっていた。そこでこの線で話をうまく進めることにした。

「デイヴィがいたずらっ子なら、なおさらきちんとした躾《しつけ》が必要よ、そうでしょ、私たちが双子を引きとらなかったら、誰が面倒を見るのか、どんな環境におかれるか、わかったものじゃないわ。たとえばキースさんのお隣のスプロット家にあずけられたら、どうなると思う。リンドのおばさんがおっしゃっていたけど、ヘンリー・スプロットほど罰当たりな男もいない、子どもたちも嘘やでたらめばっかり言うんですって。双子がそんなふうに育ったら恐ろしいでしょう？　あるいはウィギンズ家へ行ったとしても、リンドのおばさんによると、ウィギンズさんは売れるものなら何でも売りとばす人で、バターをとった残りの脱脂乳で子どもを育てるんですって。いくらまたまたいとこでも、親戚がひもじい思いをしたら嫌でしょう？　だからマリラ、双子を引きとるのは、私たちの義務だと思うわ」

「なんだかそんな気がするね」マリラは陰気な様子でうなずいた。「思い切って、子どもを引きとるってメアリに言おうかね。アン、そんなに嬉しそうな顔をしなくてもいいよ。あんたの仕事がよけいに増えるんだよ。私は目が悪くて一針も縫えないから、あんたが子どもの服を縫って、ほころびを繕《つくろ》うんだよ。だけど裁縫は大嫌いだろう」

「そうよ、嫌いよ」アンは穏やかに言った。「でも、マリラが義務の念から子どもたちを引きとるなら、私も義務の念から縫い物をするわ。好きではないことをしなければならないというのも、ためになるわ……ほどほどならね」

# 第8章　マリラ、双子を引きとる

リンド夫人は台所の窓ぎわでベッドカバーを棒針で編んでいた。何年か前の夕方もこうしてすわっていると、マシュー・カスバートが、夫人が言うところの「島の外から来た孤児」を乗せて馬車で丘をおりてきたのだ。あのときは春だったが、今は秋も終わりで、森の木々は葉を落とし、野は褐色に枯れていた。ちょうど日没をむかえ、アヴォンリーの西に広がる暗い森のむこうは、紫と金色に華やかに染まっていた。そこへ肥えた茶色のポニーに引かれた馬車が、丘をおりてきた。リンド夫人は食い入るように見つめた。

「ほら、マリラが葬式から帰ってきたよ」台所の寝いすで横になっている夫に、声をかけた。このところトーマス・リンドは、寝いすに横たわることが前より多くなっていた。家の外のことなら何でも察しのいいリンド夫人だが、夫の変化にはまだ気づいていなかった。

「双子も一緒だ……ああ、デイヴィが、馬車の泥はねよけから身を乗り出して、馬の尻尾《しっぽ》をつかもうとしてる。落ちないようにマリラが後ろから引っぱってるよ。ドーラはお行儀よくすわってること、感心するほどだ。いつ見ても、ぴんと糊をつけてアイロンをかけたばっかりみたいな子だね。まあまあ、マリラはこの冬、てんてこ舞いだよ、まったく。でも、こうした事情じゃ、引きとらないわけにいかないし、きっとアンが助けてくれるね。こうなってアンは大喜びだよ。子どもの扱いには慣れて、こつを知ってるからね、まったくのところ。それにしても、あの世間知らずのマシューがアンを家につれてきて、マリラが育ててるなんて聞いたときは、みんなして笑ったもんだが、あれもついこないだのような気がするのに、今度は双子を引きとったんだよ。人は死ぬまで、どんな仰天事が起こるやら、わからないもんだね」

肥えたポニーは、リンド家の窪地にかかる橋をわたり、グリーン・ゲイブルズの小径へ入った。マリラはいささかけわしい顔をしていた。東グラフトンから十マイル（一マイルは一・六キロメートル）も馬車を走らせてきた上に、デイヴィ・キースが何かにとりつかれでもしたように絶えず動きまわっていたからだ。じっとすわらせておこうにもマリラの手に負えず、馬車の後ろに落ちて首を折りやしないか、泥はねよけから前に転がって馬に踏まれやしないか、道中、気が気でなかった。しまいにはマリラも匙《さじ》を投げ、家についたら鞭で思いっきりたたくとおどかした。するとデイヴィは、マリラが馬の手綱をとっているにもかかわらず、その膝によじのぼり、丸々とした両腕をマリラの首にまわして抱きついた。

「おばちゃんは、そんなことしないもん」しわのよったマリラの頬に、愛らしいしぐさでキスをした。「おばちゃんは、小さな男の子がじっとしてられないくらいで、鞭で引っぱたく女の人には見えないよ。それにおばちゃんだって、ぼくくらいの年のころは、じっとしてるのが大変だったでしょ」

「いいや、じっとしてなさいと言われたら、いつもそのとおりにしたよ」厳しく言おうとしたものの、デイヴィに情熱的に抱きつかれてキスされたマリラは、心が柔らかくほどけるのを覚えた。

「それはおばちゃんが女の子だったからだよ」デイヴィは、もう一度マリラを抱きしめ、もぞもぞ席にもどった。「おばちゃんが昔は女の子だったなんて、とっても不思議だね。ドーラはじっとすわってるけど、つまんないよ。女の子って退屈にきまってら。おい、ドーラ、ちょっと元気づけてやろう」

デイヴィの「元気づける」とは、ドーラの巻き毛をむんずとつかみ、力まかせに引っぱることだった。ドーラは悲鳴をあげて泣き出した。

「よくもそんな悪い子でいられるね、かわいそうなお母さんが、今日お墓に入ったばっかりだっていうのに」マリラは途方にくれた。

「でも、お母ちゃんは死ぬのを喜んでたよ」デイヴィは秘密を打ちあけるように言った。

「ほんとだよ、だって、そう言ったんだもん。もう病気はうんざりだって。死ぬ前の晩、お母ちゃんとずっとお話ししたの。冬の間、おばちゃんが、ぼくとドーラを引きとってくれるから、いい子になさいって。いい子にするけど、走りまわるといい子じゃなくて、すわってるといい子なの？　お母ちゃんは、ドーラにはいつも優しくして味方になりなさいって言ったから、そうするんだ」

「髪を引っぱるのが優しくすることかね」

「そうだよ、ほかのやつには引っぱらせないよ」デイヴィは両の拳《こぶし》をかまえ、顔をしかめた。「やれるもんならやってみろだ。ぼくはドーラがあんまし痛くないようにしたんだよ……ドーラは女の子だから泣いたのさ。ぼくは男の子でよかった。でも双子はいやだな。ジミー・スプロットは妹が口答えすると『年上だから、兄ちゃんのほうが知ってんだぞ』って、妹をやっつけるけど、ぼくはドーラに言えないもん。だからドーラは、いつもぼくにいちいち逆《さか》らうのさ。ねえ、お馬《んま》さんを走らせるの、ちょこっとぼくにもさせて、ぼくは男なんだよ」

とにもかくにも馬車が庭にたどりつき、マリラはやれやれ無事に帰ったと安堵《あんど》した。秋の夜風が枯れ葉を舞いおどらせていた。門の木戸まで迎えに出たアンは、双子を一人ずつ抱きかかえ、馬車からおろした。ドーラはおとなしくキスされるままだったが、デイヴィは、アンが腕をひろげて迎えると、心から嬉しそうに抱きつき、元気いっぱいに名乗った。

「ぼく、ミスター・デイヴィ・キースだよ」

夕食のテーブルでも、ドーラのふるまいは小さな貴婦人《レディ》さながらだったが、デイヴィの行儀は、はなはだ遺憾《いかん》であった。

「あんまり腹ぺこで、お行儀よくする暇がないんだよ」マリラに叱られると言いわけした。「ドーラは、ぼくの半分もお腹がすいてないよ。ぼくはここに来るまで動きっぱなしだったもん。ケーキ、すっごくおいしいね、プラムがいっぱいだ。うちではずっと、ずっとケーキを食べられなかったの。お母ちゃんは病気が重くて、こさえられなかったし、スプロットのおばちゃんは、ぼくたちにはパンを焼くだけでやっとだって言ったし、ウィギンズのおばちゃんはケーキにプラムなんて入れてくれないもん。ああ、いやなおばちゃん！　だからもう一切れ食べていい？」

マリラならだめと言っただろうが、アンは気前よくお代わりを切りわけた。「ありがとう」と言いなさいと注意したが、デイヴィはただにこっと笑ってアンを見つめ、大口を開けてケーキにかぶりついた。そして食べ終わってから言った。

「もう一切れくれたら、その分に、ありがとうって言うよ」

「いいや、お前さんはもう充分食べたよ」マリラがこんな声を出せば、これが最後だとアンは知っていたが、デイヴィはまだ知らない。

彼はアンにウィンクすると、テーブルに身を乗り出し、ドーラが上品にほんの少し口をつけた一切れめのケーキを、手から引ったくった。そして思いきり開けた口に押しこむと、丸のみした。ドーラは唇をふるわせ、マリラは仰天のあまり絶句した。アンはすぐさま、きわめつきの「女教師らしい」態度で叱りつけた。

「デイヴィ、紳士《ジエントルマン》はそんなことしません」

彼は、ケーキをのみこみ口がきけるようになると言った。「知ってるよ。でも、ぼく、紳士《ジエムプラム》とかじゃないもん」

アンは驚いて言った。「デイヴィは、紳士になりたくないの」

「そりゃあ、なりたいよ。だけど大きくなるまでは無理だよ」

「いいえ、今だって立派になれるわ」アンは、今こそ良い躾という種をまく好機とばかりに、すかさず言った。「小さいうちから紳士になれるのよ。紳士は女の人から物を引ったくるなんて絶対にしないわ……ちゃんとありがとうって言うし……人の髪も引っぱらないのよ」

「つまんないね、ほんとに」デイヴィはけろりと言った。「紳士《ジエムプラム》になるのは大きくなってからにするよ」

マリラはあきらめた様子で、ドーラにもう一切れケーキを切ってやった。この時の彼女は、デイヴィは手に負えないと思っていた。マリラにとっては大変な一日で、葬式に出た上に、長い道のりを馬車で帰ってきたのだ。このときのマリラは、イライザ・アンドリューズも顔負けの悲観的な心情で、先々が思いやられてならなかった。

双子はどちらもきれいな顔だちだったが、まるで似ていなかった。ドーラは長い巻き毛がつややかで一筋の乱れもなかったが、デイヴィは金髪の縮れ毛がふさふさして丸い頭いっぱいに小さなカールがおどっていた。ドーラの目ははしばみ色《ヘーゼル》で優しく穏やかだったが、デイヴィの瞳は小妖精《エルフ》のように茶目っ気たっぷりで（1）くりくりしていた。ドーラの鼻はまっすぐだったが、デイヴィは見るからに獅子《しし》っ鼻《ぱな》、ドーラの口もとは「とりすましていた」（2）が、デイヴィの口は常に微笑を浮かべていた。おまけに片頬だけにえくぼがあり、笑うと左右の感じがちがってなんとも可愛らしい愛嬌があった。つまりデイヴィは、小さな顔だちのどこをとっても、ほがらかでいたずら好きな気配がうかがえた。

「もう寝かしたほうがいいね」マリラが言った。子どもをひとまず片づけるには、それが一番簡単に思えたのだ。「ドーラは私と一緒に寝るから、アンはデイヴィを西の切妻の部屋につれてあがっておくれ。デイヴィ、一人で寝ても怖くないね」

「怖かないよ。でも、まだ寝ないもん」デイヴィは上機嫌で言った。

「いいや、寝るんです」さんざん手こずったマリラは、そうとしか言わなかったが、声には、さすがのデイヴィにもつべこべ言わせぬ響きがあった。彼は素直に急ぎ足でアンについて二階へあがった。

「ぼくね、大人になったら、いっとう最初にしたいのは、一晩中ずっと起きてることだよ。どんな感じか知りたいんだ」アンに内緒話を打ちあけるように言った。

それから何年たっても、双子がグリーン・ゲイブルズに来た最初の一週間を思い出すと、マリラは身ぶるいした。この一週間が後にくらべて格別ひどかったわけではない。しかし初めてのことばかりでよけいにそう感じたのだろう。デイヴィは毎日、寝ているときを別にすれば、四六時中、いたずらをしているかたくらんでいるかだった。最初にとてつもないことをしでかしたのは来てから二日後、日曜の朝だった——晴れて暖かく、九月のように穏やかな陽気で、かすみがかかっていた。教会へ行く前にマリラはドーラに服を着せ、アンはデイヴィの着替えをした。まず最初にデイヴィは、顔を洗いたくないと頑として抵抗した。

「マリラが昨日洗ってくれたもん……それにウィギンズのおばちゃんもお葬式の日に、固い石鹼でごしごししたよ。だから一週間は洗わなくていいもん。どうしてそんなにきれいにするの。汚れてるほうが楽ちんだよ」

「ポール・アーヴィングは、毎日、すすんで顔を洗うのよ」アンは抜け目なく言った。

デイヴィは、グリーン・ゲイブルズの住人となってまだ四十八時間ほどだったが、すでにアンを崇拝し、一方でポール・アーヴィングに対抗心を燃やしていた。着いた翌日、アンがポールをほめちぎったからだ。ポール・アーヴィングが毎日顔を洗うなら、ことは決まりだ。このぼく、デイヴィ・キースだって洗ってやる、たとえ死ぬ羽目になろうとも。というわけで、デイヴィは同じ理由から他のこまごました身支度も、おとなしく従った。すべて終わると、まことにハンサムな男の子にしあがった。そのデイヴィをつれて教会の通路をカスバート家の席へ歩いていくと、アンは母親のような誇らしさをおぼえた。

デイヴィも、最初のうちは行儀がよかった。ポール・アーヴィングはどの子だろうと、見える限りの男の子という男の子をそっとながめるのに気をとられていたのだ。まず賛美歌を二曲、続いて聖書の朗読も何事もなく終わった。しかしアラン牧師の祈禱《きとう》のとき、騒動はおきた。

デイヴィの前には、ローレッタ・ホワイトがうつむき加減にすわっていた。金髪を二本の長い三つ編みにして、左右に下げている。二本のお下げの間から、白い首すじが、レースのゆるやかなフリルに包まれ、いたずら心を誘惑するようにのぞいていた。ローレッタはぽっちゃりして穏やかな顔をした八つの女の子だった。生後六か月で母親に抱かれ初めて教会に来て以来、いつも申し分のないお行儀だった。

デイヴィが片手をポケットに押しこみ、とりだしたのは——毛虫だった。毛むくじゃらで、くねくねのたうっている毛虫である。気づいたマリラはとっさにデイヴィをつかんだが、間にあわなかった。デイヴィは、ローレッタの首に毛虫を落としたのだ。

アラン牧師のお祈りの真っ最中、するどい悲鳴が立て続けにあがった。牧師は驚いて祈禱をやめ、目を開けた。集まった信徒たちも一人残らず顔をあげた。ローレッタ・ホワイトは、気がふれたように服の後ろをひっつかみ、飛びあがったりすわったりしている。

「あー……ママー……とって、とってよー……あの悪い子が首から入れたの……やだよう……ママー、どんどん下におりていく……うわあ……わああ」

ホワイト夫人は立ちあがり、のぼせて身もだえするローレッタを、こわばった顔で外へつれ出した。悲鳴が遠ざかり小さくなった。アラン牧師はお祈りを続けたが、この日の礼拝は失敗だと誰もが感じていた。マリラは生まれて初めて、お説教に聖書のどの句が使われたのかわからなかった。アンも不面目のあまり真っ赤になって腰かけていた。

帰宅すると、マリラはデイヴィを寝室に入れ、一日中出さないことにした。デイヴィの昼食は抜きで、夕食も質素にパンと牛乳だけにした。それをアンは持っていってやり、デイヴィのかたわらに悲しげに腰かけた。一方、デイヴィは何の後悔の色もなく平らげた。しかしアンの沈んだまなざしにうろたえ、反省したように言った。

「思ったんだけど、ポール・アーヴィングなら、教会で女の子の背中に毛虫なんか入れないよね」

「絶対にしないわ」アンは悲しそうに言った。

「そうだね、あんなことをして、悪かったよ」彼も認めた。「だけど、嬉しくなるほどでっかい毛虫だったんだもん……教会に入るとき、上がり口の階段で拾ったの。これを無駄にしたらもったいないって思ったんだよ。あの子、きゃあきゃあ叫んでおもしろかったでしょ」

次は火曜日の午後だった。教会の婦人援護会の集まりがグリーン・ゲイブルズで開かれ、マリラを手伝おうと、アンは学校から急いで帰った。ドーラはきれいに糊づけした白いドレスに黒い帯《サッシュ》をまき、きちんとして礼儀にかなっていた。援護会の客人たちと客間に腰かけ、話しかけられると上品に答え、あとはおしとやかに黙っていた。そのふるまいは、どこをとっても良い子のお手本そのものだった。一方のデイヴィは、納屋の前で泥んこになり、幸せいっぱいで泥饅頭をこねていた。

「私がデイヴィに言ったんだよ、泥んこ遊びをしておいでって」マリラはうんざりした顔でアンに言った。「あれをさしとけば、もっとひどい悪さはしないからね。あれなら汚れるだけだろう。デイヴィに食べさせる前に、お客さんたちにお茶をお出ししよう。ドーラは一緒でもいいが、デイヴィを援護会の人たちと食卓にすわらせる度胸はないよ」

アンが、来客を呼びに客間へ行くと、ドーラがいなかった。ジャスパー・ベル夫人によると、デイヴィに玄関から呼ばれて、外へ出ていったという。アンとマリラは配膳室で手短に相談した結果、子どもたちは後で食べさせることにした。

　お茶も半ばのころ、食堂にみじめななりをした人物が闖入《ちんにゅう》してきた。マリラとアンは動揺しながら、その人物をまじまじと見つめた。援護会のお客たちも仰天して目を見はった。これがあのドーラだろうか——ずぶ濡れになり、頭から服から、水をぽたぽた、マリラが買ったばかりのコイン大の水玉模様の敷物にたらしながら、すすり泣いている途方もない姿の人物が。

「ドーラ、どうしたの」アンは思わず叫び、ジャスパー・ベル夫人を気がとがめたようにちらりと見た。世界広しといえども、この一家だけは事故《アクシデント》などおきない（3）と噂されていたからだ。

「デイヴィに言われて、豚を囲う柵の上を歩いたの」ドーラは声をあげて泣いた。「いやだったけど、デイヴィが弱虫猫って言うから。そうしたら、豚の囲いの中に落ちて、服が汚れたの。そこへ豚が私をふんづけて走って、ドレスがめちゃめちゃになって、デイヴィがポンプの下に立てば洗ってきれいにしてやるって言うから行ったんだけど、デイヴィが頭から井戸水をかけても、ドレスはちっともきれいにならないし、きれいな帯《サッシュ》も靴も、だめになったの」

　後は、アンが一人でお茶の接待役をひきうけ、マリラは二階へあがってドーラを古い服に着替えさせた。デイヴィはつかまえて、夕食抜きで寝室に閉じこめた。その夕方、アンはデイヴィの部屋へあがり、まじめに話して聞かせた――この方法は効き目があると信じていたし、実際、そこそこうまくいっていたからだ。アンは、デイヴィの行いには大そう心を痛めていますと話した。

「今は悪かったと思ってるよ」デイヴィは認めた。「でも困ったことに、やってからじゃないとわかんないんだ。ドーラったら、一緒に泥饅頭を作ってくれないんだもん。服が汚れるからいや、なんて言うから頭にきたんだよ。でもポール・アーヴィングなら、落ちるとわかってるのに、豚の柵の上を、妹に歩かせたりしないね」

「そうよ、そんなこと考えもしないわ。ポールは完璧な男の子の紳士だもの」

デイヴィは顔をしかめ、きつく目をつぶり、しばしこの件を考えこんでいるようだった。それからアンの膝にはいあがり、両手で首に抱きつくと、赤らんだ小さな顔を、アンの肩にうずめた。

「アン、ポールみたいないい子じゃなくても、ぼくのこと、ちょっとは好きでいてくれる？」

「もちろんよ」アンは心をこめて言った。なぜかデイヴィは好きにならずにいられなかった。「こんなにいたずらっ子じゃなかったら、もっと好きになってよ」

「あのね……今日はもう一つやったんだ」デイヴィは、アンの肩に顔をうずめたまま、くぐもった声で言った。「今は悪いと思ってるよ。でも怖くて言えないの。だから怒らないで聞いてくれる？ それにマリラに言わないでくれる？」

「まだわからないわ。たぶんマリラに話すことになるわね。何をしたのか知らないけど、その悪さを二度としないって約束してくれたら、私も約束するわ。怒らないし、マリラに言わないわ」

「二度としないよ。それにどっちにしたって、もう冬だから、今年は、あんなでっかいやつは出てこないよ、地下の貯蔵庫におりる階段で見つけたんだ」

「デイヴィ、何をしたの」

「マリラのベッドにひき蛙《がえる》を入れたの。よかったら、とってきてもいいよ。でもね、そのままにしといたほうが、おもしろいんだけどな」

「デイヴィ・キース！」アンはデイヴィの腕をふりほどき、廊下を走りマリラの部屋へ飛んでいった。たしかにベッドが少し乱れている。肝を冷やしながら急いで毛布をはがすと、まさにひき蛙がいて、枕元から目をぱちくりさせて、こちらを見つめていた。

「こんな気持ちの悪いもの、どうやって外へ持っていけばいいのかしら」アンは身ぶるいしながらうめいた。石炭をすくうシャベルを思いつくと、マリラが配膳室で忙しく片づけている間に、しのび足で下りて、とってきた。しかし、ひき蛙を一階へ持っておりるのも至難の業《わざ》だった。蛙は、三回もシャベルからとびだし、一度などは廊下で見失ったのだ。ようやくさくらんぼの果樹園まで置きにいくと、安堵のため息が長々ともれた。

「マリラが知ったら、死ぬまで二度と、安心して、ベッドに入れないところだったわ。いたずらちびっ子が、その前に悔い改めてくれて助かった。あら、ダイアナが窓から合図している……ああ、良かった、ちょうど気晴らしをしたかったの。何しろ学校ではアンソニー・パイ、家ではデイヴィ・キースだもの。これは、私の神経が一日で我慢できるほぼ限界よ」

# 第9章　色の問題

「今日、あのうるさいレイチェル・リンドのばあさんがまた来やがった。教会の聖具室（1）にしく絨毯を買うのに寄付しろとな」ハリソン氏はいまいましげに語った。「あんな不愉快な女もいないよ。お説教に聖書の句にその解釈から応用まで、みんな『絨毯を買うのに寄付をしろ』って言葉にまとめて、煉瓦《れんが》でもぶつけるみたいにまくしたてやがった」

アンはヴェランダのはしに腰かけ、やわらかにそよ吹く西風の心地よさを楽しんでいた。灰色に暮れゆく十一月の黄昏どき、風は鍬を入れたばかりの畑をわたり、庭の下に並ぶねじれたもみを揺らし、かすかに木枯らしのメロディを奏《かな》でていた。アンは夢見るような表情で肩ごしにふりむいた。

「ハリソンさんとリンドのおばさんは、おたがいを理解しないからいけないのよ」アンは講釈を始めた。「おたがいに嫌いだというときは、きまって無理解が原因よ。私も最初はリンドのおばさんが好きじゃなかったけど、理解したら好きになったわ」

「リンドのばあさんを好きになるやつもいるかもしれんがな、あいにくわしは、せっせと食べりゃ、好きになると言われても、バナナを食べ続けるような男じゃないんでね」不機嫌そうにがなった。「あのばあさんを理解しろと言うなら、理解した結果が、札つきの出しゃばりだということだ、本人にもそう言ってやった」

「まあ、とても気を悪くなすったと思うわ」アンはとがめた。「よくもそんなことが言えるわね。私もずっと前、おばさんにひどいことを言ったけど、それはかっとなったからよ。傷つくようなことをわざと言うなんて」

「事実を言っただけだ。わしは誰にでも、真実を言うことを、よしとしてるんでな」

「でもハリソンさんは、真実をすべて話すわけじゃないわ」アンは反論した。「本当のことといっても、不愉快なことだけ言うのよ。たとえば私の髪が赤いって何十回も言ったけど、きれいな鼻だとは一度も言わないわ」

「言わなくても、わかってると思ってな」ハリソン氏はくっくと笑った。

「髪が赤いこともわかっているわ……もっとも、前よりずっと茶色くなったけど……だからどちらもわざわざ私に言う必要はないの」

「わかった、わかった。そんなに気にするなら、もう言わないよ。大目に見てくれや。ずけずけ言うのは癖なんだ、気にするなって」

「気になって仕方ないわ。癖だなんて言われても、何の言いわけにもならないもの。ピンや針を人に突き刺してまわる人がいて、『大目に見てくれや、気にするな……ただの癖なんだ』と言ったら、どう？　頭がおかしいと思わない？　リンドのおばさんが出しゃばりだとしても、実際、そうかもしれないけど、とても親切で、いつも貧乏な人を助けているわ。それを本人に言ったことはあるの？　たとえば、ティモシー・コトンは、おばさんの牛乳加工室からバターのつぼを盗んだのに、奥さんには、おばさんから買ったと話したのよ。それなのにおばさんは、一言も非難がましいことを言わなかったわ。しかもコトンの奥さんは、後でおばさんに会ったとき、あのバターはかぶみたいな味がしたと文句を言ったのに、それでもおばさんは、悪くなっててすみませんでした、としか言わなかったのよ」

「まあ、たしかにいいところもあろうわな」ハリソン氏はしぶしぶ譲歩した。「たいていの人間にいいところはあるさ。わしにだってある、おまえさんは考えたこともないだろうがな。いずれにしても、教会の絨毯には、びた一文《いちもん》出さないぞ。どうもここの連中は、金を出せ出せと未来永劫《みらいえいごう》、せびりに来そうだ。ところで、公会堂を塗り直す件は、うまくいってるかね」

「とても順調よ。先だっての金曜の夜、アヴォンリー村改善協会の会合を開いたの。そうしたら、寄付金が山ほど集まっていたわ。ペンキの塗り直しに、屋根のふきかえもできる金額よ。ほとんどの人が、とっても気前よくお金を出してくださったのよ、ハリソンさん」

アンは心根の優しい娘だが、必要とあらば、もとは何の悪意もない「ほとんどの」という言葉に、嫌味をこめるくらいはできるのだった。

「何色に塗るんだい」

「みんなで話しあって、きれいな緑色に決めたの。もちろん屋根はえんじ色《ダーク・レッド》よ。今日、ロジャー・パイさんが、町へペンキを買いに行っているわ」

「仕事は誰に頼んだのかい」

「カーモディのジョシュア・パイさんよ。屋根板のふきかえは、ほとんど終わったわ。パイさんに頼むしかなかったの……パイ一族は四家族いるんだけど……その誰もが口をそろえて、ジョシュアに仕事を頼まない限り一セントだって寄付しないって言うんだもの。四家族で十二ドルも寄付名簿に署名してくださったから、ふいにするには惜しかったの。でも、パイ家なんかに仕事をやるんじゃなかったのにって言う人もいるわ。リンドのおばさんは、パイ家ときたら何でも仕切ろうとするんだから、ですって」

「大事なのは、ジョシュアという男の仕事ぶりの良し悪しだ。腕がよけりゃ、名前はパイだろうがプリンだろうがかまわんさ」

「話では、腕のいい職人だそうよ。ただし、そうとう変わった人らしいの。ほとんど口をきかないんですって」

「そりゃあたしかに変わってるな」ハリソン氏は皮肉っぽく言った。「少なくとも、ここの連中なら、そう言うだろうよ。わしだってアヴォンリーに来る前は口数が多いほうじゃなかったのに、ここへ来てからは、身を守るために話をせずにはいられんよ。そうでもしなけりゃ、リンドのばあさんが、あの男は口がきけんから手話を教えにゃならんと言って、また寄付集めをおっ始めたろうよ。おや、もう帰るのかい」

「ええ、今夜はドーラの縫い物があるの。それにそろそろデイヴィが新しい悪さを始めてマリラを手こずらせるころよ。今朝だって起きるなり、『アン、夜の暗いのはどこへ行ったの、ぼく知りたいな』って言うから、世界のむこう側よ、と答えたら、朝ごはんの後、そんなことはないって言うの……井戸へ入ったはずだって。マリラが言うには、デイヴィったら、暗闇をつかもうとして井戸の囲いから身を乗り出しているところを、今日は四度もつかまえたんですって」

「腕白坊主め」ハリソン氏は言った。「昨日はうちへ来て、ジンジャーの尻尾の羽根を六本も抜きやがった、わしが納屋へ行ったすきにな。かわいそうに、それからジンジャーはふさぎこんでるよ。あの双子は、あんたがたにとっても、苦労のたねだな」

「持って価値のあるものにはすべて、多少の苦労はつきものですから」とアンは言いながら、デイヴィが今度どんないたずらをしても許してやろうとひそかに決意した。ジンジャーに復讐《ふくしゅう》してくれたからだ。

その夜、ロジャー・パイ氏は公会堂に塗るペンキを買って帰宅した。翌日、無愛想にして無口なジョシュア・パイ氏は、ペンキを塗り始めた。ペンキを塗る間、誰ひとり、邪魔しに来なかった。公会堂は、「下の道」と呼ばれる道すじに建っていた。晩秋ともなると、この道はいつもぬかるんで水がたまるので、カーモディへは遠まわりでも「上の道」を通るのだ。しかも公会堂はもみの森におおわれ、近くへ行かなければ見えなかった。というわけで、人づきあいの苦手なジョシュア・パイ氏は、ひとり気ままに、誰にも指図《さしず》されずに心楽しくペンキを塗った。

金曜日の午後、仕事を終えて、彼はカーモディへ帰った。まもなくリンド夫人が馬車でやってきた。塗りかえた公会堂がどうなったのか見たくてたまらず、泥でぬかるんだ下の道も、ものともしなかったのだ。やがて馬車がえぞ松林のカーブをまわり、公会堂が姿をあらわした。

それを見たとたん、リンド夫人は動揺のあまりけげんな顔になり、手綱を落とし、両手をあげた。「あれま、なんてことだ！」わが目を疑うように、公会堂を見つめていたが、やがてけたたましく笑い出した。

「何か手違いがあったに違いない……きっとそうだ。パイ家のことだから、へまをやらかすとは思っていたが」

リンド夫人は帰路についたが、道ばたで人に会うと馬車をとめ、公会堂の話をした。知らせは野火のようにまたたく間に広まった。ギルバート・ブライスは家で教科書を熱心に読んでいたが、夕方、父が雇っている少年から聞くと、息を切らせてグリーン・ゲイブルズへかけつけた。途中でフレッド・ライトも一緒になった。グリーン・ゲイブルズに着くと、庭の木戸でダイアナ・バリー、ジェーン・アンドリューズ、アン・シャーリーの三人が、葉の落ちた柳の大木のもと、絶望を絵に描いたような姿で立っていた。

「アン、嘘だろう」ギルバートは叫んだ。

「本当よ」アンは悲劇の女神のような顔で言った。「リンドのおばさんがカーモディの帰りがけに寄って、教えてくださったの。ああ、ひどいとしか言いようがないわ！　村を改善しようと努力したのに、何にもならなかった」

「何がひどいんだい」そこへオリヴァー・スローンがやってきた。マリラのために、町から帽子入れの紙箱を持ってきてくれたのだ。

「聞いてないの」ジェーンが怒りをこめて言った。「要するに……ジョシュア・パイが公会堂を緑じゃなくて、青に塗ったのよ……それも濃くて、けばけばしい青、荷車や手押し車に塗る色よ。リンドのおばさんは、あんなぞっとする色の建物は見たことも想像したこともない、ましてや屋根が赤いんだから、なおさらだって言うの。もう倒れるくらいびっくり仰天したわ。みんなで骨を折った結果がこれだなんて、胸がはりさけそう」

「一体全体、どうしてこんな間違いがおきたの」ダイアナは泣いた。

なぜこんな無情な災難がおきたのか、しぼりこんでいくと、つまるところパイ家の責任だ、ということになった。改善員たちは、モートン・ハリス社のペンキを使うことに決めた。モートン・ハリス社のペンキは、それぞれの缶に、色見本と同じ番号がふってある。買い手は見本を見て、どの色にするか選び、番号で注文するのだ。塗ることにした緑色は、一四七番だった。ロジャー・パイ氏は、息子のジョン・アンドリューを改善員たちのところへ使いにやり、町へ行くのでペンキを買ってこようと伝言をよこした。そこで改善員たちは、ジョン・アンドリューに、一四七番を買ってきてほしいと父親宛にことづけた。ジョン・アンドリューは言われたとおりに伝えたと一貫して主張しているが、ロジャー・パイ氏は一五七番と聞いたと言ってゆずらない。そのまま今日《こんにち》にいたっているのだ。

その夜、アヴォンリー村改善協会員のいる家は、どこも失意に打ちひしがれていた。グリーン・ゲイブルズもあまりに陰々滅々《いんいんめつめつ》として、さすがのデイヴィも静かにしていたほどだった。アンは涙にかきくれ、慰めようもなかった。

「マリラ、もうじき十七歳になるとしても、泣かずにいられないいわ」アンはすすり泣いた。「こんな悔《くや》しいことってないんですもの。改善協会は死の鐘を鳴らされたようなものよ。物笑いのたねになって、解散になるわ」

しかし人生とは、夢が逆夢になるように、しばしば思っていた逆になる。アヴォンリーの人々は笑わなかった。むしろ怒った。自分たちが出しあった費用で公会堂を塗り替えたのに、ふたを開ければ、下らないミスによって善意をないがしろにされたと感じたのだ。世間の怒りは、パイ一族に集まった。ロジャー・パイと息子のジョン・アンドリューに不手際があったからだ。それにジョシュア・パイも、缶を開けてペンキの色を見たとき、何か変だと思わなかったとは、よくよくの馬鹿に違いない。そう非難されたジョシュア・パイも言い返した。たとえ個人的には変だと思っても、アヴォンリーの住人の色の好みは、おれの知ったことじゃない。おれは公会堂にペンキを塗るために雇われたんであって、色をとやかく言うためじゃない、仕事の代金は払ってもらいたい、ということだった。

改善員たちは、地方判事のピーター・スローン氏に相談した。その結果、苦々しく思いながら支払った。

「払うしかないでしょうな」ピーターは言った。「ジョシュア・パイのせいにはできませんよ。あの男の主張によると、どんな色にするつもりか一言も聞かされず、ただ缶をわたされ、これを塗れと言われただけなんですから。それにしても、赤っ恥もいいとこですな、公会堂があんなみっともないことになって」

不運な改善員たちは、前にもましてアヴォンリーの人たちに色眼鏡で見られるだろうと覚悟した。ところが、世間は同情をよせた。若者たちが小さな集まりを作り、熱心に、一生懸命に目的にむけて苦労したのに、台なしにされたと感じたのだ。リンド夫人は、これからも続けなさい、世の中には、へまなんかせずに、ことをなしとげる人もいるんだってパイ家に見せつけてやりなさいと励ました。メイジャー・スペンサー氏はことづけをよこし、農場前の街道に並んでいる切り株をとりはらい、自費で芝生の種をまこうと言ってくれた。ハイラム・スローンの老夫人はある日学校へやってきて、ポーチからアンに意味ありげに手招きするので、何だろうと出ていくと、「改善員《くうわいじえんいん》さん」たちが春に街道の三叉路《さんさろ》にゼラニウムの花壇をこしらえたいなら、あたしの牛のことは心配いらんよ、食い荒らさんよう、しっかとくくりつけて見はっとくからと話した。ハリソン氏でさえ、家では笑いに笑ったにしても、表ではすっかり同情してくれた。

「アン、気にするな。ペンキというものは年々色あせてみっともなくなるもんだが、あの青は最初からみっともないから、色がさめりゃ、かえってきれいになるさ。屋根も板をふきかえてすっかり塗り直した。これからは雨漏りなしで公会堂にすわっていられるんだぞ。ひとまず充分やったじゃないか」

「でも、これからずっと、アヴォンリーの青い公会堂って言われて、まわりの村の人たちに物笑いのたねにされるんだわ」アンはつらそうに語った。

実際、そのとおりだったことは伝えておかねばなるまい。

# 第10章　デイヴィ、刺激を求める

　十一月の午後、アンは学校から《樺の道》の家路をたどりながら、人生はすばらしいとあらためて心に深く刻んでいた。その日は良い一日で、アンの小さな王国は万事うまくはこんだ。セント・クレア・ドネルは、その名前で呼ばれても男子と喧嘩しなかった。プリリー・ロジャーソンは歯痛《はいた》で顔がはれあがり、まわりの少年たちに一度も色目をつかわなかった。バーバラ・ショーも、一回しか――ひしゃくの水を床にこぼしたのだ――へまをしなかった。そしてアンソニー・パイは学校へ来なかった。

「今年の十一月は、なんてすてきでしょう！」アンは言った。ひとりごとをつぶやく子どものころの癖は、まだ抜けきっていなかった。「十一月はいつもうんざりする月だもの……一年という歳月が、自分も年老いて、もう何もできないとふと気づいて、泣いて焦っているような月よ。でも今年は、上品に年を重ねたのね……たとえ白髪やしわがあっても、魅力的でいられると心得ている品格のある老婦人みたい。このところ美しいお天気が続いて、黄昏もきれいだったこと。この二週間は何ごともなくすぎて、デイヴィもお行儀がよかった。あの子も見違えるようないい子になったわ。今日の森はなんて静かでしょう……葉っぱがさやさや鳴る音もなく、ただ、そよ風が梢《こずえ》をゆらして吹いていくだけ！　遠くの浜辺によせては返す波の音のよう。森はなんてすてきでしょう！　美しい木々よ！　みんなを友だちのように愛してるわ」

アンは立ち止まると、ほっそりした樺の若木を片腕で抱き、乳色の幹に口づけをした。

そこへダイアナが小道を曲がってあらわれ、アンを見て笑った。

「アン・シャーリーったら、いつもは大人のふりをしてるのね。一人のときは昔と同じ小さな女の子なんだわ」

「そうよ、女の子だったころの癖を、いっぺんには直せないわ」アンはほがらかに言った。「だって十四年間も子どもだったのよ。大人になりかけてからやっと三年だもの。これからも森に来ると、子どもに返った気がするでしょうね。学校帰りにこうして《樺の道》を歩くときだけが、夢を見る時間なの……もっとも、寝る前も三十分ほど空想はするけど、あとは授業に、自分の勉強に、マリラを手伝って双子の世話をするのに手いっぱいで、想像なんてする暇がないの。だから毎晩、東の切妻の部屋でベッドに入ってしばらくは、目もくらむような冒険を思いうかべるの。華やかで、意気揚々として、立派な人物になった想像をするのよ……すばらしい歌姫《プリマ・ドンナ》、赤十字の看護婦さん、女王様。ゆうべは女王様よ。女王になる想像は楽しいわ。不自由なことは一切なしで楽しいところだけを存分に味わって、いやになったらいつでもやめられるもの。実際にはそうはいかないでしょ。でもこうして森の中にいるときは、全然違う想像がいいわ……古い松の木にすむ木の精《ドライアド》とか、かさこそいう落ち葉に隠れている茶色の木の小妖精《ウッド・エルフ》になる空想とかね。さっきキスした白樺は、私の妹よ。あの子はたまたま木で、私は女の子というだけ、そんなに違いはないの。ところでダイアナ、どこへ行くの」

「ディクソンさんの家よ。アルバータに約束したの、新しい服の裁断を手伝ってあげるって。夕方、アンも来ない？　そうすれば一緒に帰れるわ」

「いいわよ……今日はフレッド・ライトは町へ行ってお留守だものね」アンはとぼけて言った。

ダイアナは赤くなり、つんと上をむいて歩いていったが、気を悪くした顔ではなかった。

アンは夕方、本当にディクソン家へ行くつもりだったが、それどころではなくなった。グリーン・ゲイブルズに帰ると、ほかは一切合切、頭から消え失せるような事態がまきおこっていた。庭でマリラと出くわしたのだ——取り乱した目をしたマリラに。

「アン、ドーラがいないんだよ！」

「ドーラが！　いないですって！」アンはデイヴィを見た。彼は庭の木戸にまたがり、体をゆすっていたが、目にはおもしろおかしそうな光があった。「デイヴィ、ドーラがどこにいるか知らない？」

「知らないよ」デイヴィは、はっきり答えた。「お昼ごはんの後は見てないよ、神様に誓うよ」

「私は一時から留守にしていたんだよ」マリラが言った。「トーマス・リンドが急に具合が悪くなったんで、すぐ来てくれとレイチェルが使いをよこしてね。家を出るとき、ドーラは台所で人形遊びをしていた、デイヴィも納屋の裏で泥んこ饅頭を作っていた。なのに半ときばかり前に帰ったら……ドーラが見えないんだよ。デイヴィが言うには、私が出てから見てないそうだ」

「ぼく、知らないよ」デイヴィは大まじめに断言した。

「そのへんにいると思うわ」アンは言った。「一人で遠くへ出歩く子じゃないもの……とても臆病《おくびょう》でしょう。どこかの部屋で寝ているのかもしれないわ」

マリラは首をふった。

「家中くまなく探したよ。母屋じゃなくて、ほかの棟《むね》にいるかもしれない」

二人は徹底的に探した。家はもとより庭、納屋、厩《うまや》といった外の建物も、すみからすみまでかきわけ、とり乱さんばかりに探しまわった。それからアンはドーラ、ドーラと呼びながら果樹園と《お化けの森》をさまよい歩いた。マリラはろうそくを手に、地下室を探した。デイヴィは代わるがわる二人につきそい、ドーラがいそうな場所をしきりに考えた。最後に、三人はまた庭に集まった。

「はてと、不思議なこともあるもんだ」マリラが唸《うな》った。

「いったいどこにいるのかしら」アンは打ちひしがれた。

「井戸に落っこちたのかも」デイヴィが威勢よく言った。

アンとマリラは不安げに顔を見あわせた。その懸念《けねん》は、探している間中、脳裏にあったものの、二人とも恐ろしくて口に出せなかったのだ。

「もしかしたら……そうかもしれない」マリラが小声でつぶやいた。

アンは気が遠くなり、胸が苦しくなったが、井戸の囲いへ近づき、中をのぞきこんだ。内側の棚にバケツがあり、はるか下に、静かな水面がかすかに光っている。カスバート家の井戸は、アヴォンリーで一番深かった。もしドーラが――アンはその可能性を直視できず、ふるえながら、井戸から顔をそむけて離れた。

「急いでハリソンさんを」マリラは不安げに両手をもみしぼった。

「ハリソンさんも、ジョン・ヘンリーもいないわ……今日は町へ行っているの。バリーさんを呼んでくる」

バリー氏がロープを一まき持ち、アンとともにやってきた。ロープの先には鉤爪形《かぎづめがた》の金具がついて、熊手のようだった。バリー氏が井戸をさらう間、恐ろしさと不安のあまり、マリラとアンは寒気がして身ぶるいしながらかたわらで見守った。デイヴィは木戸にまたがり、おもしろくてたまらないといった面もちで三人を見ていた。

やがてバリー氏は、安堵した様子で首をふった。

「井戸には落ちていませんよ。変ですなぁ、どこへ行ったんでしょうな。さては、その坊や、妹がどこへ行ったか本当に知らないのかい」

「知らないって何べんも言ったよ」デイヴィはむっとした。「物ごいがさらってったのかも」

「馬鹿なことを」井戸の心配が消え、気が楽になったマリラは厳しく言った。「アン、もしかするとハリソンさんのところまで、ふらふら迷い出たのかね。一度アンがつれていってから、ドーラは何かにつけておうむの話をしてたじゃないか」

「一人であんな遠くまで行くとは思えないけど、見てくるわ」アンは言った。

そのとき誰もデイヴィを見ていなかったが、もし見ていたら、にわかに表情が変わったことに気づいただろう。彼はこっそり木戸からすべりおり、丸々とした足で一目散に納屋へ逃げこんだ。

アンは急ぎ足でまき場を横切り、ここも駄目だろうとあきらめながら、ハリソン氏の農場へむかった。家は鍵がかかっていた。窓の日よけはおり、人の気配はまるでない。アンはヴェランダに立ち、ドーラの名を大声で呼んだ。

するとアンの背後の台所から、ジンジャーが金切り声をあげ、けたたましくののしりだした。だがそのわめき声の合間に、悲しげな泣き声が聞こえたのだ。ハリソン氏が道具をしまう庭の小屋からだった。アンは走っていき、戸のかけがねをはずし、幼な子を抱きあげた。ドーラは涙に汚れた顔で、釘入れの樽を逆さにした上に、寂しげにすわっていた。

「ああドーラ、みんなどんなに心配したことか！　どうやってここまで来たの」

「デイヴィとジンジャーを見に来たの」ドーラはしゃくりあげた。「でもおうむはちっとも見えなかったの。デイヴィがドアをけっ飛ばしたら、おうむが中から怒鳴っただけ。それでデイヴィは私をここにつれてきて、自分だけ走って出て、戸を閉めたから、出られなくなったの。ずっと泣いて呼んだよ。こわかったよ。お腹がすいて寒いの。アン、もう来てくれないのかと思った」

「デイヴィが……」その先は言葉にならなかった。アンは重苦しい心でドーラを抱いて帰った。子どもが元気で無事に見つかったのはありがたかったが、デイヴィの態度を思いかえすと気が滅入《めい》るほうがまさった。ドーラを閉じこめただけなら、ただの遊びとして大目に見てやっただろう。しかしデイヴィは嘘をついたのだ――それも血も涙もない嘘を。それは醜い現実だったが、目をつぶることはできなかった。いっそすわりこんで、深い失意のままに泣きたかった。いつしかアンは、デイヴィを愛しく思うようになっていたのだ――どんなにデイヴィを可愛く思っているか、このときアンは初めて気づいた――だからこそデイヴィが手のこんだ嘘をついたと知って、耐えがたいほど傷ついたのだ。

アンの話を、マリラはおし黙って聞いていた。マリラのそうした態度は、デイヴィには悪い前兆だった。バリー氏は笑った後、さっさと罰を与えるんだなと忠告して帰っていった。アンは、ふるえながらすすり泣くドーラを優しくなだめ、暖かくしてやり、夕食を食べさせて寝かしつけた。台所におりると、ちょうどマリラが、いかめしい顔をして入ってきた。蜘蛛《くも》の巣だらけになってしぶるデイヴィをつれて、というより、引きずるようにして。厩《うまや》の一番暗いすみに隠れているところを見つけたのだ。

マリラは、デイヴィをぐいと突き出し、部屋の中央のマットに乗せると、自分は東の窓辺に腰かけた。一方、アンは西の窓辺に物憂げにすわった。つまり大人二人の間に、罪人《つみびと》は立たされたのだ。デイヴィはマリラに背をむけていた。その後ろ姿はしおれて、従順で、おびえていた。しかしアンにむけた顔は、少々気まずそうではあったが、目には、仲間じゃないか、とでも言いたげな光があった。悪いことをしたからには罰は覚悟しているけれど、後になれば、おもしろかったね、とアンと笑い飛ばせるとでも思っているようだった。

しかしデイヴィを見つめるアンの灰色の瞳に、にこやかさはかけらもなかった。いたずらでドーラを閉じこめただけなら、笑み返したかもしれない。だがアンの瞳には別の何かがあった――気むずかしく、よそよそしい何かが。

「デイヴィ、どうしたらあんな真似ができるの」アンは悲しげにたずねた。

彼はきまり悪そうに身じろぎした。

「おもしろいことをしたかったんだもん。ここは、いつも静かだから、みんなをびっくり仰天させたらおもしろいだろうって思ったの。おもしろかったでしょ」

デイヴィは怖じけづき、多少は良心の呵責《かしゃく》もあったが、騒動を思い出してにやりとした。

「デイヴィ、あなたは嘘をついたのよ」アンは前にも増して悲しげに言った。

彼はきょとんとした。

「嘘ってなあに、でたらめのこと？」

「本当じゃないことを話すことよ」

「それだったら、言ったよ」デイヴィはぬけぬけと言った。「でたらめを言わなきゃ、みんなびっくりしてくれないもん。だから言うしかなかったよ」

アンは、肝の縮む思いでドーラを探しまわった反動で気がゆるんでいた。そこへデイヴィの反省の色もないありさまを見ていると胸にせまるものがあり、大つぶの涙が二つ、アンの目にあふれた。

「デイヴィ、どうしてそんなことが言えるの」声がふるえていた。「どんなに悪いことか、わからないの」

デイヴィは呆然《ぼうぜん》とした。アンが泣いている――ぼくが泣かせたのだ！　デイヴィの小さな優しい胸に、後悔の念が波のように押し寄せ、ふくれあがった。アンにかけより、膝に飛びのると、首に抱きついて泣き出した。

「でたらめが悪いなんて、知らなかったんだよ」しゃくり上げて泣いた。「どうすればわかるって言うの。スプロットさんちの子どもはみんな、毎日いつつもでたらめを言って、神様に誓って本当だって言ったんだよ。でもポール・アーヴィングなら、絶対にでたらめなんて言わないね。ポールみたいないい子になろうと、すっごく努力したけど、アンはもうぼくを好きになってくれないね。でたらめはいけないって言ってくれれば良かったのに。アンを泣かして、ほんとにごめんね。もう二度とでたらめは言わないよ」

デイヴィは、アンの肩に顔をうずめて泣きじゃくった。事情がわかったアンは、にわかに喜びがこみあげ、子どもを強く抱きしめ、乱れた巻き毛ごしにマリラを見た。

「マリラ、デイヴィは嘘がいけないと知らなかったのよ。今回のところは、嘘をついたことは許してあげなきゃね。もっとも、もう二度とつかないって約束したらだけど」

「絶対しないよ。悪いことだってわかったもん」デイヴィはすすり泣きの合間に、はっきり約束した。「またでたらめを言ったら」――どんなおしおきがふさわしいか、思案した――「生きたまんま皮をはいでもいいよ、アン」

「『でたらめ』なんて言ってはいけません……『嘘』とおっしゃい」アンは教師にもど

って言った。

「どうして」デイヴィは不思議そうにきいた。アンの膝に居心地よく抱かれながら上げた顔は泣きぬれていたが、好奇心に満ちていた。「どうして嘘はよくて、でたらめはいけないの。ぼく知りたいな。どっちも偉そうな言葉なのに」

「くだけた言い方《スラング》だからよ、小さな男の子は使わないの」

「しちゃいけないことがありすぎるよ」デイヴィはため息をついた。「こんなにいっぱいあるなんて思ってもみなかったな。でたら……じゃなくて嘘をついちゃいけないなんて、つまんないよ。すっごく便利だもん。でも悪いことなら、もう言わないよ。今日、嘘ついたことは、どんなおしおきをするの、ねえ」

アンは、マリラにむかい頼みこむような顔をした。

「あまり厳しくするのは私もいやだね」マリラは言った。「嘘はいけないと躾ける人がいなかったんだから。スプロットの子どもたちは、ろくでもない遊び相手だったんだね。メアリは病気が重くて、きちんと躾もできなかったし、六つの子どもに最初からこうした道理をわきまえていろと言うほうが無理だ。この子は善悪がまるでわかっちゃいないつもりで、一から躾けないとね。だけどドーラを閉じこめたことは、おしおきしないと。もっとも、夕はん抜きで寝室に入れるくらいしか思いつかないが、これは何度もやったし、アン、ほかに何かあるかい。あんたなら思いつくだろう、いつも話している得意の想像力で」

「おしおきなんて、想像しないわ、恐ろしいもの。私は楽しいことしか想像しないの」

アンはデイヴィを抱きしめた。「不愉快なことは世の中にたくさんあるでしょ、その上に想像までしなくていいわ」

結局、デイヴィは例によって寝室送りとなり、翌日の昼まで閉じこめられることになった。さすがのデイヴィも明らかに何かしら思ったらしく、ほどなくアンが二階へあがると、そっと彼女を呼ぶ声が聞こえた。行ってみると、デイヴィはベッドにすわり、膝に両ひじをついて頬杖していた。

「アン」デイヴィは神妙に言った。「でたら……じゃなくて嘘は、誰もがついちゃいけないよね」

「そのとおりよ」

「大人も?」

「そうよ」

「じゃあ、マリラはいけないよ」デイヴィはきっぱり言った。「嘘をついてるもん。ぼくより悪いよ。ぼくは悪いって知らなかったけど、マリラはわかってたんだから」

「マリラは一度も嘘なんか言いません」アンは憤然とした。

「いいや、言ったよ。この前の火曜日、毎晩お祈りしないと恐ろしいことが起きるよって言うから、一週間以上お祈りしないで何が起きるか待ってたの……それなのに、何にもないじゃないか」デイヴィはふくれっ面をした。

アンはふき出しそうになったが、そんなことをしたらおしまいだとこらえ、マリラの信頼回復に懸命にとりかかった。

「いいこと、デイヴィ・キース」アンはまじめに言った。「恐ろしいことが、まさに今日、起きたでしょう」

デイヴィは、はてなという顔をした。

「夕ごはん抜きでお部屋に入れられたこと？」また下らないことを、とでも言いたげだった。「そんなの、どうってことないよ。そりゃあ、いやだけど、ここへ来てから何度もだから慣れちゃった。それに夕ごはんを抜かしても、ちっとも節約にならないよ、どうせ朝ごはんを二倍食べるんだから」

「寝室に入れられたことじゃないわ。私が言うのは、今日、デイヴィが嘘をついたことよ、いいこと」――アンはベッドの足側の板から身を乗り出し、罪人《つみびと》にむけて言い聞かせるように人さし指をふった（1）――「男の子が嘘をつくくらい悪いことはないわ……一番悪いことよ。だからマリラは本当のことを言ったのよ」

「悪いことって、わくわくすることだと思ってたのに」不満げに言い返した。

「自分で勝手に思っていたのに、マリラを責めてはいけないわ。悪いことは、おもしろいとは限らないの。むしろいやな気がする、つまらないものよ」

「でも、マリラとアンが井戸をのぞきこんでたのはおもしろかったよ」デイヴィは両膝をかかえた。

アンは下におりるまではむずかしい顔を保っていたが、居間に入ると長いすにたおれこみ、脇腹が痛くなるまで笑った。

「何がそんなにおかしいのか、聞かせてもらいたいもんだね」マリラは幾分けわしい顔をした。「笑うようなことは今日なかったと思うが」

「これを聞いたら、マリラだって笑うわ」アンは自信たっぷりで言った。実際、マリラは笑いに笑った。アンを引きとって以来、マリラのセンスがいかに磨かれたかわかるというものだった。しかし笑いがおさまると、マリラはすぐさまため息をもらした。

「お祈りをしないと悪いことが起きるだなんて、言っちゃいけなかったんだね。でもね、前に牧師さんが、子どもにそう言いなさるのを聞いたんだよ。デイヴィには頭にきたんでね。アンがカーモディの演芸会に出かけた晩だったよ、デイヴィを寝かしつけていたら、お祈りなんかしても神様に気づいてもらえるくらい大きくなるまでは、いいことなんか起きやしないって言ったんだよ。あの子をどうしたものやら、見当もつかないよ。あんな手に負えない子は見たこともないよ。やっていく自信がないよ」

「そんなこと言わないで。私もここへ来たときは悪い子だったでしょう」

「アンは全然悪い子じゃなかったよ……決して、決してね。今になると、よくわかるよ。本当に悪い子がどんなものかわかったからね。たしかにあんたは、しょっちゅうやっかいごとに巻きこまれていたよ、でも動機はいつも、いいことをするつもりだった。ところがデイヴィときたら、根っから悪いことが好きで悪さをするんだから」

「違うわ、本当は悪い子じゃないの」アンはかばった。「ただいたずらっ子なのよ。それにここが退屈なのね。遊び相手の男の子もいないし、夢中になれるものがほしいのよ。ドーラはおすまし屋さんでお行儀がいいから男の子の遊び相手にならないもの。いっそ二人を学校に通わせたらいいんじゃないかしら」

「だめだよ」マリラはきっぱり言った。「私の父親は口癖のように言っていたよ。子どもは七歳になるまで教室に閉じこめてはならんとね。アラン牧師もそうおっしゃっているよ。家で少々勉強するのはいいが、学校へ行くのは七つになってからだ」

「わかったわ。じゃあデイヴィは家で躾けましょう」アンはほがらかに言った。「欠点だらけでも、かわいげのある男の子だもの。愛さずにはいられないわ。こんなことを言うのはどうかと思うけど、正直に言うと、ドーラよりデイヴィのほうが好きなの、ドーラは何をさせてもいい子なんだもの」

「何とも言えないが、私もそうだね」マリラも打ち明けた。「不公平なことだがね。ドーラは全然手がかからないんだから。あれよりいい子なんていないよ、家にいてもわからないくらいだ」

「ドーラはいい子すぎるのよ」アンは言った。「あの子なら、躾けてくれる人がいなくても、お行儀良くするでしょう。生まれたときから躾がすんでいるから、私たちを必要としていないの」ここでアンは核心をつく真理に思いいたった。「人は、自分を必要としてくれる人を、最も深く愛するのよ。そしてデイヴィは、私たちを切実に必要としているんだわ」

「たしかに、あの子には必要なものがあるね」マリラも認めた。「レイチェル・リンドに言わせると、ぴしゃりと鞭でぶつことだろうよ」

# 第11章　現実と空想

「教えるということは、とても興味深い仕事よ」アンは、クィーン学院の親友ステラに手紙を書いた。「ジェーンは退屈だって言うけど、私はそうは思わないわ。毎日のように何かしらおかしなことが起きるし、子どもたちもそれはおもしろいことを言うもの。ジェーンは生徒が滑稽《こっけい》なことを言ったら罰を与えるそうだけど、だから教師は退屈だと思うのよ。今日の午後は、低学年のジミー・アンドリューズが『斑点入りの』という字をつづろうとして、どうしてもできなかったの。そのあげく『つづりはできないけど、意味は知ってるよ』って言うから、

『何ですか』ときいたところ、

『セント・クレア・ドネルの顔だよ』ですって。

実際、セント・クレアはそばかすだらけなんだけど、子どもたちに言わせないようにしているの――私も前はそばかすがあって、どんな気がしたか今でも憶えているもの。でもセント・クレアは気にしていないわ。帰りにジミーをたたいたけど、理由はジミーがセント・クレアと呼んだからよ。たたいたことは小耳にはさんだけど、内緒で聞いた

ので知らないふりをするつもりよ。

昨日はロティ・ライトに足し算を教えて、『片方の手にキャンディが三つ、もう片方に二つあったら、全部でいくつでしょう』ってきいたら、ロティの答えは『お口いっぱいです』って。自然研究の授業では、ひき蛙を殺してはいけない理由は何ですかってきいたら、ベンジー・スローンが大まじめで『あくる日に雨がふるからです』（1）なんて言うの。

もう笑いをこらえるのが大変よ、ステラ。家に帰るまで、おかしいことはみんな我慢して、ためておかなくちゃいけないの。マリラは、私の部屋から、何の理由もないのに、けたたましい笑い声が何度も聞こえてくると心配になるんですって。前にグラフトンで頭がおかしくなった男の人がいて、最初はそんなふうに始まったからですって。

トーマス・ア・ベケットは蛇《スネイク》として聖者の位に列せられた（2）って知ってた？ ローズ・ベルはそう言うの――それにウィリアム・ティンダルは新約聖書を書いた（3）んですって。クロード・ホワイトに言わせると『氷河《グレイシャー》』は窓枠にガラス《グラス》をはめる人！

教えていて一番むずかしいのは、それは一番おもしろいことでもあるんだけど、子どもたちが色々なことをどう考えているか、本心を話してくれるように持っていくことだわ。先週、荒れ模様の日があったから、お昼休みに子どもたちをまわりに集めて、先生も仲間の一人だというつもりで話してちょうだいと頼んだの。一番ほしいものをたずねたら、人形、小馬《ポニー》、スケート靴といったありきたりな返事もあったけど、実に奇抜なのもあったわ。ヘスター・ボウルターは『毎日、日曜礼拝のよそゆきを着て居間でごはんを食べること』。ハナ・ベルは『苦労しないでいい子になること』。マージョリー・ホワイトはまだ十歳なのに未亡人になりたいんですって。理由をきいたら、深刻そうに言ったことには、結婚しないと行き遅れ《オールドメイド》って言われるし、結婚したらしたで旦那さんに偉そうにされるけど、未亡人ならどっちの心配もないからですって。一番傑作だったのは、サリー・ベルよ。『新婚旅行《ハネムーン》』がほしいって言うの。なんなのか知っているかきいたら、すてきな自転車か何かだって言うの。モントリオールのいとこが結婚して新婚旅行に行ったんだけど、その人がいつも最新型の自転車（4）に乗っていたからですって！

別の日には、今までしたいたずらのなかで一番ひどいのを教えてと頼んだわ。年長の子は口を割らなかったけど、三年生は気さくに教えてくれたの。イライザ・ベルは『おばさんが羊毛をすいて巻いておいたのに火をつけたこと』。わざとしたのかってきいたら、『そうでもないけど』って言うの。どんなふうに燃えるか、はしにちょっと火をつけてみたら、あっという間に全部燃えたんですって。エマソン・ギリスは、教会の献金箱に入れる十セントで飴を買ったこと。アネッタ・ベルの最悪の罪は、『墓場になっていたブルーベリーを食べたこと』。ウィリー・ホワイトは『教会用の上等なズボンで、羊小屋の屋根を何べんもすべりおりたこと』。『だけどその夏はずっと、お尻につぎのあたったズボンで日曜学校に通うはめになったから、罰は受けました。悪いことをしても、おしおきがすんだら反省しなくていいんだよ』って晴れ晴れと言うのよ。

子どもたちの作文も読ませてあげたいわ――ぜひ読んでほしいから、最近のものをいくつか書き写して同封するわね。先週は四年生に、好きなことを何なりと先生宛の手紙にして書きなさいと言ったの。ヒントとして、どこかを訪問した話、おもしろいことや興味深い人の話でもいいですよ、とつけ加えたの。本物の便せんに書いて、封筒に入れ、封印して、宛名も先生にするように、誰の力も借りずに全部自分でなさいとね。先だっての金曜日の朝、登校したら、机の上に手紙が山づみになっていたの。教えることには、苦しみもあるけれど喜びもあるって、その日の夕方は、あらためて思ったわ。こういう作文を読むと、苦労もむくわれるようよ。これはネッド・クレイの手紙で、宛名もつづりも文法も、本人が書いたままよ。

『シーあリー先生
グリーン・げイブルズ
p・e島　かなだ

鳥

先生へ　ぼくは鳥のことを書きます。鳥はとても役にたつ動物です。ぼくのねこは鳥をつかまえます。名前はウィリアムですが、お父ちゃんはトムと呼びます。ねこは前部（全部）しまもようです。去年の冬、片方の耳が氷ってしもやけになりました。それさえなければ、きれいなねこでしょう。おジさんもねこを飼っています。そのねこはある日、家にやってきて出ていこうとしないので、おジさんはこんなに忘れっぽいやつはいないぞと言います。おジさんはねこを自分のゆらゆらいすで寝かせるので、おばさんは自分の子どもよりねこを大事にしていると言います。それはよくありません。ねこは可愛がって新しいミルクをやるべきですが、子どもより大事にするのはいけません。これが今思うことの前部（全部）です。

えドワード・ぶレイク・クレいより』

次はセント・クレア・ドネルの手紙、いつもながらに短くて要点だけまとめているわ。無駄な言葉を書かないの。こんなテーマを選んで、しかも追伸までつけたのは、悪意があってわざとしたわけじゃないと思うの。ただ気がきかないか想像力がないかでしょう。

『シャーリー先生

先生は今までに見た変なものについて書きなさいと言われました。そこでアヴォンリー公会堂のことを書きます。公会堂にはドアが二つあって、一つは外、もう一つは中です。窓は六つで、煙突が一つあります。建物には表側と裏側、左側と右側があり、青いペンキが塗ってあります。それで変に見えます。カーモディ街道の下の道にたっています。これはアヴォンリーで三番めに大切な建物です。ほかは教会とかじ屋のお店です。公会堂では討論クラブと講演会がひらかれます、演芸会もです。

敬具

ジェイコブ・ドネル

追伸　公会堂は、けばけばしい青です』

アネッタ・ベルの手紙は長くて驚いたわ。アネッタは作文が苦手で、いつもはセント・クレアのと同じくらい短いの。おとなしい小さな女の子で、行儀も良い子のお手本なんだけど、この手紙には自分で書いた本物らしさがないの。これが手紙よ――。

『最愛なる先生

いかにあなたを愛しているか、思いのたけを手紙に書こうと存じます。あなたを全身全霊、そして全魂をこめて愛しています――わが愛のすべてをもって――あなたに永遠にお仕えしたい。私にはそれが何にもまさる名誉なのです。だからこそ学校で一生懸命良い子になろう、勉キョしようと、努力してるのです。

先生、あなたは実に美しい。声はまるで音楽のよう、瞳は朝露をのせた三色すみれ《パンジー》。姿はすらりとして気高い女王さながら。髪は波うつ黄金。アンソニー・パイは赤いって言うけど、アンソニーの言うことなんか、気にすることはありません。

あなたを知りそめ、わずか数か月なれど、あなたを知らなかった月日があったとは思えません――あなたがまだわが生涯にあらわれず、わが人生を祝福せず、神聖にしてくださらなかった日々があったとは。この先いついつまでも、今年を、生涯最良の一年として思い返すでしょう。なぜなら、あなたとめぐり会った年だからです。それに私の一家が、ニューブリッジからアヴォンリーへひっこしたからです。あなたへの愛は人生を豊かにし、この身を害悪と邪悪から遠ざけてくれました。いとしの先生、すべてはあなたのおかげです。

この前お目にかかったあなたがどんなに可憐だったか、決して忘れないでしょう。黒いドレスに身を包み、髪には花を飾っていた。その姿は、永久《とわ》にわが目にうつるでしょう、たとえ我らがともに老い、白髪になろうとも。私には、あなたは永遠に若く、麗しいのです、最愛なる先生。いつもあなたを思っています――朝も真昼も黄昏《たそがれ》どきも。愛しています、あなたが笑うときも吐息をつくときも――尊大なときでさえも。私は先生が怒った顔を見たことはないけど、アンソニー・パイは、先生はいつも怒ってるって言います。でも、それは怒られても仕方のないことをするからで、アンソニーに怒るのは当たり前です。あなたはどんなドレスでも愛らしい――しかも新しいドレスのたびに前よりいっそう可愛らしいのです。

最愛なる先生、お休みなさい。日は沈み、星がまたたいています――あなたの瞳のように輝く美しい星が。いとしい人よ、あなたの両手と顔に接吻《せっぷん》を贈ります。神があなたを見守りたまい、あらゆる禍《わざわい》からお守りくださいますように。

あなたを愛シル生徒
アネッタ・ベル』

この突拍子もない手紙には少なからず困惑したわ。アネッタは作文が書けたためしがないの、空を飛べない以上よ。だから次の日、学校の休み時間に川へ散歩につれ出して、あの手紙はどうしたのか正直に話してほしいと言ったら、泣き出して包み隠さず白状したわ。あの子が言うには、一度も手紙を書いたことがないので、どんなふうに何を書いたらいいかわからなかったけど、お母さんの寝室のたんすの一番上のひき出しに昔の恋人から送られたラブ・レターが一束あったんですって。

『お父さんのじゃなかったんだけど』とアネッタはすすり泣いて『牧師さんになる勉強をしていた人だから、すてきな手紙を書けたの。でもお母ちゃんは結局、その人と結婚しなかったの。その人が何を言っているのか、ほとんどわからなかったってお母ちゃんは言うけど、私はすてきな手紙だと思ったから、ところどころ写して先生の手紙に書くことにしたの。〈恋人よ〉というところは〈先生〉にして、思いついたところに自分のことも書いて、言葉も変えたの。たとえば〈気分〉は〈ドレス〉にして。〈気分〉って何だかわからなかったけど、着るものだと思ったから。言葉をかえても先生は気づかないと思ったのに、どうして全部私の手紙じゃないってわかったの。先生はとても頭がいいのね』と言うの。

　そこで私は、人の手紙を写して自分が書いたことにしようなんて、とても悪いことですよって言い聞かせたわ。でも残念ながら、アネッタは、ばれたことだけを悔やんでいるの。

『ほんとに先生を愛してるんです。あの手紙は元は牧師さんが書いたとしても、みんなほんとに私の気持ちなんです。心の底から先生を大好きなんです』なんて泣き泣き言うんだもの。

　そう言われれば、誰だって叱ろうにも叱れないわ。

　次はバーバラ・ショー（5）の手紙よ。元の手紙に点々と落ちているインクのしみは書き写せないけどね。

『先生へ

先生は訪問した話を書いてもいいと言われました。私は一度しか訪問したことがありません。去年の冬、メアリおばさんのところへ泊まりに行きました。メアリおばさんはとてもきちょうめんで、家事をきっちりする奥さんです。最初の晩、みんなで夕ごはんを食べてるとき、小さな水さしに私の手があたって、倒して割りました。おばさんは、あれは私が嫁入りしたときからあって誰も壊さなかったのにと言いました。ごはんがすんでみんなで立ちあがるとき、私はおばさんの服のすそをふんづけて、スカートのギャザーがみんなほどけてとれました。次の朝、起きたら、顔を洗う水さしを洗面器にぶつけて、両方にひびが入りました。朝ごはんのときは、紅茶の茶わんをひっくりかえしてテーブルクロスにぶちまけました。お昼ごはんにメアリおばさんを手伝っていると、せともののお皿を落として粉々にしました。夕方は、階段から落ちて足首をひねり、一週間寝ていなくてはなりませんでした。するとメアリおばさんが、やれありがたや、家中、何から何まで壊されるところだった、とジョーゼフおじさんに話すのが聞こえました。治ったときは家に帰るころでした。訪問はあまり好きじゃありません。学校へ通うほうが好きです、とくにアヴォンリーに来てからはそうです。

かしこ

バーバラ・ショー』

ウィリー・ホワイトはこんなのを書いたわ。

『尊敬する先生へ

ぼくはトてもユうかんなおばさんのことを書きます。おばさんはオンタリオに住んでいます。ある日、納屋へ行こうとすると、庭に犬がいました。こんなところに犬がいる用はないと、おばさんは棒をとってきて、たたいて納屋に追いこんで閉じこめました。まもなく、男の人がニセモノの（疑問……見せ物のことか）ライオンを探しにきました。サーカスから逃げ出したのです。犬は、ライオンだったのです。トてもユうかんなおばさんは、ライオンを棒でほれほれと追いたてて納屋に入れたのです。丸ごと食べられなかったのが不思議ですが、おばさんは本当にゆうかんなんです。エマソン・ギリスは、犬だと思ってたんだから、本物の犬を相手にしたのと同じで、ちっともゆうかんじゃないやい、と言いますが、エマソンは焼きもちを焼いてるのです。おじさんばかりで、ユうかんなおばさんがいないからです』

一番いいのは最後に取っておきました。ポールを天才だと言うと、あなたは笑うでしょうが、この手紙を読めば並たいていの子どもではないと確信するでしょう。ポールは村から離れた海岸近くにおばあさんと暮らして、遊び相手がいないのです——現実の友だちはね。憶えているでしょう、『学校運営』の先生が〈お気に入り〉の生徒を作らないようにとおっしゃったけど、ポール・アーヴィングはどの子にもまして愛さずにいられません。でも害はないと思うわ、誰もがポールを愛しているもの。リンド夫人ですら、アメリカ人《ヤンキー》をこんなに好きになるとは思ってもみなかったとおっしゃっているのよ。学校の男の子たちも好いているわ。あの子が夢見がちで空想好きだからといって、弱々しいところも女の子っぽいところもないの。男らしくて、どんな遊びをしても自分らしいやり方を通すの。ついこの前もセント・クレア・ドネルと喧嘩をしたわ。セント・クレアが、旗として見るとイギリスのユニオン・ジャックのほうが、アメリカの星条旗より立派だ（6）と言ったからよ。結果は引きわけで、これからはおたがいの愛国心を尊重しようではないかという合意に達したの。セント・クレアに言わせると、なぐる力はぼくが一番強いけど、パンチの回数はポールが一番ですって。

ポールの手紙よ。

『ぼくの先生へ

先生はおもしろい人について書いてよいと言われました。ぼくが知る中で一番おもしろい人は岩辺の人たちなので彼らについて書きます。おばあさんと父にしか話していませんが、先生にも知ってほしいのです、先生はそうしたことをわかってくださるからです。理解しない人もたくさんいますが、そうした人たちには話しても無駄なのです。

　岩辺の人たちは海岸で暮らしています。冬が来るまでは毎日のように、夕方会いにいったものです。今は春まで行けませんが、そこにいることでしょう、あの人たちは変わらないことを大切にしているからです――そこがすばらしいところです。最初に親しくなったのはノーラでした。だから彼女を一番に愛しています。ノーラはアンドリューズ入江に住んでいます。黒い髪に黒い瞳をしています。人魚や水の魔物《ケルピー》（7）のことなら何でも知っているので、先生もノーラが語る物語をぜひ聞かれるとよいでしょう。ほかに双子の船乗りもいます。双子に住まいはありません、いつも航海に出ているのです。でも、ぼくと話すために、よく岸にあがってきます。二人とも陽気な水夫で、世界中を見てきたのです――この世にある以上のものを。たとえば双子の弟は何をしたと思いますか。航海の途中、月の道に船を進めたのです。月の道とは、満月が海から昇るとき、水面《みなも》にうつる道すじです。双子の弟が月の道を船でゆくと、月にたどり着きました。月には小さな金の扉があり、開けると、船が入っていきました。月のなかですばらしい冒険をいくつもしたのですが、長くなるのでやめます。

　洞くつには金色お姫さま《ゴールデン・レディ》もいます。ある日、海岸で大きな洞くつを見つけたので、入ってゆくと、少し先に金色お姫さまがいたのです。長い金髪を足もとまでたらし、ドレスは生きている黄金のように光りまたたいています。ひがな一日、黄金のハープを奏でているのです——先生も浜辺で耳をすませば、音色が聞こえることでしょう。でもたいていの人は、ただ岩を吹きぬけていく風だと思うのです。金色お姫さまのことは、ノーラには話していません。ノーラが傷つくかもしれないからです。前に双子の船乗りと長く話しこんだら、機嫌をそこねたのです。

双子の船乗りとは、いつもしま模様の岩場で会います。弟はほがらかですが、兄さんはときどき荒くれた顔つきをします。兄さんには疑わしいところがあり、なろうと思えば海賊にだってなれそうです。得体の知れないところがあるのです。一度、兄さんが乱暴な口をきいたので、またそんな言葉づかいをしたら、もう陸《おか》へ話しに来なくてもいいよ、悪い言葉をつかう人とは近づきにならないって、おばあさんと約束したんだと言いました。彼は心底悪がって、許してくれるなら夕陽へつれていってあげようと言いました。そこであくる日の夕方、しま模様の岩場にすわっていると、双子の兄さんが魔法の小舟で海をわたってきて、ぼくは乗りこみました。舟はどこもかしこも真珠色と虹色に光って、ムール貝の裏側(8)のよう、はためく帆は月光のようでした。舟は夕陽のむこうへ、まっすぐに進んでいきました。先生、想像してみてください。ぼくは夕陽に行ったのです。どんなだったと思いますか。夕陽は、どこもかしこも花の咲き乱れる国でした、まるで広大な庭園のように。そして雲が花壇だったのです。大きな港に舟をつけると、何もかもが金色でした。舟をおりて、広々とした草原にあがると、薔薇ほどもあるきんぽうげの黄色い花が見わたすかぎりに咲いていました。長い間そこですごしました。一年近くいたように思いましたが、双子の兄さんによると、わずか二、三分だったのです。夕陽の国は、ここよりもゆっくり時が流れるのです。

あなたを愛する生徒
ポール・アーヴィング

追記　先生、この手紙はもちろん本当のことではありません。P・I』

# 第12章　ヨナの日（1）

それは実のところ前夜から始まっていた。一晩中、歯がうずいて痛み、アンは朝までまんじりともしなかった(2)。しかも寝床からおきあがると、暗く曇った寒さの厳しい冬の朝で、人生とは退屈で、味気なく、生き甲斐がない（3）ものに思われた。

アンは、天使の気分とはほど遠い心地で学校へ行った。歯《は》痛《いた》で頰ははれあがり、顔が痛んだ。おまけに教室は寒く、煙かった。ストーブの火のまわりが悪いからで、子どもたちはストーブのまわりに縮こまり、身をよせあいふるえていた。アンは今までに出したことがない厳しい声で命じて席につかせた。しかしアンソニー・パイは、いつもの小生意気な態度でえらそうに席にもどると、隣の子に何やら耳打ちし、アンのはれた顔に目をやり、にやりとした。

この朝は、いつになく石筆がきしんで耳ざわりに感じられた。さらにバーバラ・ショーは算数を見てもらいにアンの机へ行く途中、石炭入れにつまずいて転び、大惨事をまきおこした。石炭は教室中に散らばり、バーバラの石板《せきばん》は木《こ》っぱみじんに割れた。しかも立ちあがると、顔が石炭の粉で黒くすすけ、男の子たちは笑いどよめいた。

アンは二年生の読み方《リーディング》に耳を傾けていたが、ふり返って言った。

「本当にもうバーバラったら」氷のような声だった。「何かにつまずかないと歩けないなら、いっそのこと、ずっと席にいなさい。あなたのような年の女の子が、まだそんなに不器用だなんて恥ずかしいことです」

あわれなバーバラはよろめくように席にもどった。石炭の粉にまみれた顔に涙がこぼれ、見るも無惨なありさまだった。大好きな優しい先生にこのような口調や態度をされたことは一度もなく、胸がはりさけんばかりだった。アンは良心の痛みをおぼえたが、そのためにいっそういらだった。二年生たちは、このときの読み方のクラスはもちろん、次の算数のクラスでも容赦《ようしゃ》なくしごかれ、後々《あとあと》まで忘れられないほどだった。アンが算数をびしびし教えていると、セント・クレア・ドネルが息を切らせて入ってきた。

「セント・クレア、三十分遅刻です」アンは厳しく念を押した。「どういうことです」

「お母ちゃんを手伝って、お昼に出すプディング（4）を作んなくちゃいけなかったんです。お客さんが来るっていうのに、クラリス・アルマイラが病気で」というのがセント・クレアの返事だった。言い方はまことに丁寧だったが、男の子たちは大笑いした。

「席につきなさい。罰として、計算帳八十四ページの問題を、六つとくんです」アンは言った。その口ぶりにセント・クレアはいささか驚いた顔をしたが、おとなしく自分の机に行き、石板を取り出した。しかしこのとき、通路のむこうのジョーゼフ・スローンに小さな包みをこっそりわたしたのだ。ちょうどその現場を目撃したアンは、包みが何なのか、致命的な思い違いをした。

近ごろハイラム・スローンの老夫人が「ナッツ・ケーキ」を作り、乏しい収入の足しにと売り始めたのだ。このケーキに下級生の男の子たちはことに魅了され、何週間か、アンは少なからず手を焼いていた。彼らは登校する途中、ハイラム夫人のところで小づかいの残りをはたき、ケーキを買ってきては、授業中に食べたり友だちにふるまったりする。そこでアンは、学校にケーキを持ってきたら没収すると言いわたしていた。それなのに今、セント・クレアは涼しい顔をして、アンの目の前でケーキの包みを手わたしたではないか。青と白のしま模様の包み紙はハイラム夫人のものだ。

「ジョーゼフ」アンは静かに命じた。「その包みを、ここへ持ってきなさい」

彼はぎくりとしてきまり悪そうにしたが、従った。ジョーゼフは肥った腕白坊主で、おっかながると、いつも顔を赤くして、言葉につっかえるのだ。かわいそうに、このときのジョーゼフほどばつの悪そうな子どももいなかった。

「ストーブの火にくべなさい」アンは言った。

ジョーゼフは呆然《ぼうぜん》となった。

「ど……ど……どうか、せ……先生」事情を話そうとした。

「ジョーゼフ、つべこべ言わずに、言われたとおりになさい」

「で……でも、せ……先生、こ……これは……」ジョーゼフは必死のあまり息をつまらせた。

「ジョーゼフ、先生の言うことを聞くの、聞かないの？」

このときのアンのような声で命じられ、しかもその目が恐ろしげに光っているのを見たら、たとえジョーゼフより度胸がすわり落ちついた男の子でも恐れをなしただろう。そこにいたのは、どの生徒も見たことのない未知のアンだった。ジョーゼフは弱りきった表情でセント・クレアを見やると、ストーブに近づいた。そして正面の大きな四角いふたを開け、青と白の紙包みを投げこんだ。セント・クレアが飛びあがり何か言おうとする前に、ジョーゼフは、すばやく後じさり、飛んで逃げた。

次の瞬間、アヴォンリー校は恐怖のるつぼと化した。地震か、はたまた火山の爆発か。実は、何の変哲もない包みだったので、アンがハイラム夫人のナッツ・ケーキだと早合点した中身は、爆竹とねずみ花火のつめあわせだったのだ。その晩、ウォレン・スローンが誕生日祝いをするので、セント・クレア・ドネルの父親に頼んで、前の日に、町で買ってきてもらったものだった。爆竹は雷鳴のごとき音をあげ、爆発した。ねずみ花火も破裂してストーブからはじけ飛び、シューシュー、パチパチ、火をふきながら教室中を恐ろしい勢いでかけめぐった。仰天したアンは顔面蒼白になっていすに倒れ、女の子は一人残らず悲鳴をあげて机によじ登った。ジョーゼフ・スローンは騒ぎの真ん中で棒立ちになり、セント・クレアは笑いが止まらず通路で体を前後にゆすって大笑いした。プリリー・ロジャーソンは気絶し、アネッタ・ベルはヒステリーをおこした。

最後のねずみ花火が消えるまで、ほんの数分だったが、ずいぶんたった気がした。われにかえったアンは、戸口と窓へ飛んでいって開けはなち、教室に立ちこめた火薬の匂いと煙を外に出した。それから女の子たちを手伝い、気絶したプリリーをポーチに運び出した。さきほど叱られたバーバラ・ショーは、先生の役にたちたいと心底願うあまり、凍るような冷たい真水を、止める間もなくプリリーの顔と肩にぶちまけた。

静けさをとりもどしたのは、ゆうに一時間もたってからだった――といっても、静かにおさまったような気がするだけで、あのような爆発騒ぎがおきても、まだ先生の機嫌はなおっていないことに子どもたちは気づいていた。アンソニー・パイを別にすると、どの子も恐ろしくて一言も私語をしなかった。ネッド・クレイは算数の計算をしていたとき、つい石筆をキーキー鳴らしてアンと目があい、床に穴があったら入りたいと思った。地理のクラスは大陸を猛スピードでかけ抜け、生徒たちは目のまわる思いをした。文法のクラスでは、文章を徹底的に細かく分けて分析させられ、命からがらの目にあった。チェスター・スローンは「芳香のある odoriferous」というつづりに間違ってfを二つ書いたので、この不面目は、この世はもちろん、あの世へ行っても晴らせないと思うほどだった。

アンは、自分でも馬鹿なことをしているとわかっていた。その晩は多くの家庭で食卓の話題にのぼり、大笑いされることも承知していた。しかしそう思えば思うほど、ますます頭に血がのぼった。気が鎮《しず》まれば、この事態も笑ってすませられただろう。しかし今は無理だった。アンは冷ややかに、傲然《ごうぜん》とかまえ、やりすごすことにした。

昼食の後、教室にもどると、子どもたちはいつものように席につき、どの子も熱心に学業にとりくんでいるような顔で机にむかっていた。しかしアンソニー・パイは違った。黒い目に好奇心とあざけりの色を浮かべ、教科書ごしにアンを見すえていた。そしてアンが白墨《チョーク》を探そうと机の引き出しを開けたそのとき、手もとからねずみが勢いよく飛びだし、机の上をちょろちょろ走って床に飛びおりたのだ。

アンは、蛇でも出たかのように悲鳴をあげてとびのいた。アンソニー・パイが大声で笑った。

そして、静まりかえった――身の毛もよだつ気づまりのする静けさだった。アネッタ・ベルはまたヒステリーをおこそうか、よそうか迷った。ことにねずみのゆくえがわからないのだから、なおさらだ。しかしおこさないことにした。目の前で先生があんなに真っ青な顔をして、怒りに燃えた目をしているのに、誰が暢気《のんき》にヒステリーなどおこせるだろう。

「誰ですか、机にねずみを入れたのは」アンは言った。声は小さかったが、ポール・アーヴィングは恐ろしさに背すじがふるえあがった。アンと目があったジョーゼフ・スローンは答える全責任が自分にあるような気がして、しどろもどろになって言った。

「ぼ……ぼくじゃ、あ……ありません、ち……違います」

アンは、縮みあがっているジョーゼフには目もくれなかった。アンソニー・パイを見つめた。彼は恥ずかしげもなく、ふてぶてしい顔でアンをにらみ返した。

「アンソニー、あなたなの」

「そうだよ」横柄な言い方だった。

アンは黒板をさす棒を机からとりあげた。長くて重い、固い木の棒だった。

「アンソニー、前へ出なさい」

そのおしおきは、今までアンソニーが受けたいちばん厳しいものとくらべると、大したことはなかった。たとえこのときのアンが怒り狂っていたとしても、どんな子であれ残酷に痛めつけることなどできなかった。しかし棒は刺すように鋭く食いこみ、ついにアンソニーは、いつもの空いばりもしていられなくなった。痛さにたじろぎ、目に涙を浮かべた。

アンは良心の呵責《かしゃく》にかられて棒をとりおとし、アンソニーに席にもどるように言った。そして教壇のいすにすわりこんだが、恥ずかしさと後悔にいたたまれず、屈辱的な思いをかみしめた。怒りが消え去ると、今度は思う存分に泣きたかった。そうできるなら、アンは何でもしただろう。体罰はしないと偉そうに言ったのに、こんな結果になってしまった——現実に、生徒の一人を鞭でたたいたのだ。ほらねと、ジェーンがどんなに勝ち誇るだろう！　ハリソンさんがどんなに笑うだろう！　しかしさらに悪いことには、アンソニー・パイの愛情を勝ちとる最後のチャンスをふいにしたのだ、そう思うと何よりもつらかった。あの子は、もう決して自分を好きになってくれないだろう。

誰かさんが「ヘルクラネウムばりの超人的な努力」と呼んだ(5)ほどの苦労をして、アンは家に帰るまで涙をこらえた。その晩は東の切妻の部屋に閉じこもり、恥ずかしさと後悔と自分への失望にくれて枕にふして泣いた——いつまでも泣いているので、マリラも案じて部屋にきて、何がつらいのか話してくれと言う。

「良心にかかわることをしたから、つらいの」アンはむせび泣いた。「ああ、マリラ、本当にひどい一日《ヨナの》だったわ。恥ずかしくてたまらないわ。かっとなって、アンソニー・パイを鞭でたたいたの」

「そりゃあ良かった」マリラはためらわず言った。「もっと前にたたくべきだったよ」

「そんなことはないの。生徒たちにあわせる顔がないわ。取りかえしのつかないくらい面目を失ったの。私がどんなに腹を立てて、憎々しげで、感じが悪かったか、マリラは知らないからよ。ポール・アーヴィングの目に浮かんだあの表情、忘れられないわ……驚いて、私に失望しているのがありありとうかがえたわ。ああ、アンソニーに好かれようと、あんなに辛抱強く努力してきたのに……何もかもだめになってしまった」

マリラは働き者の荒れた手で、若い娘のつやのある乱れた髪をいとおしげになでた。

アンのすすり泣きがしずまると、マリラは優しくなだめた。

「あんたは物事を気にしすぎるよ。人はみんな失敗をする……だけどそのうち忘れるもんだ。それに厄日というものは誰にでもあるんだよ。アンソニー・パイにしたって、あの子が好いてくれないからと言って、どうして気にするんだい。なつかないのは、あの子だけじゃないか」

「どうしても気になるの。みんなに好かれたいもの。一人でも好いてくれないと悲しいの。こうなったら、アンソニーは絶対に好きになってくれないわ。ああ、今日の私は大馬鹿者だったわ。マリラ、最初から全部話すわね」

マリラは一部始終に耳を傾けてくれた。ところどころでついついほほえんでも、アンは気づかなかった。最後まで聞くと、マリラはあっさり言った。

「そんなこと、ちっとも気にすることはないよ。今日は終わり、明日はまだ何の失敗もしていない新しい一日がやってくる、あんたはいつもそう言っているじゃないか。さあ、下へおりて夕ごはんをおあがり。たっぷり紅茶を飲んで、今日こしらえたプラム・ケーキを食べてごらん、心も晴れるよ」

「プラム・ケーキといえども、病める心の慰めにはならないわ(6)」アンは鬱々《うつうつ》として言った。しかし、お得意の引用句が出るようになれば、かなり立ち直った印だとマリラは思った。

ほがらかな顔をしたデイヴィ、ドーラと楽しい食卓を囲み、誰も真似のできないほど美味なるマリラのプラム・ケーキを食べおわると——デイヴィは四つも平らげた——マリラの言うとおり、かなり「心も晴れた」。その晩はよく眠り、翌朝、目覚めると、アンも世界も一夜にして変わっていた。夜の暗闇のあいだに、雪がやわらかに厚くふりつもり、美しい白銀の世界が、凍てつく朝日にきらきら輝いていた。雪はあたかも慈愛のマントのように、過去のあやまちも不面目な失敗もすべておおい包んでくれた。

「朝ごとに、新しく始まり
朝ごとに、世界は新しく生まれる」(7)

アンは服を着ながら歌った。

雪がつもっていたので、学校へは街道をまわって行った。するとなんといういたずらな偶然だろう。グリーン・ゲイブルズの小径から街道に出ると、アンソニー・パイが雪をかきわけてやってきたのだ。まるで二人の立場が逆になったように、アンはきまりが悪かった。しかし、アンが驚きのあまり言葉を失ったことに、アンソニーは帽子をとってあいさつをした――今までそんなことは一度もしたことがなかった――さらに親しげに声までかけてきたのだ。

「歩きにくいですね。先生、本を持ってあげましょう」

アンは本をわたしながら、寝ぼけて夢でも見ているのかと思った。アンソニーは黙々と雪道を歩いていく。学校について本を受けとるとき、アンは彼にほほえみかけた――それは、彼の気をひこうと今までアンが装い続けてきた、ありきたりな「作り笑い」ではなかった。むしろ彼とは良い仲間同士という意識が、突然、ひらめいたのだ。アンソニーも笑いかえした――いや、正しくはにやりとした。にやりとするなぞ、ふつうなら失礼かもしれない。しかしアンはその場で察したのだ。アンソニーの好意はまだ得られないにしても、どういうわけか、尊敬は勝ち得たことを。

次の土曜日、リンド夫人が訪れ、それはたしかなものになった。

「アン、とうとうアンソニー・パイを手なずけたんだよ、まったくのところ。アンは若い女だけど、つまるところはまともな先生だって、あの子は言ってるよ。あんたの鞭打ちは『男の教師と同じくらい、こたえた』とさ」

「鞭で打ってあの子を味方につけようだなんて、思ってもいなかったけど」アンは、自分の理想論にどこか誤りがあった気がして、いささか物憂げだった。「鞭でたたくなんて正しくないもの。子どもには優しく接するという私の考え方は、間違っていないはずよ」

「そりゃあそうだが、パイ家は例外でね、当たり前のやり方はことごとく通用しないんだよ、まったく」リンド夫人は確信をもって言った。

さて、この一件を聞くと、ハリソン氏は「そら見たことか」と語った。そしてジェーンは無慈悲にもあてこすりを言った。

# 第13章　夢《ゴールデン》のようなピクニック

アンが果樹園の坂《オーチャード・スロープ》へ歩いていくと、ダイアナに出会った。ダイアナもグリーン・ゲイブルズへむかうところで、《お化けの森》の下の小川にかかる苔《こけ》むした古い丸木橋で行きあったのだ。二人が《木の精の泉《ドライアド》》のほとりに腰をおろすと、あたりには、羊歯の丸くうずを巻いた小さな芽がほころび始めていた。さながら緑の巻き毛をした小妖精《ピクシー》(1)たちが昼寝から目覚めていくようだった。

「ダイアナを誘いに行くところだったの。土曜日の私の誕生祝いを手伝ってもらおうと思って」アンは言った。

「誕生日ですって？　アンは三月だったでしょ！」

「それは私が決めた誕生日じゃないもの」アンは笑った。「両親が私に相談してくれたら三月には生まれなかったわ。もちろん春に生まれたわ(2)。メイフラワー(3)や、すみれの花と一緒にこの世界に生まれてくるなんて、すてきだもの。春に生まれたら、花たちとは同じ親のもとで育った姉妹のような気がするでしょうよ。でも私は違うから、せめて春に誕生祝いをするの。土曜日はプリシラが遊びに来るし、ジェーンも帰ってくるわ。だから四人で森へ出かけて、春と仲良しになりながら夢のような一日をすごしましょう。まだ今年の春とは知りあっていないけれど、森の奥へ行けば春に出会えるわ、ほかでは会えないような春に。野原やひっそりとした場所をすべてたずね歩いてみたいの。人里離れたところに美しい場所がたくさんあるはずよ。見た人はいるかもしれないけど、まだ本当には誰も出会っていないところが。風と空と太陽と友だちになって、胸を春でいっぱいにして帰るのよ」

「とてもすてきに聞こえるわ」とダイアナは言ったものの、内心では、アンの魔法のような言葉は割り引いて聞いていた。「でもまだ春先だから、雪どけで、ところどころ、ぬかるんでるんじゃないかしら」

「それならゴムの長靴をはきましょう」アンも実用のためには譲歩した。「土曜の朝は早くうちに来て、お弁当の支度を手伝ってね。できるだけ優雅なランチを作るの……春のお出かけにふさわしいものよ、いいこと……小さなゼリー・タルト(4)に、指形クッキー《レディ・フィンガー》、ピンクと黄色の糖衣《アイシング》がけをしたドロップ・クッキー(5)、きんぽうげのケーキ(6)。サンドウィッチも用意しなくちゃね、これはあまり詩的じゃないけど」

土曜日は、ピクニックにおあつらえむきの日よりとなった——そよ風がふき、空は青く晴れわたり、暖かく、明るい陽ざしのふりそそぐ一日だった。柔らかな風が、まき場と果樹園をこえて楽しげにふいていく。陽のあたる高台と野原は一面に若草が萌《も》えて心地よく、星くずをちりばめたように花々が咲いていた。

ハリソン氏は農場の裏で畑をならしていた。彼のような落ちつきはらった中年男の血も、春の魔法を感じていた。四人の娘たちがバスケットを手に、足どりもかろくハリソン氏の畑のはずれを横切っていく。畑の終わりは白樺ともみにふちどられ、そこから森が始まっていた。胸の浮きたつような娘たちの話し声、笑い声が、ハリソン氏の耳もとまで響いていた。

「今日のような美しい日は、幸せな気分になるのも簡単ね」アンが彼女らしい人生観をこめて話している。「さあみんな、今日は思い切りすばらしい一日にしましょう、思い出すたびに楽しくなるような一日に。きれいなものを探し求めて、それ以外は見ないの。『立ち去れ、厭《いと》わしき憂いよ！』(7)。ジェーン、あんた今、昨日学校でうまくいかなかったことを考えているでしょう」

「どうしてわかったの」ジェーンは目を見開いて息をのんだ。

「顔を見ればわかるわ……同じような顔を、私もしょっちゅうしているもの。でもいい子だから、そんなことは頭から追い出して、月曜日まで放っておくの……きれいさっぱり忘れたら、もっといいわ。まあ、みんな、見て、すみれがかたまって咲いている！これは追憶の画廊に飾っておきましょう。八十歳になっても……それまで生きていればだけど……目を閉じると、すみれの花が今見ているままに心に浮かぶでしょうよ。すみれの花たちは、今日という日がくれた最初のすてきな贈り物よ」

「もしキスが目に見えたら、すみれの花のようでしょうね」プリシラが言った。

アンの顔が輝いた。

「そうした想いを言葉にしてくれて嬉しいわ、プリシラ、ただ心で思って胸にしまっておかなかったでしょう。思ったことを素直に口にしたら、世の中はもっとおもしろくなるわ……今でもかなりおもしろいけどね」

「思ったとおりに言われると、いたたまれない人だっているわよ(8)」ジェーンがわけ知り顔で言った。

「そうかもしれないけど、それは嫌なことを考える人がいけないのよ。とにかく今日は、思ったことをすべて言いましょう、きれいなことしか考えないんだもの。心に浮かんだまま言っていいの。それが今日の話し方よ。こんなところに小道があったなんて知らなかった。行ってみましょう」

小道は曲がりくねり細かったので、娘たちは一列に歩いたが、それでも、もみの枝が顔にかかった。木の下はビロードのクッションを並べたような苔におおわれ、さらに行くと、木々は小さくまばらになり、さまざまな緑の草花がしげるところへ出た。

「象の耳《エレファンツ・イヤーズ》(9)がこんなにたくさん」ダイアナが叫んだ。「つんで大きな花束を作りましょう。とてもきれいだもの」

「こんなに優雅で羽根のような花に、どうしてこんなひどい名前がついたのかしら」プリシラが言った。

「最初に名前をつけた人に全然想像力がなかったか、あるいはありすぎたのよ」アンが言った。「まあ、あれを見て！」

それは森の中の浅い水たまりだった。小道がつきると、木のないこぢんまりした湿地で、中央に池があった。夏にむかうと水は干上がり羊歯が生いしげるだろうが、今は光る水面が静かにひろがり、小皿のように丸く、水晶さながらに透き通っていた。まわりはほっそりした白樺の若木が輪になり、若い羊歯が水辺をふちどっていた。

「なんてきれいでしょう！」ジェーンが言った。

「このまわりで木の妖精《ニンフ》(10)のようにダンスしましょう」アンは叫び、バスケットをおいて両手をひろげた。

しかしダンスはうまくいかなかった。泥がぬかるみ、ジェーンのゴム長が脱げたのだ。

「ゴム長をはいているのに木の妖精だなんて無理よ」というのがジェーンの言い分だった。

「そうね」アンも、争う余地のない現実的な意見には従った。「じゃあみんなで池に名前をつけて、くじを引いて決めましょう。ダイアナは？」

「樺の水たまり」ダイアナはすぐさま提案した。

「水晶の湖」ジェーンが言った。

アンは二人の後ろに立ち、プリシラを頼みこむように見つめ、こんなにありふれた名前をつけないようにと目くばせした。プリシラはその求めにこたえ、「光瞬《ひかりまた》くガラス」と名づけた。アンがえりすぐってつけた名は「妖精《フエアリー》たちの鏡」だった。

ジェーンは女教師らしくポケットから鉛筆をとり出し、めいめいがつけた名を白樺の皮の切れはしに書きつけ、アンの帽子に入れた。プリシラが目をつむり、一つ抜き出した。

「水晶の湖よ」ジェーンが得意満面で読みあげた。そこで水晶の湖に決まった。アンは、つまらないくじ運になり、水たまりをかわいそうな目にあわせたと思ったが、さすがにそれは口にしなかった。

下草をかきわけて進むと、若草のしげる奥まった草地に出た。サイラス・スローン氏の裏の牧草地だった。横切っていくと小道が始まり、森へまっすぐ続いていた。多数決をして、ここも探険することになった。小道をゆくと驚くような美しい景色が次々とあらわれ、娘たちの探求心はむくわれた。まずスローン氏の牧草地をまわっていくと、満開の山桜が花のアーチを作っていた。娘たちはクリームのようにふんわりした花で輪をこしらえ、髪に飾った。帽子は腕にかけて揺らして行った。やがて小道は直角に曲がり、えぞ松の森へ入っていった。えぞ松はうっそうとしげって暗く、黄昏のようなうす闇のなかを歩いた。空は見えず、木もれ日もささなかった。

「ここは森の悪い小妖精《エルフ》(11)たちがすみついているの」アンは声をひそめて言った。「いたずら好きで意地悪な妖精だけど、私たちに悪さはできないの。春はいたずらをしてはいけないことになっているもの。ほら、小妖精《エルフ》が一人、ねじ曲がった古いもみの陰からこちらをうかがっていたわ。それに見えなかった？　さっき水玉模様の大きな毒きのこを通りすぎたとき、その上に小妖精《エルフ》たちが群れていたでしょう。でも、いい妖精《フェアリー》たちは陽のあたる明るい場所にいるのよ」

「本当に妖精《フェアリー》がいればいいな」ジェーンが言った。「願い事を三つ聞いてくれたら、どんなにいいでしょう……一つだけでもいいわ。もし願いがかなうなら何をお願いする？　私はお金持ちで、美人で、賢くなりたいわ」

「背が高くなって、やせたいな」とダイアナ。

「私は有名になりたい」プリシラが言った。

アンはふと赤毛が思いうかんだが、ふさわしくないと頭から追いやった。「私は、いつも春のようだったらいいと思うわ、みんなの心のなかも、私たちの人生も」

「それはこの世が天国のようであってほしいというお願いでしょ」プリシラが言った。

「あら、春は天国の一部よ。天国には、夏も秋もあるでしょうからね……冬だって少しはあると思うわ。天国へ行っても、ときにはきらきら輝く雪景色や白銀の霜を見たいもの。ジェーンはどう思う」

「私は……よくわからないわ」ジェーンは居心地悪そうに答えた。ジェーンは良くできた娘で、教会に通うキリスト教徒であり、信仰を実践しようと誠実に心がけ、習った教えもすべて信じていた。しかし天国を想像したことは、必要のない限り、一度もなかった。

「この前、妹のミニー・メイに聞かれたの。天国では毎日よそゆきを着るのかって」ダイアナは笑って言った。

「ダイアナは、よそゆきなんか着ないって答えたでしょ」アンが言った。

「もちろんそうよ！　天国では服のことなんか考えもしないって教えたわ」

「私は、天国でもおしゃれのことを考えると思うわ……少しくらいは」アンはまじめに言った。「天国は永遠だもの、ドレスのことを考える時間もたっぷりあるわ、もっと大切なことを考える時間を犠牲にしなくても。天国では誰もが美しい服をまとっていると思うわ……服というより、装束と詩的に呼ぶほうがふさわしいわね。私なら、最初の数百年はピンクを着るわ……ピンクに飽きるには、それくらいかかるでしょうよ、きっと。ピンクが大好きなのに、この髪だから、この世では無理なの」

　えぞ松の森を抜けると小道は下り、陽あたりの良い開けたところに出た。小川が流れ、丸木橋がかかっていた。やがて娘たちは、まばゆい陽ざしのこぼれるぶなの森を通った。

空気は透明にきらめく金色のワインのようだった。ぶなの木が芽吹いて黄緑の葉をまとっていたのだ。そして森の地面は木もれ日がちらちらとモザイク模様をうつしていた。さらに山桜の林を抜け、しなやかなもみの若木が続く小さな谷を歩いた。やがて丘をのぼると、けわしくて息が切れたが、頂上へたどりつくと見晴らしが開け、驚くほど美しいものが娘たちを待ち受けていた。

遠くには、点在する農場の牧草地が広がり、上のカーモディ街道まで続いていた。しかしすぐ目の前に、ぶなともみにふちどられた南向きの小さな一角があり、そこに庭があったのだ——かつては庭だったと言ったほうがいいかもしれない。庭をとり囲む石垣はくずれ落ち、苔と草におおわれていた。東側には、庭桜が一列に並び、雪をのせたように白い花が咲いている。庭園に小径のあとはまだ残り、中央に薔薇のしげみが二列あった。しかし、そのほかはどこもかしこも黄色と白の水仙の花にうめつくされていたのだ。この上なく生き生きとして、おびただしい水仙の花また花が風にかろやかに首をふりながら、青々した若草のうえに咲き広がっていた(12)。

「なんてきれいでしょう!」三人の娘たちは歓声をあげた。アンは感激のあまり言葉もなく、ただ見とれた。

「こんな人里離れたところに、いったいどうして庭が」プリシラが驚いている。

「きっとヘスター・グレイの庭よ」ダイアナが言った。「前にお母さんが話すのを聞いたことがあるわ。でも見たことはなかったの。まだ庭が残ってるなんて思いもしなかった。アンも話を聞いたことがあるでしょう」

「聞いたことはないけど、その名前にはおぼえがあるような気がするわ」

「墓地で見たのよ。ヘスターは村の墓地に眠ってるの、ポプラのところよ。ほら、小さな茶色の墓石に、開いた門扉が彫ってあって『二十二歳で逝《い》ったヘスター・グレイをしのんで』とあるでしょ。ジョーダン・グレイがとなりに埋葬されてるけど、彼の墓石はないの。マリラがアンに話さなかったなんて不思議ね。三十年も前のことだから、みんな忘れてしまったのね」

「ここに物語があるなら、ぜひ聞かせて」アンが言った。「水仙のところにすわって、ダイアナに話してもらいましょう。何百本もの水仙が咲いて……花が何もかもおおいつくしているわ。この庭はまるで、月の光と太陽の光をしきつめたみたい。すばらしい発見よ。一マイルと離れていないところに六年も住んでいながら、全然知らなかったなんて！　ダイアナ、聞かせて」

「昔ここは」とダイアナは語り始めた。「お年寄りのデイヴィッド・グレイさんの農場だったの。でもグレイさんはここに住まずに……今サイラス・スローンがいるところに暮らしてたのよ。グレイさんには息子がいて、ジョーダンといったわ。ある冬、ジョーダンはボストンへ働きに行って、ヘスター・マレーという娘と恋におちたの。ヘスターは店員をしていたけれど性《しよう》にあわなくて、田舎で生まれ育ったから田舎へもどりたいと、いつも願っていたのよ。ジョーダンが結婚を申しこむと、ヘスターは野原と森しかない静かなところへつれて行ってくれるならと答えたの。そこでヘスターをアヴォンリーへつれて帰ったのよ。リンドのおばさんは、アメリカ人《ヤンキー》と結婚するなんて、あの男も危ない真似をしたもんだって言ったそうだけど、たしかにヘスターはか細くて所帯の切り盛りも下手だったの。でもお母さんの話では、本当にきれいで、愛らしくて、ジョーダンは奥さんが歩いた地面まで崇拝したんですって。ジョーダンは、父親のグレイさんからこの農場をゆずられると、奥に小さな家をたてて、ヘスターと四年間暮らしたの。ヘスターは滅多に外出しなかったし、うちのお母さんとリンドのおばさんのほかは、ほとんど人もたずねなかった。この庭はジョーダンがヘスターのために作ったものよ。ヘスターは庭作りに夢中になって、いつも庭ですごしたの。家事は苦手でも花作りの腕はあったのね。やがてヘスターは病気になったの。お母さんは、ここへ来る前から肺病だったかもしれないって。寝こむようなことはなかったけど少しずつ弱っていったのよ。ジョーダンは誰にもヘスターの看病をさせようとしなかった。何から何まで世話をして、女の人がするように、こまやかに優しく面倒をみたってお母さんは言うわ。ヘスターは毎日ショールにくるまれて庭に運んでもらうと、心から幸せそうにベンチに横たわっていたの。そして枕元にひざまずいたジョーダンと一緒に、朝に晩に、祈ってたんですって。

召されるときは、この庭で死ねますようにと。その願いに神様はこたえてくだすったのよ。ある日、ジョーダンは、ヘスターをベンチに横たえて、庭に咲いてるありったけの薔薇の花をつんでヘスターを飾ったの。ヘスターは夫を見あげると、ほほえんで……目を閉じたの……それが」ダイアナは静かに結んだ。「ヘスターの最期《さいご》だったのよ」

「なんてきれいなお話でしょう」アンは涙をぬぐい、吐息をついた。

「ジョーダンはどうなって」プリシラがきいた。

「ヘスターが亡くなると農場を売って、またボストンへ行ったわ。農場はジェイブズ・スローンさんが買いとって、奥まっていた小さな家を街道までうつしたのよ。十年後、ジョーダンもボストンで亡くなって、なきがらは故郷にもどり、ヘスターのとなりに葬《ほうむ》られたの」

「わからないわ。どうしてヘスターは、こんな人里離れたところで暮らしたいと思ったのかしら」ジェーンが言った。

「私はよくわかるわ」アンが思いにふけりながら言った。「といっても、いつもここにいるのは望まないわよ。私は野原や森が大好きだけど、人も好きだもの。でもヘスターの気持ちはわかるわ。きっと、うんざりするほど疲れていたのよ。都会は騒々しくて、大勢の人が始終行ったり来たりしているのに、自分を気にかけてくれる人は誰もいない。ヘスターはそんなすべてから逃《のが》れて、静かで、緑あふれる、親しみ深いところへ行って、心を休めたかったのよ。そしてヘスターは求めていたものを手に入れた。それは誰にでもできることじゃないわ。美しい歳月をすごしてからこの世を去ったもの……最後の四年間は幸福そのものだったのよ。だからヘスターはうらやましがられることはあっても、憐れみをかけられることはないわ。薔薇の花に囲まれて、そっと目を閉じて死の眠りについたのよ、しかも世界で一番愛する人に、ほほえみかけてもらいながら……ああ、なんて美しいんでしょう！」

「あの桜並木もヘスターが植えたのよ」ダイアナが言った。「ヘスターはお母さんに言ったの、このさくらんぼの実が食べられるころ、私はもう生きていないけれど、自分の手で植えた木や草花は、私が死んだ後も生き続けて、世界を美しく飾るのだと思いたいって」

「この道に来て本当によかった」アンは目に光をたたえた。「今日は私の誕生日だということにしていたの。この庭とヘスターの物語は、私への誕生日の贈物ね。ヘスター・グレイがどんな姿だったか、お母さんは話してくれた？　ダイアナ」

「いいえ……きれいだったというだけよ」

「そのほうが嬉しいわ。事実に邪魔されないで、想像できるもの。ヘスターはほっそりして小柄だったと思うわ。やわらかくカールした黒い髪に、目は大きくて優しく、内気そうな茶色で、そしてやせた白い顔にはあこがれが満ちていたのよ」

娘たちはバスケットをヘスターの庭において、昼下がりをすごした。あたりの森と野原を歩きまわり、ひっそり奥まったきれいな場所や小さな道をいくつも見つけた。空腹をおぼえると、一番美しいところでお弁当を開いた——せせらぎが音をたてて流れる急な土手の上で、草は長い羽毛のようにそよぎ、白樺が生えていた。娘たちは白樺のもとにすわり、アンが用意したごちそうを存分に味わった。詩的ではないサンドウィッチでさえ大歓迎をうけた。娘たちのすこやかな食欲は、新鮮な空気のなかを愉しく歩きまわり、いっそう旺盛だったのだ。アンは友のためにグラスとレモネードを持参していた。しかし本人は白樺の皮でコップを作り、冷たい小川の水を飲んだ。コップは水が漏り、水は土の味がした。春の川水は往々にしてそうなのだ。それでも今、このおりは、レモネードより春の川水がふさわしいとアンは思った。

「ほら、あの詩が見える？」ふとアンが指さした。

「どこ」ジェーンとダイアナが目をこらした。白樺の幹にルーン文字（13）の詩でも書いてあるのかと思ったのだ。

「小川のなかよ……緑に苔むした古い丸木の上を水が流れているでしょう、なめらかなさざ波がたって、まるで櫛《くし》でとかしているよう。そこに日光がひとすじ、斜めにさしこんでいる、深い淵《ふち》のところまで。ああ、今まで見たなかで一番美しい詩だわ」

「それは絵と言うんじゃないの」ジェーンが言った。「詩は、行や節にして書いたものでしょ」

「まあ、そうじゃないわ」アンは柔らかな山桜の花冠をのせた頭を大きくふった。「行や節は、詩を飾る外側の衣装よ、詩の本質じゃないわ、服のひだ飾《ラッフル》りやすそ飾りがジェーンそのものじゃないように。その中にある魂が本当の詩なの……このきれいな水辺の景色は、まだ言葉に書かれていない詩の魂よ……魂なんてめったに見られないわ……たとえ詩の魂でも」

「魂って……とくに人の魂は……どんなふうに見えるのかしら」プリシラが夢見るように言った。

「あんな感じだと思うわ」アンが指をさした。その先には、陽ざしが白樺の枝を透かしてさしこみ、まばゆく輝いていた。「魂に姿や形があれば、あんなふうに見えるでしょうね。魂は光でできていると想像するのが好きよ。全体に薔薇色の模様がついてかすかに震える光、海にうつる月光のようにほのかにきらめく光……夜明けのかすみのように青白くて透明な光もあるでしょうね」

「魂は花のようなものだと、どこかで読んだわ」プリシラが言った。

「それならプリシラの魂は金色の水仙《ナルシサス》ね」アンが言った。「ダイアナは赤い赤い薔薇(14)、ジェーンは林檎の花よ、ピンクで健全で甘い匂いがするの」

「じゃあアンの魂は白いすみれよ、芯のところに紫の縞《しま》のはいった」プリシラが結んだ。

ジェーンがダイアナにささやいた。「アンとプリシラは何を言ってるの？　さっぱりわからないんだけど、あんたわかる？」

娘たちは、穏やかな金色の夕陽に照らされて家路についた。バスケットにはヘスターの庭でつんだ水仙の花があふれていた。翌日、アンは墓地へ行き、水仙をヘスターの墓にそなえた。四人の帰り道、もみの梢に吟遊詩人のこまどりがさえずり、蛙は沼地から歌声を響かせていた。丘の谷間という谷間は金色の西日《トパーズ》があふれんばかりにさし、新緑がエメラルド色に輝いた。

「そうね、終わってみると、すてきな一日だったわ」ダイアナは出かけるときは期待していなかったように言った。

「夢のような一日だったわね」プリシラも言った。

「本当は私も森が大好きなの」ジェーンが言った。

しかし、アンは何も語らなかった。夕焼け空の遠くかなたを見つめながら、若くして逝《い》ったヘスター・グレイに思いをはせていた。

# 第14章　危険は去った

金曜の夕方、郵便局からの帰り道、アンはリンド夫人と一緒になった。夫人はいつもながらに教会から国家まですべての問題をかかえこんでは案じていた。

「ティモシー・コトンの家へ行ってきたんだよ、アリス・ルイーズに、二、三日、うちに手伝いに来てもらえないか、ききにね」リンド夫人は言った。「先週も来てもらったんだよ。あの人はのろまで急に止まることもできやしないくらいだが、手伝いがいないよりゃ、ましだからね。ところがアリスは病気で来られないとさ。ティモシーは起きてはいたんだが、ごほごほ咳をするわ、愚痴をこぼすわ、でね。あの男も十年ばかし死んでたようなもんだが、十年先も同じだろうね。ああした男は死んで自分に始末をつけることもできやしない……何一つしっかとやり抜くことができないんだから。病気にしたって、もう終わらせても充分なくらい寝ついたろうに。よくよくだらしのない一家だ。この先どうなるのかね、おそらく神様だけがご存じだよ」

リンド夫人はため息をついた。この一家については神様のお見通しもおよばないだろうと疑わしげだった。

「火曜日に、マリラはまた目医者さんにかかったんだろう？　お医者さんは何だって」

「安心なすっていたわ」アンは嬉しそうに言った。「ずいぶん良くなって、失明する危険はもうなくなったとおっしゃっているの。ただし読書がすぎたり、細かな手仕事は絶対にいけませんって。ところでバザーがもうじきだけど準備はどうですか」

教会の婦人援護会が、募金のためにバザーと食事のつどいを計画し、リンド夫人が先頭にたって進めているところだった。

「いい具合にいってるよ……それで思い出した。アラン夫人が、昔の台所を再現した模擬店を出して、煮豆《ベイクド・ビーンズ》（1）やドーナッツやパイといった夕食をふるまったらどうかとおっしゃってね。それで昔風のものを方々から集めてるんだよ。サイモン・フレッチャーの奥さんは古布を三つ編みにして丸く縫いつけたおっかさんの敷物を、リーヴァイ・ボウルターの奥さんは古いいす、メアリ・ショーおばさんはガラス戸のついた食器棚を貸してくれるよ。それでマリラには真鍮《しんちゅう》のろうそく立てを貸してもらえないかね。それから古い皿なら、どんなのでもいるんだよ。とくにアラン夫人は、できることなら本物の青柳模様《ブルー・ウィロー》の大皿（2）を使いたいとお考えなんだが、誰も持っていないようでね。どこへ行けば手に入るだろうね」

「ミス・ジョゼフィーン・バリーが一枚お持ちよ。バザーに貸してくださるか、手紙で問いあわせてあげましょう」アンは答えた。

「それはありがたいね。夕食会はここ二週間のうちに開くつもりだよ。アンクル・エイブ・アンドリューズは、その時分は雨がふって嵐になるって予言しているが、ということは、きっといい天気だ」

話に出てきた「アンクル・エイブ（3）」について触れておこう。彼は、少なくとも他の預言者と同じように、地元ではろくに尊敬されていなかった（4）。実際、お決まりの笑い草のように思われていた。天気を予測しても、あたった例《ためし》がないからだ。イライシャ・ライト氏は、自分はこの土地きっての才人と自負する人物で、常々言っていた。アヴォンリーの連中は、シャーロットタウンで出ている新聞各紙の天気予報欄なぞ見やしない、そうとも、アンクル・エイブに明日はどうなるねってきけばいいのさ、その反対になるからなと。しかしアンクル・エイブは少しもひるまず預言を続けていた。

「選挙の前にバザーを終わらせたいね」リンド夫人は話を続けた。「きっと候補者たちが来て、たっぷりお金を使ってくれるからね。どうせ保守党の連中は、あちこちに賄賂《わいろ》をばらまくよ。一度くらいは保守党に、バザーみたいに隠しごとをしなくていいところで正々堂々と金を使わせてやるのは、けっこうなことですよ」

マシューに忠義をたてて、アンも熱烈な保守党支持者だった（5）が、何も言わなかった。リンド夫人には一人で政治批判をさせておくほうが賢明だと、わかっていたからだ。

それにアンは、マリラ宛の手紙を郵便局から持って帰るところだった(6)。消印はブリティッシュ・コロンビアの町だった。

「おそらく双子のおじさんからよ」アンは家につくと興奮気味に言った。「ああ、マリラ、なんて言ってきたのかしら」

「開けて読むのが一番だと思うがね」マリラはそっけなく言った。そばでよく見る人がいれば、彼女もうわずっていると思っただろうが、マリラにしてみれば、人前でそんなそぶりを見せるくらいなら死んだほうがましだった。

アンは封をやぶり、乱雑な悪筆に急いで目を通した。

「春になっても双子は引きとれないそうよ……冬はほとんど病気で、結婚も延期したんですって。だから秋まであずかってもらえまいかって。秋になったら引きとるつもりですって。マリラ、もちろんあずかるわよね、そうでしょ」

「そうするしかないだろうね」マリラはむずかしい顔をしていたが、内心、安堵していた。「あの子たちも前ほど悪さをしなくなったし……こっちが慣れたのかもしれないが、デイヴィは見違えるほど良くなったよ」

「お行儀《マナー》は、たしかにぐっと良くなったわ」アンは用心して言った。しかし素行《モラル》のほうはまだほめるつもりはなかった。

前日の夕方のこと、アンが学校から帰ると、マリラは教会の婦人援護会で留守だった。

ドーラは台所のソファで寝ていたが、デイヴィは居間の収納戸棚に入りこみ、マリラの評判の黄色いプラムの砂糖煮《プリザーヴ》に幸せいっぱいで夢中になっていたのだ——「お客さん用のジャム」とデイヴィが自分でも呼んでいるように——触ってはいけないと言いわたされていた。アンがデイヴィにつかみかかって戸棚から引きずり出すと、デイヴィもばつが悪そうにした。

「デイヴィ・キース、このジャムは食べちゃいけないって、わかっているでしょう？あの戸棚にあるものは何一ついじらないようにって言われたでしょ」

「うん、悪いことだって知ってた」デイヴィは決まり悪そうに認めた。「でもね、プラムのジャム、すっごくおいしいんだもの。ちょっとつぼをのぞいたらうまそうだったから、ほんの少し味見《しゅこ》しようと思ったの、だからなかに指をつっこんで……」それを聞いてアンは低くうなった。「ぺろぺろなめたの。そしたら思ったよりずっとうまかったから、今度はおさじをとってきて、すくって食べたの」

プラムジャムを盗み食いするのは罪悪だとアンが懇々《こんこん》と説教すると、デイヴィも良心がとがめ、悔恨《かいこん》をこめたキスを何度もして、もうしないと約束した。

「どっちにしたって、天国にはジャムがどっさりあるんだもん、楽しみだな」デイヴィは満悦顔《まんえつがお》だった。

笑いかけていたアンの顔がもどった。

「ジャムがほしいなら……天国にはたっぷりあるでしょうけど、どうしてそう思うの」

「教理問答集（7）にあったもん」デイヴィが答えた。

「まあ、教理問答集にそんなことは書いてないわ」

「いいや、ちゃんとあったよ」デイヴィは言い返した。「この前の日曜日、マリラが教えてくれた問答にあったもん。『なぜ神様を愛さなければいけないか』っていう質問に、『神様はジャム《プリザーヴ》をお作りくださり（8）、私たちをお救いくださるから』って書いてあったよ。プリザーヴって、ジャムの神様風の言い方でしょ」

「ちょっと水を飲んでくるわ」アンは慌てて出ていった。一人で存分に笑ってからもどり、時間をかけて懇切丁寧に説明した。教理問答集の問答にある「お守り《プリザーヴ》くださる」は、砂糖煮《プリザーヴ》と同じ言葉だけど、意味は全然違うのだと。

「そうだよね。こんな虫のいい話、あるはずないと思ってたよ」ついに事実がわかったデイヴィは落胆して、ため息をついた。「それに神様は、いつジャムを作るんだろうって、不思議だったんだ。天国はずっと安息日でお休み（9）でしょ、賛美歌にそうあるよ。でも、ずっと安息日でいい子にしてなきゃいけないなんて、天国に行きたくないな。天国に土曜日はないの」

「ありますとも、土曜日に、ほかにも色々すてきな日があるわ。それにね、天国では毎日、昨日よりも今日がずっとすてきなのよ」とアンは請けあったが、マリラがそばにいて仰天しなくて良かったと思った。言うまでもなく、マリラは昔風の正統な神学にもとづいて双子を教育していたので、当然ながら天国を勝手に空想するようなふるまいは認めていなかった。マリラは毎週日曜、デイヴィとドーラに賛美歌を一つ、教理問答集の問答を一つ、聖書の節を二つ教えていた。ドーラはおとなしく習い、小さな機械のごとく暗記したが、理解も関心の持ちようも機械のようでしかなかった。反対にデイヴィは旺盛な好奇心を見せて、マリラが将来を案じてふるえあがるような質問をたびたび浴びせかけた。

「チェスター・スローンが言ってたよ。天国じゃ何もしないで白いドレスでぶらぶら歩くかハープを弾くかだから、じいさんになるまで行くとこじゃないって。年寄りになれば、そんな退屈なとこでも好きになれるからね。それにドレスを着るなんてぞっとするってチェスターは言うけど、ぼくも同じだよ。男の天使はどうしてズボンをはいちゃいけないの？　チェスター・スローンはこういうことに興味があるんだ、まわりがチェスターを牧師にさせようとしてるからね。なるしかないんだよ。だっておばあさんが大学に行くお金を残してくれたけど、牧師にならなきゃもらえないんだって。おばあさんは一家に牧師がいると世間体《せけんてい》がいいと思ったんだよ。チェスターは鍛冶屋のほうがいいけど……牧師でもかまわないってさ……そのかわり牧師になる前に遊べるだけ遊ぶつもりだって。だって牧師になったら、あんまり楽しめないからって。ぼくは牧師にはならないよ。ブレアさんみたいにお店屋さんになって、キャンディやバナナをお店に山のようにおくの。でもアンが言うような天国なら行ってもいいな、ハープじゃなくてハーモニカを吹かせてくれたらね。吹かせてくれるかな」

「そうね、吹きたいなら吹かせてもらえると思うわ」アンはそう答えるのがやっとだった。

夕方、アヴォンリー村改善協会の会合が、ハーモン・アンドリューズ氏の家で開かれた。重要な議題があり、全員の出席が求められていた。今や活動は花開いたように盛んで、めざましい成果をいくつもあげていた。春先、メイジャー・スペンサー氏は約束どおり、農場前の街道にそって切り株を引き抜き、ならしたところに芝の種をまいた。すると十数人が見習った。ある者はスペンサーなぞに負けてなるものかと競争心をかりたてられ、またある者は身内に改善員がいるのでやるように言われたのだ。その結果、以前は雑草や藪がしげって見ばえの悪かったところに、柔らかな芝生がビロードの帯のように続いたのだ。それにくらべると、手入れをしなかった農場の前はみすぼらしく見えるようになり、持ち主たちはひそかに恥じて、来年の春はどうにかしようと決意した。街道が交差する三角の場所も、木々をとりはらって種をまいたところ、今や中央には、アンのゼラニウムが喰いしんぼうの牛に荒らされることもなく花壇になっていた。

このように着々と成果があがり、改善員たちは満足していた。もっともリーヴァイ・

ボウルター氏に、上の農場の廃屋《はいおく》をとり壊してもらう件は、よりすぐりの委員が訪れ、たくみに説得しても、よけいなお節介だと、にべもなく断られていたが。

この特別集会では、学校の理事会へ出す請願書を作ることになっていた。学校の敷地のまわりに柵を作ってもらえないか、うかがいをたてるのだ。もう一つ、教会に飾り木を植える計画も話しあうことになっていた。もっともこれは協会の予算がゆるせばの話だった……なぜならアンが言うように、公会堂のペンキが青々としている間は、ふたたび寄付集めをしても集まらないからだ。会員たちはアンドリューズ家の客間につどった。ジェーンが立ちあがり、飾り木の値段を調べて報告する委員を任命しましょうと提案しかけたところに、ガーティ・パイが長いすそをひき、飛びこんできた。髪はポンパドゥールに結い、服はフリルをつけてめかしこんでいた。ガーティには遅刻癖があった——「遅れて入ってきて、強い印象を与えるためだ」と辛辣なことを言う人もいたが、このたびの登場はたしかに効果があった。何しろガーティは部屋の中央で芝居のように立ち止まり、両手をふりあげ、目を白黒させて叫んだのだ。「たった今、とんでもないことを聞いたの。何だと思って？　ジャドソン・パーカーさんが街道に面した農場の塀を全部、売薬会社に貸して、道路ぞいに広告をペンキでずらっと描かせるんですって」

ガーティは望みがかない、生まれて初めてみんなをあっと言わせた。協会の成果があがって満足顔だった改善員たちは、たとえガーティが爆弾を投げこんでも、これほどの大騒ぎはしなかっただろう。

「そんなこと、まさか」アンは唖然《あぜん》とした。

「最初に聞いたとき、私も同じことを言ったわ」ガーティはどこか楽しげに言った。「そんなことまさか……いくらあのジャドソン・パーカーでも、そこまでする度胸はないって、そうでしょ。でも今日の午後、うちのお父さんが本人に会ってたしかめたら本当だったのよ。考えてもみてよ！　あの人の農場はニューブリッジ街道に面してるのよ。街道ぞいに丸薬《がんやく》や膏薬《こうやく》の広告がならんだら目も当てられないわ、そうでしょ」

改善員たちはもちろんわかっていた、全員が充分すぎるほどに。一番想像力に欠ける者でさえ、そんな広告が半マイルにもわたって板塀に出されたら、どんなに無様《ぶざま》なことになるか、ありありと目に浮かんだ。この新たな脅威を前にして、教会だの学校の柵だのという話はすべて消え失せてしまった。議事進行のルールも決まりもふき飛び、書記のアンも収拾がつかなくなって議事録をとるのをあきらめた。誰もが一度に話し、喧喧《けんけん》囂囂《ごうごう》、大変なことになった。

「みなさん、静粛に」アンが叫んだ。そう頼んだ本人が一番興奮していた。「パーカーさんにやめてもらう方法を考えましょう」

「どうやって。見当もつかないわ」ジェーンが苦々しげに叫んだ。「ジャドソン・パーカーがどんな人か、みんな知っているでしょ。お金のためなら何でもする人よ。公共心のかけらもなければ、美的センスもこれっぽっちも持ちあわせていないんだから」

実際、見通しはかなり暗かった。アヴォンリーのパーカー一族は、ジャドソンとその姉だけだった。ということは、親戚のつてを頼んで説得してもらうことはできない。しかも姉のマーサ・パーカーはそうとう年輩のご婦人で、もともと若者のすることなすこと苦々しく思っている上に、改善員にはとくに批判的だった。一方のジャドソンは、ほがらかな話し上手な男で、誰にでも親切で、愛想が良く、ろくに友だちがいないのが不思議なくらいだった。おそらく、何でも手広く商売にして、やり口がうますぎるせいだろう——そうしたやり手は往々にして人望がえられないのだ。「ずる賢い」という噂もあったが、「一貫した主義主張のない男」というのがおおかたの意見だった。

「ジャドソン・パーカーは『一ペニーでもこつこつ稼げる』チャンスがあれば絶対に見逃さないよ、自分でもそう言っている」フレッド・ライトが言い放った。

「彼を説得できる人は誰もいないの?」アンは半ば匙を投げながらきいた。

「あの人は、ホワイト・サンズのルイーザ・スペンサーのところへ通いつめているわ」キャリー・スローンが思いついた。「ルイーザなら、塀を貸さないように説得できるかもしれない」

「いいや、だめだよ」ギルバートがきっぱり言った。「ルイーザのことはよく知っているけど、村の改善協会なんかてんで馬鹿にしていて、とにかく金、金だ。ジャドソンに思いとどまらせるどころか、かえってけしかけるよ」

「ということは残されたただ一つの方法は、ジャドソンをたずねて異議申し立てをする委員を指名することね」ジュリア・ベルが言った。「女の子を送りこむべきよ、男が行っても、相手にしてくれないわ……でも私は行かないから、指名しても無駄よ」

「アンが一人で行くのがいいよ」オリヴァー・スローンが言った。「誰かというなら、アンだよ。アンならジャドソンとわたりあえるよ」

アンは反論した。喜んで話しに行くが、「精神的な支え」となってくれる人も来てほしいと言うのだ。そこでダイアナとジェーンが、精神的に支える役目として任命された。ここで改善員たちは解散したが、憤りのあまり、蜂の巣をつついたような騒ぎだった。その夜、アンは心配で明け方まで眠れず、ようやく寝たと思ったら、今度は理事会が学校のまわりに柵を作ったものの、いたる所、「お試しあれ、むらさき丸薬」とペンキで塗ってある夢まで見た。

次の午後、説得委員たちが、ジャドソン・パーカーをたずねた。アンは、はた迷惑な計画をやめるように熱弁をふるい、ジェーンとダイアナは、アンを精神的に支える役目を勇敢に果たした。ジャドソンは物腰も柔らかに、丁寧な口調で、媚《こ》びへつらってきた。つまりひまわりの花のような華やかなお世辞をならべ、こんなに魅力的な若いお嬢さんがたのお願いをお断りするのは本当に心苦しいんですがね……でも、商売は商売ですかられね、このせちがらいご時世、人情に流されている余裕はないんですよと語った。

「しかし、これはお約束しますよ」彼は大きく目を開き、光らせた。「広告には、きれいで感じのいい色しか使わないよう、代理店に言っておきます。赤とか黄色とかね。間違っても、青は使わないように伝えましょう」

こうして委員の面々は言い負かされて帰ってきた。言葉にするのもはばかられる思いが煮えたぎっていた。

「できることは全部やった、後は神様にお任せするしかないね」ジェーンが言った。知らず知らず、言い方もしぐさもリンド夫人そっくりになっていた。

「アラン牧師が、どうにかしてくださらないかしら」ダイアナが思案顔をした。

アンは首をふった。

「だめよ、アラン牧師にご迷惑をかけても何にもならないわ。とくに今は赤ちゃんの具合があんなに悪いんだもの。どうせジャドソンは、牧師さんに説得されても、のらりくらり言い抜けるわ、私たちにしたみたいに。でもあの人は、このごろきちんと教会へ通うようになったのよ。ルイーザ・スペンサーのお父さんが教会の長老で、そうしたことにやかましいからだけど」

「塀を貸そうなんて思いつくのは、アヴォンリーでもジャドソン・パーカーくらいよ」ジェーンが怒りにまかせて言った。「たとえリーヴァイ・ボウルターとロレンゾ・ホワイトでも、こんなに落ちぶれた真似はしないわ、あの二人も同じくらいけちだけど。さすがに世間の目を気にするわよ」

この事実が知れわたると、世間はもちろんジャドソン・パーカーを非難したが、何の効果もなかった。ジャドソンは一人でほくそ笑んだだけで、悪評などものともしなかった。こうなっては改善員たちも、ニューブリッジ街道の一番きれいな風景に広告がならんで台なしになるのを受け入れるしかなかった。次の会合が開かれ、アンは、ジャドソンを訪問した委員として報告するよう、会長のギルバートから求められた。アンは静かに立ちあがり、発表した。ジャドソン・パーカー氏は売薬会社に塀を貸さないことにした、それを改善協会に通知してほしいと本人から依頼されたと。

一緒に行ったジェーンとダイアナは、耳を疑い、目を見はった。アヴォンリー村改善協会の議事進行にはしきたりがあり、ふだんは厳しく守られていた。たとえば好奇心がわいたからといって、すぐさま質問をするのは禁じられていた。そこで閉会すると、みながアンを取りまいて説明を求めた。しかしアンは説明らしい説明をしなかった。前の日の夕方、街道でジャドソン・パーカーが後ろからきて、アヴォンリー村改善協会のご意向にそうことにしました、みなさんがたは売薬会社の広告に独特な偏見をお持ちですからね、と語ったというのだ。アンはこのときも後になっても、そうとしか言わなかった。アンの説明は純然たる事実だった。しかしその帰り道、ジェーン・アンドリューズはオリヴァー・スローンに打ち明けた。ジャドソン・パーカーの態度が急変したなんて変よ、裏にはきっとアンが話した以上のことがあるわ。そしてこの推測もまた、事実だったのである。

前日の夕方、アンは海岸通りのアーヴィング老夫人をたずね、帰りは近道をした。まず海ぞいの低い野原を通り、それからロバート・ディクソン家の下のぶなの森を抜けた。この森の小道をゆくと、想像力のない人たちがバリー家の池と呼ぶ《輝く湖水》のむこうで街道に出るのだ。

ちょうど小道の終わりまできて街道に出ると、二人の男がそれぞれの馬車に腰かけていた。手綱《たづな》をおろし、馬車は道ばたに止まっていた。かたやジャドソン・パーカー、もう一人はジェリー・コーコランだった。コーコランはニューブリッジの男で、リンド夫人なら彼を評して、胡散臭《うさんくさ》いことをしているが、まだ証拠があがっていないだけ、と語気も荒く言うだろう。コーコランは農機具の訪問販売をしていたが、政治の方面でやり手として鳴らしていた。政治の利権がからむことなら何にでも手を出すのだ——もし手が十本あれば、あるだけ全部手をのばすと言う人もいた。カナダの総選挙がせまり、ジェリー・コーコランは何週間も多忙だった。自分の支持政党の候補者に投票してもらおうと田舎を運動してまわっていたのだ。アンが垂れさがったぶなの枝をくぐり出たそのとき、コーコランの声が聞こえた。

「パーカーさん、もしエイムズベリーに入れてくれたら……そうだな、あんたが春にうちで買った馬鍬《まぐわ》（10）が二台、あの代金の手形をお返ししよう、不服はあるまいと思うが、どうだ」

「そうだぁなぁ」ジャドソンは間のびして答え、にやりとした。「そうしてくれると言うなら、そうしてもらおうかな。このせちがらい世の中、儲け話には目ざとくないとな」

この瞬間、二人はアンに気づき、唐突に話をやめた。アンは冷ややかにお辞儀して、また歩き続けたが、平素より少々あごをそらせていた。すぐにジャドソン・パーカーが馬車で追いかけてきた。

「アン、乗ってかないかね」愛想よく問いかけた。

「どうも、でもけっこうです」アンは丁寧に答えたが、その声には細い針のような軽蔑がこめられ、いくらジャドソン・パーカーの面の皮が厚くても、こたえた。彼は顔を赤くそめ、腹立たしげに手綱を引いた。しかし次の瞬間、冷静な分別が働いたのだ。ジャドソンは、脇目もふらず一目散に歩いていくアンを、不安げに見つめた。もしこの娘が聞いていたら？　コーコランはまぎれもなく裏取引を持ちかけてきた。自分がそれに乗ったのは明々白々だ。コーコランのやつめ、ちくしょう！　もっとましな口をきかないと、そのうちやっかいごとになるぞ。それにこの赤毛の教師も教師だ。ぶなの森からいきなり出てきて、こんなとこに何の用があるんだ。もしアンが話を聞いていたとすると——ジャドソン・パーカーは考えた。自分の升《ます》で人のとうもろこしをはかる（11）という田舎の言い回しがあるが、こうした人物は往々にして自分の尺度で人をはかる。その結果、彼は思い違いをした。つまりアンが方々で言いふらすと思ったのだ。これまでも見てきたように、ジャドソン・パーカーは世間の評判など歯牙《しが》にもかけない男だが、賄賂を受けとったと知れわたると始末に負えないことになる。もしアイザック・スペンサーの耳に入りでもしたら、その娘ルイーザ・ジェーンを手に入れる望みも永遠におさらばだ。裕福な農家のあととり娘のルイーザと安楽に暮らせる見とおしも一緒に消える。実のところ、父親のスペンサー氏が自分をいかがわしい目で見ていることは、ジャドソン・パーカーも察していた。これ以上、危険をおかすわけにはいかない。

「ええと……ちょうどアンに会いたいと思ってたところでね、先日話しあった例のちょっとした一件だよ。結局、塀は貸さないことにしたよ。君たちのような目的を持った会は奨励すべきだと思ってな」

アンは、わずかに態度を和らげた。

「ありがとう」

「それで……その……ジェリーと話してたことだが、人に言うことはないよ」

「何があろうと言うつもりはありません」アンは冷ややかに答えた。金品をもらって投票するような男と取引するくらいなら、アヴォンリーの塀という塀に広告が出るほうがましだった。

「それがいい……それがいい」ジャドソンはうなずいた。これで双方きれいに納得したと思ったのだ。「アンがそんなことをするとは思ってなかったさ。もちろん、さっきのはジェリーをそそのかしただけさ……あいつは利口で気がきくとうぬぼれてるんでね。おれはエイムズベリーになんか投票しないよ、いつものようにグラントに入れるさ……選挙がすめばわかることだ。さっきのは、ジェリーがどんなことを言ってのけるか、ちょっと仕むけてみただけさ。塀のことは大丈夫だ……改善員のみなさんにそう伝えていいよ」

その晩、アンは東の切妻の部屋で鏡に映る自分にむかってつぶやいた。「世の中はいろんな人で成りたっていると話には聞いていたけど、いなくてもいいような人もいるのね。ジャドソンのあんなみっともない話、何があっても人に言うつもりはないから、その点は自分の良心に恥じるところはないわ。でもこの一件落着は、いったい誰に、あるいは何に感謝すればいいのかしら。私は何もしていないもの。といって神様が、ジャドソン・パーカーやジェリー・コーコランのようなかけひき屋を使ってお恵みをくださったとは、とても思えないもの」

# 第15章　夏休み、始まる

黄色い西日の照らす静かな夕暮れ、アンは校舎に鍵をかけた。風が校庭のえぞ松を鳴らして吹きすぎていく。森の端では木々の影が長くのび、ゆるやかに左右にゆれていた。アンは鍵をポケットにしまい、満足げにため息をもらした。教師になって最初の一年が終了したのだ。アンは賞賛の言葉の数々を贈られ、来年度の契約を結んだ——もっともハーモン・アンドリューズ氏だけは、もっと鞭を使うべきだと言ってきたのだが——よく働いた褒美に二か月のすばらしい夏休みがアンを楽しげに手招きしていた。アンはこの世界と自分自身に安らぎをおぼえながら、花のかごを手に丘を下っていった。メイフラワーが咲きそめた早春のころから、アンは毎週、マシューの墓参りを欠かさなかった。マリラはともかく、アヴォンリーの人々はみな、無口ではにかみやで重要人物でもなかったマシュー・カスバートのことなど、もう忘れていた。しかしアンの胸には、今もなおマシューの思い出はみずみずしく息づいていた。それはこの先も変わらないであろう。愛に飢えていた幼い日に求めてやまなかった愛情と思いやりを、初めて与えてくれた情に厚い老人を忘れることなど、アンにはとうていできなかった。

　丘のふもとまでおりてゆくと、えぞ松の木陰で少年が柵に腰かけていた――夢見るような大きな瞳をして、感受性の強い、美しい顔だちの少年だった。彼は柵から飛びおると、笑みを浮かべ、ならんで歩き始めたが、頬には涙のあとがあった。

「ぼく、先生を待っていたの。お墓参りに行かれるだろうと思って」そう言うと、手をアンの掌《てのひら》にすべりこませた。「ぼくも行くんです。おばあちゃんのお使いでゼラニウムの花束をアーヴィングのおじいちゃんのお墓に。でもね、先生、こちらの白い薔薇は、おじいちゃんのそばにおそなえするの、若くして亡くなったお母さんのために……アメリカのお墓には行けないもの。でもお母さんはわかってくれると思うの、同じように。そうでしょう？」

「そうよ、きっとわかってくださるわ」

「今日は、お母さんが亡くなってちょうど三年めなんです。長い、長い月日でした。それなのに今でも同じくらい悲しいんです……今も同じくらいお母さんが恋しいんです。ときどき、こらえきれなくなるくらいです。とてもつらいんです」

　ポールの声がふるえ、唇がわななないた。浮かんだ涙をアンに気どられまいと、ポールはうつむき、薔薇の花束に目をふせた。

　アンは優しく声をかけた。「でもね、だからといって平気になるのは嫌でしょう……たとえお母さんを忘れられるとしても、忘れたくないでしょう」

「そうです、そのとおりなんです。お母さんを忘れたくありません……ぼくの気持ちを、先生はよくわかってくれるんですね、誰もわかってくれないのに……おばあちゃんでさえわかってくれないの、ぼくに優しくしてくれるけれど。お父さんはかなりわかってくれるけど、お母さんの話はあまりできなかったの、お父さんをひどく悲しませてしまったの。お父さん、ぼくがいなくてきっと寂しいんです。今じゃお手伝いさんしかいないの。かわいそうなお父さん、ぼくがいなくてきっと寂しいんです。今じゃお手伝いさんしかいないもの。お手伝いさんが男の子を育てるのはよくないとお父さんは考えているの、とくにお父さんはしょっちゅう仕事で家を空けるから。お母さんの次は、おばあちゃんがいいって、ぼくはここへ来たの。ぼく、大きくなったらお父さんの家にもどって、二度と離れないよ」

ポールは両親の話をよくするため、アンは知りあいのような気がしていた。母親は、性格や気だてがポールにそっくりだったに違いない。一方、父親のスティーヴン・アーヴィングはむしろ感情を表に出さない男で、生まれ持った奥ゆかしさや優しさを世間には用心深く隠して生きてきたのではないだろうか。

「お父さんて、ちょっと近よりがたいの」以前ポールはそう語ったことがあった。「お母さんが死ぬまでは、ぼくもあまりお父さんにうちとけていなかったけど、よくわかると、すばらしい人。世界で一番に愛しているの、次はアーヴィングのおばあちゃん、それから先生。おばあちゃんを先に好きにならなくてもよければ、お父さんの次は先生だけど、おばあちゃんはとても良くしてくれるからね。でもおばあちゃんたら、ぼくが寝るまでランプを置いてほしいのに、ぼくをベッドに入れて、毛布でくるむと、すぐに持って行くの。臆病はいけないよって。暗くても怖くはないけど、灯りがあるほうがいいな。お母さんはいつも寝るまでそばにすわって、手を握ってくれたよ。ぼくを甘やかしたんだね。お母さんて、そういうものでしょ、先生」

しかしアンにはわからなかった。そうなのだろうと想像するしかなかった。「若くして亡くなった」自分の母親を、アンは悲しく思い浮かべた。アンを「完璧に可愛い」と思ってくれた母。ずっと昔に世を去り、今は誰も訪《おと》なうことのない遠い墓地に、青年のようだった若い夫とともに眠っている母。アンは母の面影を憶えていなかった。母親を追想できるポールがうらやましくさえあった。

「来週、ぼくの誕生日なんです」六月の陽ざしがふりそそぐなか、二人は赤土の道を歩いて長い丘をのぼった。「お父さんから手紙がきて、一番喜びそうなプレゼントを送ってくれるって。もう届いていると思うんだ。だっておばあちゃんが本箱の引き出しに鍵をかけたの、そんなの初めてだもの。どうしてって聞いたら、わけのありそうな顔をして、小さな男の子はそんなに知りたがるもんじゃありませんって。お誕生日ってわくわくするね。ぼく、十一歳になるの。でもそんなふうに見えないでしょう？　年のわりに小さいのはおかゆ《ポーリッジ》（1）をたんと食べないからだっておばあちゃんは言うの。一生懸命食べているんだよ。でもおばあちゃんがお皿にたっぷり盛るんだもの……おばあちゃんはけちなところがないの。この前、日曜学校の帰りに先生とお祈りの話をしたら……困っていることは何でもお祈りしなさいとおっしゃったでしょ……あれから毎晩、神様にお祈りしているの、朝のおかゆを一口残らず食べられますように思召しをくださいって。でもまだ食べきれないの。神様の思召しが足りないのか、おかゆが多すぎるのか、どっちかな。お父さんはおかゆで大きくなったっておばあちゃんは言うよ。たしかにお父さんには効き目があったもの、あの肩を見てほしいくらい。でもね、ときどき思うんだけど」最後にポールはため息をつき、考えこみながら言った。「もうおかゆにはうんざりして死んでしまいそう」

ポールがこちらを見ていなかったので、アンは思わず微笑した。アーヴィングの老夫人が、食事にしろ躾にしろ、昔ながらの堅実なやり方で孫息子を育てていることはアヴォンリー中が知っていた。

「そうならないように願いましょう」アンはほがらかに言った。「岩辺の人たちはどうしている？　双子の兄さんは今でも礼儀正しいの？」

「もちろんです」ポールはきっぱり言った。「彼はわかっているもの、礼儀正しくしないと、ぼくがつきあわないって。本当はとても意地悪だけど」

「ノーラは、金色お姫さま《ゴールデン・レディ》に気づいた？」

「いいえ。でも変だなと思っているみたい。この前、ぼくが金色お姫さまの洞くつに入るのを見はっていたようだもの。ノーラが気づいても、ぼくは気にしないよ……気づいてほしくないのは、彼女を思ってだもの……ノーラが気を悪くしないようにって。でも本人が傷ついてもいい覚悟なら、どうしようもないでしょ」

「夜、一緒に海岸へ行ったら、私も岩辺の人たちに会えるかしら」

ポールはきまじめな顔になり、首をふった。

「いいえ、ぼくの岩辺の人たちは、先生には見えないの。ぼくだけに見えるんです。でも先生には、先生だけの岩辺の人たちが見えます。そうしたものが見える人だから。ぼくたちは二人ともそういうタイプなんです」ポールはアンの手を親しげに握りしめた。

「そういう人なのはすばらしいことでしょう」

「すばらしいことよ」アンは灰色の目をきらめかせながら、ポールの青く輝く瞳を見つめた。アンもポールも知っていた。

「その王国のなんと美しいこと
　想像が、風景の扉を開きゆく」（2）

この幸せな王国へむかう道すじを二人は知っていた。その国では、歓びの薔薇が谷間や小川のほとりに永遠《とわ》に咲き、陽の輝く空は雲に翳《かげ》ることなく、甘い調べの鐘も調子をはずすことがない。そこには、夢見る心の同類たちがつどっているのだ。王国のありか――それが「太陽の東、月の西」(3)であること――これは大金をはらっても教わることのない貴重な言い伝えであり、どんな市場へ行こうと買えない知識だった。それはきっと、生まれたときに良い妖精たちがさずけてくれる贈り物(4)なのだ、何歳《いくつ》になろうと、そこなわれることも奪われることもない贈り物。この贈り物をさずけられた人は、たとえ屋根裏に住もうと、それを知らずに宮殿に暮らす人より、はるかに心が満たされるのだ。

アヴォンリーの墓地は、いつもながらに草がしげり、ひっそりしていた。実のところ、改善員たちは、墓地の手入れにも目をむけ、プリシラ・グラントは、前回の会合で墓地についての意見書を読みあげていた。いずれ改善協会では、苔むしてゆがんだ古い板塀を、きれいな金網の柵にとりかえ、草を刈り、傾いた墓石をおこすつもりだった。

アンは持参した花をマシューの墓にそなえた。それから若いポプラが影をおとす一角へ歩いた。ヘスター・グレイが眠っているのだ。春のピクニック以来、マシューの墓を訪れると、ヘスターにも花をそなえていた。昨日の夕方、アンは森の忘れられた小さな庭に出かけ、彼女が育てた白薔薇をつんできたのだ。

「ヘスター、あなたはこの白い薔薇が一番好きだと思って」アンは優しく語りかけた。

アンがなおも墓地にすわっていると、人影が草におちた。顔をあげると、アラン夫人だった。二人はともに家路についた。

夫人の顔だちは、もはや、五年前、アラン牧師がアヴォンリーにつれてきた初々しい花嫁のころとはちがっていた。娘盛りの輝きや若々しい丸みはいくらか失われ、目もと口もとに、忍耐強さをうかがわせる細いしわができていた。何本かは、この墓地にある小さな墓が原因だった。また新しい何本かは、最近、幼い息子が病気をしたために――幸い回復したが――ふえたものだった。しかしアラン夫人のえくぼが愛らしく、ふいにくぼむところも、瞳が澄み、明るく真心がこもっていることも、かつてと変わらなかった。たとえ面ざしから娘らしい美しさは失せても、それを上まわる優しさと強さがそなわっていた。

「夏休み、楽しみでしょう」墓地を去るときに夫人が言った。

アンはうなずいた。

「ええ……夏休みという言葉を、おいしいごちそうを口のなかで転がすように(5)味わっています。すばらしい夏になりそうです。一つには、七月にモーガン夫人が島にいらっしゃるので、プリシラが家につれてきてくれるんです。考えるだけで、子どものころのように『わくわく』します」

「ぜひとも楽しくおすごしなさい。この一年、よく働いて成果をあげたんですから」

「そうでしょうか。いろんなことが思ったとおりにいきませんでした。去年の秋、教師になったときにしようと思ったことが、まだできていません……それに理想も果たしていないんです」

「誰だろうと理想どおりにはいかないものですよ」アラン夫人はため息をついた。「でもね、ローウェルも言っているわ、『失敗は罪ではない、低い志こそ罪である』(6)と。私たちは理想をかかげ、それを果たすように努力しなければならないの、たとえ一度もうまくいかなくても。理想のない人生は、虚しい営みでしかないわ。理想があるからこそ、人生は偉大ですばらしいものになる。アン、あなたの理想をしっかり持ってね」

「はい、そうします。でも、私の教育理論はほとんど捨ててしまいました」アンは小さく笑った。「教師になったときは華々しいくらい立派な理論を一そろいも持っていたんです。でも、あれこれ問題がおきてみると、どの理論も役に立たなかったんです」

「体罰の理論も、役に立たなかったものね」アラン夫人はからかった。

アンはにわかに赤面した。

「アンソニーを鞭でぶったことは自分でも絶対に許せません」

「馬鹿なことを言わないの。あの子はぶたれて当然よ。それに鞭打ちはアンソニーに合っていて効き目があったのよ。あれ以来、手をやかなくなったし、彼のほうでもアンに一目置《いちもく》くようになったでしょう。『若い女なんかだめだ』という考えを、かたくなな心から根こそぎ追いはらったからこそ、アンの優しさに心を開いたのよ」

「アンソニーが罰を受けるのは当然だったかもしれないけど、問題はそこじゃないんです。鞭でぶつしかないと冷静によくよく考えてから叩いたなら、こんなにいつまでも気にしません。でも実際は、かっとなって叩いたんです。正しいかどうか考えもしないで……かりに罰してはいけなくても、同じようにぶったでしょう。それが恥ずかしいんです」

「そうね、でも私たちはみんなあやまちをしますよ、だから失敗はもう済んだことになさい。間違ったら反省し、そこから学ぶのは大切だけど、未来に引きずってはいけないわ。あら、ギルバート・ブライスが自転車に乗って……夏休みで帰ってきたのね。あなたたち、勉強は進んでいるの」

「はい、それはもう。今夜ヴァージルの詩を読み終えます……あと二十行なんです。この詩が終わったら、九月まで勉強もお休みです」

「大学へは行けそうなの？」

「さあ、どうでしょうか」アンは、オパール色の水平線のかなたを、夢見るようにながめた。「マリラの目が今より良くなることは、ないと思うんです。もちろん、これ以上悪くならないのはありがたいですけど。それに双子もいるし……あの子たちのおじさんが引きとるとはどうも思えなくて。大学は、道の曲がり角のむこうにあるかもしれないけれど、私はまだその曲がり角に来ていないんです。不平不満がつのってもいけないから、あまり考えないようにしているんです」

「アンにはぜひ大学へ行ってもらいたいわ。でも、進学できなくても、不満に思ってはいけませんよ。人はどこで生きようと、結局は、自分だけの人生を生きるのです……大学は自分らしい生き方を手助けしてくれるだけですよ。人生は広くもなれば狭くもなる。それは、人生から何を得るかではなく、人生に何を注ぎ込むかにかかっているの。人生は豊かで充実したものですよ……どこで生きようとも……人生の豊かさと充実にむかって、自分の心をどう開くか、それを学びさえすればいいのよ」

「おっしゃること、わかるような気がします」アンは考えながら言った。「ありがたいと思うものが、私にはたくさんあるんです……とてもたくさん……仕事、ポール・アーヴィング、可愛い双子、そして友だち。友情にはとても感謝しています、人生を美しくしてくれるから」

「真実の友情はたしかに頼りになりますよ」アラン夫人は言った。「だからこそ友情には高い理想を持ちなさい。正直と誠意を欠いて、友情を汚《けが》してはなりませんよ。友情とは名ばかりで、真の友情などかけらもない、ただ親しいだけのつきあいになりがちなのは残念です」

「そうですね……ガーティ・パイとジュリア・ベルのように。二人は仲良しで、どこへ行くにも一緒なのに、ガーティは陰で、ジュリアの悪口を言うんです。ガーティがジュリアに焼き餅をやいているのは、みんなもわかっているんです。誰かがジュリアを批判すると、ガーティは必ず嬉しそうにするんです。これを友情と呼ぶのは、友情への冒瀆《ぼうとく》です。友だちには相手の最も良いところだけを見つけて、そして自分の最良のものを与えるべきです。そうでしょう？　そうすれば友情は、この世で一番美しいものになるわ」

「友情はたしかに美しいものよ」アラン夫人はほほえんだ。「でもいつかは……」

ここで夫人は、ふいに口をつぐんだ。かたわらをゆく娘は、色白の繊細な顔に気どりのない明るい目をして、生き生きした表情を浮かべている。そこには女らしさというより、まだ子どもっぽいあどけなさがあった。アンの心にあるのは友情によせる夢、未来の抱負へのあこがれだけだった。アラン夫人は、まだ何も知らないアンの甘い胸に咲く花をかすめとろうとは思わなかった。そこで言葉の続きは、何年かのちに告げることにしたのである。

# 第16章　望んでいることの中身（1）

デイヴィは、グリーン・ゲイブルズの台所で光沢のある革張りのソファによじのぼり、ねだった。「アン、ねえ、アンったら」彼女はソファで手紙を読んでいた。「ぼく、おなかぺっこぺこ、アンはわかんないかもしれないけど」

「今バターつきパンを一切れあげるわ」アンは上の空で答えた。手紙にはさぞ胸おどる知らせが書かれているのだろう。頬は、庭の大きな薔薇の木に咲く花のようなピンク色に染まり、瞳には、アンらしい星の輝きがあった。

「バターつきパンが食べたいぺこぺこじゃなくて」デイヴィは不満そうに言った。「プラム・ケーキのぺこぺこなの」

「まあ」アンは笑って手紙をおき、片腕をデイヴィにまわして抱きしめた。「お菓子がほしいぺこぺこなら、楽に我慢できるわね。マリラが決めたでしょ、おやつはバターつきパンだけって」

「うん、じゃあ一切れちょうだい……お願いします《プリーズ》」

デイヴィはやっと「お願いします」と言えるようになったが、たいてい忘れて、後から言いそえた。ほどなくアンが気前よく厚めに切ったパンを一切れ持ってくると、デイヴィはやったという顔をした。「アンはいつもたっぷりバターを塗ってくれるね。マリラはほんのぽっちりだもん。バターがたっぷりだと、喉のすべりもずっといいや」パンがたちまちになくなったところを見ると、「喉のすべり」は良かったようだ。デイヴィは逆さになって頭からソファをすべりおり、敷物《ラグ》で二回でんぐり返りをして起きあがると、決意のほどを語った。

「ぼく、天国に行くかどうか決めたよ。それでね、行かないことにした」

「どうして」アンは見すごしならないといった顔をした。

「だって、天国はサイモン・フレッチャーんちの屋根裏にあるんだもん。サイモン・フレッチャーは好きじゃないの」

「天国が……サイモン・フレッチャーの家の屋根裏ですって！」アンは息をのんだ。呆《あっ》気《け》にとられて笑うこともできなかった。「どうしてまたそんな突拍子もないことを」

「ミルティ・ボウルターから聞いたんだ。この前、日曜学校で、エリヤとエリシャ(2)のことを習ったとき、ぼく、立ちあがって、天国はどこにありますかってロジャーソン先生に質問したの。先生はすっごくこわい顔をしたよ。そうじゃなくても不機嫌だったんだ。だってね、エリヤは天国に行くとき、エリシャに何を残しましたか(3)って先生が質問したら、ミルティが『古着です』って答えたんで、みんなで考えなしに大笑いしたからだよ。何かする前はよく考えなきゃいけなかったのに、すぐに笑ったから。でもミルティは失礼なことを言うつもりはなかったの。何を残したか、その名前を思い出せなかったんだよ。ロジャーソン先生はぼくの質問には、天国は神様がいらっしゃるところです、どこにあるかなんてきいてはいけませんて。そしたらミルティがぼくをこづいて、ひそひそ声で言ったの。『天国はサイモンおじさんちの屋根裏にあるよ、帰りに教えてやる』って。それで帰りに説明《せちめい》してくれたんだ。ミルティはほんとに説明《せちめい》が上手で、知らないことでもうまく話を作って、ちゃんと説明《せちめい》してくれるの。ミルティのお母さんは、サイモンおじさんの奥さんの妹なんだって。それでミルティのいとこのジェーン・エレンが死んで、お葬式にお母さんと行ったら、牧師さんがジェーンは天国に行きましたって言ったのに、ちゃんと目の前で棺《ひつぎ》に横になってたんだって。でも後で棺は屋根裏に運んだってミルティは思ってるの。葬式が終わると、ミルティはお母さんと帽子《ボンネット》をとりに二階にあがって、ジェーン・エレンが行った天国はどこにあるのってお母さんにきいたら、まっすぐ天井をさして『この上よ』と言ったんだって。天井の上は屋根裏しかないから、天国の場所がわかったんだよ(4)。それからというもの、ミルティはサイモンおじさんの家に行くのが怖くてしかたないんだって」

アンはデイヴィを膝にのせ、この神学上の誤解をとこうと全力を尽くした。こうしたことはマリラよりアンのほうがむいていた。なぜならアンは、自分の子どものころを憶えていて、大人にはわかり切った単純なことでも、七つの子どもはどんな奇妙な思い違いをするか、本能的に理解できるのだ。天国がサイモン・フレッチャーの家の屋根裏にないことを、アンはどうにかデイヴィに納得させた。そこへマリラが庭からもどってきた。ドーラとグリーン・ピースをもいできたのだ。ドーラはよく働く子どもで、ぷっくりした手でもできる細々《こまごま》した用事を「お手伝い」していると何よりも幸せだった。ひよこに餌をやり、たきつけを拾いあつめ、皿をふき、お使いに行った。手先が器用で、言われたことをきちんと守り、注意深かった。一度やり方を教わるとすぐにおぼえ、どんなに小さな用事も決して忘れなかった。それにひきかえデイヴィは、どちらかというと不注意で忘れっぽかった。しかし彼は人に愛される天与《てんよ》の才能があり、アンもマリラも、今でもデイヴィをより好いていた。

ドーラが得々としてグリーン・ピースのさやをむくかたわらで、デイヴィはそのさやでボートを作って遊んでいた。マッチ棒をマストに、紙を帆にしている。アンは、すばらしい知らせの手紙をマリラに話した。

「何て書いてあると思う？　プリシラから手紙が来て、モーガン夫人が島にいらしているんですって。それで木曜日に天気が良ければ、馬車でアヴォンリーに来てくださることになったの、十二時ごろの到着よ。午後はうちですごして、夕方、ホワイト・サンズのホテルに行かれるの。モーガン夫人のアメリカ人のお友だちが何人か泊まっていらっしゃるんですって。ああ、すてきでしょう？　夢みたい」

「モーガン夫人といっても、ほかの人と大して変わりはなかろうに」マリラの返事は、さっぱりしたものだった。とはいうものの、マリラも興奮気味だった。モーガン夫人は著名人で、訪問を受けることなど滅多にないからだ。「そんならお昼は、うちで召しあがるんだね」

「そうよ。料理はみんな私に作らせて。『薔薇のつぼみたちの園《ガーデン》』の作者に何かしてさしあげたいの、たとえ料理を作るだけだとしても。ね、かまわないでしょう」

「助かるよ。七月の暑いさなかに火の前で煮炊きするなんて(5)、かなわないからね。ほかの人がやっても、うんざりするくらいだ。アンがしてくれるとありがたいね」

「まあ、どうもありがとう」アンは、マリラが大変な親切でもしてくれたように喜んだ。

「今夜さっそくメニューを考えるわ」

「あんまり気どらないほうがいいよ」マリラは注意した。「メニュー」などという大げさな言葉が少々気になったのだ。「体裁《ていさい》ぶると失敗するよ」

「まあ、『気どろう』なんて少しも思ってないわ。お祝いのときにするようなことだけよ。ほかは無理しないわ」アンは請けあった。「それこそ見せかけを気どるだけだもの。私は十七歳の娘にしても教師にしても、まだ分別と落ちつきが足りないけど、そこまで馬鹿じゃないわ。でも、何もかもできるだけすてきで優雅にしたいの。デイヴィ坊や、豆のさやをお勝手の階段においちゃだめ……誰かが足をすべらせるでしょ。お献立には、まず軽いスープをお出しするわ……私は玉ねぎのクリーム・スープが上手でしょう……それからロースト・チキンを二羽。白いおんどりを二羽使うわ。あのおんどりは、灰色のめんどりが卵を産んで二羽だけかえったときから、ずっと可愛がってきたの……ひよこのときは黄色い羽を丸めた小さなボールみたいだったわね。でも、いつかは犠牲にしなくちゃいけないもの。これならまたとない機会よ。だけどマリラ、私にはつぶせないわ……たとえモーガン夫人のためでも。ジョン・ヘンリー・カーターに来てもらって代わりにやってもらわなきゃ」

「ぼくがするよ」デイヴィが申し出た。「マリラはにわとりの足を押さえててね。ぼくは斧《おの》をふるので両手がふさがってるんだもん。首を切ると、ぴょんぴょん跳ねていくの、すっごくおもしろいな」

「野菜料理にはグリーン・ピースといんげん豆、じゃが芋のクリーム煮、レタス・サラダをお出しするわ」アンが話をもどした。「デザートはレモン・パイに泡立てた生クリームを飾ったのと、コーヒー、チーズ、指形クッキー《レディ・フィンガー》よ。明日のうちにパイと指形クッキーを作って、白いモスリン(6)の服にアイロンをかけるわ。今夜ダイアナにも話さなきゃ、服のしたくがあるもの。モーガン夫人のヒロインはたいてい白いモスリンを着ているの。だからお会いするときは白いモスリンにしようって、ダイアナと前々から決めていたのよ。気のきいた心くばりでしょう？　デイヴィ、いい子だから、豆のさやを床のすき間につめないの。アランご夫妻とステイシー先生もお呼びしなくてはね。夫人に会いたがっていらっしゃるもの。ちょうど先生がアヴォンリーにいらっしゃるときにモーガン夫人がお見えになるなんて、なんて運がいいんでしょう。デイヴィ、いい子だから、さやのボートを台所の水のバケツに浮かべちゃだめ……外のかいば桶《おけ》に浮かべなさい。ああ、木曜日は晴れますように。たぶん晴れると思うわ。だってゆうべ、アンクル・エイブがハリソンさんを訪ねて、今週は大方《おおかた》雨だろうと言ったんですって」

「そんなら大丈夫だ」マリラも同じ意見だった。

夕方、アンはオーチャード・スロープへ走って行き、ダイアナに知らせた。ダイアナもすっかり興奮し、二人はバリー家の庭で、大きな柳につるしたハンモックに揺られながら話しあった。

「料理を手伝わせてね」ダイアナが頼んだ。「私のレタス・サラダはとてもおいしいのよ」

「もちろんいいわよ」アンは調理係を独り占めしなかった。「飾りつけも手伝ってほしいわ。客間を花でおおわれたあずま屋のようにするの……食卓には野薔薇を飾るのよ。ああ、何もかもうまくいきますように。モーガン夫人のヒロインたちは、何があっても窮地に追いこまれることも、慌てふためくことも、決してないの。いつも自分を見失わず、家の切り盛りも上手なのよ。生まれつき腕のいい主婦なのね。憶えているでしょう、『エッジウッドの日々』のガートルードは、八つのときからお父さんのために家の切り盛りをしたのよ。私が八つのときなんか子守りしかできなかったわ。モーガン夫人は、女の子のことにかけては何でもご存じの大家《たいか》なのよ、少女の物語をたくさん書いていらっしゃるもの。私たちに好感を持ってくださるといいわね。お見えになったらどんなふうになるか、何とおりも想像したわ……夫人はどんな感じだろう、何をおっしゃるかしら、私は何を言おうって。でも鼻が気になるのよ。そばかすが七つあるでしょ、ほら。改善協会のピクニックでできたの。帽子をかぶらずに陽にあたって歩きまわったからだわ。前みたいに顔中にできなかったことを思えば、七つくらいで気にするのは感謝の念が足りないけど、なかったらいいのに……モーガン夫人のヒロインはみんな完璧にきれいな肌だもの。そばかすのあるヒロインなんて一人も思い出せないわ」

「そんなに目立たないわよ」ダイアナが慰めてくれた。「今夜レモン・ジュースをちょっと塗っとくといいわ」

翌日、アンはパイと指形クッキーを焼き、モスリンのドレスにアイロンをかけた。それからどの部屋もほこりをはらい、ほうきではいた——グリーン・ゲイブルズは日頃からマリラの納得がいくまで整然と片づけてあり掃除の必要はなかったが、アンにしてみれば、シャーロット・E・モーガンをお迎えする栄《は》えある家にちり一つでもあれば台なしになるような気がしたのだ。アンは階段下の「何でも入れ」の物置まで掃除した。夫人がそんなところをのぞく可能性はまずなかったのだが。

「ごらんにならないところも、きちんと片づけてあるって安心したいの」アンはマリラに言った。「モーガン夫人は『黄金の鍵』という本で、アリスとルイーザという二人のヒロインにこんな座右の銘《モットー》を持たせているの。ロングフェロー(7)の詩の一節よ。

『いにしえの芸術において
作り手たちは細心の注意をはらって仕事をした
こまかいところも目に見えないすみずみも
神はすべてをお見通しになるからだ』(8)

二人はいつもこのモットーを守って、地下貯蔵庫《セラー》へおりる階段もきれいにふいて、ベッドの下も忘れずにはいたの。だからモーガン夫人がいらしたとき、物置が散らかっていたら後ろめたいわ。四月に『黄金の鍵』を読んでから、私とダイアナもこれを自分たちのモットーにしたのよ」

その夜、ジョン・ヘンリー・カーターとデイヴィは白いおんどりを二羽、始末した。アンは羽根をむしった。いつもはいやな仕事だが、よく肥えたにわとりのゆく末はモーガン夫人だと思えば光栄な気がするほどだった。

「にわとりの羽根をむしるのは嫌いだけど」アンはマリラに語った。「手先がしているだけだもの、気持ちは別のところにあるから助かるわ。手はにわとりをむしっても、心は天の川《ミルキー・ウエイ》をさまよっているのよ」

「どうりで、いつもより羽根が床に散らかるこった」マリラが注意した。

アンはデイヴィを寝かしつけ、翌日はいい子でいるように約束させた。

「明日の一日、できるだけいい子にしたら、明後日《あさって》は好きなだけ悪い子になってもいい？」

「それは無理だけど」アンは用心して答えた。「ドーラと三人で、下のお池へボートをこぎにつれてってあげましょう。それから、海岸の砂丘へピクニックに行きましょうね」

「じゃあ決まり」デイヴィは言った。「いい子にするよ、約束する。ハリソンさんちに行ってジンジャーを新しい豆鉄砲でうつつもりだったけど、また今度にする。明日は、日曜みたいにするんだね。その代わり、海岸へピクニックに行けるからいいよ」

# 第17章　災難続きの章

その夜、アンは三度も目をさまし、窓辺へ行った。アンクル・エイブの予報が外れて晴れるかどうかたしかめたのだ。やがて真珠色に光る夜明けが訪れた。銀色のまばゆい輝きが空いっぱいにさし、すばらしい一日が始まった。

朝食がすむと、はやばやとダイアナがやってきた。片腕には花かごを、もう片方にはモスリンのドレスをかけていた——食事の支度を全部終えてから、ドレスに着替えるのだ。今はピンクのプリント地のアフタヌーン・ドレス（1）に、ラッフルとフリルがふんだんについたローン地（2）のすてきなエプロンをかけていた。ダイアナはきれいで愛らしく薔薇の花のようだった。

「ダイアナ、ただただ、可愛いわ」アンは感心した。

しかしダイアナはため息をついた。

「どの服もまた幅をひろげたの。この七月に測ってから四ポンド（一ポンドは約四百五十四グラム）も増えたもの。この先、どうなるのかしら。モーガン夫人のヒロインはみんな背が高くてほっそりしてるのに」

「さあ、悩みは忘れて感謝できることを考えましょう」アンがほがらかに言った。「アラン夫人がおっしゃっているわ。やっかいなことを考えるときは、それを打ち消すような楽しいことも考えなさいって。ダイアナは少しくらいぽっちゃりしていても、すばらしいえくぼがあるじゃないの。私の鼻もそばかすはあるけど形はいいんだって思うのよ。どう？　レモン・ジュースの効き目はあった？」

「ええ、よく効いたようよ」ダイアナはよく見てから言った。そう聞いてすっかり気を良くしたアンは、先に立って庭へむかった。朝の庭は金色の陽ざしが揺れ、そこかしこに淡い影がさしていた。

「まず客間を飾りつけましょう。時間はたっぷりあるわ。プリシラの話では、十二時ごろか遅くとも十二時半にいらっしゃるの。だからお昼は一時にしましょう」

このときの二人ほど幸せいっぱいで胸弾ませている少女がカナダや合衆国にいただろうか。薔薇、牡丹《ぼたん》、ブルーベル（3）を花ばさみが音高く切るたびに、「今日モーガン夫人がいらっしゃる」と歌っているようだった。小径のむこうの畑ではハリソン氏が何ごともなく干し草にする牧草を刈っていたが、よくもまあ、あんなに平気の平左で仕事ができるものだとアンは思った。

グリーン・ゲイブルズの客間は、どちらかと言えば地味で陰気だった。馬の毛を織った固いソファア（4）がおかれ、ぴんと糊づけしたレースのカーテンが下がっている。白いいすカバーはいつも完璧にまっすぐにかかり、運悪くボタンがひっかかったときにずれるくらいだった。アンでさえもこの部屋を優雅な雰囲気にすることはできなかった。マリラが模様替えを許さなかったからだ。だが花というものは、うまく使うと劇的な効果をあげる。アンとダイアナが花を飾つけると、客間は見違えるように一変した。

磨きあげたテーブルには、青い大鉢にスノーボール（5）がこぼれんばかりにいけてある。つややかな黒い炉棚には薔薇と羊歯を山のように飾った。重ね棚（6）には、どの段にもブルーベルの青い花を一束ずつおいた。暖炉の前の火格子の両側の暗いところは、目のさめるような赤い牡丹を花びんにいっぱいさして華やかにした。火格子そのものにも燃えたつように輝く黄色のポピーが飾られている。こうした色とりどりの花のあでやかさに加えて、窓にしげるすいかずらの葉をすかしてさす陽光が壁と床にちらちら影を落とし、平素は暗い小さな部屋が、まさにアンが思い描いた花と陽のあふれるあずま屋に変貌していた。批評しようとやってきたマリラでさえも足をとめ、感嘆の言葉をもらさずにはいられないほどだった。

「次は食卓を支度しましょう」アンは、神のために神聖な儀式をとりおこなう尼僧のようにおごそかに言った。「中央には、野薔薇を大ぶりの花びんいっぱいにいけましょう。銘々《めいめい》のお皿の前には薔薇を一輪ずつ……そしてモーガン夫人のところには特別に、薔薇のつぼみを束ねるの……『薔薇のつぼみたちの園』にちなんで」

食卓は居間にしつらえた。マリラの一番上等なテーブルクロス《リネン》(7)をかけ、最上の磁器の食器、グラス、銀製のナイフにフォーク、スプーン、ポットをセットした。食卓に並ぶものはどれも磨けるだけ磨き、つやといい輝きといい、完璧だった。

アンとダイアナが軽やかな足どりで台所へ行くと、オーブンではロースト・チキンがこんがり焼けてじゅうじゅう音をたて、おいしそうな匂いがたちこめていた。アンはじゃが芋を下ごしらえした。ダイアナはグリーン・ピースといんげん豆の支度にとりかかり、それから配膳室《パントリー》に閉じこもってレタス・サラダの材料をまぜあわせにかかった。アンの顔は赤々とほてり始めた。真夏に煮炊きする暑さのせいもあったが、やはり興奮していたのだ。アンはチキンにそえるブレッド・ソース(8)をこしらえ、スープの玉ねぎをみじん切りにし、最後にレモン・パイの生クリームを泡立てた。

さて、この間、デイヴィはどうしていただろう。いい子にするという約束は守っただろうか。その通り、彼はおとなしかった。といっても実のところは、どんなふうに支度するのか全部見たいから台所にいると言って聞かなかった。しかし片隅《かたすみ》におとなしくすわり、この前、海岸からひろってきた、にしん網《あみ》の切れはしを手に、結び目をほどくのに夢中になっていたので好きなようにさせておいた。

十一時半、レタス・サラダは完成した。黄金色《こがねいろ》の円《まる》いパイには泡立てた生クリームをふんだんに飾った。じゅうじゅう焼くべきもの、ぐつぐつ煮るべきものすべて、そのとおりに仕あがった。

「もう着替えたほうがいいわね」アンが言った。「十二時にはいらっしゃるもの。正餐《せいさん》は一時きっかりに始めましょう、スープはできたてをお出ししなくちゃいけないもの」

続いて、東の切妻の部屋で行われた身じたくの儀式は真剣そのものだった。アンが心配そうに鏡をのぞきこんで鼻を調べると、嬉しいことに、そばかすは少しも気にならなかった。レモン・ジュースのおかげか、それとも普段より顔が赤いので目立たないのか、とにかくありがたかった。おめかしがすむと、アンとダイアナは、「モーガン夫人のヒロイン」の誰にも負けないくらい愛らしく清楚で女の子らしい姿になった。

「私もだんまり屋さんみたいにただすわってないで、ときどき何か話せたらいいんだけど」ダイアナは心配していた。「モーガン夫人のヒロインはみんなしゃれた会話をするでしょう。でも私は舌がもつれて馬鹿みたいになるのよ。それで『わかりまちた』(9)なんて言うんだわ。ステイシー先生に教わるようになってから、めったに言わなくなったけど、興奮するとぽろっと出るの。モーガン夫人の前で『わかりまちた』なんて言ったら恥ずかしくて死んでしまいそう。なんにも言えないのと同じくらいみっともないわ」

「私もいろいろ心配だけど」アンが言った。「ものが言えなくなる心配はなさそうね」

公平な目で見ても、アンがそうなる心配は、まずなかった。

アンは豪華な白いモスリンの上から大きなエプロンをかけ、スープをこしらえに台所へおりた。マリラも身じたくを終え、双子にも着替えさせたが、いつになく興奮した様子だった。十二時半になると、アラン夫妻とステイシー先生が到着した。すべて順調だったが、アンはしだいに緊張してきた。いよいよプリシラとモーガン夫人がお見えになる時刻だ。アンはしょっちゅう門まで出て、心配そうに小径のむこうを見やった。まるで『青ひげ』の物語に出てくる自分と同じ名のヒロインが、塔の開き窓から外を見るようだった(10)。

「いらっしゃらなかったらどうしよう」アンの様子は痛ましいほどだった。

「そんなこと考えないの。ひどすぎるもの」そう言うダイアナも不安になり始めていた。

「アン」マリラが客間から出てきた。「ステイシー先生が、バリーさんの青柳模様《ブルー・ウィロー》の大皿をご覧になりたいそうだよ」

アンは急いで居間へ行き、戸棚から大皿を取り出した。リンド夫人に約束したとおり、アンはシャーロットタウンのミス・バリーに手紙を書き、皿を貸してもらえないか、問いあわせたのだ。ミス・バリーは、アンとは長いつきあいで、すぐに大皿を送ってくれ、二十ドルも出して買ったから、よく気をつけてほしい(11)という手紙がついていた。

大皿は教会の婦人援護会が開いたバザーで役目を果たし、グリーン・ゲイブルズにもどってからは戸棚にしまってあった。アンは人に頼まず、自分で町へ返しにいく心づもりだった。

アンは注意して大皿をかかえて玄関へ出た。客人たちは玄関先で、小川から吹く涼しい風にあたっていた。皿はじっくり鑑賞され、ほめそやされ、またアンの手にもどった。しかしそのとき、がらがら、がちゃんと、すさまじい音が台所の配膳室でしたのだ。マリラとダイアナ、アンが飛んでいった。このときアンはちょっと立ちどまり、大切な皿をあわてて階段の二段めにおいて行った。

配膳室へ行くと、見るも無惨な光景が目に入った――ばつの悪そうな顔をした男の子が、テーブルから転がりおりてきた。プリント地のきれいなブラウスには、レモン・パイの黄色い中身がべったりついている。テーブルには、クリームで飾ってすてきにしあがったはずのパイが二つ、つぶれて散らばっていた。

にしん網をほどいたデイヴィは、糸を巻いて玉を作った。それを配膳室へ持っていき、テーブルの上の棚にのせようとしたのだ。彼はこれまでにも同じような玉を二十個かそこら作り、棚においていた。今わかるかぎりでは、何か目的があるのではなく、ただとっておくのが楽しいらしかった。というわけでデイヴィはテーブルによじ登り、棚へ手を伸ばしたのだ、体を斜めにして――これはマリラに禁じられていた。前に一度試したところ、憂き目にあったからだ。そして今回もまた悲惨な結果になった。デイヴィは足をすべらせ、レモン・パイの上に大の字になって倒れたのだ。きれいなブラウスはこれで台なしに、パイは永遠にだめになった。しかし、誰かの損は誰かの得、という諺があるように、デイヴィの失敗のおかげで、豚がパイのごちそうにあずかった。

「デイヴィ・キース」マリラが男の子の肩をゆさぶった。「テーブルには二度とあがるなと言ったよ、そうだろ」

「忘れちゃったんだよう」彼はべそをかいた。「あれしちゃだめ、これしちゃだめってあんまり言うから、全部覚えられないんだよ」

「そうかい、じゃあ、とっとと二階へあがって、お昼ごはんがすむまでいなさい。そのころになれば、言いつけも思い出すよ。アン、あの子の肩を持たなくていいよ。おしおきするのは、パイをだめにしたからじゃない……これはうっかりしたものの弾みで仕方がないさ。部屋に閉じこめるのは、テーブルにあがるなと言ったのに守らなかったからだ。さあ、デイヴィ、行きなさい」

「ごちそうはもらえないの」デイヴィは泣き叫んだ。

「お客さんがすんでから、台所で自分のをおあがり」

「それならいいや」デイヴィはいくらかほっとした。「アン、骨のついたにわとりのお肉、おいしいとこをとっといてね。ぼく、わざとパイの上に転んだんじゃないんだもの。どうせパイはだめになったから、少し二階へ持ってってもいい？」

「いいや、レモン・パイはなしだ」マリラはデイヴィを廊下に追いやった。

「デザートをどうしようかしら」アンはつぶれたパイを落胆して見つめた。

「いちごの砂糖煮があるよ、つぼをとっておいで」マリラが慰めた。「泡立てた生クリームも、ボウルにたっぷり残っているじゃないか」

一時になった――しかしプリシラもモーガン夫人もあらわれなかった。アンは心配でいてもたってもいられなかった。料理はすべて今にも出せるようにできあがり、スープも、スープのお手本どおりに完成した。しかしそれだけに、これ以上おいてはおけなかった。

「結局、お見えにならないんじゃないかね」マリラは不機嫌そうに言った。

アンとダイアナは見つめあい、たがいに目で慰めあおうとした。

一時半、マリラがまた客間から出てきた。

「アン、ダイアナ、もう食事にしよう。みんなおなかが空いたし、これ以上待っても無駄だ。プリシラとモーガン夫人はおいでにならない、それはたしかだ。待っても何にもならないよ」

アンとダイアナは食事にむけて気分を盛りあげようとしたが、二人の身のこなしから、わき立つような喜びは消えていた。

「一口も食べられそうにないわ」ダイアナは悲しげに言った。

「私もよ。だけどステイシー先生とアラン夫妻のために、何もかもすてきな食事会にしましょうね」そう言うアンも意気消沈していた。

ダイアナがグリーン・ピースを盛りつけようと味見して、奇妙な表情をうかべた。

「アン、グリーン・ピースにお砂糖を入れた？」

「入れたわよ」アンは、その義務を果たすよう期待されている(12)人のような悲壮なそぶりでじゃが芋をつぶしていた。「おさじに一杯入れたわ。うちはいつも入れるの。お口にあわなかったかしら」

「私も一さじ入れたのよ、ストーブにのせたとき」ダイアナが言った。

アンはじゃが芋つぶし器を置き、自分も味見すると、顔をしかめた。

「なんて味でしょう！　ダイアナがお砂糖を入れたなんて夢にも思わなかったもの、ダイアナのお母さんは入れないでしょう。それをふと思い出して入れたの、でも不思議ね……いつもは忘れるのに……だから一さじぱっと入れたの」

「料理人が多すぎるとスープができそこなうっていうケース(13)だね」やりとりを聞いたマリラが、どこかばつの悪そうな顔をした。「アンが砂糖で味つけすることを覚えていたとはね、いつも忘れるのに……だから私も一さじ入れたんだよ」

台所で笑い声が次々と上がった。しかし客間にいた来客たちは、何がおかしいのか見当もつかなかった。結局この日、グリーン・ピースは食卓にのぼらなかった。

笑いのおさまったアンは、今日の災難を思い出し、ため息をついた。「でもサラダがあるわ。それにいんげん豆は無事だもの。食卓に運んで、もうすんだことにしましょう」

食事会はお世辞にも大成功とは言えなかった。アラン夫妻とステイシー先生は、事態を収拾しようと骨をおってくれた。マリラもいつも通りに落ちついて、はた目には、いらついた様子はなかった。しかしアンとダイアナは気落ちしたのと、午前中にはりきった反動で、話すことも食べることもできなかった。アンは来客のために英雄的な努力をして会話に加わろうとしたが、このときばかりは、生き生きした才気のかけらもなかった。アラン夫妻とステイシー先生をどんなに慕《した》っていようと、来客が帰ってくださったらどんなにいいだろう、そうすれば東の切妻の部屋で枕に顔をうずめて、疲れと失望のままに泣けるのに、と思わずにいられなかった。

「悪いことは重なる」──という古い諺は、ときとしてその通りになる。この日の災難はまだ終わりではなかった。アラン牧師が食後のお礼を言い終えたそのとき、聞いたこともないような不吉な音が、階段から響いてきた。何か固くて重いものが、階段を一段、一段、弾みながら落ちていく。そして最後に、一番下で、ガッシャーンと大きな音がした。一同は玄関ホールに飛びだし、アンは驚いて悲鳴をあげた。

階段の下には大きな桃色のほら貝が転がり、そのまわりで、ミス・バリーの大皿が粉々になって散らばっていた。階段の上では、おびえきったデイヴィが膝をついて見下ろし、この惨状に目を丸くしていた。

「デイヴィ」マリラは、ただではおかないぞという声を出した。「わざとほら貝を投げたのかい」

「ちがうよ、絶対にそんなことしないよ」デイヴィは泣く泣く訴えた。「ただ、ここに膝をついて、静かにして、手すりの間からみんなを見てたんだよ。そうしたら足が古い貝にぶつかって、けとばしちゃったんだよ……腹ぺこなんだよ……おしおきは一発なぐっておしまいにしてよ。いつも二階に押しこめられて、楽しいことをみんな見逃すのは、いやだよ」

「デイヴィを責めないで」アンは震える手で割れた皿を拾い集めた。「私がいけないの。大皿を階段においたまま、きれいに忘れていたんだもの。私が不注意だから、ちゃんと罰を受けたの。ああ、バリーさんがなんておっしゃるかしら」

「大丈夫、これは買ったものよ。先祖代々受けついだものじゃないわ」ダイアナが慰めてくれた。

来客たちはすぐさま失礼するのが賢明だとばかりに、はやばやと引きあげていった。アンとダイアナは皿を洗った。二人でいて、こんなに口数が少なかったのは初めてだった。ダイアナは頭痛がして帰り、アンも頭が痛くなり、東の切妻の部屋にこもった。そして夕方、マリラが郵便局へ行き、プリシラが前の日に書き送った手紙を持って帰った。

モーガン夫人は足首をひどくくじいて部屋から出られないというのだ。

「というわけでね、アン、本当にごめんなさい」とプリシラは書いていた。「今回はグリーン・ゲイブルズに行けそうもないの。叔母の足首が治るころには、トロントへもどらなくてはならないの。決まった予定があるんですって」

「そうだったのね」アンはため息をついて、勝手口の赤い砂岩に手紙をおいた。あがり段にすわっていると、雲の浮かぶ夕空から、うすれゆく黄昏の光がふりそそいできた。

「モーガン夫人が来てくださるなんて、あんまり話ができすぎで、実現するはずないと思っていたわ。でも……こんなことを言うなんて悲観主義者のようね、イライザ・アンドリューズさんみたいで恥ずかしいわ。きっとこれは、それほどいい話でもなかったから実現しなかったんだわ……だって私にはいつも、すてきなことや、もっとすばらしいことがいくつも実現するもの。それに今日の出来事も、見方によってはおかしいわ。たぶんダイアナと私が白髪のおばあさんになるころには笑い話になるでしょうよ。でもそれまでは無理ね。心底がっかりしたもの」

「人生には、もっとがっかりするようなことが何度もあるよ」マリラはアンを慰めているつもりで言った。「あんたはひとたびこうと思いこんで、それが思い通りにならないと、がっかりしてしゅんとなる、こんなとこはちっとも成長しないね」

「そうね、そうなりがちね」アンも悲しそうに認めた。「すてきなことがおきそうだと思うと、わくわくして期待の翼《つばさ》にのって高く舞いあがって、はっと気づくと、どしんと地面に落ちているの。でもね、舞いあがっているときは本当にすばらしい心地よ……夕焼け空をすうっと翼を広げて飛んでいくような気持ち。後でどしんと墜落しても価値はあるくらい」

「そうだね、そうかもしれないね」マリラも認めた。「私なら淡々と地べたを歩くほうがいいがね、舞いあがったり落ちこんだりしないで。でも、人それぞれに生き方があるからね……前は正しい生き方は一つしかないと思っていた……だけどあんたや双子を育ててから、そうは思わなくなったよ。それでバリーさんの皿だが、どうするつもりかい」

「二十ドルお返しするわ、その値段でお買いになったようだもの。先祖代々大切にしてきた食器じゃなくて本当によかった。お金ではとり返しがつかなかったわ」

「おそらく同じような皿がどこかにあるだろうから、買ってお返しすることもできるよ」

「ないと思うわ。あれほど古い大皿はめったにないもの。リンドのおばさんだって、バザーの食事会に出すのにどこを探しても見つからなかったのよ。でも見つかるといいわね、同じくらいの年代物で本物の骨董品なら、バリーさんも、お金よりお皿が手に入るほうがいいもの。マリラ、あの大きな星を見て、ハリソンさんのかえでの森の上よ。星のまわりは、なんて神々しい静かな銀色の空でしょう、まるで祈りのようだわ。あんなにきれいな星と空を見ていると、ささいな落胆や災難なんて大したことないって思えるわね」

「デイヴィはどうしたかい」マリラは気のなさそうに星に目をやって、言った。

「もう寝たわ。明日、デイヴィとドーラを海岸へピクニックにつれていく約束をしたの。本当はいい子にしていたらという約束だったけど、あの子はいい子にしようと努力はしたもの……デイヴィをがっかりさせる気になれなくて」

「平底舟で池をこぎまわるなんて、あんたか双子がおぼれるよ」マリラは不満げに言った。「私はここに六十年も住んでいるがね、池なんかいっぺんも行ったことがないよ」

「それなら、あやまちをあらたむるに、はばかることなかれ、という諺があるわ」アンは茶目っ気たっぷりに言った。「明日、一緒に出かけない？　グリーン・ゲイブルズは戸じまりして、丸一日、浮き世のことはさておいて(14)水辺で楽しく遊びましょう」

「いいや、けっこうだね」マリラは憮然として、はっきり言った。「この私が池で舟をこいだりしてごらん、いい見物《みもの》だよ。レイチェルが言いふらしてまわるのが聞こえるようだ。おや、ハリソンさんが馬車で出かけていくね。イザベラ・アンドリューズのところへ通っているという噂があるが、本当かね」

「まさか、違うと思うわ。ハリソンさんがこの前の夕方、アンドリューズさんの家へ行ったのは、ただハーモン・アンドリューズさんに仕事の用があったからよ。それをリンドのおばさんが見かけて、ハリソンさんが白い衿をつけてめかしこんでいたものだから恋愛だと思ったのよ。でもハリソンさんは結婚なんてしないと思うわ。結婚に偏見があるようだもの」

「そうかね、でも年のいった独身男はわからないよ。それに白い衿をつけていたんなら、私もレイチェルの意見に賛成だ。怪しいじゃないか、ハリソンさんが白い衿をつけたことなんか一度もないんだよ」

「それはただハーモン・アンドリューズさんと仕事の取引をまとめるためよ。男がめかしこむ必要があるのは、そういうときだけだって、ご本人から聞いたもの。羽振りが良さそうだと、交渉相手がこちらをだまそうとしないからですって。でもハリソンさんは本当にかわいそうね。あんな生活に満足しているとは思えないもの。おうむしか相手がいないなんて、とても寂しいと思うわ。だけどハリソンさんは同情されるのが嫌いだものね、みんなそうかもしれないけど」

「ほら、ギルバートが小径をやってくるよ」マリラが言った。「池へ舟をこぎに行こうって誘われたら、コートとゴム長靴を忘れずにね。今夜は露がおりて湿《しめ》っぽいよ」

# 第18章　トーリー（1）街道の変てこ事件

デイヴィはベッドに起きあがり両手で頬杖をついた。「アン、眠りの国はどこにあるの？　みんな毎晩、眠りの国へ行って、夢に見ることを、してるんでしょ、でもどこにあるの。場所も知らないのに、ぼく、どうやって行って、帰ってくるのかな……しかも寝巻きのままで。ねえ、どこにあるの」

アンは西の切妻の部屋で窓辺にひざまずき、夕焼け空に見惚《みと》れていた。それは雄大な一輪の花だった。黄色く燃えたつ夕陽を花芯にして、オレンジ《サフラン》色の花びらが開いている。アンはデイヴィの問いかけにふりむき、夢見るように答えた。

「月の山々のかなた、
影の谷の底」（2）

ポール・アーヴィングなら意味を理解しただろう。あるいはわからなくても、彼なりに考えただろう。しかし現実一点張りのデイヴィは、アンが常々残念がっているように想像力のかけらもなく、アンの返答にただ困惑して、いら立った。

「アンったら、変なことを言って」

「そうよ。いつもまともなことしか言わないなんて、つまらない人だもの」

「だけどまじめに聞いたときは、まじめに答えてよ」デイヴィは傷ついた様子で言った。

「デイヴィは、まだ小さくてわからないの」と言ってから、アンは恥ずかしく思った。アン自身が幼いころ、しばしば同じように軽くあしらわれ、胸の痛む思い出になっていたのだ。だからどんな子にも、まだ小さいからわからない、などとは言うまいと固く誓ったのではなかったか？　それなのに今、言ってしまった——理屈と実践の間には、往々にして大きなへだたりがあるのだ。

「ぼく、一生懸命に大きくなろうとしてるけど、急いでも、うまくいかないの。マリラがジャムをけちんぼしなかったら、もっと早く大きくなれるのに」

「マリラはけちじゃありません」アンは厳しく言った。「そんなことを言って、感謝の念が足りませんよ」

「けちんぼと同じ意味で、もっといい感じの言葉があるんだけど、なんだったっけな」デイヴィは思い出そうと眉間《みけん》にしわをよせた。「前にマリラが、自分はそれだって言ったんだよ」

「倹約家でしょ、けちとは大違いよ。倹約家というのは、人として立派な心がけよ。もしマリラがけちだったら、デイヴィとドーラのお母さんが亡くなっても、あなたたちを引きとってくれなかったわ。ウィギンズのおばさんと暮らすほうがよかったの?」

「絶対にいやだ!」この点はきっぱり否定した。「リチャードおじさんのとこに行くのもやだよ。ジャムをくれるときのマリラが、そのケンヤクなんとかっていう長いのでも、ここにいるほうがずっといいよ、だってアンがいるんだもん。ねえ、アン、ぼくが寝るまでお話ししてくれる? おとぎ話はいやだよ、女の子むけだもん。はらはらどきどきするようなの……人殺しに、鉄砲をぶっ放して、家が燃えて、そんなおもしろいのがいいな」

間のいいことに、ちょうどマリラがアンの部屋から呼んだ。

「アン、ダイアナがしきりにちかちかやっているよ。何なのか見たほうがいいんじゃないかい」

アンが東の切妻の部屋へ急ぐと、夕闇のむこうから、ダイアナが窓辺で五回ずつろうそくの火を点滅させていた。子どものころに決めた信号で、「大事な話があるから、すぐに来て」という意味だった。アンは白いショールを頭からかぶり、急ぎ足で《お化けの森》を抜け、ベル氏の牧草地のすみを横切ってオーチャード・スロープへむかった。

「いい知らせよ」ダイアナが言った。「お母さんとカーモディへ行ってきたんだけど、ブレアさんのお店で、スペンサーヴェイルのメアリ・セントナーに会ったの。そうしたらトーリー街道に住んでいるコップ姉妹のおばあさんたちが、青柳模様《ブルー・ウイロー》の大皿を持ってて、バザーの夕食会に出たお皿とそっくりだって言うの。しかも売ってくれるかもしれないの。マーサ・コップは、お金になるものをしまいこんでおくような人じゃないんですって。かりに売ってくれなくても、スペンサーヴェイルのウェスリー・キーソンも持ってて、売ってくれるそうよ。ただしこちらはジョゼフィーンおばさんのと同じかどうか、わからないけど」

「明日さっそくスペンサーヴェイルへ行ってくるわ」アンは決心した。「ダイアナも一緒に来てね。ああ、これで気が楽になった。明後日はシャーロットタウンへ行かなきゃいけないのよ。青柳模様のお皿がないのに、どんな顔をしてジョゼフィーンおばさんに会えばいいの？　おばさんには、客間のベッドに飛び乗ったときもお詫びしたけど、今度はもっと始末に負えないもの」

二人の娘は子どものころを思い出して笑った——もし読者がご存じなく、興味がおありなら、アンの幼い日の物語をごらんいただきたい(3)。

翌日の午後、二人は大皿探しの探険へ旅立った。スペンサーヴェイルまでは十マイルもあり、しかも馬車の遠出にはむかない日よりだった。暑くて風がない上に、ここ六週間、雨がなく乾燥していて、道は土ぼこりがひどかった。

「今すぐにでも雨がふればいいのに」アンはため息をもらした。「何もかもからからで、畑は干からびて痛ましいくらい、木立も雨をほしがって空に手をのばしているみたいよ。私の花壇も、庭へ出るたびに胸がしめつけられるの。だけど花壇くらいで愚痴をこぼしてはいけないわね、農家では大変な不作だっていうのに。ハリソンさんも言っているわ。まき場がすっかり枯れて、かわいそうに、牛がろくろく草にありつけないから、牛と目があうたびに残酷なことをしているようで申しわけない気がするんですって」

暑さとほこりに大変な思いをして馬車で行き、スペンサーヴェイルにつくと、「トーリー街道」に入った——こちらは青々と草がしげり、人気《ひとけ》のない道だった。轍《わだち》の間に草がのび、往来の少なさを物語っている。道ぞいに若いえぞ松がしげり、道路まで枝がはみ出している。ところどころで木立がとぎれ、スペンサーヴェイルの農家の裏手が柵ごしに見えたり、切り株の残る広い空き地にやなぎ蘭《らん》(4)やあきのきりん草が燃えたつように咲いているのが、かいま見えた。

「どうしてトーリー街道っていうの」アンがきいた。

「アラン牧師がおっしゃってるけど、ここを街道と呼ぶのは、木が一本もないとこを森と呼ぶようなものですって」ダイアナが言った。「この街道は、人が住んでないもの。コップさん姉妹と、ずっと先にマーティン・ボーヴィエのおじいさんがいるだけで、ししかもあの人は自由党(5)なのよ。保守党《トーリー》が政権をとったとき、何かやってるんだってことを見せるためだけに、この街道をつくったのよ」

ダイアナの父親は、自由党の支持者だった。そのためダイアナとアンは、政治の話はしないことにしていた。グリーン・ゲイブルズでは、長年、保守党を支持しているからだ。

ようやくコップさんの家にたどりついた——家の外観も庭も、潔癖すぎるくらいに片づいて、グリーン・ゲイブルズも顔負けだった。家はまことに昔風で、斜面にたっているため、片側の一階は石造りの地下室になっていた。家も納屋もみな、まぶしいくらいに白く塗ってある。整然とした家庭菜園も雑草が一本もなく、こちらも白い柵に囲まれていた。

「日よけがみんなおりてる」ダイアナはがっかりした。「誰もいないみたい」

実際、誰もいなかった。二人は途方にくれて顔を見あわせた。

「どうしよう」アンが言った。「ここのお皿が探しているものと同じなら、帰りを待ってもかまわないけど。でも、待ったあげくに違っていたら、遅くなってウェスリー・キーソンさんの家へ行けないわ」

ダイアナは、地下室の上にある小さな四角窓に目をやった。

「あれはきっと配膳室の窓よ。だってこの家は、ニューブリッジにあるチャールズおじさんの家とそっくりで、あそこは配膳室だもの。あの窓は日よけがおりてないから、手前の小屋にのぼったら、配膳室をのぞけて、お皿が見えるかもしれない。でも、こんなこと、いけないかしら」

アンはよく考えた末に、結論を出した。「大丈夫よ。だって私たちの動機は下らない好奇心じゃないもの」

道徳上、大事なこの問題が片づいたので、アンは、ダイアナが言った「小屋」によじのぼる準備をした。それは薄い板でできていて屋根はとがっていた。前はあひる小屋だったが、コップ老姉妹はあひるの飼育をやめていた――「あんなに散らかす鳥もいない」というのだ――そこで何年も使われていなかったが、めんどりが卵をだくときの小屋にとってあった。きれいに白く塗ってあったが、少々ぐらついていた。アンはいささか不安をおぼえたが、箱の上に小さな樽を重ねて、足がかりにすると、屋根にはいあがった。

「私の重さに耐えきれないんじゃないかしら」アンはおそるおそる屋根にのぼった。

「窓の枠につかまるのよ」ダイアナが勧めるので、そのとおりにつかまると、なんと嬉しいことに、見えたのだ。窓ガラスをのぞいたところ、青柳模様《ブルー・ウィロー》の大皿が、まさにアンが探し求めていた皿が、窓の正面の棚にあったのだ。しかし、よく見る間もなく悲劇がおとずれた。嬉しさのあまり、足もとが不安定なことを忘れて、アンはつい窓枠から手を離し、喜んで小おどりしたのだ――次の瞬間、大きな音をたててアンは屋根をつき破った。脇のところでひっかかって止まったが、そのまま宙ぶらりんになり、どうにもこうにも出られなくなった。ダイアナはあひる小屋の中にかけこみ、不運な友の腰に抱きついて、下に引っぱろうとした。

「痛いっ……やめて」哀れなアンは悲鳴をあげた。「木の破片の長いのが、突き刺さっているの(6)。何か台になるようなものを足の下においてくれる？……そうしたら自分で、はいあがれるかもしれない」

ダイアナは大急ぎで、先ほど足場にした小樽を外から引きずってきた。宙ぶらりんの足をのせて立つには、ちょうどいい高さだった。しかし、それでも自力で抜け出すことはできなかった。

「私が屋根の上をはっていったら、上から引っぱりだせるわ」ダイアナが言った。

アンは絶望的な様子で首をふった。

「だめよ……板きれがとても痛いの。斧でもあれば、屋根をたたきわって出してもらえるんだけど。ああ、私はよくよく不運な星のもとに生まれたのね、そんな気がしてならないわ」

ダイアナは懸命に斧を探したが、見つからなかった。

「助けを呼んでくる」ダイアナは、身動きできないアンのもとにもどってきた。

「だめよ、行かないで」アンは必死に頼んだ。「そんなことをしたら、そこら中に知れわたって、恥ずかしくて世間に顔を出せなくなるわ。だからだめよ、コップのおばあさんたちが帰るのを待ちましょう。お二人には、秘密を守ってもらうのよ。コップさんなら、斧の場所をご存じでしょうから助けてくださるわ。じっとしていれば、苦しくないの……といっても、体のほうは苦しくないという意味よ。コップさんにとって、この小屋はどのくらいの値打ちかしら。壊した弁償をしなくちゃいけないもの。でもまずは、配膳室の窓をのぞいた理由をちゃんとわかってくだされば、充分よ。ここの大皿が探していたのとそっくりで、不幸中の幸いだったわ。あとはコップさんが売ってさえくだされば、たとえ屋根にはまっても、あきらめがつくというものよ」

「コップさんが帰ってこなかったらどうしよう、夜になっても……もしかしたら明日になっても」ダイアナが不安なことをほのめかした。

「日が暮れても帰ってこなかったら、助けを呼びに行くしかないわね」アンはしぶしぶ言った。「でも、いよいよ困ったとなるまで行っちゃだめよ。ああ、こんなにひどい災難ってないわ。たとえ災難でも、ロマンチックなら気にしないんだけど。モーガン夫人のヒロインたちは災難にあっても、いつもロマンチックでしょ。それにひきかえ私のは、決まって馬鹿馬鹿しいんだもの。考えてもみてよ。コップさん姉妹が馬車で庭にもどってきたら、小屋の屋根から女の子の頭と肩がつき出ているのよ、いったいなんて思うかしら。あら……あれは馬車の音？　違うわ、雷ね」

それは疑う余地もなく雷鳴だった。ダイアナが家のまわりを大急ぎで一周してきて言うことには、恐ろしい黒雲が北西から見る見る広がってくるという。
「ものすごい雨嵐になるわ」ダイアナはうろたえて叫んだ。「馬と馬車「ああ、どうしよう」
「雨にそなえるのよ」アンは落ちつきはらって言った。雨嵐といえども、すでに屋根に
はまっている災難を思えば、とるに足らない気がしたのだ。「馬と馬車にあるわ。を納屋に入れた
ほうがいいわ、納屋の戸が開いているでしょ。いいことに、私の日傘が馬車にあるわ。
それから……この帽子をあずかってて。トーリー街道へ行くのに一番上等な帽子をかぶ
るなんて間抜けだってマリラに言われたけど、そのとおりだったわ。マリラの言うこと
はいつも正しいのよ」
　ダイアナはポニーの手綱《たづな》をほどき、納屋へつれて入った。ちょうどそのとき、最初の
大きな雨粒が落ちてきた。ダイアナは納屋にすわって土砂ぶりをながめていたが、雨足
が激しく、勇敢なことに帽子もかぶらずに日傘をさしているアンの姿が見えないほどだ
った。雷はさほどでもなかったが、雨は一時間近く派手にふりしきった。ときおりアン
は日傘を後ろにかしげて、ダイアナを励ますように手をふった。しかしこれだけ離れて
いると、大雨のなか、話をするのは無理だった。ようやく雨があがり陽が出ると、ダイ
アナは水たまりにもめげず庭を横切ってきた。
「ひどくぬれたでしょう？」心配そうにきいた。
「大丈夫よ」アンは明るく言った。「頭と肩先はからりとしたものよ。スカートが少し

湿っただけ、板きれのすき間から雨が当たったの。ダイアナ、気の毒がらないで。本人はいたって気にしていないもの。雨がふって良かったわ、私の花壇もどんなに喜んだでしょう、ずっとそう思っていたの。雨がふり始めたとき、花やつぼみがどう思ったか想像したの。そうしたら、すてきな対話《ダイアローグ》が浮かんできたのよ。アスターの花とスィート・ピーの花、そしてライラックの枝にいる野育ちのカナリアと花壇の守り神が語りあうの。家に帰ったら書きとめるわ。でも、ここに鉛筆と紙があればいいのに。家に着くころには、せっかくのいいところを忘れてしまいそう」

良き友ダイアナは鉛筆を持っていた、さらに馬車にあった箱から包み紙を探してきてくれた。アンはしずくのたれる日傘をたたむと、帽子をかぶり、ダイアナがわたした板きれに包み紙を広げて、「花壇牧歌」を書いた。そのありさまは、文学をしたためるのに最適とは言いがたかったが、できあがった作品は、まことに美しかった。アンが読みあげると、ダイアナは「恍惚《こうこつ》」とした。

「まあ、アン、なんてきれいでしょう……とにかくすてき。『カナダ婦人』に送るべきよ(7)」

アンは首をふった。

「だめよ。雑誌にはふさわしくないわ。空想を並べただけで、何の筋書きもないもの。こういうのを書くのは好きだけど、雑誌むきじゃないの。だって編集者は筋書きにこだわるのよ、プリシラがそう言っているわ。あら、サラ・コップさんよ。ダイアナ、お願い、説明してきて」

ミス・サラ・コップは小柄な人だった。着古した黒い服に、帽子は、見栄や飾りではなく、持ちがいいからという理由で選んだものをかぶっていた。彼女は庭に入るなり、奇妙な光景を目のあたりにして、アンたちの予想どおり驚いていたが、ダイアナの話を聞くと、心底同情してくれた。急いで勝手口の鍵をあけて斧をとってくると、慣れた手つきで数回斧をふるい、アンが動けるようにしてくれた。アンはいくらか疲れ、体もこわばっていたが、ひょいと身をかがめて囚われていた小屋のなかにおり、晴れ晴れとした顔で、また自由な外へ出てきた。

「コップさん」アンは懸命に言った。「誓って言いますけど、配膳室の窓をのぞいたのは、青柳模様《ブルー・ウィロー》の大皿をお持ちかどうか、たしかめたかっただけなんです。ほかは何も見ていません……ほかに探し物はないんです」

「まあまあ、いいんですよ」サラ・コップは愛想良く言った。「心配するにはおよびませんよ……なんてことないんですから。ありがたいことに、コップの家ではいつも配膳室をきれいにしてますからね、誰がのぞこうと、かまいませんよ。それにあの小屋も、壊れて良かったですよ。これでマーサもとり壊しに賛成するでしょうからね。そのうち役に立つこともあるからって、壊させてくれなくてね。だから春がくるたんびに、あたしが石灰で白く塗るはめになって。マーサと言い争っても、柱にむかって話すほうがましなくらいで、らちがあかないんだから。今日、マーサは町へ出かけて……あたしは駅まで馬車で送ってきたんですよ。それで、大皿を買いたいそうだが、いくら払ってくれるのかい」

「二十ドルです」アンは、コップさんと値段のかけひきをする気など毛頭なかった。そのつもりなら、最初から金額を提示などしなかっただろう。

「そうかい、ふーん」サラは用心深かった。「いい塩梅《あんばい》に、あの大皿はあたしのもんでね。さもなきゃ、マーサの留守に勝手に売っぱらうなんて、おっかなくてできやしませんよ。皿があたしのでも、かんかんに怒るだろうからね。マーサはこの家を仕切ってるんだよ。姉さんにあごでこき使われて暮らすのも、いい加減うんざりだ。まあ、とにかくお入んなさい。くたびれて、おなかが空いたろう。お茶をいれて、できるだけのごちそうをしてあげるよ。といってもパンとバターに、『キウリ』(8)よかないけどね。マーサは出かける前に、ケーキとチーズ、砂糖煮の棚に鍵をかけるんだ。毎度のことでね、あたしがお客さんに気前よく出しすぎるって言うんだよ」

二人の娘は、どんな料理でも食べられるほど空腹だったので、ミス・サラお手製のおいしいパンにバター、「キウリ」を喜んで平らげた。お茶がすむと、ミス・サラは言った。

「大皿を売るのはかまわないが、あれは二十五ドルの値打ちはあるよ。たいそう古いもんだから」

ダイアナはテーブルの下で、アンの足をそっと蹴った。「話にのっちゃだめ……二十ドルで頑張ってれば、その値段でゆずってくれるわ」という意味だった。しかしアンは、せっかく見つけた皿を値切って、危ない賭けをする気はなかったので、すぐさま二十五ドルで承諾した。するとミス・サラは、しまった、三十ドルと言うんだった、という顔をした。

「それじゃ、おわたししましょうかね。今はなんとしてもお金が入り用でね。というのも、実は……」ミス・サラはもったいぶって顔をあげ、痩せた頰を得意そうにぱっと赤らめた――「結婚するんだよ……ルーサー・ウォレスと。あの人は二十年前、一緒になりたいと言ってくれてね。あたしもルーサーに惚れてたんだけど、あの人も昔は貧乏だったんで、うちの父親が追い返したんだよ。あたしったら、あの人をおめおめと帰らせるんじゃなかったのに、あのころはあたしも臆病で、父親がおっかなかったのさ。それに男がこんなに少ないとは知らなかったんだよ」

帰り道、ダイアナが手綱をとり、アンは探し求めていた大皿を膝にしっかりかかえていた。トーリー街道は雨にぬれた緑が青く、静かだった。さしつかえのないところまで遠ざかると、二人は娘らしい明るい声を響かせて笑いあった。

「明日、町に行ったら、今日の『波瀾万丈《はらんばんじょう》の奇妙な一代記』(9)をジョゼフィーンおばさんに話して楽しませてあげましょう。大変な一日だったけど、今日という日はもう終わり。大皿は手に入ったし、雨のおかげでほこりもきれいにおさまった。つまり『終わり良ければすべて良し』(10)よ」

「だけど、まだ家についてないわ」ダイアナは用心深かった。「家につくまで何があるかわからないわよ。アンたら、変てこな事件を起こす名人だもの」

「そうした人には、変てこな事件のほうから自然によってくるのよ」アンはうららかに言った。「これには、生まれつきの才能がある人と、そうじゃない人がいるのよ」

# 第19章　幸せな一日

アンがマリラに語ったことがあった。「結局、一番幸せで心楽しい暮らしとは、華やかなこと、驚くようなこと、胸ときめくようなことが起きる日々ではなく、さりげない小さな喜びをもたらす毎日が、今日、明日としずかに続いていくことなのね、まるで真珠が一つ、また一つと、糸からすべり出ていくように」

グリーン・ゲイブルズの暮らしは、まさにそうした日々のくり返しだった。アンは思いがけない事件や災難に出くわすとはいえ、ほかの人々と同じように、一時《いっとき》におきるのではなく、一年の間に点々と散らばっていた。ふだんは何事もなく幸せな暮らしが営まれ、アンは働き、未来に夢を描き、笑い、勉強を続けた。八月の終わりのある日もまた、そうした一日だった。午前中、アンとダイアナは、大はしゃぎの双子を小舟に乗せて池をわたり、むこう岸の海辺の砂浜で「スィート・グラス」（1）をつみ、渚《なぎさ》で水遊びをした。浜辺をわたる潮風は、世界が生まれたころ（2）に習いおぼえた古い調べを奏でていた。

午後は、ポールをたずね、アーヴィングの古い家へ歩いていった。屋敷の北側は家を護るようにもみが生え、木陰の草しげる土手に、ポールは横たわり、おとぎ話の本に夢中になっていた。アンに気づくと、顔を輝かせて立ちあがった。

「嬉しいな、先生が来てくださって」ポールは心から喜んだ。「おばあちゃんがお出かけなんだもの。一緒にお夕食を食べてくださるでしょう？　一人ぼっちのごはんは寂しいの。先生ならわかってくださるでしょ。いっそあの若いメアリ・ジョー（3）と食べようかと思ったけど、おばあちゃんがいいと思わないだろうから。フランス人は身のほどをわきまえるべきだ（4）って言うの。それに若いメアリ・ジョーと話すのはむずかしいんだ。笑ってばかりで、『そんですね、あんたは、あたしの知ってる子らをみんなやっつけますだよ（5）』なんて言うんだもの。それじゃあぼくが思うような会話にならないもの」

「もちろんごちそうになるわ」アンは明るく言った。「食事に誘われないか、うずうずしていたの。この前、ここでおばあさまのおいしいショートブレッド（6）をごちそうになってから、もっと食べたくてつばがわくのよ」

ポールは急に真顔になった。

「ぼくにお茶をまかされているなら、喜んで（7）ショートブレッドをおあがり頂きたいんだけど」ポケットに両手を入れてアンの前に立ち、きれいな顔をにわかに不安げにくもらせた。「まかされているのはメアリ・ジョーなんです。おばあちゃんが出かける前、メアリ・ジョーに言ったの。ショートブレッドは小さな子どもにはバターが多いから食べさせないようにって。でも先生にならし、出してくれるかもしれない、ぼくは一切れも食べないって約束すれば。うまくいきますように」

「そうですとも、うまくいくように願いましょう」前向きな人生観は、まさにアンならではだった。「それにメアリ・ジョーがわからず屋でショートブレッドをくれなくても、かまわないわ。心配しなくていいのよ」

「もらえなくても、本当に気にしない？」ポールはまだ案じていた。

「大丈夫よ、可愛い坊や」

「じゃあ、もう心配しないよ」ポールは安堵して長い息をついた。「メアリ・ジョーもきちんと話せば、わかってくれると思うんだ。もともとわからず屋じゃないから。でもおばあちゃんの言いつけには従うほうがいいと、うちで働くうちに思うようになったの。おばあちゃんはすばらしい人だけど、まわりが言うとおりに動かないと気がすまないの。今朝もおばあちゃんが大喜びしたのは、やっとぼくが山盛りのおかゆを全部食べたからなんだ。苦労したけど、ついに平らげたよ。おばあちゃんたら、この分ならぼくを一人前の男に育てられそうだって。ところで先生、大事な質問があるの。正直に答えてくださる？」

「やってみるわ」アンは約束した。

ばかりの表情でたずねた。

「ぼくの頭、どこかおかしい?」アンの答えに、自分の全存在がかかっていると言わんばかりの表情でたずねた。

「まあ、なんてこと」アンは驚いて、声をあげた。「どこもおかしくないわ。どうしてそんなことを」

「メアリ・ジョーが話していたの……といってもね、ぼくが聞いていたとは知らないんだよ。ピーター・スローンの奥さんが雇っているヴェロニカが、ゆうべメアリ・ジョーに会いに来たの。玄関を通ったら、二人が台所で話すのが聞こえて、メアリ・ジョーが『あのポールときたら、変ちくりんな男ん子でさ、変てこなことばっか話して、おつむがどっか、おかしいんでねえか』(8)って言ったの。それを考えていたら、ゆうべはずっと眠れなくて、メアリ・ジョーの言ったことが本当かどうか考えたの。でもおばあちゃんにはきけなかったから、先生に質問することにしたの。よかった、まともだって言ってくださって」

「当たり前でしょう。メアリ・ジョーこそお馬鹿さんで何もわかっていないんだから、気にしなくていいのよ」アンは憤然として語りながら、ひそかに決心した。メアリ・ジョーに言葉を慎《つつし》むよう注意すべきだと、アーヴィング夫人にそれとなく言っておこう。

「ああ、気が楽になった。すっかり嬉しくなっちゃった、先生ありがとう。おつむがおかしいなんていやだもの。でもメアリ・ジョーがそう思ったのは、ぼくがときどき想像のお話をするからだよ」

「それはたしかに危ないわね」アンは深くうなずいた。彼女も身におぼえがあったのだ。「メアリ・ジョーにした想像の話は、そのうち先生にもします。そうすれば変ちくりんかどうか、先生もわかるでしょう。でも日暮れどきがいいな。夕方になると誰かに話したくてたまらなくなるの。そんなとき誰もいないと、メアリ・ジョーに話すしかないんだ。だけど頭がおかしいと思われるなら、もうしないよ。話したくても我慢する」

「我慢できなくなったらグリーン・ゲイブルズにおいでなさい、想像のお話を聞かせて」アンは大まじめで言った。だからアンは子どもに慕われるのだ、子どもは真剣にむきあってもらいたがるのだから。

「はい、そうします。でもデイヴィがいなければいいんだけど。ぼくが行くと、あっかんべーをするの。ぼくよりずっと小さな子だから、それほどは気にしていないけど、あんな顔をされるといい気はしないよ。デイヴィったら、すごい顔をするんだよ。ときどき、元にもどらなくなるんじゃないか心配になるくらい。教会でもやって見せるんだ、神様のことを考えなきゃいけないときに。でも、ドーラは好いてくれるし、ぼくも好きだよ。だけどドーラったら、大きくなったらぼくのお嫁さんになるってミニー・メイ・バリーに言うんだもの。前ほど好きじゃなくなったよ。大人になれば誰かと結婚するだろうけど、まだ早すぎて考えられないよ。そうでしょ」

「まだまだ早いわね」先生も認めた。

「結婚で思い出したけど、最近、気になることがあるの」ポールは続けた。「先週、リンドのおばさんが来て、うちのおばあちゃんとお茶をしたの。おばあちゃんたら、お母さんの写真をリンドさんにお見せしなさいって……ぼくの誕生日にお父さんが送ってくれた写真を。でもリンドさんには見せたくなかった。親切ないい人だけど、お母さんの写真を見せたいような人じゃないでしょ。でも、おばあちゃんの言うとおりにお見せしたよ。そうしたらリンドさん、『美人だけど女優さんのようだ、それにまた父親よりずいぶんと若いもんだね』って。それから『そのうちあんたのお父さんも再婚するだろうけど、新しいお母さんが来るのはどうだね、ポール坊や』って言うから、息が止まりそうになったの。でもリンドさんに気づかれないようにしたよ。リンドさんを真正面から見つめて……こんなふうに……それで言ったの。『お父さんは最初のお母さんをとても上手に見つけたから、二度めのお母さんも同じくらい上手に選ぶって信じてます』ってね。ぼく、お父さんを本当に信用しているの。でも新しいお母さんができるなら、早めにぼくの意見もきいてほしいな。あ、メアリ・ジョーが食事に呼びに来た。ショートブレッドを出してくれるように、相談します」

「相談」の結果、メアリ・ジョーはショートブレッドだけでなく、夕食に果物の砂糖煮も出してくれた。うす暗く古めかしい居間で、アンはお茶をつぎ、ポールと楽しく食事をした。湾（9）にむいた窓から海風がそよ吹いていた。二人は「空想話《ナンセンス》」を山ほどしたので、メアリ・ジョーはあきれ返り、次の夕方、「がっこのせんせもおかしいったら、ポールとおんなじくらいだ」とヴェロニカに話したほどだった。

食事の後、ポールはアンを二階の部屋に案内して、母親の写真を見せた。アーヴィング夫人が本棚に隠していた秘密の誕生プレゼントだった。天井の低い小部屋は、海に沈みゆく夕陽が穏《おだ》やかに赤々とさしこみ、四角いはめ込み窓のそばにしげるもみの木立の投げかける影が揺れていた。母親の写真は、ベッドのすその壁にかかり、夕陽の柔らかな光と神秘的な美しさが、母なる温和な目をした愛らしい乙女のような顔を輝かせていた。

「ぼくのお母さんです」ポールは愛する人への誇りをこめて言った。「おばあちゃんに、あそこにかけてもらったの。朝、目がさめたら、まっ先に見えるように。だから今は、寝るときに灯りがなくても平気。お母さんがそばにいるような気がするもの。お誕生日に何がほしいか、お父さんはきかなかったけど、ちゃんとわかっていたんだね。お父さんって、すごいね」

「お母さんは美しい人だったのね、ポールとどこか似ているわ。だけど目の色、髪の色は、ポールより濃いのね」

「ぼくの目の色は、お父さんゆずりなんです」ポールは部屋中をとびまわってクッションを集め、窓辺のいすにつみあげた。「でも今、お父さんの髪は灰色。量はたっぷりだけど白髪なの。そろそろ五十歳だもの、かなりの年でしょ。でも年をとっているのは外側だけで、心のなかはみんなと同じように若々しいんです。先生、このいすにどうぞ。ぼくは先生の足もとで床にすわるね。膝によりかかってもいい？　いつもお母さんとこうしてすわっていたの。ああ、これだ、とてもいい感じ」

「じゃあ聞かせて、メアリ・ジョーが変だと言ったあなたのお話」アンは、かたわらでくるくるしているポールの巻き毛をなでた。なだめすかさなくとも、ポールは胸のうちを自分から語るのだ――気のあう人にならば。

「ある晩、もみの森で考えたんです」ポールは夢見るように語り出した。「もちろん本当のことだとは信じていないけど、想像してみたの。先生ならわかるでしょう？　そうしたら誰かに話したくなったのに、メアリ・ジョーしかいなかったの。メアリ・ジョーは、ちょうど配膳室でパン生地をふくらませていたから、そばのベンチにすわって、『メアリ・ジョー、ぼくが何を考えているか、わかるかしら？　あのね、宵《よい》の明星は、妖精の国の灯台なんだよ』と言ったの。そうしたら『あれれ、おかしな子だね。妖精なんてもの、いやしませんて』って言うから、癪にさわったの。もちろん妖精はいないけど、想像するのまで邪魔しなくたっていいのにね。先生なら、わかってくださるでしょう。でも我慢して、もう一度言ったの。『じゃあね、メアリ・ジョー、ぼく、思うんだけど、天使は、お日さまが沈むと、世界中を歩いてまわるんだよ……大きくて、背の高い、白い天使が、銀色の翼を背中にたたんでいるの……子守歌をうたって、花たちや小鳥たちを寝かしつけるんだよ。天使の歌は、子どもにも聞こえるの、聞き方を知っている子にはね』って。そうしたら、メアリ・ジョーは粉だらけの両手でばんざいして、『なんてことを、本当におかしな男ん子だ、おっかねえほどだ』と言って、本当にこわそうな顔をしたんだ。だから外へ出て、残りはお庭にそっと聞かせたの。庭には、小さな樺の木があったけど、枯れてしまったんだ。おばあちゃんは、波しぶきで潮がかかったからだって言うけど、ぼくは、木の精《ドライアド》がお馬鹿さんで、外の世界を見に出かけて迷子になったと思うの。小さな木はひとりぼっちになって、寂しくて死んでしまったの」

「その愚かな小さな木の精は、外の世界に飽きて帰ると、木が枯れていて、かわいそうに、胸がはりさけてしまうのよ」アンが言った。

「そうなんです。たとえ木の精でも、馬鹿なことをしたら、報《むく》いを受けなくてはね、生きている人間と同じように」ポールは重々しく言った。「先生、細い三日月を、ぼくが、どんなふうに考えていると思う？　三日月は小さな金色《こんじき》の小舟で、夢をいっぱいつんでいるんですよ」

「そうよ、三日月が雲にのりあげて傾くと、夢がはらりとこぼれて、人の眠りに落ちてくるの」

「そうなんです。ああ、先生はわかってくださるんですね。それからね、すみれは、青空の小さな切れはしだと思うの。天使たちがお空を切りぬいてお星さまの輝きが通るようにしたとき、空から落ちてきたの。きんぽうげは、遠い昔の陽ざしでできていて、そしてスィート・ピーのお花は天国へ行くと蝶々になるの。こんなことを思うなんて、やっぱりおつむがおかしい？」

「いいえ、坊や、ちっともおかしくないわ。小さな男の子にしては不思議で美しい空想よ。だから百年かかっても思いつかないような人たちは、変だと思うのよ。でも続けなさいポール……いつかあなたは詩人になるでしょう、きっと」

家に帰ると、ポールとは全然違うタイプの男の子が、アンがベッドに入れてくれるのを待ちわびていた。デイヴィはすねていた。服を着替えさせてやると、ベッドに飛びこみ、枕に顔をうずめた。

「デイヴィ、お祈りを忘れたでしょ」アンがたしなめた。

「違うよ、忘れてなんかないやい」デイヴィは反抗的だった。「もうお祈りなんかしない。いい子になるのはやめた。どんなにいい子にしても、アンはポール・アーヴィングのほうが好きなんだもん。だから悪い子になって楽しんでやる」

「ポール・アーヴィングのほうが好きだなんてこと、ないわ」アンはまじめになった。

「デイヴィも同じくらい好きよ。ただ、好きになり方が違うの」

「同じやり方で好きになってほしいんだい」口をとがらせた。

「別の人を同じふうに好きになるなんて、できないわ。たとえばデイヴィは、ドーラと私を同じように好き？」

デイヴィは起きなおって考えこんだ。

「うーんと、ええと、違うよ」デイヴィもしまいにはわかった。「ドーラは妹だから好きで、アンはアンだから好きだよ」

「そうでしょ。私も、ポールはポールだから好きで、デイヴィはデイヴィだから好きよ」アンはほがらかに言った。

「そうか」デイヴィは、この論法に納得した。「じゃあ、お祈りをしたほうがよかったかな。でも、ベッドから出るのが面倒くさいから、明日の朝、二回まとめてお祈りするよ。効き目は同じでしょ」

アンは首をふった。そんなはずはない。そこでデイヴィはベッドから転がりおり、彼女の足もとにひざまずいた。お祈りが終わると、日に焼けた小さな素足で正座して、アンを見上げた。

「ぼく、前よりいい子になったんだよ」

「そうね、本当にいい子になったわ」アンは、褒めるべきところはためらわずに褒めるのだった。

「自分でもいい子になったってわかるんだ」デイヴィは自信満々だった。「どうしてわかったかというと、今日、マリラがジャムを塗ったパンをくれたの、ドーラとぼくに一切れずつ。そうしたら片っぽが、ずっと大きかったんだ。マリラはどっちがぼくのか言わなかったけど、大きいのをドーラにあげたよ。えらいでしょ？」

「とても立派よ、男らしいわ」

「もちろんだよ。でもドーラはあんまりおなかが空いてなくて、半分だけ食べて、残りはくれたの。だけどあげたときは、ドーラが残すとは思わなかったんだから、やっぱりぼくはいい子だったよね」

黄昏どき、アンが《木の精の泉《ドライアド》》へそぞろ歩いてゆくと、ギルバート・ブライスが夕闇せまる《お化けの森》を抜けてくるのが見えた。そのときふと、アンは気づいたのだ。ギルバートは、もはや学校に通うようなほんの少年ではない。それどころか、なんと男らしいのだろう――背が高く、率直な顔つきをした一人の若者、澄みきったまっすぐな目をして、肩幅も広い。それになんと美男子だろう、もっとも、アンの理想とは違っていたが。かなり前に、アンとダイアナが理想のタイプを話しあったところ、好みがそっくりだった。理想の人は、すらりとして背が高く、ひときわ気品のある顔だち、憂愁をたたえた謎めいた瞳、しかも、とろけるような優しい声の持ち主でなければならない。しかしギルバートの面ざしには、憂いもなければ謎めいたところもなかった。だが、友だちづきあいをするには、何のさしつかえもないのだ！

　ギルバートは、泉のほとりで羊歯のしげみに長々と身を横たえ、アンを好ましい思いで見つめていた。もし理想の女性像を述べてほしいと求められたら、その姿は何から何までアンそのものになるだろう。彼女が今でも気にして悩んでいる七つのそばかすでさえ、理想にふくまれていた。ギルバートは、今のところは、まだ少年にすぎなかった。しかし少年というものは、他の者たちと同じように、いくつもの夢を抱《いだ》いているのだ。彼が思い描く未来には、いつも一人の少女がいた。大きな灰色の澄んだ瞳をして、一輪の花のように美しく繊細な顔だちをした娘。自分の将来は、この女神にふさわしくなければならないと決意していた。アヴォンリーは長閑《のどか》とはいえ、さまざまな誘惑があった。ホワイト・サンズの若者たちも、どちらかというと「遊び好き」な連中で、ギルバートは行くところどこでも人気があった。しかし彼は、アンとの友情に自分が値《あたい》するよう、また、いつか遠い日に手にするであろう彼女の愛情に自分が値するように、わが身を律していた。まるで、アンの清らかな目が、油断なく自分を見ているかのように、言葉づかい、考え方、行いに気をくばっていたのだ。このようにアンは、自分でも気づかないうちに、ギルバートに影響をおよぼしていた。どんな少女でも、気高く純粋な理想をもっていれば、友だちにこうした良き影響をあたえるものだ。しかしそれは本人が理想を誠実に追いもとめるかぎりにおいてであり、理想に背をむけると、その力は間違いなく失われてしまうのだ。

ギルバートにとって、アンの一番の魅力は、アヴォンリーのほかの娘たちのように下らないことに身を染めないところだった——小さな嫉妬、ちょっとした嘘や張りあい、気を引くための見え透いたご機嫌とり、アンはこうしたものすべてから身をへだてていた。それは意識的ではなく、意図的でもなかったが、そうした類いのものは、アンの率直で、まっすぐな性格とは、まったく相いれなかった。アンは、その動機も、未来への抱負も、水晶のように澄みきっていた。

しかしギルバートは、こうした思いを言葉にあらわそうとはしなかった。そんな感傷的な告白をしようものなら、アンは気配を察しただけで無慈悲に、冷淡に、ぴしゃりとはねつけてしまうか、笑い飛ばすかだろう、そんなことになれば十倍もつらい。

「白樺の下にいると、本ものの木の精《ドライアド》みたいに見えるよ」ギルバートはからかうように言った。

「白樺の木が大好きなの」アンはほっそりした白樺のすべらかな乳色の幹に頰をよせ、そっとなでた。アンらしい自然なしぐさだった。

「それなら、いい知らせがあるよ。白樺の並木を、メイジャー・スペンサーさんが農場前の街道ぞいに植えてくださるんだ。アヴォンリー村改善協会を励ますためにしてくださるんだよ。今日、本人から聞いたんだ。メイジャー・スペンサーはアヴォンリーで一番に進歩的で、公共心がある人だよ。それからウィリアム・ベルさんは、えぞ松の生垣を植えるらしいよ、農場前の街道と、家へ入る小径に。ぼくらの協会は、とてもうまくいっているよ。実験段階は終わって、認められる存在になったんだ。年輩の人たちも関心をもってくれるようになったし、ホワイト・サンズの人たちも始めようかと話しあっている。求婚クラブだなんて言ってからかったイライシャ・ライトでさえも、ついに考えをあらためたよ。ホテルのアメリカ人たちが海岸へピクニックに来て、ぼくらが手入れした街道ぞいを島のどこよりもきれいだってほめてくれたんだ。そのうちほかの農家の人たちも、スペンサーさんをお手本にして、家の前の街道に飾り木や生垣を植えるようになれば、アヴォンリーは、この州で一番きれいな集落になるよ」

「教会の援護会が、墓地の手入れを検討しているそうよ」アンが言った。「援護会でやってもらえると助かるわ。私たちがやるなら寄付をつのらなくてはならないけど、公会堂を青くしてからというもの、改善協会が寄付を集めようとしても無理だもの。でも私たちが墓地の改善を公けに訴えたからこそ、援護会も動き出したのね。私たちが教会に植えた木はすくすくのびているし、学校の理事会も、来年は校庭に柵をつくるって約束してくださったわ。そうなったら、植樹の日をもうけて、全校生徒が一本ずつ木を植えるわ。街道に面した角には、花壇をこしらえるのよ」

「これまでのところ、計画はおおかたうまくいったね。あとはボウルターさんのあばら屋をとり壊すだけだ。でも、残念だけど、僕はあきらめたよ。リーヴァイは僕らを怒らせるために、わざと壊さないんだ。ボウルター一族は、みんなへそ曲がりの気《け》があるけど、リーヴァイはとくにあまのじゃくなんだよ」

「ジュリア・ベルは、今までとは別の委員が説得に行くのはどうかって言うけど、あんな人はもう放っておくべきよ」アンはわけ知り顔で言った。

「あとは神様の思召しだね、リンドのおばさんの口癖じゃないけど」ギルバートは微笑んだ。「たしかに、もう委員はいらないよ。送りこんでも、ボウルターさんはよけいに意地をはるだけだ。ジュリア・ベルは、委員が説得に行きさえすれば、何でもうまくいくと思っているんだね。アン、来年の春は、きれいな芝生づくりと庭づくりを、世論に働きかけよう。だからこの冬は、早めに、ちゃんとした芝の種を植えようね。ここに芝生と芝づくりの本がある、そのうちこのテーマで記事を書くよ。ああ、もうそろそろ夏休みも終わりだ。月曜から学校が始まるね。ルビー・ギリスは、カーモディ校の先生になったのかい？」

「そうよ。それからプリシラから手紙が来て、カーモディ校をやめて母校で教えることになったんですって。そこでカーモディの理事会は、ルビーを後任にしたの。プリシラがいなくなるのは残念だけど、今さら変えられないものね、ルビーが教えることになって嬉しいわ。ルビーは週末ごとにアヴォンリーに帰ってくるから、昔みたいに、ルビーとジェーン、ダイアナと私の四人でまた会えるわ」

アンが帰宅すると、マリラもリンド夫人の家から帰ったところで、勝手口の石段に腰かけていた。

「明日、レイチェルと町へ出かけることにしたよ。今週はご主人の具合がいいから、また発作がおきないうちに町へ行きたいって言うんだよ」

「明日の朝は、特別に早起きするわ。することがたくさんあるの」アンは殊勝《しゅしょう》なことを言った。「まず最初に、古い羽根布団の中身を新しい布団皮《ふとんがわ》にうつすわ。ずっと前にしなくてはいけなかったけど、ついのばしのばしになって……いやな仕事なんだもの。でも、面倒なことを後まわしにするのは悪い癖ね、もうやめるわ。自分を棚にあげて、子どもたちに先のばしはいけませんだなんて、心おきなく言えないもの。つじつまがあわないわ。その後は、ハリソンさんにさしあげるケーキを焼いて、改善協会の庭づくりの記事を書きあげて、ステラに手紙を書いて、それからモスリンのドレスを洗って糊をつけて、ドーラに新しいエプロンを縫うわ」

「どうせ半分もできやしないよ」マリラは悲観的に言った。「たくさんのことをやろうとすると、決まって、何かしら邪魔が入ったからね」

# 第20章　事は往々にしてそのようにおきるもの

翌朝、暁《あかつき》の旗（1）が、真珠色の空に意気揚々とふられるころ、アンは早起きして、新しい一日を晴れやかな気持ちでむかえた。グリーン・ゲイブルズはまばゆい朝日を浴び、ポプラと柳の葉影がおどっている。小径のむこうにはハリソン氏の小麦畑が広がり、淡い黄金色《こがねいろ》の麦穂が風にゆれ、さざ波のようによせては返していた。世界はあまりに美しく、アンは十分ばかり庭の木戸にもたれ、幸せな心地で見とれた。

朝食がすむと、マリラは町へゆく支度にかかった。前からの約束で、ドーラもつれていくことになっていた。

「いいかい、デイヴィ、いい子にして、アンに世話をかけないようにね」マリラはよく言って聞かせた。「いい子にしてたら、しま模様の棒キャンディを町で買ってきてあげるよ」

嘆かわしいことに、マリラもついに褒美でつって、いい子にさせる悪しき習慣を身につけたのだ！

「わざと悪いことはしないけど、うっかり悪いことをしたら、どうなるの」デイヴィは知りたがった。

「ついうっかり、なんてことにならないように気をつけなさい」マリラは言ってさとした。

「アン、今日シアラーさんが見えたら、ローストビーフにする上等な肉と、ステーキ用の牛肉を買っておくれ(2)。もし見えなかったら、明日のお昼用に、にわとりを一羽、しめないといけないよ」

アンはうなずいた。

「今日はデイヴィと二人だから、お昼にわざわざ料理はしないわ。ランチは骨つきハムで間にあわせて、マリラが帰ってきたらステーキを焼いてあげましょう」

「ぼくね、午前中はハリソンさんのお手伝いをして海草のダルス(3)をとるんだよ」デイヴィが言った。「ハリソンさんに頼まれたの。だからお昼をよばれると思うよ。ハリソンさんはすっごく親切で、感じのいい人だよ。大きくなったら、あんなふうになりたいな。だけど、ハリソンさんみたいにふるまうという意味だよ……あんな見てくれになるのはいやなの。でも、そんな心配ないね。リンドのおばちゃんに、とっても器量がいいって言われたもん。ねえ、アン、ぼく、この先もずっとハンサムかな、ぼく知りたいな」

「きっとそうよ」アンは大まじめで言った。「デイヴィは美男子よ」――するとマリラが、またそんなことを、とでも言うように顔をしかめた――そこでアンは続けた。「でも、きれいな顔に恥じない生き方をしなくてはね。見た目と同じように感じが良くて、紳士的でなければいけないわ」

「だけどこの前、ミニー・メイ・バリーがみっともないって言われて泣いたら、アンは言ったじゃないか。いい子にして親切で優しい子なら、人は顔なんか気にしないのよって」デイヴィは不満げに言った。「生きている間は、何が何でも、いい子でなきゃいけないんだね、とにかくお行儀よくして」

「いい人になりたくないのかい」マリラがたずねた。マリラも子育てがそうとうわかってきたが、こんな質問をしても意味がないことは、まだ理解していなかった。

「なりたいよ、でも、とってもいい子にはなりたかないよ」デイヴィは用心深く言った。「そんなにいい子にならなくても、日曜学校の校長先生になれるんだよ。ベル校長先生がそうだよ、ほんとに悪い人なんだから」

「そんなはずはありません」マリラは憤然とした。

「ほんとだよ……自分で言ったもん」デイヴィは言いはった。「この前、日曜学校で、校長先生がお祈りしたとき、私は堕落した地をはう毛虫(4)、惨めな罪人《つみびと》、忌々《いまいま》しい邪悪をおかした者ですって言ったよ。そんなに悪いことって、何をしたの？　人殺し、それとも献金のコインを盗んだの、ぼく知りたいな」

ちょうどこのとき、運良くリンド夫人の馬車が小径へ入ってきて、マリラはうまく逃れることができたが、鳥のわなから（5）やっと抜け出した気がした。ベル校長先生も、人前で祈禱《きとう》するときは、ことに「知りたがり屋」の小さな男の子の前では、あまりにも比喩的な言いまわしはしないでもらいたいものだと心底思った。

一人になったアンは、晴れ晴れとした心地で（6）、てきぱき仕事にとりかかった。床を掃き、ベッドを整え、にわとりにえさをやり、モスリンのドレスを洗って外のロープにかけた。それからいよいよ羽根布団の中身をうつす支度にとりかかった。屋根裏部屋にあがり、最初に目にとまった古い服に着替えた——紺色のカシミアで、十四歳のころに着ていたものだから、丈は短く、身幅も、グリーン・ゲイブルズに初めて来たときに着ていた、あのみっともない交織地の服と同じくらい「きちきち」だった。しかしこの服なら、羽根や綿毛《わたげ》がついてもかまわないだろう。最後に、赤と白の水玉がとんだ大きなハンカチを頭にかぶった。もとはマシューのものだった。こうして身じたくを終えると、台所脇の小部屋へおりた。羽根入りの敷き布団は、マリラが出かける前に手伝ってもらい、運んであった。

小部屋に入ると、窓辺にひびの入った鏡がかかっていた。間の悪いことに、ちらりとのぞきこんだところ、鼻の頭にそばかすが七つ、いつにもまして目立っていた。日よけを上げた窓から強い陽が入るおかげで、くっきり見えたのかもしれない。

しかしアンは、「ゆうべ、化粧水をつけなかったわ」と思い出した。「配膳室へ行ってつけてこよう」

アンはこれまでにもそばかすをとろうと、いろいろ試しては、ひどい目にあっていた。あるときは鼻の皮が丸ごとむけたのに、そばかすは残った。にもかかわらず二、三日前、そばかすにきく化粧水の作り方を雑誌で見つけて、材料がみな手もとにあったので、すぐさま調合したのだ。マリラはあきれて、やれやれという顔をした。神様が鼻にそばかすをお作りになったなら、そのまま生きるのが身の務めだという考えなのだ。

アンは急いで配膳室へ行った。窓のそばに大きな柳の木があり、いつも薄暗かったが、このときは、はえを入れないように日よけがおろしてあり、そうとう暗かった。アンは棚から化粧水の瓶《びん》をとり、専用の小さなスポンジでたっぷり鼻にぬった。この大事な務めがすむと、仕事にとりかかった。羽根布団のうつしかえをしたことのある人なら言うまでもないだろうが、終わったときのアンの恰好は、まさに見ものだった。羽根と綿毛で服は真っ白、ハンカチからのぞく前髪にも羽根がついて、顔のまわりに光輪《こうりん》を飾ったようだった。すると、まさにこのおめでたい瞬間、誰かが、裏口のドアをたたいたのだ。

「シアラーさんだわ。ひどいなりだけど、このますぐに出なきゃ。あの人はいつも先を急いでいるもの」

アンは裏口へ飛んでいった。もし床に情けがあり、羽根まみれの惨めな乙女をのみこんでくれるというなら、グリーン・ゲイブルズのポーチの床は、ぱっと開いてアンを隠さねばならなかった。このとき戸口に立っていたのは、絹のドレスをまとった金髪色白のプリシラ・グラント、そして二人の見知らぬご婦人だった。一人は背が低くて肥った白髪《はくはつ》の女性で、ツィードのスーツ姿。もう一人はすらりとして威厳があり、すばらしいドレスをまとっていた。しかも美しく高貴な顔だち、黒々としたまつげにふちどられた大きなすみれ色の目。この人こそ、シャーロット・E・モーガン夫人だわ。子ども時代の言い方をするなら、アンは「本能的に感じた」。

この唖然《あぜん》とする瞬間、アンはうろたえながらも、どうするべきか考えが浮かぶと、その結論に、溺れるものはわらをもつかむ、という諺のようにしがみついた。モーガン夫人のヒロインは「何がおきても臨機応変に解決する」ことで知られていた。どんな困難にぶつかっても、必ずやうまく対処するのだ。いつ、どこで、どんな不運がまきおこっても、乗りこえて自分たちの真価を発揮するのである。だからアンも、この予期せぬ訪問を乗りきるのは自分の務めだと感じ、そのとおりにふるまった。あんまり完璧だったので、後でプリシラが、あのときほどアン・シャーリーに感心したことはなかったと、つくづく語ったほどだった。アンはどんなに気が動転していようと、そんな気配はみじんも見せなかった。まずアンは、プリシラとあいさつを交わした。するとプリシラが、二人の婦人を紹介してくれた。アンはまるで紫色の上等な亜麻布《リネン》のドレスでめかしこんでいるかのように、優雅に、落ちつきはらってあいさつした。すると、アンが本能的にモーガン夫人だと直感した美しい人は、ペンデクスター夫人という知らない人で、肥って背の低い白髪頭の女性がモーガン夫人だった。それはいささかショックだったが、夫人に会えた感激は少しもそこなわれなかった。アンは来客を客用寝室に案内し、それから客間へお通しする(7)と、そこに客人を残し、急いで庭へ出て、プリシラを手伝って馬から馬具を外した。

「急にうかがって悪かったわね」プリシラが謝った。「でも、私もゆうべ初めて知ったのよ、アンのところへ行けることになったって。シャーロットおばさんは月曜日に発つので、今日はシャーロットタウンの友だちをたずねることになっていたんだけど、昨晩、その友だちから電話があって、猩紅熱《しょうこうねつ》にかかって隔離されているから来ないようにと言ってきたの。それで私が、じゃあグリーン・ゲイブルズへ行きましょうって提案したの。だってアンはおばさんに会いたがっていたでしょ。ペンデクスター夫人は、途中でホワイト・サンズ・ホテルに寄って、おつれしたの。おばさんの友だちで、ニューヨークにお住まいよ。ご主人は百万長者なのよ。でもあんまり長居はできないわ、ペンデクスター夫人は五時までにホテルにもどらなくちゃいけないの」

馬をつなぐ間、プリシラは不思議そうな顔で、アンのほうを何度もこっそりうかがった。

「プリシラも、あんなにじろじろ見なくてもいいのに」アンは少し気を悪くした。「羽根布団の入れ替えがどんなものか、たとえ知らなくても、想像くらいできるでしょうに」

　プリシラが客間へ行き、アンが二階へ着替えにいこうとしたとき、ダイアナがひょっこり台所に入ってきた。アンは、驚いている友の腕をつかんだ。

「ダイアナ・バリー、今、客間に誰がいると思って。シャーロット・E・モーガン夫人よ……それからニューヨークの大富豪の奥さん……それなのに私ったら、こんな恰好なの……そのうえ昼食を出そうにも、骨つきハムしかないのよ！」

　だがここで、さすがのアンも気づいた。ダイアナまでもが、プリシラと同じ妙な顔をして見つめるのだ。二人にこんな顔をされるとは。

「ダイアナ、そんなに見ないで」アンは頼んだ。「世界で一番きれい好きな人だって、羽根布団のうつしかえをしたら羽根がついて、きれいなままでいられないわ、それくらいあんただって知っているでしょ」

「ち、違うの……羽根じゃないの」ダイアナは口ごもった。「鼻が……」

「鼻？　鼻がどうかしたの！」

　アンは流しの小さな鏡へ走っていった。一目見ただけで、とり返しのつかない事態に気づいた。鼻が、真っ赤に染まっていたのだ！

　アンの不屈の精神も、さすがにがっくりきて、ソファにすわりこんだ。

「その鼻、いったいどうしたのよ」ダイアナがきいた。気づかいよりも、やはり好奇心が先にたったのだ。

「そばかすの化粧水をすりこんだつもりだったけど、赤い染料を塗ったのね、マリラが敷物《ラグ》に模様の印をつける（8）ときに使うものよ」というのが、意気消沈したアンの返答だった。「どうすればいいのかしら」

「洗うのよ」ダイアナは現実的に言った。

「多分落ちないわ。私ったら、最初は髪を染めて、次は鼻を染めたのね。髪を緑に染めたときはマリラが切ってくれたけど、今度は切るわけにいかないし。私ったら、また虚栄心で罰をうけたんだわ。でも、罰が当たって当然ね……そう思ったところでたいして慰めにはならないけど、こんな目にあうと、世の中には不運というものがあるって信じる気になるわ。もっとも、リンドのおばさんは、運の良し悪しなんてものはない、すべては神様があらかじめお決めになっているっておっしゃる（9）けど」

幸い、染料は洗うとわけなく落ちた。アンは気をとり直して東の切妻の部屋へあがり、その間、ダイアナは家へ飛んで帰った。ほどなくしてアンは服をあらため、気分も落ちついておりてきた。あれほど着ようと意気ごんでいたモスリンの白いドレスは、外の物干しロープで陽気にはためいているので、黒いローン地の服で満足するしかなかった。火をおこし、紅茶にお湯をそそいだところへ、ダイアナがもどってきた。こちらはちゃんとモスリンのドレスを身につけ、さらに、ふたつきの大皿を持っていた。

「これ、お母さんから」ダイアナがふたをとって見せると、料理した鶏肉がきれいに切りわけて盛ってあるではないか。アンの目に、感謝の表情がうかんだ。

鶏肉にそえて、新しいふわふわのパン、上質のバターとチーズ、マリラお手製のフルーツケーキ、そして夏の陽ざしをとじこめたような金色のシロップにうかべたプラムの砂糖煮もお出しした。飾りには、ピンクと白のアスターの花を大鉢いっぱいに生けた。しかしならんだ品々は、先日、モーガン夫人のために苦労してこしらえたごちそうにくらべると、はるかに質素だった。

しかし来客たちは腹を空《す》かせていたので、物足りない様子はなく、素朴な料理に楽しく舌鼓《したつづみ》をうった。アンも最初は、献立にこれはある、あれがない、などと思ったが、やがて気にならなくなった。モーガン夫人の容姿は、たとえ夫人の忠実な崇拝者であるアンとダイアナでも、少々がっかりしたことは認めざるをえなかった。しかし夫人は、ほれぼれするような座談の名手だった。各地を広く旅しているので卓越した話し手だったのだ。いろいろな男性、女性に出逢ってきた夫人は、その見聞《けんぶん》を、気のきいた短い言いまわしや警句《エピグラム》にして語り、まるで書物に出てくる賢人の言葉に耳を傾けているようだった。しかし才気きらめく底には、真心のこもった女らしい思いやりと優しさが地下水脈となって流れているのがありありと感じられた。夫人はまばゆいばかりの才知で賞賛を集めるだけでなく、人々の愛情をも集めたのだ。しかも会話を一人占めしなかった。自分が語るのと同じくらいたくみに、たっぷりと人から話をひき出すので、アンとダイアナはふと気づくと、心おきなく夫人とおしゃべりしていた。一方のペンデクスター夫人はほとんど語らず、きれいな瞳と唇に微笑をうかべるだけだった。鶏肉、フルーツケーキ、砂糖煮を、いかにも優雅なしぐさで口に運ぶので、神々の食物《アムブロージア》(10)か甘い蜜でも食べているかの印象を与えた。後でアンがダイアナに語ったように、ペンデクスター夫人のように神々しい美人は、話す必要などなく、ながめるだけで充分なのだった。

食事の後、一同は散歩に出かけ、《恋人の小径》《すみれの谷》《樺の道》を歩き、《お化けの森》を抜けて帰った。モーガン夫人は、どうして《お化けの森》というのかたずねた。そこで楽しく語らった。モーガン夫人は、どうして《木の精の泉》のほとりに腰をおろし、楽しく語らった。残りの三十分は《木の精の泉》のほとりに腰をおろし、

アンが、子どものころ、夕暮れの魔物の出そうなころあい(11)に森を歩かされた、今でも忘れられない思い出を、芝居のように語ると、夫人は涙が出るまで笑った。

「これこそまさに高論清談、魂の交歓(12)だったわね」来客が帰り、ダイアナと二人になると、アンが言った。「モーガン夫人の話を聞くのと、ペンデクスター夫人をながめるのと……どちらがすばらしかったかわからないくらいよ。それに、いらっしゃることがわかっていて、いろいろなおもてなしにやきもきするより(13)、今日のほうが楽しかったわ。ダイアナ、夕ごはんを食べていって。今日のことを最初からおしゃべりしま

しょう」

「プリシラが言ってたけど、ペンデクスター夫人のご主人は、妹さんがイングランドの伯爵と結婚してるんですって。それなのに夫人は、プラムの砂糖煮をお代わりしたのよ」ダイアナは、プラムのお代わりと伯爵の親戚すじという事実は両立しないかのような口ぶりだった。

「そりゃあ、マリラのプラムの砂糖煮だもの、たとえイングランドの伯爵ご本人でも、目の前に出されたら、貴族的な鼻でつんとあしらうなんて、できないわ」アンは得意げに言った。

夕方、アンはマリラに一日の出来事を話したが、鼻にふりかかった災難は黙っていた。しかし後で、そばかす化粧水の瓶をとり、窓から中身をあけた。

「美容の自家製化粧品なんて、もう試さないわ」気落ちしながらも、心に決めた。「きちょうめんで慎重な人には効き目があるかもしれないけど、私みたいにいやになるほど失敗をするように生まれついている人は、化粧品作りなんてすると、運命を変なふうにそそのかしてしまうのね」

# 第21章　すてきなミス・ラヴェンダー（1）

学校が始まり、アンは教職にもどった。前ほど理屈をならべなくなった代わりに、たしかな経験をつんでいた。一年生も何人か入学した。六歳から七歳の子どもたちが目を丸くして、不思議に満ちた世界へ旅立ちはじめたのだ。そこにはデイヴィとドーラもいた。デイヴィは、ミルティ・ボウルターの隣にすわった。ミルティは去年から学校に通っているので、デイヴィにしてみれば世慣れた大先輩だった。一方のドーラは、リリー・スローンとならぶ約束を先週の日曜学校でしたが、初日、リリー・スローンは欠席したので、ひとまずミラベル・コトンとすわることになった。ミラベルは十歳で、ドーラにとっては「大きな姉さん」だった。

「学校って、とってもおもしろいね」夕方、帰ってきたデイヴィはマリラに語った。「ぼくがじっとすわってるなんて、できっこないってマリラは言ったけど、その通りだったよ……マリラが言うことはたいていほんとだね……でも、机の下で、足をごそごそできて、助かったよ。大勢の男の子と遊ぶの、すごく楽しいな。ミルティ・ボウルターとすわって、とてもよくしてくれたよ。ミルティは背は高いけど、ぼくのほうが幅はあるんだ。後ろの席だったら、もっといいのにな。でもね、足が床につくまで後ろにはすわらせてもらえないんだよ。ミルティが石板にアンの似顔絵を描《か》いたんだけど、みっともなかったの。アンをこんなふうに描くなら、休み時間にぶん殴ってやるって言ったんだ。最初は、仕返しにミルティの絵を描いて角《つの》と尻尾《しっぽ》をつけてやれって思ったけど、そんなことをしたらミルティが傷つくでしょ。人の気持ちを傷つけてはいけませんってアンが言うからね。ぼくも気持ちが傷つけられたらいやだもの。だから何かしないと気がすまないときは、男の子を一発殴ればいいんだよ、心を傷つけるよりましだもん。ミルティは、お前に殴られたって怖かないけど、そんなならお前の気のすむように似顔絵に別の名前を書こうぜと言って、アンの名前を消して、下にバーバラ・ショーって書いたの。ミルティはバーバラが嫌いなの。可愛い子ね、なんて言うし、前に頭をなでられたからだって」

ドーラは学校が気に入ったと、おすまし顔で言った。しかしいくらドーラにしても、口数が極端に少ない。やがて暗くなり、マリラがあがって寝なさいと言うと、もじもじして泣き出した。

「だって……怖いんだもの」ドーラはすすり泣いた。「暗いところに一人であがりたくないの」

「やれやれ、何をまた馬鹿なことを」マリラがたずねた。「夏中、毎晩一人で寝に行ったじゃないか、前はちっとも怖がらなかったよ」

それでも泣きやまないので、アンはひざにあげ、優しく抱きながら、そっと話しかけた。

「何が怖いの、いい子だから、すっかり話してごらん」

「あのね……ミラベル・コトンのおじさんが怖いの」ドーラは涙にむせびつつ言った。「今日、学校でミラベル・コトンが親戚の話をしたの。親戚が、ほとんど死んだんですって……おばあちゃんとおじいちゃんがみんな、おじさんとおばさんもたくさん。早死にするたちなんだって。死んだ親戚がたくさんいるってミラベルは自慢するの。どうして死んで、死ぬ前になんて言って、棺桶のなかでどんな顔をしていたか、教えてくれたの。おじさんの一人は、お墓に埋めた後も、家のまわりを歩いたの、お母さんが見たんだって。ほかの話はそんなに怖くないけど、そのおじさんのことが気になってしょうがないの」

アンはドーラをつれて二階へあがり、寝つくまでそばにすわっていてやった。そして翌日、ミラベル・コトンを休み時間に残し、「優しく、しかしきっぱりと」言って聞かせた。ちゃんと埋葬されたのに家のまわりを歩こうとするおじさんがいるなんて、あなたもかわいそうだけど、そんな風変わりなおじさんのことを、隣の席の年端《としは》もいかない子に話すなんて、いい趣味ではありませんよと。ミラベルは、ひどすぎると思った。コトン一族は、大して自慢できるものがないのだ。お化けの親戚を利用するなと言われたら、いったいどうやって学校でいばればいいのだろう。

九月はいつしか、金色と深紅に彩《いろど》られた優雅な十月へ、すべるようにうつり変わった。そんな金曜日の夕方、ダイアナがやってきた。

「今日、エラ・キンブルから手紙が来て、明日の午後、アンと二人で夕食にいらっしゃいって。町からいとこのアイリーン・トレントが来るので会わせたいんですって。でも乗っていく馬がないわね。うちの馬は明日みんな使ってるし、アンのポニーは足を引いてるし……だから行けないわ」

「あら、歩いて行けばいいわ」アンが言った。「森をまっすぐ抜けると西グラフトン街道に出て、キンブルさんの家まですぐよ。去年の冬に通ったから道はわかるわ。四マイルもないの。それに帰りは歩かなくてすむわよ、オリヴァー・キンブルがきっと馬車で送ってくれるもの。オリヴァーも、出かけるいい口実ができて大喜びよ。彼はキャリー・スローンに会いに行っているんだけど、お父さんがなかなか馬を貸してくれないんですって」

そこで歩いていくことになり、翌日の昼下がり、二人は出かけた。《恋人の小径》を抜け、カスバート家の農場の裏手へ歩いた。道は、ぶなとかえでが輝く大きな森の奥へ続いていた。森はすべて燃える赤と金に色づき、錦秋《きんしゅう》のきらめき、華やかな静寂と安らぎのなかに広がっていた。

「まるで一年という存在が、巨大な大聖堂のなかでステンドグラスからそそぐ柔らかな光を浴びながら、ひざまずいてお祈りしているみたい」アンは夢見るように言った。「急いで通ってはいけないような気がするわ。神様を敬《うやま》う気持ちに欠ける気がするの、教会のなかを走るみたいに」

「でも急がなくては」ダイアナはちらりと時計を見た。「あまり時間がないのよ」

「じゃあ早足で歩くけど、私に話をさせないでね」アンは足を速めて言った。「今日の美しさを存分に味わいたいの……今日という日が、幻想のワインのグラスを口もとにさし出しているようだもの。一口、また一口と、一足ごとに味わって行きたいの」

秋の森の美しさを「味わう」のに夢中だったせいだろう、別れ道にさしかかったとき、右に曲がるところを、アンは左へ行った。しかし後に、人生でもっとも幸運な失敗だったと思うことになる。やがて二人は、寂しく草深い道へ出た。えぞ松の若木が続くばかりで何もない。

「あら、ここはどこ」ダイアナは面食らって叫んだ。「西グラフトン街道じゃないわ」

「そうね、中グラフトンを通る本道だわ」アンはすまなさそうに言った。「別れ道で間違えたのね。今どこにいるのか、よくわからないけど、キンブルさんの家まで、しっかり三マイルはあるわ」

「じゃあ五時までにつかない、もう四時半だもの」ダイアナは途方に暮れて時計を見た。「つくころには食事は終わってて、私たちのために、また用意してもらって手間をかけるわね」

「引き返して、家に帰ったほうがいいかしら」アンがひかえめに提案した。ダイアナは少し考えてから言った。

「せっかくこんなに遠くまで来たんだから、このまま行って、夕食をよばれましょう」

少し歩くと、また別れ道にさしかかった。

「どっちへ行く」ダイアナは心もとなげに言った。

アンも首をふった。

「わからないわ。でも、もう間違えている余裕はないわね。あら、そこに門があって、小径が森へ続いている。きっと奥に家があるのよ。道をききに行きましょう」

二人は曲がりくねった森の小径へわけ入った。「なんてロマンチックで古めかしい小径かしら」ダイアナが言った。その小径は、風格ある古いもみの下に続いていた。頭上には枝が重なりあい、永遠の暗がりをこしらえ、足もとには苔だけが生えていた。左右には褐色の森の地面がひろがり、そこかしこに木もれ日が射している。すべては森閑《しんかん》と静まり、人里はなれ、浮き世も、世俗の憂いも、はるかかなたのようだった。

「魔法の森を歩いているみたい」アンが声をひそめて言った。「現実の世界へもどる道を、思い出せるかしら。やがて宮殿にたどりついて、魔法にかけられたお姫さまがいるかもしれないわ」

次の角を曲がると、宮殿こそあらわれなかったが、小さな石の家が見えた。しかし二人は宮殿でも見たように驚いた。この島の農家はふつうの木造ばかり（2）で、同じ種から育ったように造りがよく似ているからだ。アンがうっとりして立ち止まると、ダイアナが声をあげた。

「ああ、どこにいるかわかった。この小さな石の家は、ラヴェンダー・ルイスさんが住んでるの……こだま荘（3）よ、ルイスさんがそう呼んでるの。話には聞いてたけど、初めて来たわ。ロマンチックなところね」

「こんなにきれいで、すてきな家は、見たことも想像したこともないわ」アンは感激した。「おとぎ話か、夢の世界から、抜けだしたみたい」

家は軒《のき》が低く、島の赤い砂岩をそのままブロックにしてつみあげてあった。屋根は小さく、急勾配で、そこに窓が二つあり、風変わりな木のひさしがついていた。太い煙突も二本あった。家はうっそうとしげるつたにおおわれていた。粗い石づみを足がかりに広がったつたは、霜にあたって青銅《ブロンズ》と赤葡萄酒《ワインレッド》の色あいに美しく染まっていた。

家の前は、細長い庭だった。二人がやってきた小径に木戸があり、庭へ通じている。庭の一辺は家に面し、あとの三方は古い石垣に囲まれていた。石垣は苔や草、羊歯がしげり、草色の高い土手のようだった。庭の左右には、大きな暗いえぞ松が棕櫚《しゅろ》のような枝をさしかわして庭をおおっている。しかし家のむこうはこぢんまりしたまき場で、二番刈りのクローヴァーが青々としていた。まき場の斜面をくだると、青いグラフトン川が湾曲して流れている。見わたすかぎり家も開墾地もなく、羽毛のような葉をつけた若もみの丘と谷が広がるばかりだった。

「ルイスさんて、どんな人かしら」ダイアナは思いめぐらすように言いながら木戸をあけ、庭へ入った。「変わった人らしいけど」

「それならおもしろい人よ」アンはきっぱり言った。「変わった人って、ほかの点はともかく、おもしろいことだけはたしかよ。さっき、魔法の宮殿にむかうみたいだって言ったでしょう。やっぱり小妖精《エルフ》は、意味もないのにこの小径に魔法をかけたりしなかったのね」

「ラヴェンダー・ルイスさんって、魔法をかけられたお姫さまとは、ほど遠いわよ」ダイアナが笑った。「オールドミスで……四十五歳、髪も真っ白らしいわ」

「まあ、それも魔法にかけられているだけよ」アンは自信ありげに言った。「心のなかは、今も若くて美しいのよ……魔法をとく方法さえわかれば、まばゆいばかりの美しさにもどるの。でも、その方法は、私たちにはわからないの……王子様だけが知っているのよ……ミス・ラヴェンダーの王子様は、まだあらわれないのね。王子様の身に、すれ違いの運命でもふりかかったんだわ……でもそれじゃあ、おとぎ話の決まりと違うわね」

「残念ながら、王子様はとっくの昔にあらわれて、もう去っていったのよ」ダイアナが言った。「スティーヴン・アーヴィング……つまりポールのお父さんと婚約していたの……二人がまだ若かったころ。でも、喧嘩して、別れたのよ」

「しっ」アンが注意した。「ドアが開いているわ」

二人はつたのしげる玄関ポーチで足をとめ、開いているドアをたたいた。すると中からぱたぱた足音がして、なんとも風変わりな少女があらわれた――年のころは十四歳くらい、そばかすだらけの顔に、獅子っ鼻、「耳から耳まで」（4）ありそうな大きな口、金髪を長い二本の三つ編みに下げ、その両方にとてつもなく大きな青いリボンを結わえていた。

「ルイスさんはいらっしゃいますか」ダイアナがきいた。

「はい、おいでです、お嬢様。お入りください、お嬢様……こちらです、お嬢様……おかけになって……お嬢様。お客様がいらしたと、ミス・ラヴェンダーに伝えてまいります、お嬢様。お二階にいらっしゃるんです、お嬢様」

こうしてお手伝いの小さな女の子はさっと姿を消した。アンとダイアナは二人きりになると、喜々として室内を見わたした。このすてきな小さな家は、外観におとらず内部もまことに興味深かった。

天井は低かった。小さな四角いガラス窓が二つあり、フリルをよせたモスリンのカーテンがかかっている。家具はなべて古風だったが、手入れがゆき届いて趣味がよく、馥郁《ふくいく》たる効果を生みだしていた。しかし正直にいうと、秋空のもとを四マイルも歩いてきたすこやかな若い娘たちにとって、一番魅力的だったのは、食卓の料理だった。淡い空色の食器をしつらえ、数々のごちそうが並んでいたのだ。しかも、金色に色づいた小さな羊歯をテーブルクロスいっぱいに散らし、アンなら「祝祭の雰囲気」(5) とでも言いそうだった。

「ミス・ラヴェンダーは、夕食のお客さんを待っているのね」アンが小声で言った。「六人分、お皿があるもの。それにしても、さっきの女の子、なんておもしろい子でしょう。小妖精《ピクシー》の国から来た使いみたい。あの子にきいても道はわかったでしょうけど、ミス・ラヴェンダーに会ってみたいものね。いらしたわ」

ミス・ラヴェンダーはもう戸口にたっていた。二人は、驚きのあまり、礼儀作法も忘れて目を見はった。二人は無意識のうちに、今までに見てきた絵に描いたような年輩の独身女性があらわれるものとばかり思っていたのだ――角ばった体つきで、白髪を固く結いあげ、めがねをかけた女性――こんな人があらわれるとは想像もしていなかった。

ミス・ラヴェンダーは小柄で、雪のように白い髪はたっぷりと美しく波打ち、ふくらませたり巻いたりして、ていねいにまとめてあった。顔だちは乙女のようで、桃色の頬に、愛らしい口もと、大きな優しい茶色の目、えくぼもあった――実際にきゅっとくぼむのだ。服はクリーム色のモスリンの上品なドレスで、淡い色の薔薇がとんでいる――この年代の女性には若作りで派手だろうが、よく似あい、そんなふうには思いもしなかった。

「シャーロッタ四世が申しますに、わたくしに御用だそうで」外見にふさわしい声だった。

「西グラフトンへ行く道を教えてください」ダイアナが口をきった。「キンブルさんに食事に呼ばれたんですけど、森で道を間違えて、西グラフトン街道ではなく本道へ来てしまったんです。お宅の門の前を、右でしょうか、左でしょうか」

「左ですよ」ミス・ラヴェンダーは答えながら、ためらうように料理のならぶ食卓を見ていたが、ふと心に決めた様子で声をかけた。

「でも、よろしかったら、夕食をあがっていかれませんか。どうぞ、そうなさってくださいな。キンブルさんのお宅へ着いた時分には、お食事はすんでいますよ。うちでご一緒してくだされば、わたくしもシャーロッタ四世も大喜びですわ」

ダイアナは黙ったまま、どうする、というようにアンを見た。

「喜んでおじゃまします」すぐさまアンは答えた。不思議なミス・ラヴェンダーをもっと知りたいと心に決めたのだ。「でも、ご迷惑じゃありませんか、お客様がおありでしょう」

ミス・ラヴェンダーはまた食卓を見やり、頰を染めた。

「なんて馬鹿な人と思われるかもしれませんね。実際、馬鹿げていて……見られるとお恥ずかしいですわ。もっとも、見られなければなんともありませんけれど。今日は、どなたもいらっしゃいませんの……ただ、お客様が見えるつもりになっていたのです。ごらんのとおり、わたくしは一人ですから、お客様が大好きなんです……気心のあう人なら……でもこの家は道から奥まっていて、めったにお見えにならなくて。シャーロッタ四世も寂しがっているんです。そこで今夜は夕食会を開くつもりで、そのふりをしていたのです。料理をこしらえて……テーブルを飾り……母の婚礼の食器を出して……身なりもおめかししたんです」

ダイアナはひそかに思った。ミス・ラヴェンダーは正真正銘の変人だわ、噂は本当だったのね、四十五にもなった女の人が、夕食会のおままごとをするなんて、小さな女の子みたい！　しかしアンは目を輝かせ、喜々として叫んだ。「ああ、あなたも、いろいろ想像するんですね」

あなた「も」という言い方で、ミス・ラヴェンダーとは心の同類だと打ち明けたのである。

「ええ、想像しますよ」ミス・ラヴェンダーも臆《おく》することなく告白した。「もっとも、わたくしのような年で想像ごっこをするなんて、馬鹿げているかもしれませんが、馬鹿なことをしたいときにできないなんて、いい年をした女が一人で暮らす意味がありませんわ、迷惑をおかけするわけじゃないんですもの。人には埋めあわせが必要ですものね。想像ごっこがなければ、生きていけないと思うくらいです。だけど、めったに人に見られたりしませんよ、シャーロッタ四世も決してよそでしゃべりませんし。でも今日は、あなた方に見られて良かったわ。本当にお客様になってくださったし、お料理もすっかりできているんですもの。客用寝室へあがって、帽子をおいていらして。階段をあがった、白いドアですわ。わたくしは台所へ行って、シャーロッタ四世が紅茶をぐらぐら煮ていないか見てきます。シャーロッタ四世はとてもいい娘《こ》ですが、お茶を煮立たせてしまうことが、よくあるんです」

ミス・ラヴェンダーは、精いっぱいおもてなしをしたいと、軽やかな足どりで台所へ去った。二人が客用寝室へあがると、ドアと同じように室内も真っ白だった。屋根窓に下がるつたを透かして陽が入り、アンの言葉をかりると、幸せな夢のふくらみそうな部屋だった。

「意外なことになったわね」ダイアナが言った。「ミス・ラヴェンダーって、少し変わってるけど、すてきね。年のいった独身女性に全然見えないわ」

「見ているだけで音楽が響いてくるような女性《ひと》ね」アンが言った。

下りると、ミス・ラヴェンダーがティーポットをもって入ってきた。後ろには、いかにも嬉しげなシャーロッタ四世が、熱々のビスケットの皿をささげもっている。

「さあ、お名前を聞かせて」ミス・ラヴェンダーが言った。「若いお嬢さんがいらして嬉しいわ。娘さんたちが大好きですもの。若い人とご一緒すると、若いつもりになりやすいでしょ。だけど」――ここで少々顔をくもらせた――「本当は自分が年をとっていると認めるのがいやなのよ。さあ、お名前は？　うかがっておいたほうが何かと便利でしょう。ダイアナ・バリーに、アン・シャーリー。百年も前から親しいつもりになっていいかしら？　会ったばかりだけど、アン、ダイアナとお呼びしていいこと？」

「もちろんです」二人は声をそろえて言った。

「さあ、お楽にして、すわって、何もかも食べましょう」ミス・ラヴェンダーは幸せそうに言った。「シャーロッタは下座にすわって(6)、鶏肉を盛りわけてちょうだい。スポンジケーキとドーナッツをこしらえて良かったわ。想像のお客様にお菓子を作るなんて馬鹿みたいだけど……シャーロッタ四世はそう思っていますよ、そうでしょ、シャーロッタ。でも結果的には、これで良かったわ。もちろん、作った料理は無駄にしませんよ、シャーロッタ四世といく日もかけて頂きますの。だけど、スポンジケーキは、寝かせておくほどおいしくなるお菓子ではありませんからね」

それは思い出に残る楽しい食事だった。食べ終えて、一同が庭へ出ると、見惚れるような夕焼けが広がっていた。

「こんなにきれいなとこ、見たことないわ」ダイアナは感激してあたりを見渡した。

「どうしてこだま荘っていうんですか」アンがきいた。

「シャーロッタ」ミス・ラヴェンダーが言った。「家にもどって、時計の棚にかけてある小さなブリキの角笛を持っていらっしゃい」

シャーロッタ四世は、スキップしてかけていき、角笛をもってきた。

「吹きなさい、シャーロッタ」ミス・ラヴェンダーが命じた。

シャーロッタが一吹きしたところ、耳ざわりな騒々しい音がした。そしてしばしの静寂の後——川むこうの森から、美しいこだまが次々と返ってきたのだ、心地よく、不思議な、銀色の調べは、まるで「小妖精《エルフ》の国の角笛」(7)が夕陽にむかっていっせいに吹き鳴らされたようだった。アンとダイアナは感動のあまり声をあげた。

「シャーロッタ、次は笑いなさい……大きな声で」

シャーロッタは石のベンチに立ちあがり、心から楽しげに大声で笑った。たとえミス・ラヴェンダーが逆立ちしなさいと命じても、彼女なら言われたとおりにしただろう。すると、またこだまが次々と返ってきた。大勢の小妖精《ピクシー》(8)たちが、紫に染まる森やもみに囲まれた丘のふもとで、シャーロッタを真似て笑っているような響きだった。

「どなたも、わたくしのこだまに感心なさるんです」ミス・ラヴェンダーは、こだまを自分の持ち物のように言った。「こだまは大好きよ、いい話し相手になってくれるもの……もっとも、少しは想像力がいりますけどね。穏やかな夕暮れどきに、シャーロッタ四世と外へ出て、ここにすわって、こだまを楽しむのです。シャーロッタ、角笛を元のところにかけておいてね、よく注意して」

「なぜシャーロッタ四世というんですか」ダイアナがたずねた。気になって仕方なかったのだ。

「ほかのシャーロッタと間違えないためですわ」ミス・ラヴェンダーは真面目な顔をした。「あの姉妹はそっくりで区別がつかないのです。あの子は本当はシャーロッタでなくて……ええと……何だったかしら、レオノーラ……そう、レオノーラだわ。理由はこういうわけなんです。十年前に母が亡くなったとき、わたくし一人ではこの家に住めないし……といって一人前の娘さんを雇う余裕もなかったので、まだ小さかったシャーロッタ・ボウマンに来てもらったんです。食事と寝室と服を提供するかわりに、家事をしてもらうんです……その子がシャーロッタ一世ですわ。ちょうど十三歳で、十六になるまでおりましたけど、ボストンへ行ってしまいました。あちらのほうがいい働き口がありますからね。次にその妹が来たんです、ジュリエッタといってね……母親のボウマンさんは、おしゃれな名前がお好きだったのね……ところがその子は、シャーロッタと瓜《うり》二つで、ついシャーロッタと呼んでしまって……でもいやがりませんでしたわ。だからわたくしも本当の名を覚えるのをやめてしまったんです。その子がシャーロッタ二世です。でも町へ行ったので、今度はエヴリーナが来て、それがシャーロッタ三世。そして今いる子がシャーロッタ四世です。あの子も十六になれば……今は十四歳ですけど……ボストンへ行きたがるでしょうね。そうなったら、どうすればいいんでしょう。シャーロッタ四世はボウマン姉妹の末っ子で、しかも一番いい子なんです。姉さんたちは、わたくしが空想ごっこをすると馬鹿みたいという顔をしましたが、シャーロッタ四世は決してしませんよ。内心ではそう思っていたとしてもね。そんなそぶりをされなければ、どう思われようと、わたくしは気にしないんです」

「そろそろおいとましなくては」ダイアナは傾いていく夕陽をながめながら、名残惜しげに言った。「暗くなる前にキンブルさんの家にうかがいたいので。ルイスさん、とても楽しかったです」

「またいらしてくださいね」ミス・ラヴェンダーが頼んだ。

背の高いアンは、小柄なミス・ラヴェンダーに片腕をまわして抱き、「もちろん、うかがいます」と約束した。「お近づきになれたんですもの、もういやになったとおっしゃるくらい来ますよ。では、もう行かなくては……『わが身を引きさくように、別れねばならぬ』(9)、ポール・アーヴィングは、グリーン・ゲイブルズから帰るとき、いつもこう言うんです」

「ポール・アーヴィングですって」ミス・ラヴェンダーの声色がかすかに変わった。「どなたかしら。アヴォンリーにそんな名前の人は、いなかったと思うけど」

アンは自分のうかつさに冷や汗をかいた。ミス・ラヴェンダーの遠い昔の恋物語《ロマンス》を忘れて、ついポールの名を口にしたのだ。

「ポールは私の教え子で、まだ小さいんです」アンはゆっくり説明した。「去年ボストンから来て、おばあさんと暮らしています。海岸通りのアーヴィング夫人の息子なの？」

「というこことは、スティーヴン・アーヴィングの息子なの？」ミス・ラヴェンダーはたずねたが、自分の名と同じラヴェンダーのふち植えにかがみ、表情を隠した。

「はい」

ミス・ラヴェンダーは、返事が聞こえなかったように明るくふるまった。「ラヴェンダーの花をつんで、一束ずつ、さしあげましょう。いい匂いでしょう。母が好んで、昔、花壇のふちどりに植えたんです。父もそれは好きで、わたくしの名前にしたのですよ。父が初めて母に会ったのは、東グラフトンにある母の実家でした。父は、母の兄をたずねて泊まりに来たのです。そして母を一目見るなり、恋におちたんです。その晩、客用寝室に泊まった父は、ラヴェンダーがほのかに香るシーツに、一晩中まんじりともせずに横たわり、母を想ったんですって。それからというもの、父はいつもラヴェンダーの香りを愛していました……そんな思い出があって、娘の名前にしたんですね。お嬢さんがた、忘れずに、またすぐにいらしてね。わたくしもシャーロッタ四世も、首を長くしてお待ちしていますよ」

ミス・ラヴェンダーはもみの木のところで木戸をあけ、二人は出ていった。ミス・ラヴェンダーはにわかに年老い、疲れて見えた。表情から明るさと輝きが失せたのだ。それでも別れのあいさつを交わしたときは、まだ笑顔も先ほどと変わらず若々しく愛らしかったが、二人が小径の最初の角でふりかえると、庭のなか、銀色の葉がひるがえるポプラの下で、古い石のベンチに腰かけ、力なく頬づえをついていた。

「寂しそうね」ダイアナがしみじみと言った。「しょっちゅう会いに行ってあげましょう」

「ご両親は、なんてぴったりの名前をつけたんでしょう、これよりふさわしい名前はないわ」アンが言った。「ご両親にセンスがなくて、エリザベスとか、ネリーとか、ミュリエルなんていう名前をつけたとしても、それでもラヴェンダーと呼ばれたと思うわ。ラヴェンダーという名は可憐で、昔風のしとやかさがあって、『シルクの装束《しょうぞく》』（10）を思わせるもの。それにひきかえ私の名前ときたら、パンにバター、つぎはぎ細工《パッチワーク》に家事なんてものしか思いうかばないわ」

「まあ、そんなことないわ。アンという名前は、本当に威厳があって、女王様のようよ

(11)。でも、たとえケレンハパッチ(12)という名前でも、きっとアンを好きになったわ。名前って、持ち主の人がら次第で、美しくもなれば醜くもなるのね。今はジョージー、ガーティって聞くとぞっとするけど、パイ家の女の子たちを知る前は、すてきな名前だと思ってたもの」

「すばらしい考え方ね」アンは夢中になって言った。「美しい生き方が、その人の名前を美しいものに変えるのね、最初はきれいな名前に思えなくても……やがてまわりの人たちは、その名を聞くだけで、優しく心地よい気持ちになって、名前がもともとすてきじゃなかったことなんて、考えもしなくなるんだわ。ダイアナ、どうもありがとう」

# 第22章　人それぞれの近況

「それじゃあアンは、石の家でラヴェンダー・ルイスにごちそうになったのかい」明くる日、朝食をとりながらマリラが言った。「どんなふうだったかい。最後に会ったのは、かれこれ十五年も前だ……あれはグラフトン教会の日曜礼拝だったよ。あの人も随分変わったろうね。デイヴィ・キース、ほしいものに手が届かないなら、とってくださいと言うんだよ。食卓に乗り出して、みっともない。ポール・アーヴィングがうちでごはんを食べて、そんな真似をしたかい」

「ポールは、ぼくより手が長いんだもん」デイヴィはぼやいた。「ポールは十一年かけて腕をのばしたのに、ぼくはまだ七年だよ。それにとってちょうだいって頼んだのに、マリラとアンはおしゃべりに夢中で、気づかなかったんだもん。そいから、ポールはうちでお茶は飲んだけど、ごはんは食べてないよ。朝ごはんにくらべたら、お茶はずっとお行儀よくできらい。朝ごはんの半分もお腹が空いてないもん。朝ごはんは、晩ごはんからずっとたってるんだよ。ねぇ、アン、ぼくは去年よりずっと大きくなったのに、お匙はちっとも大きくならないね」

アンは、かえでの糖蜜《メイプル・シロップ》（1）をとり、デイヴィの気のすむよう、匙に二杯かけてやると、話にもどった。「ミス・ラヴェンダーが前はどんなだったか、もちろん私は知らないけど、なぜだか、そんなに変わっていない気がするの。髪は雪のように白いわ、でも顔は若々しくて娘さんのようよ。優しい茶色の目で……それはすてきな色あいよ、焦げ茶に金色の光がきらきらして。声だって、白い繻子《サテン》の衣ずれと、せせらぎの音と、妖精の鈴の音《ね》を一つにあわせたようだわ」

「若い時分は、大した別嬪《べっぴん》さんで評判だったよ」マリラが言った。「それほど懇意《こんい》ではなかったが、私の知る限りではいい人だったね。もっとも、当時から変わり者だと言う人はいたがね。デイヴィ、今度そんな真似をしたら、あんたのごはんはみんながすんでからだよ、フランス人みたいに」

双子がいると、デイヴィを叱るために、アンとマリラの話はしばしば中断した。このときのデイヴィは、皿のメイプル・シロップを最後まで匙ですくえないので、嘆かわしいことに、皿を両手で持ちあげ、桃色の小さな舌でなめたのだ。アンがあきれ果てた顔をしたので、さすがの小さな罪人《つみびと》も顔を赤らめつつ、なかば恥じ入り、なかば口答えするように言った。

「だってこうすれば、シロップが無駄にならないよ」

「ミス・ラヴェンダーのことだけど、ほかの人と違うと、往々にして変人と言われるのよ」アンが言った。「たしかにミス・ラヴェンダーは人と違うわ。どう違うか、うまく言えないけど、おそらく年をとらないタイプなのね」

「同年輩がみんな年をとるなら、一緒に年をとったほうがいいと思うがね」マリラは、ミス・ラヴェンダーについて言うところを、代名詞を世間一般の人のようにして語った。

「そうでなきゃ、どこへ行こうと、人とうまくつきあえないよ。あんたの話を聞くと、ラヴェンダー・ルイスは、世間からとり残されたようだね。あんな辺鄙《へんぴ》なとこに住んでいるから忘れられたんだよ。あの石の家は、島でも一番古い家の一つでね、ルイスのおじいさんが八十年前にイングランドから来て建てたんだよ。デイヴィ、ドーラのひじを揺さぶるのはやめなさい。この目で見たよ！　やってないふりをしようったって、だめだ。どうして今朝はそんなに行儀が悪いんだい」

「きっと、悪いほうからベッドをおりたんだよ」デイヴィが言った。「ミルティ・ボウルターが言うんだよ、悪いほうからおりると一日中ついてないんだって。おばあちゃんが教えてくれたんだって。だけど、どっちがいいほうなの？　それにベッドが壁にくっついてたらどうするの？　ぼく知りたいな」

マリラは、デイヴィにかまわず話を続けた。「ずっと気になっていたんだが、スティーヴン・アーヴィングとラヴェンダー・ルイスは、どうして仲違《なかたが》いしたんだろう。二十五年前はちゃんと婚約していたのに、突然、破談になったんだよ。何があったか知らないが、よほどひどいことがあったんだね。それからアーヴィングは合衆国へ行って、一度も帰っちゃ来ないんだから」

「後になってみると、少しも大したことじゃなかったかもしれないわ。人生は、小さなことのほうが、大きなことよりも厄介を引きおこすのよ」人生への深い示唆が、ふとアンにひらめいたのだった。それは経験をつめば得られるわけではなかった。「ミス・ラヴェンダーの家へ行ったことは、リンドのおばさんに言わないでね。根ほり葉ほり聞かれるに違いないもの。なぜだか、そんなのいやなの……ミス・ラヴェンダーもおいやだと思うわ、そんなことが耳に入ったら」

「レイチェルのことだ、興味津々になるね」マリラも認めた。「だけどあの人も、前ほど人の世話を焼く暇はないんだよ。トーマスの看病で家を空けられないからね。レイチェルはすっかり気落ちしているよ。もう治るまいとあきらめかけているんだよ。トーマスに万が一のことがあれば、一人ぼっちになるからね。子どもたちはみんな島を出て西部に住みついてしまったし、一人、イライザが町にいるけど、レイチェルは、あのお婿《むこ》さんが気に入らないんだよ」

マリラの言い方はイライザに批判的だったが、イライザ本人は夫を好いていた。

「トーマスも元気を出して、治そうと気あいでも入れれば良くなるのにって、レイチェルは言うんだが、骨なしのくらげに、しゃんとおすわりと言うようなもんで、どうしようもないよ」マリラは続けた。「トーマス・リンドという男は、気あいを入れたことなんか一度もないんだからね。結婚するまでは母親に牛耳《ぎゅうじ》られ、結婚後は女房の言いなりだ。よくもレイチェルの許しもなしに病気になったもんだよ。だけどこんなことを言ってはいけないね、レイチェルは、トーマスにとっちゃ、ずっといい奥さんだったからね。レイチェルがいなかったら、トーマスはろくな男にならなかった、それはたしかだよ。あの男は、人の言いなりになるよう生まれついたんだから、レイチェルのような頭のいい、やり手の奥さんに面倒を見てもらって良かったよ。トーマスも、レイチェルのやり方に不満はないしね。何かにつけて自分で決める手間が省けたんだから。デイヴィ、くねくねするんじゃありません、うなぎみたいじゃないか」

「することがないんだもん」デイヴィは口答えした。「お腹いっぱいで、もう食べられないし、マリラとアンが食べるのを見ててもつまんないよ」

「じゃあ、ドーラと表へ行って、めんどりに小麦をやっとくれ」マリラが言った。「ただし、白いおんどりの尻尾をもう抜くんじゃないよ」

「インジアンの頭飾りをこさえるから、羽根がほしいのに」デイヴィがふくれた。「ミルティ・ボウルターは、かっこいい羽根飾りを持ってるんだ。七面鳥の羽根なんだよ。お母さんが年寄りの白い七面鳥をしめて、くれたんだって。だから少しちょうだいよ。おんどりだって、あんなにいっぱい羽根があるんだよ」

「羽根ばたきの古いのをあげるわ、屋根裏にあるのよ」アンが言った。「その羽根を、染めてあげましょう、緑に、赤に、黄色よ」

デイヴィは顔を輝かせて、おすまし顔のドーラについて出ていった。

「アンったら、あの子を甘やかしてだめにするんだから」マリラが言った。六年前にアンが来てより、マリラの教育は格段に進歩したが、子どもの願望を何でも聞くのはよくないという意識は抜けていなかった。

「同級生の男の子がみんな持っているもの、デイヴィも羽根飾りをほしいのよ」アンが言った。「どんな気持ちか、よくわかるわ……女の子たちが一人残らずパフスリーブを着ていたころ、私もどんなに着たかったたか、忘れることはないでしょうよ。それにデイヴィはだめになってないわ。日ましにいい子になって、一年前に来たころとくらべると、どんなに変わったことか」

「たしかに学校へ行くようになって、手のつけられない悪さはしなくなったね」マリラも認めた。「男の子と遊ぶようになって、そんな気もうせたんだろうね。ところで、リチャード・キースから何も言ってこないが、どうしたんだろう。五月から音沙汰《おとさた》なしだ」

「おじさんから手紙が来ると思うと、気がめいるわ」アンはため息をつき、食事の片づけにかかった。「引きとるから双子をよこしてくれ、なんて書いてあるんじゃないかと思うと、手紙が来ても、こわくて開けられないわ」

一か月後、手紙が届いた。しかしリチャード・キースからではなかった。差出人は友人で、リチャード・キースは二週間前に肺病で亡くなったと記《しる》されていた。その差出人はまた遺言の執行人でもあった。キース氏は合計二千ドルをのこした。遺言により、遺産はデイヴィおよびドーラ・キースが相続し、二人が成人または結婚するまでミス・マリラ・カスバートにあずける、その間の利子を養育費にあててほしいとあった。

「人のご不幸で喜ぶなんて罰当たりだけど」アンがまじめに言った。「それにキースさんもお気の毒だったけど、双子を手もとにおいていいんだもの、それは嬉しいわ」

「私はお金がありがたいね」マリラは暮らしむきのことを言った。「おいておきたくても、どうやって養っていこうか算段がつかなくて、とくに大きくなってからが心配だったよ。畑と農場を貸しているお金は、うちの生活費にしかならないし、アンが働いたお金は、一セントたりとも双子には使うまいと決めていたんだよ。今でも、あの子たちに充分すぎるほどやってくれて。猫に尻尾が二本いらないように、ドーラに新しい帽子はいらなかったのに、アンは買ってくれてね。だけど、これでお金の工面はついた、ちゃんと養っていけるよ」

デイヴィとドーラは、グリーン・ゲイブルズで「永遠に」暮らせると聞いて大喜びした。おじの死を聞いても、一度も会ったことがないので、グリーン・ゲイブルズで暮らすことにくらべたら何事でもなかった。しかしドーラには一つ気がかりがあった。

「リチャードおじさんは埋められたの」小声でアンにたずねた。

「もちろんよ、ドーラ」

「お……おじさんは……ミラベル・コトンのおじさんみたいにならないよね」ますます不安げな口ぶりで、声をひそめた。「埋められたのに、おうちのまわりを歩かないよね、アン」

# 第23章　ミス・ラヴェンダーの恋物語《ロマンス》

十二月のある金曜日の午後、アンが言った。「夕方、こだま荘へいこうと思うの」

「雪になりそうだよ」マリラは案じて言った。

「ふり出す前に着くと思うわ、それに今夜はあちらで泊まるの。ダイアナはお客さんがあって行けないけど、今夜あたり、きっとミス・ラヴェンダーは待ちかねていらっしゃるわ。もう二週間、うかがっていないもの」

十月の訪問以来、アンはたびたびこだま荘をたずねていた。ダイアナと馬車で街道をまわることもあれば、二人で森を歩くこともあった。ダイアナの都合がつかないと一人で出かけた。アンとミス・ラヴェンダーには、熱烈な、おたがいを助けあう友情が結ばれたのだ。その友情は、いくつになっても若者のみずみずしい心と魂をもつ大人の女性と、人生の経験不足を、想像と直観的な洞察でおぎなえる少女の間にこそ生まれたものだった。ついにアンは、真の「心の同類」を見い出したのだ。一方、かれんなミス・ラヴェンダーにとっても、これまでは空想の世界にひっそりと隠遁者のように生きてきたが、アンとダイアナが来て、外の世界の健全な歓びと、ときめきをもたらしてくれた。

それは「俗世を忘れ、俗世から忘れられた」（1）ミス・ラヴェンダーが、長らく人と分かちあっていないものだった。アンとダイアナは、小さな石の家に、若さと現実の息吹きを運んできたのだ。そんな二人を、シャーロッタ四世は、いつも満面の笑みで迎えた——笑顔の口もとがますます横にひろがるのは——大好きなアンとダイアナを迎えるためであると同時に、敬愛するミス・ラヴェンダーのためを思えばこそだった。小さな石の家に、これほど「すてきな馬鹿騒ぎ」（2）はついぞないほどだった。この年は、美しい秋が名残を惜しんでなかなか立ち去らず、十一月は十月のようだった。十二月になっても夏めいた陽ざしと靄《もや》が出た。

しかしアンが出かけようという今日にかぎって、十二月がふと、今は冬だったと思い出したように、にわかにくもり、雲がたれこめた。風のない静寂のなか、雪が舞い落ちそうな気配がただよっている。そんな空模様にもかかわらず、アンは心楽しく、灰色に広がる深いぶなの森の迷宮へ歩いていった。ひとりだったが、少しも寂しくなかった。想像をめぐらせながら愉快な道づれと行ったからだ。想像の仲間と楽しく語らうのは、現実世界の会話より機知《ウイット》に富んで魅力的だった。生身の話し相手は、望むような受け答えをしてくれず幻滅することもあるが、「想像ごっこ」ではよりすぐりの妖精《スピリット》たちがみな、こちらの求めることを語り、アンも言いたいことを話せるのだ。そうした目に見えない道づれとともにアンは森を抜け、もみの小径にたどりついた。ちょうどそのとき、羽根のように大きな雪ひらが、はらはらと静かに舞い降りてきた。

小径に入り最初の角をまがると、枝を広げた大きなもみの下に、ミス・ラヴェンダーが立っていた。こっくりした赤の暖かそうなガウンをはおり、銀灰色の絹のショールを頭と肩に巻いていた。

「もみの木の妖精《フェアリー》たちの、女王様みたい」アンが嬉しそうに声をかけた。

「今夜はアンが来てくれそうな気がしたの」ミス・ラヴェンダーはかけよった。「シャーロッタ四世がいないから、よけいに嬉しいわ。お母さんが病気で、今夜は家に帰っているの。アンが来てくれなかったら寂しくて仕方なかったわ……こんな冬の夜は、想像も、こだまも、話し相手には物足りなかったことでしょう。まあ、アン、なんてきれいでしょう」ミス・ラヴェンダーは、はっとしてアンを見あげた。森を歩いてきたアンは頰をほんのり薔薇色に染め、背が高く、ほっそりしていた。「なんてきれいで、なんて若いんでしょう！　十七歳だなんて、すばらしい年ごろね、うらやましいわ」ミス・ラヴェンダーは本音を語った。

「ミス・ラヴェンダーも、心はまだ十七歳ですよ」アンは微笑した。

「私はもうおばあさんよ……というより中年よ。そのほうがもっと嫌ね」ミス・ラヴェンダーはため息をついた。「中年じゃないふりをしてみたり、でも、やっぱり中年だってつくづく感じたり。年をとっていくことを、あきらめて受け入れることができないの、ほかの女の人はそうしているのに。初めて白髪を見つけたときもそうだったけれど、今でも年をとることに抵抗しているのよ。アン、わかろうとしなくていいのよ、十七歳には無理だもの。今日は私も十七歳のつもりになるわ。アンと一緒ならできそうよ。アンはいつも若さをもって来てくれるもの、贈り物のように。今夜は楽しくすごしましょう。まずお食事をして……何を食べたい？　アンが好きなものを頂きましょう。おいしくて、消化に悪そうなものを考えてね」

　その夜、小さな石の家では、浮かれ騒いだ笑い声や楽しげな話し声がしていた。料理を作り、大ごちそうを楽しみ、キャンディをこしらえ、笑い、「想像ごっこ」をして、ミス・ラヴェンダーもアンも大いに楽しんだので、四十五歳の独身女性とまじめな女教師の威厳もどこへやらというほどだった。やがて疲れると、客間の暖炉の前で、敷物《ラグ》に腰をおろした。暖炉の火があたりを柔らかに、ぼんやりと照らしている。炉棚《マントルピース》には、ミス・ラヴェンダーが作った薔薇のポプリ（3）のつぼがおかれ、ふたを開けた器から馥郁《ふくいく》たる芳香がただよっていた。しかし外では風が出て、軒先にひゅうひゅう歌い、またうなり、雪は鈍い音をたてて窓にあたり、何百もの嵐の精が入れてくれと窓ガラスをたたくようだった。

「アンが来てくれて本当によかった」ミス・ラヴェンダーはキャンディをかじった。

「アンがいなかったら、憂鬱《ブルー》になっていたわ……救いようのない憂鬱《ブルー》……深い憂鬱《ブルー》に。

夢を見るのも、想像ごっこも、昼間や明るい陽が照っているときはいいの。だけど暗い夜や嵐の日は役にたたない。そんなときは本物の話し相手がいるのよ。でも、アンにはまだわからないでしょうね……十七歳にはわからないのよ。十七歳なら、夢を見ているだけで、心が満たされるわ。先々には、夢が現実になる未来が待っているんだもの。私だって十七のときは、まさか四十五の自分が、想像でしか人生を満たせない白髪頭のつまらないオールドミスになっているなんて、考えもしなかったわ」

「ミス・ラヴェンダーはオールドミスじゃないわ」アンはミス・ラヴェンダーの憂いに沈む深い茶色の瞳に笑みかけた。「オールドミスになる人は生まれつき決まっているんです……後からなるんじゃないんです」

「生まれつきオールドミスの人もいれば、努力してオールドミスになりとげる人もいるし、無理やりオールドミスにされてしまう人もいるのよ」ミス・ラヴェンダーは、シェイクスピア劇を軽妙にもじった(4)。

「それじゃあ、ミス・ラヴェンダーは、努力してオールドミスになりとげた人ですね」アンがほがらかに言った。「あんまりすてきな独身生活を送っていらっしゃるから、独身女性がみんなミス・ラヴェンダーのようなら、結婚しないのが流行するかもしれないわ」

「私はやるからには、できるだけすてきにやりたいの」ミス・ラヴェンダーは考えながら言った。「独身で生きるなら、すてきなオールドミスになろうと決めたの。人は私を変わり者だと言うけれど、それはただ、これまでのありきたりな独身女性を真似しないで、自分らしいやり方をしているからよ。スティーヴン・アーヴィングと私のこと、もうご存じかしら」

「ええ」アンは正直に答えた。「婚約なさっていたと聞きました」

「そう、婚約していたわ……二十五年も前……人生のはるか昔。次の春には結婚することになっていた。ウェディング・ドレスも縫いあがっていたわ。もっとも、知っていたのは母とスティーヴンだけだったけれど。あの人とは、子どものころからずっと婚約していたみたいなものだったのよ。スティーヴンがほんの男の子だったころ、お母さんにつれられてここへ来ていたの。お母さんは、うちの母に会いに見えたのよ。二度目に来たとき……彼は九つ、私は六つだった……あの人ったら、私を庭へつれ出して、大きくなったら君と結婚することに決めたよって言ったの。『ありがとう』って答えたのを、今でも憶えているわ。彼が帰ると、母に大まじめで言ったものよ。これでオールドミスになる心配がなくなった、ひと安心だって。母ったら、大笑いしたわね！」

「どうしてだめになったんですか」アンは固唾《かたず》をのんで聞いた。

「ほんのささいな、下らない、よくある喧嘩をしたのよ。ありふれた口喧嘩で、信じてもらえないかもしれないけれど、何が原因だったのか、私だって憶えていないくらい。

どっちが悪かったのかもわからないの。始めたのはスティーヴンだったけど、私も馬鹿なことに、あの人をじらして怒らせたのよ。スティーヴンには一人か二人、恋の競争相手《ライバル》がいて、私はうぬぼれたのね。ほかの男の人の気を惹くようなふりをして、少し彼をじらしてやりたかったの。だけどあの人は、神経のはりつめた、感受性の強い人だった。だからおたがいに腹をたてて、別れてしまったの。もっとも私は、仲直りできると思っていたわ。実際、スティーヴンがあんなに早く謝ってこなかったら、仲直りしたかもしれない。可愛いアンに、こんなことを言うのはなんだけど」――ミス・ラヴェンダーは、自分には殺人癖があると告白でもするように、声をひそめた。「私は、むくれて、不機嫌になるたちなの。にこにこしなくていいのよ……本当だもの。すねて不機嫌になるの。あのときも、まだ機嫌が直ってなかったのに、スティーヴンがすぐにもどってきたから、彼の話を聞こうとも、許そうともしなかった。それきりあの人は、二度ともどってこなかった。気位《プライド》が高いから、また謝りに来るなんて、できなかったのね。あの人が来ないので、私はまたふてくされたの。手紙でも書けばよかったんでしょうけど、下手《したて》に出るような真似はできなかった。あの人と同じで、私も気位が高かったの……気位が高くて、おまけに不機嫌になってむくれるだなんて、始末におえない組み合わせなのよ。でも、ほかの人を好きになれなかったし、好きになりたいとも思わなかった。スティーヴン・アーヴィング以外の人と結婚するくらいなら、千年でも独身でいるほうがましだと思ったの。今となっては、何もかも夢のようだわ。アン、そんなに気の毒そうな顔をして……まだ十七歳だから、そんなに同情してくれるのね。アン、そんなに心配しなくていいのよ。胸がやぶれるような失恋はしたけど、私は幸せよ、満足しているわ。もし失恋で本当に心がはりさけるというなら、スティーヴン・アーヴィングがもう帰ってこないとわかったときは、たしかに胸がはりさけそうだったわ。でもね、胸がはりさけるといっても、実際は小説みたいにひどいことにはならないの。歯痛《はいた》みたいなものよ……アンなら、そんなたとえはロマンチックじゃないと思うでしょうね。とにかく、たまにはずきずき痛んで眠れない夜もあるけど、その合間は何ごともなかったように、人生や、夢や、こだまや、ピーナッツ・キャンディを楽しめるの。アンったら、今度はがっかりして。私に興《きよう》ざめしたのね。ついさっきまでは、私が悲劇的な過去に苦しみながら、人前では精いっぱい隠して、にっこりしていると思っていたんでしょう。だけどそれが現実の人生のどうしようもないところであり……最もすばらしいところでもあるの。人生は人をみじめなままにしておかないの。たえず慰めようとするの……そしてそれが、うまくいくのよ……たとえ不幸な気分にひたって感傷的になろうと思っても。このキャンディ、おいしいわね。食べすぎだけど、無茶をしてもっと食べましょう」

ミス・ラヴェンダーはしばし黙っていたが、ふと口をひらいた。

「アンが初めてここへ来た日、スティーヴンの息子のことを聞いて、ショックだったわ。

それからずっと、その子のことを口にできなかったけど、本当は何もかも聞きたかったの。どんな感じの男の子なの」

「あんなに可愛い、優しい子はいないくらいですよ……それにあの子も、想像をするんです、私たちと同じように」

「会ってみたいわ」ミス・ラヴェンダーは独りごとのように静かにつぶやいた。「ここには夢の男の子がいて、一緒に住んでいるの。どこか似ているかしら……私の夢の男の子と」

「ポールにお会いになりたいなら、いつかおつれしますよ」

「会いたいわ……だけど、すぐはだめよ。スティーヴンの子どもに会う心の準備をしておきたいの。喜びよりも苦痛のほうが大きいわ……スティーヴンにそっくりでも……逆にあんまり似ていなくても。だから、ひと月ほどしたらつれて来て」

一か月後、アンはポールをつれて森を抜け、石の家へ行った。すると小径のところでミス・ラヴェンダーにばったり出会った。思いがけない訪問者に、ミス・ラヴェンダーは、にわかに青ざめた。

「では、こちらが、スティーヴンの息子さん」ミス・ラヴェンダーは小さな声で言うと、ポールの手をとり、じっと見つめた。彼は、ぴったりしたおしゃれな毛皮のコートと帽子を身につけ、美しく、はつらつとした男の子らしさがただよっていた。「この子は……お父さんにそっくりね」

「瓜二つだって、みんなに言われます」ポールは心安く話しかけた。

二人の出会いを見守っていたアンは、安堵の吐息をもらした。ミス・ラヴェンダーとポールがたがいを「受け入れた」こと、二人の間に気がねも堅苦しさもないことが見てとれたのだ。ミス・ラヴェンダーは夢物語やロマンチックな想像を好むとはいっても、まともな分別のある大人であり、最初は少々動揺をあらわしたものの、後はそんな感情は見せなかった。まるでどこかの子どもが遊びに来たように、明るく自然にポールをもてなした。一同は楽しく昼下がりをすごし、夕食に、こってりしたごちそうを食べた。あんまり脂っこかったので、アーヴィングのおばあさんが見たら、ポールが死ぬまで胃弱になると恐れおののいて腰を抜かしただろう。

「坊や、またいらっしゃい」別れぎわに、ミス・ラヴェンダーはポールと握手をかわした。

「よかったら、キスしてもいいんですよ」ポールは真顔で言った。

ミス・ラヴェンダーは身をかがめてキスをした。

「どうしてわかったの、私がキスしたいって」ミス・ラヴェンダーはささやいた。

「ぼくのお母さんも、キスしたいとき、おんなじ顔でぼくを見たもの。本当はキスされるのは好きじゃないの、男の子はそうなんですよ。でもルイスさんにはしてほしいの。

もちろんまた来ます。大切なお友だちになってほしいもの、もしお嫌じゃなかったら」

「まあ……嫌だなんてこと、ないわ」ミス・ラヴェンダーはくるりと背をむけ、急いで家に入った。しかしすぐ窓辺にあらわれ、にこやかにさよならと手をふった。

「ミス・ラヴェンダーのこと、好きだな」帰り道、ぶなの森を歩きながら、ポールが言った。「ぼくを見てくれる感じが好きなんだ。石の家も、シャーロッタ四世も好きだよ。おばあちゃんも、メアリ・ジョージャなくてシャーロッタ四世を雇ってくれたらいいのにな。シャーロッタ四世なら、想像の話をしてもおつむがおかしいなんて思わないもの。お夕食もおいしかったね。男の子は食べ物のことなんか考えるものじゃありませんっておばあちゃんは言うけど、お腹が空いたときは考えずにいられないんだ、先生ならわかってくれるでしょう。それにミス・ラヴェンダーなら、男の子が嫌いだと言えば、朝ごはんにおかゆを食べさせたりしないで、好きなものを作ってくれると思うの」――しかしポールは、まことに公平な心がけだった――「でも、それじゃあその子のためにならないね。だけど、たまには違うものを食べるのも、すてきでしょう、先生」

# 第24章　地元の預言者（1）

五月のある日、アヴォンリーにちょっとした波紋がまきおこった。シャーロットタウンの『日刊エンタープライズ』に「アヴォンリー覚え書き」と題された記事が、「観察者」という署名つきで載ったのだ。書き手はチャーリー・スローンではないか、というのがもっぱらの噂だった。チャーリーは以前にも似たような想像をまじえた記事を書いたことがあり、さらには覚え書きの一つが、ギルバート・ブライスに対して冷笑的だったからだ。アヴォンリーの若者社会では、ギルバート・ブライスとチャーリー・スローンは、想像力豊かで灰色の瞳をした乙女の愛情をめぐって、ライバル関係にあると固く信じられていた。

しかし噂というものは往々にして誤っているもので、筆者はギルバートだった。アンに投書するようにそそのかされ、助けを借りて書いたのだ。誰が書いたかわからないように、ギルバートは自分についての覚え書きも一つ入れたのだった。さて、ここでくり広げられる事件に関係があるのは、覚え書きのなかでも、次の二つだ。

「噂によると、ひなぎく《デイジー》が咲く前に、われらが村で結婚式がとり行われるようである。新しく村に来た厚く尊敬される人物が、われらの最も人気のある女性《レディ》を婚礼の祭壇へみちびくであろう」

「われらが著名なる天気予報者アンクル・エイブの予言によると、雷鳴、稲妻をともなう大嵐が、五月二十三日の夕刻七時きっかりに訪れるであろう。嵐は島の広範囲におよぶため、この夕方、外出される方々は、傘とゴムびきの雨合羽を携帯されるように」

「アンクル・エイブは、この春のうちに嵐が来るって、本当に予言していたんだよ」ギルバートがアンに言った。「でも、ハリソンさんがイザベラ・アンドリューズに会いに行っているというのは本当かな」

「それはないわ」アンは笑った。「ハーモン・アンドリューズさんとチェス(2)をしに行っているだけよ。でもリンドのおばさんは、イザベラ・アンドリューズは結婚するに違いない、今年の春は、やけにご機嫌だからねって」

アンクル・エイブのじいさんは、気の毒に、覚え書きを読んで腹をたてた。「観察者」なる人物が、自分を馬鹿にしていると勘ぐったのだ。嵐が来る日時まで予言した憶えはないと怒ってうち消そうとしたが、誰も相手にしなかった。

アヴォンリーでの暮らしは流れるようにすぎ、人生行路も穏やかに営まれていった。「植林」も行われた。改善員たちが植樹祭をとり行ったのだ。改善員は五本ずつ飾り木を植えるか、あるいは人に植えてもらった。今や会員は四十人にのぼり、合計二百本もの若木が植えられた。赤土の畑はどこも、早まきのからす麦《オート》が青々と芽を出していた。林檎の果樹園では花ざかりの大きな枝が広がり、農家をつつみこむように咲いていた。《雪の女王様》も夫のために着飾った花嫁のように(3)、満開の花をまとっていた。アンは窓をあけて眠るのを好んだ。一晩中、ほのかな桜の香りを顔にあびていたかったのだ。とても詩的なふるまいだと思っていたが、マリラに言わせると、夜風に当たって寝るなんざ命にかかわる沙汰《さた》だった。

「感謝祭(4)は、春にお祝いをするべきよ」春の夕暮れどき、アンはマリラに語った。二人は玄関先のあがり段に腰かけ、蛙たちの甘く澄んだ合唱《コーラス》に耳を傾けていた。「何もかも枯れたり眠ったりしている十一月にお祝いするより、ずっといいわ。十一月では無理やり思い出して感謝しないといけないけど、五月なら、感謝せずにはいられないもの……すべてが生き生きとしていることに。たとえ何一つ特別なことはなくてもね。イヴがエデンの園(5)を追放される前は、今の私のような気持ちだったにちがいないわ。ほら、窪地のあの若草は、緑色かしら、それとも金色かしら。花もいっせいに咲いて、風たちはどうにかなりそうなくらいに愉しくて、次にどこへ吹いていいのかわからないくらい。今日は真珠のような一日で、天国と同じくらいすてきだと思うわ」

マリラは恐れおののいた顔で、あたりを心配そうに見わたした。とてつもない天国の解釈が、双子の耳に入らなかったか、たしかめたのだ。するとちょうど双子が家の角をまわってきた。

「今夜はすっごくいい匂いだね」デイヴィは嬉しそうに鼻をうごめかせ、汚れた手に握った鍬《くわ》をふりまわした。庭仕事をしてきたのだ。泥や粘土をこねて大喜びしているデイヴィの情熱を役に立つほうへむけようと、この春、マリラは、デイヴィとドーラに庭の小さな一画をあたえたのだった。二人は庭作りに励んだが、それぞれの性格がよく出ていた。ドーラは、種まき、草とり、水やりを、よく気をくばって、計画をたて、黙々と行った。その結果、彼女の区画は今や青々として、野菜と草花がきちんと小さな畝《うね》をなしていた。しかしデイヴィは夢中になって働くものの、思慮深さに欠けていた。あくせく抜いては鍬を入れ、熊手でかきならし、水をやり、植えかえるので、まいた種が育つひまがなかった。

「デイヴィ坊や、庭はどう?」アンがたずねた。

「ちょっと育ちが遅いみたい」彼はため息をついた。「どうしてかな。ミルティ・ボウルターは、新月《ニュー・ムーン》に種をまいたんだろうって。そんなことをすると何もかもうまくいかないんだって。月の暦《こよみ》が悪いときは、種をまくのも、豚を殺すのも、髪を切るのも、大事なことは何だろうとやっちゃいけないって。ねえ、本当？　ぼく知りたいな」

「一日おきに苗を引っこぬいては、根っこが伸びたか、たしかめたりしなきゃ、ちゃんと育つよ」マリラは皮肉を言った。

「六本しか抜いてないよ」デイヴィは言い訳をした。「根っこに虫がいるか見たかったの。ミルティ・ボウルターが、月のせいじゃなきゃ、虫だって言うんだもん。でも一匹しかいなかったよ。大きくて、むっちりして、くるっと丸まったやつ。そいつを石にのっけて、別の石でぺっちゃんこにしたよ。嬉しくなるほどぐちゃってつぶれたよ。一匹しかいなくてつまんないな。ドーラの畑も一緒に種をまいたのに、ちゃんと育っているね。ということは、月のせいじゃないんだな」デイヴィは考えこんで結論を出した。

「マリラ、あの林檎の木を見て」アンが言った。「まるで人間みたいね。長い両腕をのばして、桃色のスカートのすそを優雅につまみあげているわ、私たちに惚れ惚れしてもらいたいようね」

「あのイエロー・ダッチェス(6)は、毎年たんと実がなるからね」マリラは満足そうに言った。「今年もたくさん実がなるよ。ありがたいことだ……アップル・パイにもってこいだからね」

しかしこの年は、マリラもアンも、そしてほかの誰もが、イエロー・ダッチェスのパイは作れない運命となった。

例の五月二十三日がやってきた——季節を先どりしたように暑い日だった。とくにアンと教え子たちは肩をよせあい、アヴォンリー校の教室で、分数と文法の構文論《シンタックス》に汗水たらしてとりくみ、なおさら暑く感じられた。午前中いっぱい、むっと熱い風がふいていた。ところが午後になると風はやみ、じっとりと重苦しい静けさがひろがった。三時半になると、低い雷鳴が聞こえた。アンはただちに授業を終わりにした。嵐が来る前に、子どもたちを家へ帰さなくてはならない。

一同が校庭に出ると、まだ太陽は明るく照っていたが、暗い影が世界をおおうのをアンは感じた。アネッタ・ベルが不安げにアンの手にしがみついた。

「先生、見て、あの恐ろしい雲！」

目をむけたアンは、驚きのあまり叫び声をあげた。北西の空に、見たこともない大きな黒雲がわきたち、猛烈な勢いで迫ってくる。渦まき、めくれあがるふちがぞっとするほど青白いほかは、不気味なほど黒い。そんな雲が、晴れた青空をかげらせていく様子は、言葉にできないほど恐ろしかった。時折、ひとすじの稲光が走ったかと思うと、雷が荒々しくとどろいた。黒雲は低く、丘の木々の梢《こずえ》にかかりそうだった。

ハーモン・アンドリューズ氏が葦毛馬《あしげ》を猛スピードでかりたて、荷馬車をがちゃがちゃいわせて丘をのぼってくると、学校の前で手綱を引いて馬をとめ、叫んだ。

「アンクル・エイブの予言が、生まれて初めて当たったようだ。嵐が来る時間は、ちと早かったがな。あんな雲、見たことあるかい？　さあさ、子どもたち、わしと同じ方角へ帰る子は、乗った乗った。そうじゃない子は、家まで四分の一マイルより遠いなら、郵便局へかけこむんだ。嵐がおさまるまで、動くんじゃないぞ」

アンは、デイヴィとドーラの手をつかみ、丘を飛ぶようにかけおりた。《樺の道》を抜け、《すみれの谷》と《ウィローミア》を通り、双子の丸々した足でかけられるかぎりに走った。グリーン・ゲイブルズにつくと、もうぎりぎりだった。戸口でマリラと一緒になった。こちらはあひるとにわとりを追いたてて小屋に避難させてきたのだ。そして三人が台所に飛びこんだ瞬間、光という光が消えた。巨大な力が、吹き消したようだった。黒雲が太陽をおおい隠し、夕闇が落ちてきた。と同時に、どん、といきなり雷鳴がとどろき、目のくらむ稲妻が走ったかと思うと、雹《ひょう》が襲いかかるように落ちてきた。外の景色は、激しい雹に真っ白にかき消され、見えなくなった。

大嵐の轟音のなか、木々の枝がさけて家にぶちあたり、窓ガラスはすさまじい音をたてて割れた。三分もすると、西側と北側の窓ガラスはすべて割れ、雹がふりこみ、床につもった。一番小さな雹でも、にわとりの卵ほどもあった。四十五分ほど、嵐はおとろえずに荒れ狂い、経験した者は誰もが忘れられない激しさだった。マリラは恐ろしさのあまり、生まれて初めてわれを忘れてふるえあがった。耳をつんざく雷鳴がとどろくなか、台所のすみで揺り椅子にひざまずき、息も絶え絶えにすすり泣いていた。アンは、紙のように白い顔でソファを窓際から引きよせると、双子を両脇にかかえてすわりこんだ。デイヴィは最初に窓ガラスが割れたところで悲鳴をあげ、「アン、ついに最後の審判が来たの？　ぼく、わざといたずらをしたんじゃないんだよ」と叫び、アンの膝に顔をうずめ、小さな体をふるわせた。ドーラもいささか青ざめていたが、落ちついた様子ですわり、アンの手を握ったまま、声もあげず、身じろぎもしなかった。たとえ地震がおきても、ドーラならとり乱さなかっただろう。

　やがて嵐は、始まったときと同じように、突然、終わった。雹がやみ、雷はごろごろ鳴りながら東へ遠ざかっていった。太陽はまた明るく照り出したが、あたりの様子は一変していた。わずか四十五分で、こうも変わり果てるとは不条理に思えるほどだった。ひざまずいていたマリラは力なく震えながら立ちあがり、揺り椅子に倒れこんだ。顔はやつれ、十歳も老けたようだった。

「みんな無事だったかい」マリラは暗い声で言った。

「もちろんさ」デイヴィが元気いっぱいで声をはりあげた。いつものやんちゃぶりをとりもどしていた。「ちっとも怖かなかったよ……いや、最初だけだったよ。急に来たからね。それですぐに決めたんだ、月曜日にテディ・スローンと決闘をする約束だったけど、やめようって。だけどやっぱり決闘しようかな。ドーラは怖かったかい？」

「うん、少し怖かった」おすまし顔で言った。「でも、アンの手をぎゅっと握って、何度もお祈りを唱えていたの」

「そうか、お祈りという手があったか。思いついてりゃ、したのにな」デイヴィが言った。「だけどね」と勝ち誇ったようにつけ加えた。「お祈りなんかしなくても、ドーラとおんなじで無事だったもん」

アンはマリラに、気つけに効くカシス酒を、グラスになみなみとついだ――カシス酒がどんなに効くか、アンは子どものころの経験で充分すぎるほど知っていた(7)――

それから一同が戸口へ出ると、見慣れない光景がひろがっていた。いたるところ雹が膝までつもり、白い絨毯をしきつめたようだった。軒下と玄関の階段には、雹が吹きよせられ、うずたかくつもっていた。三、四日して雹がとけると、被害の様子が目に見えてきた。畑の農作物と庭の草花は、一本残らずなぎ倒されていた。果樹園の林檎は、花が全部落ちたばかりか、小枝も太い枝もねじ切れていた。改善員たちが植えた二百本の若木もほとんど折れ、さけていた。

「これが一時間前と同じ世界だなんて」アンは茫然自失となった。「こんなにめちゃくちゃにするには、もっと時間がかかるはずなのに」

「プリンス・エドワード島始まって以来だよ」マリラが言った。「まずなかったね。私が娘の時分にもひどい嵐があったが、これにくらべたら、何でもなかったよ。そのうち大きな被害が出てくるよ」

「子どもたちが嵐にあってなければいいけど」アンは案じてつぶやいた。幸い、生徒はみな無事だったと後でわかった。馬車に乗らなかった子はみな、家までの距離にかかわらず、アンドリューズ氏の卓越した助言を聞き入れて郵便局に避難していたのだ。

「おや、ジョン・ヘンリー・カーターが来るよ」マリラが言った。

ジョン・ヘンリー少年はつもった雹をふみわけて歩いてきたが、おびえながらも、なんだかにやにやしていた。

「ああ、こりゃあまた、ひどいことだね、カスバートさん。お宅がみんなご無事かどうか、ハリソンさんが見てこいって言うもんで」

「うちは誰も死んじゃいないよ」マリラはにこりともしないで言った。「家も納屋も壊れなかった。ハリソンさんとこも、ご無事だったらいいんだが」

「へえ、奥さん、あんまし無事じゃないんだ、奥さん。雷にやられてさ。稲妻が台所の煙突に落っこちて、煙穴をつたっておりてきたんだよ、そんでジンジャーのかごをぶっ飛ばしたあげくに、床に穴をあけて、地下室まで落ちたんだ、奥さん(8)」

「ジンジャーはけがをしたの？」アンがきいた。

「へえ、お嬢さん。大けがをして、死んじまったよ」

後でアンは、ハリソン氏を慰めに行った。するとハリソン氏は食卓にむかい、ふるえる手で、色鮮やかな羽をしたジンジャーのなきがらをなでていた。

「かわいそうになな、ジンジャーや、アンに憎まれ口をきくことも、もうないんだよ」悲しみにくれて言った。

アンは、自分がジンジャーのために泣くことがあろうとは想像したこともなかったが、涙が浮かんできた。

「ジンジャーは、わしのたった一人の話し相手だった……それなのに、死んでしまったよ……ああ、こんなに悲しむなんて、わしも馬鹿げた老いぼれだな。なんともないふりをするよ。わしが黙ったら、お悔やみを言うつもりだろうが……それはやめとくれ。慰めの言葉なんかかけられたら、赤ん坊みたいにおいおい泣いちまうよ。恐ろしい嵐だったな。これで、もう誰もアンクル・エイブを笑わなくなるさ。今まで来る来るって予言したのに来なかった嵐が、全部まとめていっぺんに来たみたいだ。大したもんだ、どうやって日にちまでドンピシャリと当てたんだろう。いやはや、この家のありさまといったら。急いで板切れを探してきて、床の穴をふさがにゃならん」

嵐の翌日、アヴォンリーの人々は何も手につかず、おたがいを見舞いあっては被害のほどをくらべてすごした。街道は雹にうもれ、馬車で行き来できず、歩くか、馬に乗るかだった。郵便も遅れて届き、州全土から悪いニュースがもたらされた。家々が落雷にあい、死者、負傷者も出ていた。電話と電信は大混乱し、外で風雨にさらされた若い家畜は大半が死んだ。

この日、アンクル・エイブは朝早くから雹をふみわけて鍛冶屋へ出かけ、丸一日をすごした(9)。彼は得意満面のひとときを存分に楽しんだのだ。嵐が来て喜んだと言うと語弊《ごへい》があるが、どうせ来る嵐なら、あらかじめ予言しておいて――しかも日づけまで当てて良かったと思ったのだ。日にちを予言した憶えはないと怒ったことなど、本人は忘れていた。時間も少々違っていたが、そんなことは大したことではなかった。

夕方、ギルバートがグリーン・ゲイブルズをたずねると、マリラとアンは、割れた窓にせっせと油布《オイルクロス》をはり、釘で留めつけていた。

「いつになったら窓ガラスが手に入るやら」マリラが言った。「午後、バリーさんがカーモディへ行ったところ、どんなに手を尽くしても一枚も買えなかったそうな。ローソンの店でも、ブレアの店でも、朝十時にはカーモディの人たちで売り切れだそうだよ。ギルバート、ホワイト・サンズでも嵐はひどかったかい」

「大変でしたよ。ちょうど学校で、子どもたちと一緒でしたが、怖がって頭がどうにかなる子が出るんじゃないか心配しました。三人が気を失って、二人の女の子がヒステリーをおこして、トミー・ブリュエットにいたっては最初から最後まで金切り声をあげっぱなしでしたよ」

「ぼくは一回しか悲鳴をあげなかったよ」デイヴィは自慢して、それから悲しそうに続けた。「でもね、ぼくのお庭、ぺちゃんこに倒れたの」しかし、ギレアドにはまだ慰めになる香油がある（10）と言わんばかりの調子でつけ加えた。「だけどドーラのお庭もおんなじだからね」

西の切妻の部屋にいたアンが、かけおりてきた。

「ギルバート、聞いた？　リーヴァイ・ボウルターさんのあばら屋に雷が落ちて、焼けたんですって。あちこちで大きな被害が出ているのに、落雷で喜ぶなんて申しわけないけれど。ボウルターさんは、アヴォンリー村改善協会が魔法でわざと嵐をおこしたに違いないと言っているんですって」

「一つたしかなのは」ギルバートは笑いながら言った。「『観察者』が書いた記事のおかげで、天気予報者エイブの名があがったことだね。『アンクル・エイブの大嵐』といって、地元の歴史に残るよ。それにしても、僕らがたまたま記事に書いた五月二十三日に、ちょうど嵐が来るなんて、めったにない偶然の一致だよ。本当に僕が『魔法』で嵐をおこしたみたいで、実のところ、ちょっと気がとがめているんだ。でも、あのあばら屋がなくなるのは喜んだほうがいいよ。せっかく僕らが植えた若木がどうなったか思えば、喜ぶことなんてほかにないからね。十本も助からなかったんだよ」

「そうね、来年の春、また木を植えましょう」アンは、哲学者のように達観して言った。「毎年、春は必ずやってくる……それがこの世界のすばらしいところよ」

# 第25章　アヴォンリーの仰天事《スキャンダル》

アンクル・エイブの嵐から二週間たった六月の晴れた朝、アンは、傷ついた白水仙《ジューン・リリー》の二本を手に、足どりも重く、花壇から裏庭へ歩いてきた。

「マリラ、見て」アンは悲しげに言い、けわしい顔をしたマリラに花をさしだした。緑色のギンガムのエプロンで頭をくるんだマリラは、にわとりの羽根をむしり、家に持って入るところだった。「嵐にあわなかったのは二本のつぼみだけよ……それにしたって傷《いた》んでいるわ……何本かマシューのお墓に持っていきたかったのに。いつもこの白水仙が大好きだったもの」

「私だって花がしおれて寂しいよ」マリラもうなずいた。「だけど、これしきで泣きごとを言うのは申しわけないね。もっとひどい被害が山ほど出ているんだから……果物はもちろんのこと、畑の作物も全滅したんだから」

「でも農家では、またからす麦をまいたわ」アンは慰めるように言った。「ハリソンさんがおっしゃるには、夏の天候がよければ、収穫は遅くなってもよく育つそうよ。私がまいた花も、また芽を出しているわ……だけど、白水仙はもとどおりにならないわね。

かわいそうに、ヘスター・グレイにあげるお花もないの。昨日の夕方、ヘスター・グレイの庭へ行ったら、一本も残っていなかったわ。ヘスターは寂しがるでしょうね」

「そんなことを言うのは、どうかと思うよ。アン、いけないよ」マリラは厳しく言った。「あの人は三十年も前に死んだんだよ。魂はもう天国へ行っているんだから……そう願っているがね」

「それはそうだけど、ヘスターは、この世に残した庭を今でも憶えていて、愛していると思うの。私なら何年天国にいても、地上を見おろして、誰かがお墓に花をそなえてくれるのを見たいわ。それにもし私にヘスター・グレイのようなお庭があれば、たとえ天国へ行っても、庭への愛着が少しずつうすれるのに三十年以上かかるわ」

「わかったよ。じゃあ、せめてそんな話は、双子の耳に入れないようにしておくれ」マリラは説得力にかける反論をとなえながら、にわとりをさげて家に入った。

アンは水仙を髪にさし、小径に続く木戸へ出た。そこで、土曜の朝仕事にとりかかる前のひととき、六月の陽ざしを浴びてたたずんでいた。世界はまた美しくのびてしげり、育っていた。悠久の母なる大自然は、嵐の傷跡をとり去ろうと全力をつくしていた。もとの姿になるには何か月もかかるだろうが、自然の奇跡は着々となしとげられていた。

「今日は一日、のんびりすごせたらいいんだけど」柳の枝に揺れながらさえずる青い小鳥《るりこま》《どり》に話しかけた。「でもね、小鳥ちゃん、私には先生の仕事があって、双子の世話も手伝っているから、怠けていられないの。あなたの声、なんてきれいでしょう。私の気持ちを歌ってくれるのね、私が歌うよりずっと上手だわ。あら、誰かしら」

ちょうど家の小径を、急行貨物の荷馬車ががたごと揺られて入ってきた。前には二人の人物がすわり、後ろには大きなトランクが一つあった。馬車が近づいてくると、御者はブライト・リヴァーの駅長の息子だったが、隣の女性には見憶えがなかった——その小柄な女性は、馬が木戸のところで止まるや、すばやく馬車から飛びおりてきた。きれいで愛らしい人だった。四十歳というよりは明らかに五十に近かったが、頰は薔薇色で、黒い瞳が光っている。つややかな黒髪には、花と羽根を飾ったすばらしいボンネットをかぶっていた。土ぼこりのたつ道を、駅から八マイルも馬車に揺られてきたというのに、帽子箱からとり出したばかり、という言い回し（1）さながらに、ぱりっとした姿だった。

「ジェイムズ・A・ハリソン氏のお宅ですか」その人は、はきはきたずねた。

「いいえ、ハリソンさんはあちらです」アンは驚きのあまり、呆然《ぼうぜん》として言った。

「そうですか。私もこのお宅は、きれいすぎると思いました……ジェイムズ・Aの家にしては、きれいすぎます。もっともあの人が、私の知っているころとは大いに変わったというなら話は別ですけど」小柄なご婦人は元気よくしゃべった。「ジェイムズ・Aが、この集落の女性と結婚するというのは本当ですか」

「いいえ、まさか、そんなこと」アンが後ろめたそうに赤面して叫ぶので、見知らぬご婦人は、まじまじとアンを見つめた。まるでアンがハリソン氏の結婚相手ではないかと、なかば疑っているようだった。

「でも、島の新聞に出てましたよ」誰とも知らぬ美人は言い返した。「記事に印をつけて、友人が送ってくれたんですの……友人というものは、そうしたことをする暇はあるんです。記事の『新しく村に来た人物』というところに、ジェイムズ・Aの名前が書きこんでありました」

「まあ、あの記事はほんの冗談なんです」アンは驚いて息をのんだ。「ハリソンさんは、どなたとも結婚なさいません。たしかです」

「それをうかがって、ひと安心しました」薔薇色の頬のご婦人は、またすばやく馬車の座席によじのぼった。「だって、あの人はもう結婚しているんですから、この私と。まあ、びっくりなさって。ということはあの人、独身のふりをして、あちこちの女性をたぶらかしていたんですね。まあまあ、だけどジェイムズ・A」と、その人は、まき場のむこうの白く細長い家にむかって威勢よくうなずいて見せた。「お楽しみは終わりですよ。この私が来たんですからね……もっとも、あなたが悪さをしたと思わなければ、わざわざ来やしませんでしたけど」そしてアンをふりかえった。「あのおうむは、あいかわらず罰当たりなことをしゃべってますの？」

「おうむは……死んだと……思います」かわいそうに、アンは、息も絶え絶えになって答えた。このときのアンは、仰天のあまり、自分の名前も言えるかどうかわからなかった。

「死んだ！　じゃあ万事うまくいきますわ」薔薇色の頰のご婦人は大喜びで叫んだ。「あのおうむさえいなければ、ジェイムズ・Aぐらい、どうにか扱えますわ」

この謎めいた言葉を残し、その人は喜びいっぱいで去っていった。アンが勝手口へ飛んでいくと、マリラとはちあわせした。

「アン、あの人は誰だい」

「マリラ」アンは大まじめで言ったが、その目はおどっていた。「私、頭が変なように見える？」

「いいや、いつもほどじゃないよ」マリラは皮肉を言っているつもりはなかった。

「それじゃあ、私、ちゃんと目をさましてる？」

「何を馬鹿なことを言ってるんだい。だからさっきの人は誰だったのかい」

「私の頭がおかしくなくて、寝ぼけてもいないなら、あの人は夢と同じものでできている(2)んじゃないわ……本物の人間ね。だってあんなボンネット帽、私には想像できないもの。あの人はハリソンさんの奥さんなのよ、自分でそう言ったわ」

今度はマリラが啞然《あぜん》とする番だった。

「奥さんだって！　アン・シャーリー！　それじゃまたどうして、ハリソンさんは独り者になりすましていたんだろう」

「なりすましてなんか、いないわ、実際のところは」アンは公平であろうとした。「独り者だなんて言ってないもの。ただまわりが勝手に思いこんでいたのよ。ああ、マリラ、リンドのおばさんが知ったら、なんて言うかしら」

夕方、リンド夫人がやって来て、彼女の言い分はわかった。リンド夫人は驚かなかった！　何かがおきるだろうと前々から予感していたというのだ！　ハリソン氏には何かあるぞと、にらんでいたのだ！

「あの男ときたら、女房を捨てたんだよ！」リンド夫人はいまいましげに言った。「こんな沙汰は、合衆国じゃ、記事に載ってそうだが、まさかこのアヴォンリーでおきようとはね」

「奥さんを捨てたかどうか、まだわからないわ」アンが水をさした。ハリソン氏が有罪だと立証されるまでは、友の無実を信じようと決意していたのだ。「まだ真相はわからないもの」

「それはそうだが、じきにわかるよ。このまままっすぐお隣へ行くんだから」辞書には「デリカシー」という言葉があるのだが、リンド夫人はいまだにそれを知らなかった。

「奥さんが来たことは知らなかったことにしとくよ。今日はハリソンさんに、トーマスの薬をとりにカーモディへ行ってもらったから、それを受けとりに行くいというのが、いい口実になる。洗いざらい聞き出したら、帰りによって話してあげよう」

というわけで、アンなら恐れて足を踏み入れないところへ、リンド夫人は突進していった(3)。何があろうと、アンはハリソン氏の家へ行くつもりはなかった。しかし彼女にも人並みの自然な好奇心はあり、夫人が謎を明らかにしてくれるのは、内心、嬉しかった。アンとマリラは、親切なリンド夫人の帰還を今か今かと待ち受けていた。しかし、どんなに待っても無駄だった。その日、リンド夫人はグリーン・ゲイブルズへもどらなかった。夜の九時、デイヴィが、ボウルターの家から帰ってきて、夫人が来ないわけを話してくれた。

「窪地のところで、リンドのおばちゃんと知らないおばちゃんに会ったけど、もうびっくり、二人とも同時にものすごい勢いでおしゃべりしているんだもん！　リンドのおばちゃんにことづてを頼まれて、今晩は遅くなったから失礼するって。ぼく、お腹がぺっこぺこ。四時にミルティの家で夕ごはんを食べたけど、ミルティのお母さんはけちんぼで、果物の砂糖煮もケーキも出してくれなかったの……パンだってほんのぽっちり」

「デイヴィ、よそへ行って、出されたものに文句を言ってはいけません」アンが重々しく言った。「大変お行儀が悪いことです」

「わかったよ……もう言わないよ、心で思うだけにするね」デイヴィはほがらかに言った。「だから何か夕ごはんをちょうだい、アン」

アンはマリラを見た。するとマリラは、アンについて配膳室《パントリー》へ入り、用心してドアを閉めてから言った。

「パンにジャムをつけて、あの子におやり。リーヴァイ・ボウルターの家がどんな食事を出すか、私も知っているからね」

デイヴィはジャムつきのパンを一切れもらうと、ため息をついた。

「結局、世の中なんて、がっかりするもんなんだね。ミルティは猫を飼ってて、ひきつけをおこすんだって……三週間、毎日ひきつけをおこして、とってもおもしろいって言うから、今日わざわざ見に行ったんだよ。なのに、その年寄り猫はひきつけなんかおこさなかったし、ぴんぴんしてたんだ。午後、ミルティとずっとそばで待ってたのに。だけど気にしないよ」デイヴィは晴れ晴れと言った——プラムジャムが知らぬ間に彼の心を慰めたように——「猫はそのうち、ひきつけをおこすよ。毎日していたのがいっぺんに治らないもんね。このジャム、すっごくおいしいね」

デイヴィにとって、プラムジャムに癒せない悲しみなどないのだった。

明くる日曜はどしゃぶりで、ハリソン氏の仰天事が広まり騒動がおきることもなかった。しかし月曜になると、あることないこと、さまざまな話が伝わった。学校もその噂で持ちきりで、デイヴィは家に帰ると山ほど聞かせてくれた。

「マリラ、ハリソンさんに新しい奥さんができたんだよ……ほんとは新しい奥さんじゃないんだけど、二人は長い間、結婚をやめてたんだって。ミルティがそう言ったよ。結婚って、一度したら、ずっと続けなきゃいけないと思ってたけど、そうでもないって言うんだ。いやだったらやめる方法があるんだって。一つは奥さんをおいて遠くへ行くことで、ハリソンさんはそれをやったんだよ。ミルティが言うには、ハリソンさんが奥さんを残して出てったのは、奥さんが物を……それも固い物を投げたからだって。アーティ・スローンは、奥さんがハリソンさんに煙草を吸わせなかったからだって言うし、ネッド・クレイは、奥さんがいつもがみがみ叱ったからだって。ぼくだったら、それしきで奥さんをおいて出たりしないよ。どっしり足をふんばって、断固として言うんだ。『デイヴィの奥さん、ぼくの気のすむようにするんだ、ぼくは男なんだから』ってね。そうすれば奥さんもすぐに黙るって思うんだけどな。でもアネッタ・クレイの話では、奥さんのほうが出ていったんだって。ハリソンさんが入口でブーツの泥をぬぐわないからで、奥さんは悪くないって。今すぐハリソンさんとこに行って、どんな奥さんか見てくるね」

　間もなく、デイヴィは少々落胆して帰ってきた。

「奥さんはいなかったよ……リンドのおばさんと、客間の壁紙を買いにカーモディへ行ったんだって。それでハリソンさんが、アンに来てほしいって。話があるんだって。それからね、床が掃除してあったし、ハリソンさんの髭もそってあったよ。昨日の日曜は大雨でお説教はなかったのにね」

アンが行くと、ハリソン氏の台所は見違えるほどだった。床は清らかに磨きあげられ、部屋の家具という家具も輝いていた。ストーブもつやがあり顔がうつるほどだ。壁は白く塗られ、窓ガラスは陽ざしにきらめいていた。そしてハリソン氏は、食卓のそばに、作業着ですわっていた。ついこの前の金曜までは、さけてやぶれていたが、今はきちんとつぎがあたり、ブラシまでかけてある。髭もこざっぱりとそり、少しばかり残っている髪も、きれいに散髪してあった。

「アン、まあ、おすわり」ハリソン氏は、アヴォンリーの人々がお葬式で話すしめやかな声よりは、二段階ほど明るい口調で言った。「家内のエミリーは、レイチェル・リンドと一緒にカーモディへ行ってな……あいつときたら、レイチェル・リンドともう一生の友だちになっちまった。まいったよ、女とは、わけのわからん生きものだ。そういうわけでな、アン、わしの気楽な生活もおしまいじゃ……すっかり終わったよ。これからは死ぬまで小ぎれいにして、きちんきちんと片づけにゃならん」

ハリソン氏は努めて憂鬱に話そうとするものの、瞳がどうしても嬉しげにきらめき、その努力も無駄だった。

「ハリソンさん、奥さんがもどってきて嬉しいんでしょ」アンは人さし指をふりながら大きな声で言った。「嬉しくないふりなんて、しなくていいのよ。顔を見ればわかるんだから」

ハリソン氏はほっと力をぬき、恥ずかしげに照れ笑いした。

「うん……まあな……わしも少しずつ慣れてきたかな」自分でも認めた。「エミリーが来てうんざりだ、なんてこた言わないよ。男がこうした村で暮らすには、世間の防波堤になってくれる者がいるからな。近所の男とチェスをしたくらいで、その妹と結婚したがっているだの非難されて、新聞に書かれるんだから」

「ハリソンさんが独身のふりをしなかったら、誰も、イザベラ・アンドリューズに会いに行ってるなんて思わなかったわ」アンは厳しく言った。

「独身のふりなんかしとらんぞ。結婚しているかときかれたら、ちゃんと答えたさ。連中が、勝手に独身だと思いこんでただけじゃないか。それにわしも、女房がいるとか、出てったとか、自分から言いたいものか……思い出すとつらかったんでな。しかも女房に逃げられたなんて、レイチェル・リンドの耳に入ってみろ、あのばあさん、大喜びしたよ」

「ハリソンさんのほうが家出したって言う人もいるわ」

「いいや、家内が先に出てったんだよ、アン。おまえさんには、最初から包み隠さず話すよ。わしにも悪いところはあるが、実際以上に悪く思われたくないからな……わしだけじゃない、エミリーもだ。さあ、ヴェランダへ出よう。家のなかは、何もかもきちんとしすぎて、前が懐かしいくらいだ。ま、そのうち慣れるだろうが、庭をながめてるほうが気が休まるよ。さすがのエミリーも、まだ庭は片づける暇がなくてな」

二人がヴェランダに出てくつろいですわると、ハリソン氏は、悲しい身の上話を始めた。

「ここへ来る前、わしはニュー・ブランズウィックのスコッツフォード（4）に住んでたんだ。姉さんが身のまわりの世話をやいてくれたんだが、姉のやり方は、わしにぴったりだったよ。姉さんはふつうのきれい好きだったから、わしの好きなようにさせてくれたんだ……エミリーは、そのおかげでわしがだめになったと言うがな……ところが三年前、姉さんが死んでしまった。亡くなる前に、わしがどうなるか案じて、挙げ句に、結婚するって約束させたんだ。姉さんは、エミリー・スコット（5）なら自分で自由になる財産を持ってるし主婦の鑑《かがみ》のような女だから、嫁さんにいいんじゃないかと言ったんだ。でもわしは『エミリー・スコットが、わしなんかに見むきもするもんか』と言ったのさ。ところが『とにかく聞いてごらんよ』と言うもんだから、姉さんの気を楽にするためと思って、じゃあそうするよと約束したのさ……そこで聞いてみたところ、一緒になってくれると言うじゃないか。生まれてこの方、あんなにびっくりしたことはなかったよ……エミリーみたいに頭がよくて、美人で、可愛い女性が、わしみたいな年寄りと。正直に言うと、最初はなんと運がいいんだろうと思ったさ。それで結婚して、ちょっとした新婚旅行に二週間ばかしセント・ジョン(6)へ出かけて、家へもどってきたら、夜の十時というのに、なんとアンや、三十分もたたないうちに、あの女は掃除を始めたじゃないか……あれれ、アンの顔つきといったら、お前さんは、思ったことがすぐ顔に出るな、印刷みたいだ……あのな、うちに掃除の必要はなかった、そんなに汚れちゃいなかった。もちろん独身のころは散らかしていたが、結婚する前に掃除の女の人を頼んで、きれいにしてもらったし、壁も塗り直して、改装修理もすませていた。エミリーなら、真新しい白い大理石の宮殿へつれてっても、あっという間に古着に着かえて、ふき掃除をおっぱじめるよ。その晩、エミリーは夜中の一時まで掃除をして、翌朝は四時におきて、また始めたんだ。後もずっとその調子だった……わしの知るかぎり、あいつは四六時中、掃除をしていた。みがいて、はいて、ほこりをはたいて、のべつまくなしにやってるのさ。安息日の日曜は手を休めるが、月曜にまた始めるのが待ち遠しくてならんのだ。それがあいつの楽しみなんだから、わしをほっといてくれれば、仕方がないとあきらめもついたさ。ところが、そうじゃなかった。このわしを変えようと、考えたんだな。だがな、今さら習慣を変えられるほど、わしは若くないんだ。家に入るときは玄関でブーツを脱げだの、スリッパにはき替えろ(7)、パイプ煙草は吸うな、吸うなら納屋へ行け、となあ。おまけにわしは、言葉づかいも間違ってたんじゃ。エミリーは前は教師をしてたもんで、我慢できなかったんだな。わしがナイフで物をさして食うのも嫌がった。こんな調子で、絶えずあらを探して、やいのやいの言うんだよ。公平な目で見りゃ、わしもつむじを曲げて直そうとしなかった、直そうとすればよかったものを……欠点を注意されると、頭に来て、むっとふてくされたのさ。それである日、言ってやったんだ。プロポーズしたときは、言葉づかいに文句をつけなかったくせにって。まったく、気のきかないことを言ったもんだ。女というものは、自分を殴った男は許しても、俺とほいほい結婚したくせに、だなんてあてこすられたら、おいそれとは許せないもんさ。そんなこんなで口喧嘩ばかりして、楽しくなかったさ。もっとも、ジンジャーのことがなければ、そのうちおたがいに慣れたかもしれない。ジンジャーが仲違《なかたが》いの元凶なんだ。エミリーはおうむが嫌いでな、ジンジャーの口ぎたない物言いが我慢できなかったんだ。ところがわしにとっちゃ船乗りだった弟の形見で、大事なもんだ。小さいころから可愛がってきた弟だ、その弟が死ぬ前に、ジンジャーを送ってよこしたんだ。そもそもわしは、おうむの言葉づかいで頭に来るなんて、気が知れないよ。もちろん人がののしるのは我慢ならんよ。だが相手はおうむだ。おうむは、聞いた言葉を真似してるだけで、意味なんかわかっちゃいない。わしが中国語を聞いても、ちんぷんかんぷんなのと同じさ。大目に見てやりゃあいいじゃないか。ところがエミリーは、そうは思わなんだ。女というやつは論理的じゃないからな。ジンジャーの乱暴な物言いを直そうとしても、一向にらちがあかない。わしの言葉づかいも直そうとしたが、それもうまくいかない。わしは『見た』を『めた』と言ったり、『あれ』を『あんれ』なんて言うからな。エミリーが直そうと躍起になればなるほど、ジンジャーは乱暴なことを言うし、わしも同じだった。

こんな調子でますます険悪になって、とうとう大事件がおきたんだ。あれはエミリーが、牧師さん夫婦をお茶に呼んだときだった。牧師さんのとこへ別の牧師夫婦も見えてたんで、四人をうちに呼んだんだ。ジンジャーが何をほざいても聞こえないとこへつれてくって約束させられたよ……エミリーはたとえ三メートルの棒を使っても、自分じゃ鳥かごにさわろうとしないからな……もちろん、約束は守るつもりだったさ。家へ来た牧師さんたちに不愉快な言葉を聞かれたくないからな。ところが、ついうっかり忘れちまったんだ……エミリーが、やれ、きれいな衿をつけろだの、言葉づかいに気をつけろだのって、うるさいもんだから、あたりまえさ……それでかわいそうなおうむのことなんかきれいさっぱり忘れちまって、お茶のテーブルについて初めて思い出したのさ。あれは牧師の一人が、食前のお祈りをとなえてる真っ最中だった。ちょうどジンジャーは、食堂の窓の外のヴェランダにいて、大声をはりあげたんだ。たまたまおすの七面鳥(8)が庭に入ってきてな。あいつはおすの七面鳥を見ると、いつものぼせるんだが、あのときはいつにもまして下品なことを叫びやがった。アン、せいぜい笑っとくれ。わしだって正直に言うと、後で何度も笑ったよ。でもそのときはエミリーと同じくらい恥ずかしかったさ。飛んで出て、ジンジャーを納屋へつれてったが、後は食事を楽しむどころじゃなかった。エミリーの顔を見れば、ジンジャーとわしのことで一悶着《ひともんちゃく》あるのは明々白々だったからな。お客が帰ると、わしは牛をつれもどしにまき場へ行って、道々、考えたさ。エミリーに申しわけないと思ったし、あいつへの思いやりが足りなかったなという気もした。それに牧師さんは、ジンジャーが、わしの言い草を真似したと思ったんじゃないか、心配になってきた。つまるところジンジャーは安楽死させるしかないって覚悟を決めたんだ。牛をつれてもどって、エミリーにそう言おうと家に入ったところ、あいつは影も形もない。そしてテーブルに置き手紙があったのさ……小説本のお決まりどおりじゃないか。自分をとるかおうむをとるか、どっちか選んでくれ、私は里に帰る、おうむを処分したと言ってくるまでもどらない、と書いてあったよ。

かっと頭にきてな。そんな日が来るのを待っているなら、未来永劫《みらいえいごう》そこにいろと言って、そのまま押し通した。つまりあいつの荷物をまとめて送り返してやったのさ。そうしたら、まあ、あれこれまわりが言うこと……スコッツフォードは、噂好きという点じゃ、アヴォンリーに負けず劣らず始末におえんよ……しかもみんながエミリーに同情するもんだから、余計に頭に来て意固地になったんだ。こうなったら村を出るしかない、そうでもしなけりゃ心静かに暮らせないと思って、この島へ引っこすことにしたのさ。

子どものころに来たことがあって、気に入ってたんでな。一方のエミリーは、常日ごろから言ってたんだ。陸のはじっこから海に落ちるんじゃないかと、日が暮れたらおちおち外も歩けんような小島（9）に暮らすのはごめんだとな。だから、あいつの逆を行こうと思って、ここへ来たのさ。話はこれで終わりだよ。島へ来てからはエミリーは何も言ってこないし、噂も聞かなかったが、土曜に裏の畑からもどったら、あいつが床を磨いてるじゃないか。しかもエミリーが出てってから食ったこともないうまそうな夕はんが、食卓にならんでいる。まず食事にして、話はそれからにしましょう、とエミリーは言ったんだ……それを聞いて、あいつも男とうまく暮らすこつが多少はわかったなと思ったのさ。というわけで、家内はここにいて、これからも住むことになったよ……ジンジャーは死んだし、この島も思ったより大きいってことがあいつもわかったんでな。おや、エミリーがリンド夫人と帰ってきた。アン、帰らないでおくれ。もうちっとここにいて、エミリーと親しくなっとくれ。土曜にお前さんに会って、すっかり気に入ってな……となりの赤毛のきれいな娘さんは誰なのって知りたがるんだ」

ハリソン夫人はアンを大歓迎して、ぜひ夕食を食べていくように、しきりに勧めた。

「あなたのことは、ジェイムズ・Aからすっかりうかがってますわ。主人がお世話になりました、ケーキを焼いたり、あれこれ面倒を見てくださったそうで。私もできるだけ早く、ご近所の方々とお近づきになりたいんです。リンド夫人って感じのいい方ですわね、とってもご親切ですわ」

六月の美しい薄暮のなか、アンが帰っていくと、ハリソン夫人も一緒にまき場を横切り、送ってくれた。蛍が星のように光り、またたいていた。

「私たちのことは、もうジェイムズ・Aからお聞きでしょうね」ハリソン夫人は打ち明け話をするように言った。

「ええ」

「それでは、私から言う必要はありませんね。ジェイムズ・Aは公平な男ですから、本当のことをお話ししたでしょう。主人だけが悪いわけじゃないんです。私も今はわかりますわ。実家にもどって一時間もたたないうちに、あんなに早まったことをするんじゃなかったと後悔したんです。でも、自分から折れる気にはなれなくて。今ならわかるんです。私は男の人に多くを期待しすぎていたんですね。主人の言葉づかいが悪いだなんて気にして、本当に馬鹿でした。男の人はきちんと家族を養っていれば、悪い言葉を使うくらい、どうってことないんです。一週間にどのくらい砂糖を使ったか、配膳室をごそご探しまわるわけじゃないんですから。今度こそジェイムズ・Aと私は、幸せになれる気がします。『観察者』がどなたなのか知りたいですわ、お礼を言いたいですもの。本当にその方のおかげですわ」

アンは、自分の考えは胸にしまったままだったので、ハリソン夫人は、感謝の念が当の本人に伝わっているとは気づかなかった。むしろアンは困惑していた。冗談で書いた「覚え書き」が、思いがけない結果をまねいたのだ。記事のおかげで、一人の男が妻と和解し、預言者は評判を高めたのだから。

グリーン・ゲイブルズに帰ると、リンド夫人が台所にいて、マリラに一切合切《いっさいがっさい》を話して聞かせていた。

「アン、ハリソン夫人を気に入ったかい？」リンド夫人がきいた。

「ええ、とても。本当に感じのいい人ね」

「そのとおりですよ」リンド夫人は力をこめて言った。「マリラにもそう話していたところでね、ハリソンの旦那は偏屈者《へんくつもの》だが、あの奥さんに免じて大目にみてあげて、奥さんがここで居心地よく暮らせるようにしてあげないとね、まったく。それでは失礼しますよ。私がいないとトーマスが寂しがるんでね。娘のイライザが来てくれて、少しは家を空けられるようになったし、トーマスもここ二、三日は具合がいいけど、私はあの人と長く離れていたくないんだよ。ギルバート・ブライスは、ホワイト・サンズの学校をやめたそうだね。秋には、島を出て、大学へ行くんだろうね」

リンド夫人は油断のない目でアンを見つめたが、アンは、ソファにまどろむデイヴィにかがみ、顔色は読めなかった。アンはデイヴィを抱きあげ、娘らしい卵形の頬を、彼の金色の巻き毛に押し当て、つれていった。階段をのぼると、デイヴィは、力のぬけた腕でアンの首に優しく抱きつき、キスをした。

「アンはとってもよくしてくれるね。今日、ミルティ・ボウルターが石板にこんなことを書いて、ジェニー・スローンに見せたんだよ。

『薔薇は赤い、すみれは青い

砂糖は甘い、あなたは優しい』(10)って。

ぼくもアンのことを、こんなふうに思ってるんだよ」

# 第26章　曲がり角のむこう（1）

　トーマス・リンドが逝《い》った。彼の人生と同じように静かで控えめな最期だった。リンド夫人の看病は優しく、辛抱強く、甲斐甲斐しかった。この夫人も、トーマスが達者なころは、少々つらくあたることもあった。亭主のおっとりして臆病な性格が、歯がゆかったのだ。しかし病気になってからは、こよなく穏やかな声で語りかけ、誰よりも親身に、手ぎわのいい介護をして、徹夜の看病にも何一つ愚痴をこぼさなかった。

「レイチェル、お前はいい女房だった」トーマスが、一度だけぼそりと言った。夕闇せまるころ、レイチェルは夫の枕元にすわり、働き者の手で、老いしなびた夫の青白い手をにぎっていた。「いい女房だった。それにひきかえ、わしは大したものを残してやれなくて、すまないな。母さんゆずりだ。だがな、子どもたちが面倒をみてくれるよ。みんな利口で、何でもできる。おまえはいい母親だった……いい女房だった……」

　そうしてトーマスは眠りについた。翌朝、ほの白い夜明けが、窪地のとがったもみの梢にしのびよるころ、マリラがそっと東の切妻の部屋に入り、アンをおこした。

「トーマス・リンドが亡くなったよ……今、雇いの男の子が知らせに来てね。すぐレイチェルのところへ行くよ」

　トーマス・リンドの葬儀の翌日、マリラは何かしら一心に考えているような妙な様子で、グリーン・ゲイブルズを歩きまわっていた。ときおり、ふとアンのほうを見ては、今にもその何かを言おうとするものの、首をふって口をつぐんでしまう。夕食がすむと、マリラはリンド夫人のところへ出かけた。そして帰ると、東の切妻の部屋にあがった。アンは生徒の練習問題を採点していた。

「リンドのおばさん、今夜はどうなさって？」アンがきいた。

「落ちついて、気持ちもだいぶしずまったよ」マリラは、アンのベッドに腰かけた。マリラの家事道徳の基準からすると、ベッドメイクした寝台にすわるなどというふるまいは許しがたい不作法だった。マリラの精神が、いつになく動揺している証拠だった。

「だけどレイチェルはむやみと寂しがってね。イライザが今日帰ってしまったから……息子さんの具合が悪くて、これ以上、長居できなかったんだよ」

「採点が終わったら、ひとっ走りして、リンドのおばさんとお話ししてくるわ」アンが言った。「今夜はラテン語の作文を勉強するつもりだったけど、後でもできるから」

「ギルバート・ブライスは秋になったら大学へ行くんだよ」マリラは唐突に言った。「アンも行きたいんじゃないのかい」

　アンは驚いて顔をあげた。

「もちろん行きたいわ、でも無理だもの」

「それが、どうにかできるんだよ。かねがね、あんたを大学にやらなくてはと思ってててね。私のために進学をあきらめるのかと思うと、ずっと申しわけないと思っていたんだよ」

「でもね、私はこの家に残ったのが残念だなんて、一瞬たりとも思ったことないわ。とても幸せだったもの……この二年間、楽しかったわ」

「この暮らしに満足しているのはわかっているよ。でも、そんなことが問題じゃないんだ。アンはもっと学問を続けるべきだよ。レッドモンド大学へ一年通うくらいはあんたも貯金したし、家畜を売ったお金で二年めも行けるだろう……それにアンなら、成績優秀で奨学金か何かもらえるだろうし」

「そうね、でも家を出るなんて、できないわ。マリラの目は良くなったけど、マリラ一人に双子をまかせて行くなんて。あの子たちは世話が焼けるもの」

「私一人で面倒をみるんじゃないんだよ。それを相談しようと思ってね。今夜、レイチェルと長いこと話してきたんだが、あの人は先々を案じて、すっかり気落ちしてね。トーマスの遺産があまりないんだよ。八年前に、末の息子を本土の西部でひとり立ちさせたとき、農場を抵当にして借金をしたんだね。ところが後は利子をはらうのがやっとだったんだ。そこへつけてトーマスの病気で何かと費用がかさんで、農場を手放すしかないんだよ。だけど売ったところで、いろんな支払いをさしひくと、大して残らないそうだ。ということはレイチェルは、シャーロットタウンのイライザのところへ行って暮らすしかないんだよ。あの人は、アヴォンリーを出ていくなんて胸がつぶれそうだと言ってね。女もあれくらいの年になると、今さら新しい友だちを見つけるのも、なじみになるのも容易じゃないからね。そんな話を聞いているうちに、ふと思ったんだよ。うちへ来て、一緒に住まないか誘ってみようかって。だけど本人に言う前に、アンに相談しないとね。レイチェルが来れば、アンは大学へ行けるんだよ。どうだい」

「なんだか……あんまりびっくりする話で……わからないわ……本当に……どうしたらいいのか」アンは呆然とした。「でも、リンドのおばさんを呼ぶかどうかは、マリラが決めることよ。マリラは本当に……そうしたいと……思っているの……？　おばさんはいい人だし、ご近所づきあいをするには親切だけど……なんというか……」

「あんたが言いたいのは、あの人には欠点があるってことだろう？　そうだよ、たしかに欠点はあるよ。だけどレイチェルがアヴォンリーから出ていくのを見るくらいなら、もっと悪い欠点でも、我慢するほうがましだと思ってね。レイチェルがいなくなったら、寂しくてやり切れないだろうよ。アヴォンリーでたった一人の親友だからね、いなくなったら、どうしていいかわからないよ。四十五年も隣近所で暮らしてきて、一度も喧嘩したことがないんだよ……もっとも、それに近いことはあったがね。レイチェルが、アンを不器量な赤毛だと言って、あんたが食ってかかったときだよ。覚えているかい」

「もちろん覚えているわ」アンは悔やむように言った。「忘れようにも忘れられないわ。あのときの私ったら、どんなにリンドのおばさんを憎んだことか！」

「あげくにアンときたら、あんな『お詫び』をするんだからね。まったく、手を焼いたよ。どうやって育てたらいいものやら見当もつかなくて、途方にくれたよ。マシューのほうがよほどあんたをわかっていたね」

「マシューは何でもわかってくれたわ」アンは優しい声で言った。マシューのことを語るとき、いつもそうなるのだった。

「レイチェルとは、ぶつからずに、どうにかやっていけると思うよ。つねづね思っているんだが、一軒の家に女が二人いるとうまくいかないのは、一つの台所で、それぞれが自分のやり方を通そうとするからだ。レイチェルが来るなら、二階の北の切妻の部屋をあの人の寝室にして、客用寝室をレイチェルの台所にするよ、ちっともかまわないよ。うちに客用寝室はもういらないんだから。そこにレイチェルは料理のストーブをおいて、手もとに残す家具を入れればいいんだよ。そうすれば住み心地もいいだろうし、好きなようにやれるからね。あの人だって生活するくらいのお金はあるし……子どもたちも面倒をみてくれる……だから私は部屋を提供するだけでいいんだよ。というわけでね、アン、私の気持ちとしては、レイチェルに来てもらいたいんだよ」

「それなら、おばさんにそう言って」アンは即座に答えた。「私もリンドのおばさんがいなくなると寂しいわ」

「レイチェルがうちに来れば、あんたは大学に行けるよ、心配はいらないよ。レイチェルが私の話し相手になってくれるし、双子の世話も、私ができないことは、やってくれる。だから大学へ行けない理由は何もないんだよ」

その夜、アンは窓辺で長い間、考えていた。胸には、喜びと哀惜の念とがせめぎあっていた。突然、思いもかけず、また道の曲がり角にきたのだ——曲がり角のむこうには大学があり、虹色の希望と夢が満ちている。しかし、この角を曲がるということは、たくさんの愛しいものたちを残して去って行かねばならないのだ——この二年間、日々の細々《こまごま》とした家事も、人づきあいも、すべてアンには親しいものになっていた。そうした日常に情熱をそそぎこむことによって、美しさと喜びのあるものへ高めてきたのだ。それに大学へ行くなら、学校をやめなければならない——アンは、生徒の一人一人が可愛かった、出来の悪い子も、いたずらっ子も。ポール・アーヴィングと離れると思うだけでも、レッドモンド大学がそれだけ魅力のある名門かどうか、わからなくなるのだった。

「この二年間、私はいろいろなところへ小さな根っこをおろして、はりめぐらしたのね」アンは月にむかって語りかけた。「だから私が引き抜かれると、小さな根っこが傷んでしまうんだわ。だけど、進学するのが一番ね。マリラが言うように、行けない理由はないんだもの。昔の野心をまたみんなとりだして、ほこりをはたかなくては」

翌日、アンは辞表を出した。リンド夫人は、マリラと本音で話しあい、グリーン・ゲイブルズで暮らそうという申し出を喜んで受けた。しかし夏の間は、今の家にとどまることになった。収穫を終える秋まで、農場は売るわけには行かず、あれこれ準備もあったからだ。

「まさかグリーン・ゲイブルズみたいな街道から奥まったとこに住むことになろうとは、思いもしなかったよ」リンド夫人は一人で息をついた。「だけど実際はグリーン・ゲイブルズも昔と違って、世間から孤立してるわけじゃないからね……アンには友だちが大勢いるし、双子もいてにぎやかだ。とにかくアヴォンリーを離れるくらいなら、井戸の底に住むほうがまだましだよ」

マリラとレイチェルが同居することになり、アンが進学を決めたという二つのニュースは、またたく間に広まり、それまで持ちきりだったハリソン夫人の噂も影がうすくなった。賢人ぶった人たちは、リンド夫人に同居を持ちかけるとは、マリラ・カスバートもむこう見ずなことをしたものだと、首をふった。あの二人がうまくいくはずがないと考えたのだ。どちらも「自分のやり方に固執するたちだから」と、おおかたの予測は悲観的だったが、当の本人たちは一向に気にしなかった。新しい暮らしを始めるにあたって、それぞれにどんな義務と権利があるか、二人ははっきりと明確に理解し、きちんと守る覚悟でいた。

「マリラ、私はあんたに口出ししないよ、だからあんたもそうしておくれ」リンド夫人はきっぱり言った。「双子のことは、私にできることなら何でも喜んでさせてもらうよ。ただし、デイヴィの質問攻めにあうのは勘弁だよ、まったくね。私は百科事典でもなけりゃ、凄腕《すごうで》の法律家でもないからね。アンがいなくなると、その点が、マリラも弱るね」

「場合によっちゃ、アンの答えも、デイヴィの質問に負けず劣らず、奇妙きてれつだったよ」マリラはけろりと言った。「双子のほうこそ、アンがいなくなると寂しがるよ、間違いないよ。だけどデイヴィがあれこれ知りたがるからといって、アンの将来を棒にふるわけにはいかないからね。デイヴィが返答につまるようなことをきいたら、子どもとは姿を見るもので声を聞くものじゃないと言ってやりますよ。私はそう聞かされて育ったんだから。昔の躾だって、当節の妙ちくりんな子育て法と同じくらい効き目はあるよ」

「そうだね、だけどアンのやり方は、デイヴィにはよく効いたね」リンド夫人はほほえんだ。「まったく、あんなにいい性格の子になって」

「もともと悪い子じゃないんだよ」マリラもうなずいた。「双子をこんなに好きになるとは、私も思ってもみなかったよ。もっとも、デイヴィは何とかして自分の都合のいいようにこっちを動かそうとするけどね……ドーラは可愛い子ですよ。だけどあの子は……なんと言うか……その……」

「おもしろみに欠けるんでしょ？　そうですよ」リンド夫人が言葉をおぎなった。「どのページも同じことしか書いてない本みたいだ、まったく。ドーラは、親切で頼りになる大人になるでしょうよ、でも世間をあっと言わせるようなことは絶対におこしませんよ。だけど、そうした人がまわりにいると安心だからね、たとえおもしろみに欠けてもね」

アンが学校をやめて大学へ行くと聞いて、何の悲しみもなく純粋に喜んだのは、ギルバート・ブライスだけだった。アンの教え子たちには、まさに大悲劇《カタストロフィー》だった。アネッタ・ベルは家に帰ってヒステリーをおこした。アンソニー・パイは鬱憤《うつぷん》をはらそうと、売られてもいない大喧嘩を二つ、男の子相手にやらかした。バーバラ・ショーは一晩中泣き明かした。ポール・アーヴィングは、一週間、おかゆは食べないぞと、おばあさんに喧嘩腰で言った。

「だっておばあちゃん、おかゆなんて食べられないよ。何にも喉を通らないかもしれないのに。喉に大きなかたまりがつっかえたような気持ちなの。下校するとき、ジェイコブ・ドネルが見はっていなかったら、きっと泣いて帰ったよ。ベッドに入ってから泣くね。明日は目がはれて、泣いたってわかるかな？　だけど泣けば気が楽になりそうだもの。それでもおかゆは食べないよ。先生とのお別れをこらえるのに、ありったけの精力がいるのに、おかゆと格闘する気力なんて残らないよ。ああ、すてきな先生がいなくなったら、どうすればいいの。ミルティ・ボウルターは、ジェーン・アンドリューズが新しい先生だって賭けてもいいって。アンドリューズ先生もいいだろうけど、シャーリー先生みたいには話が通じないよ」

ダイアナも、すっかり悲観的だった。

「今年の冬は、寂しくなるわ」ダイアナは嘆いた。黄昏《たそがれ》どき、「ほのかな銀色の」(2)月光が桜の枝をすかしてふりそそぎ、東の切妻の部屋を柔らかく夢のような月明かりで満たしていた。その光を浴びて二人の娘が腰をおろし、語らっていた。アンは窓辺の低い揺りいすにすわり、ダイアナはベッドに胡座《あぐら》をかいていた。「アンとギルバートがいなくなるのよ……それにアラン夫妻も。アラン牧師はシャーロットタウンの教会からお声がかかってるの、きっとお受けになるわ。こんなひどいことってないわ。冬の間、ずっと牧師さんがいないのよ、毎週、いろんな牧師候補のお説教を次から次へと聞くはめになるんだわ……半分はつまらないのに」

「東グラフトンのバクスター牧師が、ここに呼ばれなければいいけど」アンははっきり言った。「ご本人は来たがっているけど、気が滅入るようなお説教をなさるんだもの。あの人は昔風の牧師だからって、日曜学校のベル校長先生はおっしゃるけど、リンドのおばさんに言わせると、消化不良以外の何ものでもないって。奥さんが料理下手らしいの。おばさんの話では、三週間のうち二週間もできそこないのパンを食べさせられちゃ、神学がいじけるのも当然だって。アラン夫人はアヴォンリーを離れるのがつらいんですって。新婚の花嫁さんとして来てより、みんなにとても親切にしてもらったから、生涯の親友と別れるような気がするんですって。それに赤ちゃんのお墓もあるでしょう（3）。お墓を残していくなんて、できないとおっしゃって……まだお小さかったものね、たった三か月で亡くなって。赤ちゃんが母親を恋しがるんじゃないか心配なんですって。もちろん、そんなはずはないと頭ではわかっておられるから、アラン牧師に話すつもりはないそうだけど。アラン夫人は毎晩のように、牧師館の裏から樺の木立をそっと抜けて、墓地へ通っているそうよ。赤ちゃんに子守歌を歌ってあげるんですって。ゆうべ、マシューのお墓に早咲きの野薔薇をもっていったら、そんな話をなさったわ。だから私がアヴォンリーにいる間は、赤ちゃんのお墓に花をあげますって約束したの。それに私がここを離れたら、きっと……」

「私が花をおそなえするわ」ダイアナが心をこめて、アンの言葉をついだ。「当たり前じゃないの。アンのために、マシューのお墓にも花をあげるわ」

「まあ、ありがとう。そうしてもらえるなら、お願いしようと思っていたの。ヘスター・グレイもお願いできる？　どうかヘスターを忘れないでね。ヘスター・グレイのことを何度も思い浮かべて想像していたら、不思議なことに、今でも生きているように思えてきたの。森の奥の、涼しくて、しんとして、緑が青々とした小さな庭の片すみにヘスターがいるような気がするのよ。それでこんな想像をしたの。春の夕暮れ、ヘスターの庭へそっと出かけてみたら、どんなだろうって。昼の光と夜の闇にはさまれた魔法の時間よ。ぶなの丘へそっと歩いていけば、ヘスターも、私の足音に驚かないでしょうよ。すると昔のままの庭が見えるのよ。どこもかしこも美しくて、白水仙《ジューン・リリー》や、早咲きの薔薇が花ひらいて、むこうには小さなあずま屋もあって、一面にぶどうのつるが下がっているの。そんな庭に、ヘスター・グレイがいるのよ。優しい目をして、黒い髪が風にゆれているの。ヘスターは庭をそぞろ歩いて、指先でそっと白水仙の花びらにふれて、薔薇に秘密をささやくの。私は静かに近づいていって、手をのばして、声をかけるのよ。『ヘスター・グレイ、お友だちになってくれる？　私も薔薇が大好きよ』って。私たちは古いベンチにすわって少しおしゃべりして、ちょっと夢を見て、うっとりと黙っているの。やがて月が昇って、ふとあたりを見わたすと……ヘスター・グレイも、ぶどうのからんだ小さなあずま屋も、薔薇も、消えているの……ただ、荒れはてた古い庭に草がしげり、白水仙が星のように咲いているだけ。そこへ風がため息をつくように吹くんだわ、悲しそうに桜の枝をゆらして。残された私は、本当のことだったのか、みんな夢だったのか、わからないの」

ダイアナは枕もとへはっていき、ベッドの頭板に背中をつけた。日暮れどきに、こんな薄気味の悪い話を聞かされたときは、後ろに誰かいるのでは、などという想像はできないようにしておいたほうがいいのだ。

「アンとギルバートが二人ともいなくなると、改善協会が下火になるんじゃないか、心配だわ」ダイアナが憂鬱そうに言った。

「そんな心配は全然ないわ」アンは夢の国から現実にもどり、元気よく言った。「改善協会は基礎がしっかりしたもの。とくに年輩の人たちが、とても熱心になったでしょう。この夏は、年輩の人たちが、家の芝生や小径をどんなふうに手入れされるか楽しみだわ。それにレッドモンドへ行ったら、参考になりそうなことを見ておいて、冬に意見書を書いて送るわよ。だからそんなに悲観しないで。それに今のうちに、嬉しがったり喜んだりする時間を、私にちょうだい。いざ、ここを出ていく段になったら、嬉しいどころじゃないでしょ」

「アンは嬉しがっていればいいじゃないの……大学へ行って、楽しいことをして、すてきな新しい友だちを山ほど作るんだから」

「そうね、新しい友だちは作りたいわね」アンは思慮深く言った。「この先、新しい友だちができるかもしれないと思うと、人生はもっと魅力的になるわ。でも、たとえ何人友だちを作っても、幼なじみほど大切な人はいないわ……とくに、黒い目をして、えくぼのある女の子。誰だかわかる？」

「だけどレッドモンドには、頭のいい女の子がたくさんいるのよ」ダイアナはため息をついた。「それにひきかえ、私は馬鹿な田舎娘なんだもの。『わかりまちた』なんて言うし……話をとめて考えれば、ちゃんとわかるんだけど。ああ、この二年が楽しすぎたのね、いつまでも続くはずなかったんだわ。誰かさんは、アンがレッドモンドへ行くんで大喜びよ。一つききたいんだけど……まじめな質問よ。怒らないで、まじめに答えてね。アンは、ギルバートを少しは好き？」

「友だちとしては大好きよ。でも、あんたが考えているような意味では、少しも好きじゃないわ」アンは落ちついて、きっぱり言い切った。自分では真剣に話しているつもりだったからだ。

ダイアナはため息をついた。どういうわけか違う返事を望んでいたのだ。

「アンは、ずっと結婚しないつもり？」

「たぶん……いつかするわ……ふさわしい人に出逢ったら」アンは微笑し、夢見るように月明かりを見あげた。

「でも、どうやってわかるのよ、ふさわしい人に出逢ったって」ダイアナは引き下がらなかった。

「きっとわかるわよ……何か、心に伝わるものがあるわ。私の理想のタイプは知っているでしょ」

「理想は変わることもあるわ」

「私のは変わらないわ。理想を満たさない人なんて、好きになれないの」

「理想の人に逢わなかったら、どうするの」

「そのときは、独身のまま死ぬわ」というのが、アンの明快な返事だった。「そんなこと、ちっとも大変じゃないわ」

「そうよ、独身のまま死ぬのは簡単よ、だけど独身のまま生きていくのがいやなのよ」

ダイアナは、別に人を笑わせるつもりで言ったのではなかった。「ミス・ラヴェンダーのような独身女性になれるなら、そんなに苦にならないわよ。だけど私は無理よ。四十五歳になったら、ころころに肥ってるわ。痩せた独身女性にはロマンスの一つや二つ、あるかもしれないけれど、肥った人は無理よ。そういえばネルソン・アトキンズが、三週間前、ルビー・ギリスにプロポーズしたんですって。ルビーが洗いざらい話してくれたの。ネルソンと結婚すると、お年寄りと暮らさなきゃいけないから受ける気はさらさらなかったけど、あんまりきれいでロマンチックなプロポーズをされて、思わずぐらっと来たんですって。でも、早まったことをしたくなかったから、一週間、考えさせてと頼んだそうよ。ところが二日後、ネルソンのお母さんが裁縫の集まりを開いたので、彼の家に行ったら、客間のテーブルに『礼儀作法全書』という本があって、その〈求婚と結婚の作法〉という章に、ネルソンが言ったのと一字一句違《たが》わないプロポーズが載ってるのを見つけたときの気持ちといったら、なかったって。それで家に帰って、痛烈な断りの手紙を書いたんですって。それからというもの、ネルソンが川に身を投げるんじゃないか、両親が代わりばんこに見はってるそうだけど、ルビーに言わせると、そんな心配はいらないそうよ。だって〈求婚と結婚の作法〉の章には、結婚を断られた人はどうふるまうべきか書いてあったけど、川に身を投げなさいとは書いてなかったんですって。それからウィルバー・ブレアも、ルビーにめろめろに恋わずらいしているのに、ルビーはどうもしてあげられないんですって」

アンは我慢できなくなり身じろぎした。

「こんなことは言いたくないんだけど……友だちを裏切るみたいで……だけど最近のルビー・ギリスって苦手よ。村の学校やクィーン学院へ一緒に通っていたころは好きだったわよ……もちろんダイアナやジェーンほどじゃないけどね。ルビーは去年カーモディで働くようになって、ずいぶん変わった気がするの……とても」

「そうね」ダイアナはうなずいた。「ギリス家の血筋が、ルビーにも出てきたのよ……血筋なんだもの、どうしようもないわ。リンドのおばさんが言ってたけど、ギリス家の娘は歩き方を見るにつけ、話を聞くにつけ、男以外のことを考えているとは思えないって。たしかにルビーは男の子の話しかしないわ。どんなお世辞を言ってくれたか、カーモディの男の子たちがどれほど自分に夢中か、とかね。不思議なことに、カーモディの男の子は本当にルビーに夢中なのよ」この事実を、ダイアナはいささか憤慨しながら認めた。「ゆうべ、ブレアさんのお店でルビーに会ったら、新しい『好きな人』ができたばっかりだって耳打ちしてきたの。でも、誰なのかきかなかったわ。きいてほしくて、じれているんだもの。ルビーはいつもそうなのよ。子どものときから、大人になったら恋人をたくさん作って、お嫁にいくまで思い切り愉快にすごしたいって話してたでしょ。ジェーンとは大違いよ。ジェーンは親切だし、分別はあるし、上品だもの」

「ジェーンのような友だちは貴重ね」アンも同意した。「だけどね」アンは身を乗り出し、枕におかれた、えくぼのあるふっくらした手を優しくなでた。「ダイアナみたいな人はどこにもいないわ。初めて会った夕方のこと、憶えている？　ダイアナの家の庭で、永遠の友情を『誓った』わね。私たち、それからずっと『誓い』を守ってきたのよ……一度も喧嘩しなかったし、冷たくしたこともないわ。ダイアナが愛していると言ってくれたあの日、私の体中にかけめぐった感激は、決して忘れないでしょう。私は子どものころ、いつも、いつも寂しくて、愛情に飢えていたの。私の心がどんなに愛に飢えて、寂しかったか、今ごろになってわかり始めたところよ。私のことを、誰も好いてくれなかった。私に煩《わずら》わされるのを、誰もが嫌がった。だから私は、心のなかの風変わりな想像の国で、ほしくてたまらなかった友だちや愛情を思い浮かべていたの、そうでもしなかったら、どんなにみじめだったか。だけどグリーン・ゲイブルズへ来て、すべてが変わったの。そして、ダイアナに出逢ったのよ。私にとって、あんたとの友情がどれほど大切なものだったか。今ここで、お礼を言いたいの。いつも優しくしてくれて、心から私を愛してくれて、ありがとう」

「これからもずっとずっと、そうよ」ダイアナがすすり泣いた。「誰も……どんな女の子も……アンの半分も愛さないわ。いつか、結婚して女の子が生まれたら、アンという名前にするわね」

# 第27章　石の家の昼下がり

「すごいおめかしして、アン、どこ行くの」デイヴィが聞いた。「そのドレス、すっげえなあ(1)」昼食におりたアンは薄緑色のモスリンの新しい服を着ていた――マシューが亡くなって以来、喪服だったアンが初めて身につけた色物だった(2)。それは彼女によく似あい、アンの顔だちの繊細で花のような肌の色と、つややかな髪の輝きを引き立てていた。

「何度も言ったでしょ、そんな言葉は使っちゃいけません」アンが叱った。「これからこだま荘へ行くのよ」

「ぼくもつれてって」デイヴィが頼んだ。

「馬車ならつれていってあげるけど、今日は歩いていくの。八つの子が歩くには遠いでしょ。それにポールも行くのよ。ポールと一緒じゃ、おもしろくないでしょ」

「いいや、ぼく、前よかずっとポールが好きだよ」デイヴィは、プディングを猛烈な勢いで食べ始めた。「ぼくね、ぐっといい子になったから、ポールがもっといい子でも気にならなくなったの。この調子でどんどんいい子になったら、そのうちポールに追いつくよ、足の長さも、いい子のところも。学校で、ポールは、ぼくたち二年生の男の子にとても良くしてくれるよ。上級生がちょっかい出さないように守ってくれるし、いろんな遊びを教えてくれるんだ」

「そういえば昨日の昼休み、どうしてポールは小川に落ちたの」アンがたずねた。「校庭で会ったら、体中からしずくをたらしているから、すぐ着替えなさいと家に帰して、何があったのかきくひまもなかったの」

「半分はアクシデントだよ」デイヴィが説明した。「最初に頭を水につっこんだのは、理由があるけど、落ちたのは偶然だよ。小川のそばで遊んでたら、プリリー・ロジャーソンが何かでポールに腹をたてたの……プリリーは可愛いけど、意地悪で、おっかないの……それで腹いせにプリリーが言ったんだよ、ポールは毎晩、おばあさんに髪を布に巻いてもらってカールしているくせにって。そんなこと言われてもポールは気にしないけど、グレイシー・アンドリューズが笑ったから真っ赤になってね。ポールのガールフレンドは、グレイシーだからね。グレイシーにべた惚れなんだよ……あの子にお花を持ってきたり、海岸通りまで教科書を持ってあげるんだよ。だからポールは赤かぶみたいに真っ赤になって、そんなこと、おばあちゃんにしてもらわない、生まれつき巻き毛だって言うと、土手に腹ばいになって、泉に頭をざぶんとつけたの、ぬらしてもくるくるしてるって見せるために。もちろん飲み水の泉じゃないよ……」マリラがおぞましい顔をしたので、デイヴィはつけ加えた——「下手《しもて》の小さな泉だよ。だけど土手がぬるぬるすべって、頭から真っ逆さまに落ちたんだ。すっげえ水しぶき……しまった、こんな言葉は使うつもりなかったんだけど……口がすべって間にあわなくて。とにかくすごい水しぶきだったよ。はいあがってきたポールは、ずぶぬれの泥だらけで、すっごくおかしかった。女の子たちは大笑いしたけど、グレイシーは笑わずに気の毒そうにしてたよ。優しいね、だけど団子鼻だからな。大きくなっても、団子鼻の子はガールフレンドにしないよ……アンみたいなすっとした鼻の女の子にするんだ」

「顔中シロップだらけにしてプディングを食べる男の子なんか、女の子は見むきもしないよ」マリラが辛辣《しんらつ》に言った。

「ガールフレンドになってくださいって頼む前に、顔を洗うもん」デイヴィは口答えすると、ねばつく顔を手の甲でぬぐい、きれいにしようとした。「言われなくても、耳の後ろも洗うよ。今朝も覚えてたよ、マリラ。前の半分も忘れなくなったんだから。だけどね……」デイヴィはため息をもらした——「体には、すみっこや裏側がいっぱいあって、全部覚えらんないよ。ミス・ラヴェンダーのおうちにつれてってもらえないなら、ハリソンのおばちゃんのとこへ行こうかな。すごく優しいんだよ。男の子が来たときのために配膳室にクッキーのつぼがあるの。それにプラム・ケーキを焼くときは、まぜたボウルから生地の残りをこそげとって食べさせてくれるよ。ボウルのまわりにプラムがたっぷりくっついてるからね。ハリソンさんは前からいい人だったけど、もう一回結婚したら二倍もいい人になったよ。お嫁さんをもらうと親切になるんだね。マリラはどうして結婚しないの、ぼく知りたいな」

マリラにとって、ひとり身の幸せ（3）でいることは、別に言われて腹の立つことではなかった。意味ありげな目くばせをアンとかわし、結婚してくれる人がいなかったからだよと、にこやかに答えた。

「結婚してくださいって、男の人に頼まなかったんじゃないの？」デイヴィが言った。

「まあ、デイヴィったら」ドーラがすまして言った。驚きのあまり、話しかけられてもいないのに口をはさんだのだ。「男の人が結婚を申しこむものでしょ」

「どうしていつも男なの」デイヴィは不平をこぼした。「なんでもかんでも男がしなくちゃいけないなんて。もっとプディングを食べてもいい？」

「あんたの分は、ちゃんと食べたよ」マリラは言ったが、少しお代わりを盛ってやった。

「プディングがごはんだったらいいのにな。どうしてプディングはごはんにならないの、マリラ、ぼく知りたいな」

「すぐに飽きが来るからだよ」

「本当に飽きるかどうか、試してみたいな」デイヴィは疑い深かった。「でも、全然食べさせてもらえないよりは、魚の日（4）とお客さんの日だけでも出るほうがいいな。

ミルティ・ボウルターの家は、全然出ないんだって。それにお客さんが来ると、お母さんはチーズを出すんだけど……最初にほんの一切れ、それから体裁《ていさい》をつけてもう一切れなんだって」

するとマリラが厳しく言った。「ミルティ・ボウルターが、自分のお母さんをそんなふうに言ったからといって、あんたまで同じことを言わなくていいんだよ」

「なんてこったい」――これはハリソン氏の言い草で、デイヴィはおもしろくてたまらないというように真似してみせた――「ミルティはお母さんをほめてるんだよ。お母さんをとても自慢するの。だってね、お母さんなら岩肌をこそげ落としてでも食べていけるって、村の人が言うんだって」

「あれれ……いたずらなめんどりが、また三色すみれの花壇に入ったな」マリラは慌てて立ちあがり、出ていった。

しかし悪者扱いされためんどりは三色すみれに近づいていなかったし、マリラは花壇など見なかった。地下室へおりる床ぶたにすわりこみ、恥ずかしくなるほど大笑いした。

午後、アンとポールが石の家へ行くと、ミス・ラヴェンダーはシャーロッタ四世と庭で草をむしり、熊手で土をかき、枝を刈り、切りそろえていた。ミス・ラヴェンダーは大好きなフリルとレースの服を着て、晴れ晴れとして愛らしかった。アンとポールがあらわれると庭ばさみをおき、嬉しげにかけよって出迎えた。シャーロッタ四世も、ほがらかに白い歯を見せてにっこりした。

「いらっしゃい。今日はアンが来そうな気がしたの。あなたは昼下がりのような人だもの。今日の昼下がりが、アンをつれてきたのね。同じ類いのものは一緒にやって来るのよ。それさえわかっていれば、いろいろな苦労がなくなるわ。でも、知らない人もいるの……そうした人は、そりのあわないものを一つにしようと骨を折って、せっかくのすばらしい情熱《エネルギー》を無駄使いするのよ。まあ、ポール……大きくなって！　この前来てから、頭半分くらいのびたわ」

「ひと晩で生えるあかざ草みたいに、すくすくのびるって、リンドのおばさんに言われます」ポールは背丈がのび出して素直に喜んでいた。「おばあちゃんは、やっとおかゆの効き目が出てきたって。そうかもしれないけど、神様だけがご存じだね……」ポールは深々とため息をついた――「だって、誰でも大きくなるっていうくらいおかゆを食べたもの。これをきっかけに本当にのびたらいいな。お父さんくらい背が高くなりたいの、六フィート（一フィートは約三十センチメートル）あるんですよ、ミス・ラヴェンダー」

もちろんミス・ラヴェンダーは知っていた。彼女の美しい頰にさっと赤みがさした。ミス・ラヴェンダーはポールの手をとり、もう片方はアンとつなぎ、黙って家へ歩いた。

「ミス・ラヴェンダー、今日はこだまが聞こえそうなお天気ですか」ポールが心配そうにたずねた。初めて来た日は風が強くてかなわず、落胆したのだ。

「そうよ、今日はこだまにぴったりの日和よ」ミス・ラヴェンダーは、昔をしのぶ夢想からわれに返った。「さきに何か食べましょう。二人ともぶなの森を奥まで歩いてきたんですもの、さぞお腹がすいたでしょう。私もシャーロッタ四世も、いつでも好きなときに食べられるの……便利な食欲よ。さあ、配膳室にかけこみましょう。いいことに、おいしいお菓子でいっぱいよ。今日はお客様がある予感がして、シャーロッタ四世と、こしらえたの」

「ミス・ラヴェンダーは、配膳室にいつもすてきな食べ物を用意してるんですね」ポールが言った。「おばあちゃんもそうなんです。でも、間食をしてはいけないという考えだから」ポールは思案顔になった。「おやつはいけないと言われているのに、よそで食べてもいいのかな」

「遠い道を歩いてきたんですもの、いけないとはおっしゃらないわ。いつもとは違いますよ」ポールの茶色い巻き毛ごしに、ミス・ラヴェンダーは愉快そうにアンに目くばせをした。「間食は健康によくないけど、だから、こだま荘ではちょくちょく食べるの……シャーロッタ四世も私も……人がいいと言う食事法にさからって、食べたいと思ったら、昼でも夜でも、消化の悪そうなものを食べるの。それでも私たち、青々とした月桂樹のように元気いっぱいよ(5)。もっとも、つねづね、この悪い癖は直そうと思っているのよ。私たちの好物が良くないという新聞記事を見つけると、切りぬいて、忘れないように台所の壁にとめておくの。でも、どういうわけか忘れてしまうのよ……はっと思い出すと、そのいけないものを食べた後。だけどそれで死んだわけじゃないものね。さすがにシャーロッタ四世は、ドーナッツとひき肉のパイとフルーツケーキを寝る前に食べると、悪い夢を見るそうだけど」

「おばあちゃんは、寝る前は、牛乳をコップ一杯とバターつきパン一切れなら、食べさせてくれるよ。でも日曜の晩は、パンにジャムをつけてくれるの」ポールが言った。「だから日曜の夜は、嬉しいんだ……嬉しい理由は、もう一つあるよ。海岸通りの家は、日曜が長くてなかなか終わらないからだよ。おばあちゃんは、短くてあっという間だ、ぼくのお父さんは子どものころに日曜が長くてうんざりだなんてこぼさなかったって言うけどね。岩辺の人たちと話せるなら退屈しないけど、おばあちゃんが日曜はだめって言うから。だからいろんなことを考えるけど、神様と関係ないことばかりだよ。おばあちゃんは、日曜は宗教のことだけ考えなさいって。だけど先生は前におっしゃったでしょう。どんなことを何曜日に考えようと、本当に美しい考えはすべて宗教的ですよって。だけどおばあちゃんにとっては、考えてもいい宗教的なことといったら、礼拝と日曜学校で教わることだけなの。先生とおばあちゃんの意見が違って、どうしたらいいの。心のなかでは」ポールは胸に手を当て、青い目でひたむきにミス・ラヴェンダーを見あげた。すると彼女の面ざしに、にわかに思いやり深い表情が浮かんだ。「ぼくは先生に賛成なんです。だけどおばあちゃんは自分のやり方でお父さんを育てて、立派なお父さんになったでしょ。一方のシャーリー先生は、子どもを育てたことがないもの。デイヴィとドーラを育てているけど、どんなふうになるか、大人になるまではわからないものね。だからおばあちゃんの言うことを聞いたほうが安心かな」

「私もそう思うわ」アンはまじめに言った。「それにね、おばあさんと私の要点をまとめると、違う言い方をしただけで、本当は同じなのよ。でも、おばあさんに従うほうがいいわ。経験に裏打ちされているもの。私のやり方も同じくらい正しいかどうかは、双子が大きくなるまでわからないものね」

おやつがすむと、そろって庭へ出た。ポールはすっかりこだまと親しくなり、不思議がって大喜びした。一方、アンとミス・ラヴェンダーはポプラの下の石のベンチに腰をおろし、語らった。

「アンは秋になると、いなくなるのね」ミス・ラヴェンダーは沈みこんだ。「アンのためを思えば喜ぶべきだけど……でも、わがままを言うと、寂しいわ。寂しくてたまらないわ。友だちなんて作っても無駄ね。ときどき、そう思うの。友だちを作っても、しばらくすると私の人生から出ていって、傷を残すのよ。友だちになる前の空しい寂しさより、もっとつらいわ」

「そんなことをおっしゃって、イライザ・アンドリューズさんみたい。ミス・ラヴェンダーらしくないわ」アンが言った。「友だちのいない空っぽの気持ちのほうが、どんなことよりもつらいと思いますよ……それに私は、ミス・ラヴェンダーの人生から出ていくわけじゃありません。手紙も書くし、休暇には帰ってきます。少し顔色が悪くて、お疲れのようですね」

「あー、おーい、おーい」ポールは土手に立ち、先ほどから楽しげに大声をはりあげていた――その声はすべてが美しい調べではなかったが、こだまとなって返った声は、すべて川のむこうの妖精の錬金術師が金と銀の音色《ねいろ》に変えてくれた。しかしミス・ラヴェンダーはいらだたしげにきれいな両手をふり、さえぎった。

「何もかもうんざり……こだまも、もうまっぴら。私には何にもない、こだましかないの。それも、失われた希望、失われた夢、失われた喜びのこだまだけ。こだまはきれいだけど、私を嘲笑《あざわら》っているのよ。まあ、お客様にこんなことを言って、どうしようもないわね。自分がどんどん年をとっていくことを、受け入れられないからだわ。六十になるころには、そうとうな偏屈者になっていそうね。水銀丸薬（6）でも、しばらく飲もうかしら」

そこへおやつの後から姿を見なかったシャーロッタ四世がもどってきた。「ジョン・キンブルさんのまき場へ行ったら、北東の角が、早なりのいちごで真っ赤ですよ。シャーリーお嬢様、いちごつみに行きませんか」

「はしりのいちご、お茶にぴったりね！」ミス・ラヴェンダーが声をあげた。「私も自分で思うほど年寄りじゃないわ……水銀丸薬なんて一粒もいらない！　二人がいちごをつんできたら、庭でお茶にしましょう、銀色ポプラ（7）の下で。自家製クリームもそえて、すっかり支度しておきますからね」

アンとシャーロッタ四世はキンブル氏のまき場へ出かけた。人里離れ、緑の青々したところだった。空気はビロードのように柔らかく、すみれの花園さながらに芳《かぐわ》しく、琥《こ》珀《はく》のように金色に透きとおっていた。

「きれいで、すがすがしいところね」アンは深呼吸した。「日光の輝きを吸いこむみたい」

「そうですね、お嬢様。私もそう思います。まったく同じ気持ちがします、お嬢様」シャーロッタ四世はうなずいた。たとえアンが、荒野のペリカンになったような気がすると言っても、同じ返事をしただろう。

アンがこだま荘をたずねた後、シャーロッタ四世は決まって台所上の自分の小部屋にあがり、アンの話しぶり、顔つき、身のこなしを鏡の前で真似してみるのだった。うまくできたとは思えなかったが、学校で教わったように、練習すれば上手くなり、そのうちおぼえるだろうと楽観していた。上品なしぐさであごをあげ、星のように瞳を輝かせ、風に枝がそよぐように歩くこつを。アンを見ていると、いとも簡単にできそうな気がするのだ。シャーロッタ四世はアンを心から崇拝していた。だが美人だと思っているのではなかった。月光のような不思議な光をたたえたアンの灰色の目、赤みがさしたり消えたりする白い頰よりも、ダイアナの深紅の頰と黒い巻き毛の美貌のほうがはるかに好みだった。

「だけども私は、美人になるより、お嬢様みたいになりたいんです」シャーロッタ四世は正直にアンに話した。

アンは笑って、賞賛の甘い蜜だけを味わい、棘《とげ》は捨て去った。賞賛と棘の入りまじったほめ言葉には慣れていた。アンの顔だちについて、世間の意見はまちまちだった。美人と聞いた人は、本人を見てがっかりした。しかし十人並みだと聞いた人は、いざ会うと、人は目がどこについているのかと不思議がった。そしてアン自身は、美人と呼ばれる資格はないと思っていた。鏡をのぞいても、痩せた青白い顔、鼻にはそばかすが七つ、うつるだけだった。なぜなら鏡は、とらえどころがなく、たえず揺れ動く情感が、アンの顔に浮かんだり消えたりして薔薇色の炎から光が揺らめくような風情や、アンの大きな瞳に、夢見る表情とほほえみが代わる代わる浮かぶ魅力を、決してうつし出さないからだ。

厳密な定義からいうと、アンは美人ではなかった。しかし彼女には、名状しがたいある種の魅力があり、その姿はひときわ人目をひいた。アンを見た人は、優しく丸みをおびたこの若い娘のいたるところに未来の可能性をありありと感じ、心地よい満足感をおぼえるのだ。アンをよく知る人たちは、彼女の最大の魅力を、無意識ながらも感じとっていた。それはアンが、将来の可能性というオーラをまとっていることだった——つまりアンには未来を切り拓く力があり、これからおきることを先どりして、その気配のなかを歩いているように見えるのだ。

シャーロッタ四世はいちごをつみながら、ミス・ラヴェンダーが気がかりだと打ち明けた。心根の優しいこの小さな侍女は、敬愛する女主人の具合を心から案じていた。

「ミス・ラヴェンダーは、お元気がないんです、シャーリーお嬢様。何一つ不調はおっしゃいませんよ。だけども、私にはわかるんです。このところ、前とご様子が違うんです……お嬢様がポールをおつれになってから、ずっとです。あの晩、きっと風邪をひかれたんです。お二人が帰られると、庭へお出になって、暗くなっても、長い間、小さなショールを一枚羽織ったきりで歩いておいででした。庭の小径は雪がかなりつもってましたから、体が冷えたんですよ。あの日から動くのも大儀《たいぎ》なご様子で、お寂しそうなんです。なんにも興味がわかないふうで、お客様が見える想像ごっこもなさらないし、そのお支度も、なんにもなさらないんです。多少お元気になられるのは、お嬢様がいらしたときだけ。それにもっと心配なことがあるんです……」シャーロッタ四世は、とてつもなく不可解で恐ろしい症状を打ち明けますよと言わんばかりに、声を落とした――「私が物を壊しても、お叱りにならないんです。たとえば昨日、いつも本棚にある緑と黄色の鉢《ボウル》を割ったんです。おばあさまがイングランドから持って来られたお品で、それは大事になさってました。気をつけてほこりをはたいたんですけど、手がすべって、こんなふうに。とっさに、とっ手をつかもうとしたけども、粉々に割れたんです。申しわけないやら、おっかないやらでした。こっぴどく叱られると思ったんで。だけども、叱られるほうが、まだましでした、あんなお返事しかなさらないなんて。ちょうど部屋へ来られたのに、ろくに見もしないで、『どうってことないわ。破片《かけら》を拾って、外に捨てて』と、これだけなんですよ、シャーリーお嬢様……『破片を拾って、外に捨てて』だなんて、おばあさまがイングランドから持参された鉢じゃないみたいに。よほど具合が悪いんですよ。もう心配で、心配で。ミス・ラヴェンダーのお世話をする者は、私しかいないんですよ」

シャーロッタ四世の目に涙があふれた。アンは、彼女の日に焼けた小さな手を優しくなでた、いちごをいれる、ひび割れたピンクのカップを持つその手を。

「ミス・ラヴェンダーには気分転換が必要ね。ずっとひとりであの家にこもっておいででしょう。ちょっとしたご旅行でも勧めてはどうかしら」

シャーロッタは大げさなリボンの頭を、やるせなさそうにふった。

「だめだと思います。よそのお宅に出かけるのがお嫌いなんです。訪問される親戚は、三軒きりですが、親戚づきあいのお義理で、仕方なくお出かけなんです。この前は家に帰るなり、もう義理でも親戚に行くのはやめたとおっしゃいました。『一人でいるのが一番いいと思って帰ってきたの。もう二度と、安らかで豊かなわが家(8)から出たくないわ』とおっしゃったんです。『親戚は年寄り扱いするもの、ろくなことがないわ』と、こうなんですよ。『ろくなことがない』とおっしゃるんですから、外出を勧めても無駄だと思います」

「じゃあ私たちのほうで何か考えましょう」アンは心に決めたように言って、食べられそうな最後のいちごをピンクのカップに入れた。「夏休みになったらすぐ、丸まる一週間、泊まりに来るわ。毎日ピクニックをして、いろいろなおもしろい想像ごっこをしましょう。お元気になるか、様子を見ましょう」

「すばらしいことですね、シャーリーお嬢様」シャーロッタ四世は有頂天になって叫んだ。ミス・ラヴェンダーのために、そして自分のためにも嬉しかったのだ。たっぷり一週間、四六時中アンを観察すれば、身のこなしもしぐさもおぼえるだろう。

こだま荘に帰ると、ミス・ラヴェンダーとポールは小さな角テーブルを台所から庭へ運び出し、お茶の支度が整っていた。どこまでも広がる青空の下で食べるいちごとクリームのおいしさ。空一面にふわふわした小さな白い雲が浮かんでいる。木々の影がのびてきた森では、木立のざわめきと葉ずれの音が響いていた。

お茶がすむと、アンはシャーロッタを手伝い、台所で食器を洗った。一方、ミス・ラヴェンダーはポールと石のベンチに腰かけ、岩辺の人々の話を聞いていた。彼女は熱心に耳を傾けていた。しかし最後に双子の船乗りのくだりになって、ポールはふと気づいたのだ、優しいミス・ラヴェンダーがうわの空になっていることに。

「ミス・ラヴェンダー、どうしてそんなふうにぼくを見るの」ポールはまじめにたずねた。

「私ったら、どんなふうにポールを見てたの」

「まるで、ぼくを見ながら、後ろにいる誰かを思い出しているみたい」ポールは人並みはずれた洞察力をひらめかせることがあり、秘密のある者は、そばにいると気が抜けないのだった。

「あなたを見ていると、昔の知りあいを思い出すのよ」ミス・ラヴェンダーは夢見るように言った。

「ミス・ラヴェンダーが若かったころの知りあい？」

「そうね、あのころの私は、若かったわ。ポール、今の私は、おばあさんに見える？」

「ええと、よくわからないの」ポールは正直にうちあけた。「白い髪を見ると、おばあさんみたいだし……だって白髪の若い人は見たことないもの。だけど笑った目は、ぼくのきれいな先生と同じくらい若々しいですよ」ポールは、判決を言いわたす裁判官のように、真剣な声と顔つきになった。「ミス・ラヴェンダーは、すてきなお母さんになると思うの。お母さんにぴったりの目だもの……ぼくのお母さんも、いつもそんな目で見てくれたの。ミス・ラヴェンダーは男の子がいなくて残念ですね」

「私には夢の男の子がいるのよ」

「わあ、本当？　何歳？」

「あなたと同じくらいよ。だけど、その子を想うようになったのは、ポールが生まれるずっと前だから、もっとお兄さんね。けれど十一か十二歳のまま、大きくならないようにしているの。大きくなると、いつかすっかり大人になって、いなくなってしまうでしょう」

「そうですね」ポールがうなずいた。「それが夢の人たちのいいところですね……何歳でも好きな年のままでいてくれるもの。ぼくの知りあいで、夢の人が心のなかにいるのは、世界でミス・ラヴェンダーと、きれいな先生と、ぼくだけ。その三人が知りあいだなんて、楽しくてすてき。そうした人は、ちゃんと仲間を見つけるんですね。おばあちゃんは絶対に夢の人なんて想像しないし、メアリ・ジョーもそんなことを考えるのはおつむがおかしいって言うの。でも、心に夢の人がいるってすばらしいもの。夢の男の子のこと、何もかも聞かせて」

「その子はね、青い目をして、髪は巻き毛よ。毎朝そっと私の部屋に入ってきて、キスでおこしてくれるの。それから一日中、この庭で遊ぶのよ……私も一緒に遊ぶわ。ポールとするみたいに、かけっこして、こだまと話して。それから男の子に物語を聞かせてあげるの。そして夕方になると……」

「どうするか知っているよ」ポールは夢中で口をはさんだ。「その子はミス・ラヴェンダーの隣にすわるの……こんなふうに……だってもう十二歳なら膝に乗るには大きいでしょ……それでミス・ラヴェンダーの肩に頭をのせるんだ……こうやって……ミス・ラヴェンダーは男の子に腕をまわして、ぎゅっと抱きしめて、ほっぺたを男の子の頭にあずけるの……うん、こんなふうに。ああ、ミス・ラヴェンダーはちゃんとわかっているんですね」

アンが庭へ出ると、二人はベンチによりそっていた。ミス・ラヴェンダーの表情は、声をかけるのがはばかられるようだった。

「ポール、残念だけど、もう帰らなくては。暗くなる前に家に着きたいものね。ミス・ラヴェンダー、近いうちに泊まりに来ますよ、一週間ほど」

「あなたが一週間と言うなら、私は二週間、ひきとめますからね」ミス・ラヴェンダーがおどかした。

# 第28章　王子、魔法の宮殿にもどる（1）

教師生活最後の日となり、終わった。半年に一度の期末試験はすばらしいできばえで、アンの教え子たちは立派な成績で及第した。最後に、子どもたちはアンに送別の辞と書き物机を贈った。列席していた女の子と母親たちは一人残らず泣いた。男の子も、後で泣いただろうと囃《はや》された子がいた。もっとも、誰もうんとは言わなかったが。

帰り道、ハーモン・アンドリューズ夫人、ピーター・スローン夫人、ウィリアム・ベル夫人が語りあった。

「あんなに子どもたちがなついているのに、アンがやめるなんて残念ですわ」ピーター・スローン夫人がため息をついた。この夫人は何にでもため息をつく癖があり、冗談でさえ、ため息でしめくくるのだった。「もちろん、来年度もいい先生が来ることは、みなさんご承知のとおりですけど」と慌ててつけ加えた。

「うちのジェーンはきちんと教師の職務を果たしますからね、当然ですわ」母親のアンドリューズ夫人が、にこりともしないで言った。「ジェーンなら、たびたびおとぎ話をしたり、子どもたちと森をうろつきまわるなんていう時間の無駄使いはしません。あの子は視察官の優等教員名簿に載っているんですから。ニューブリッジでは、ジェーンがいなくなるというので大弱りなんですよ」

「アンが大学へ行くことになって本当によかったですよ」ベル夫人が言った。「ずっと行きたがってたんですから、何よりですよ」

「さあ、どうでしょうかね」この日、アンドリューズ夫人は、誰の言うことも手放しでは賛成しないぞと心に決めていた。「アンにこれ以上、教育が必要でしょうか。いずれギルバート・ブライスと結婚するんですよ。もっとも、大学を出ても、ギルバートがアンにのぼせていればですけど。結婚するのに、ラテン語だのギリシア語だのが何の役に立つんでしょう。大学で男の扱い方を教えてくれるというなら、行く意味もあるんでしょうが」

ちなみにハーモン・アンドリューズ夫人は、いまだに自分の「男」の扱い方がわかっていない、その結果、アンドリューズ一家には家庭の円満というものがない(2)と、アヴォンリーでは噂されていた。

「シャーロットタウンの教会にアラン牧師をお呼びしようと、長老会が話しあっていますよ(3)」ベル夫人が言った。「ということは、もうじきアラン牧師はいなくなるんですね」

「九月より早くはないそうですよ」スローン夫人が言った。「村には大きな損失ですね。

だけど……かねがね思っていましたが、アラン夫人は牧師の奥さんにしては着るものが派手でしたわ。もっとも、完璧な人なんていませんけどね。ところで、今日のハリソンさん、こざっぱりして、身ぎれいでしたね。男の人があんなに変わるなんて。毎週日曜日に教会へ通って、牧師の給料に寄付までして」

「それにポール・アーヴィングも大きくなったこと」アンドリューズ夫人が言った。「ここへ来たところは年のわりに小さかったのに、今日は見違えましたよ。どんどんお父さんに似てきて」

「利口な子ですよ」ベル夫人が言った。

「たしかに頭はいいかもしれないけど……」アンドリューズ夫人が声をひそめた。「変な作り話をするんですよ。先週、学校帰りに、うちのグレイシーに馬鹿げた長話をしたんです、海岸ばたに住んでいる人の話で……しかも何から何まででたらめなんです。信じちゃいけませんよとグレイシーに言いましたわ。だけどポールも、本気にしてもらうとは思ってないんですって。それならなぜ娘に話すんでしょう」

「アンの話では、ポールは天才だそうですよ」スローン夫人が言った。

「そうかもしれませんね。アメリカ人なんて、何を考えているんだかわかりませんから」アンドリューズ夫人が言った。夫人の知っている「天才」という言葉は、ふだんの会話で、変わり者を「変な天才」と呼ぶような意味でしかなかった。メアリ・ジョーと同じように、おつむがおかしいと思っているのだろう。

教室では、アンが一人、教壇の机にむかい、すわっていた。二年前、初めてここに立った日と同じように、頰杖をつき、涙にうるむ目で、窓から《輝く湖水》を感傷とともにながめていた。教え子たちとの別れがあまりにつらく、このときばかりは、大学の魅力も色あせたほどだった。アネッタ・ベルが両腕で首に抱きついてきた感触はまだ残っていた。子どもらしい泣き声も耳を離れなかった。「どんな先生が来ても、シャーリー先生ほど好きにならないよ、ほんとに、ほんとだよ」

この二年間、アンは熱心に、誠実に、教師の務めを果たした。間違いも多々あったが、失敗から学びとり、むくわれたのだ。アンは子どもたちを教えたが、逆に教わることのほうが多かった――たとえば優しさ、自制心、無垢《むく》な賢さ、子ども心にそなわっている知恵。アンは、壮大な野心にむかって子どもたちを「ふるい立たせる」ことはできなかったかもしれない。しかし、苦労して教えた教訓の数々よりもっと多くのことを、アンは、善良な人柄をもって教えたのだ。すなわち、人生を、立派に丁寧に生きること、正直、礼儀正しさ、親切を心がけること、嘘偽り、卑劣、粗野なものすべてから身をへだてること、それがこれからの歳月において大切であり、必要なのだと。おそらく子どもたちは、そんなことを教わったとは気づいていないだろう。しかしたとえアフガニスタンの首都（4）や薔薇戦争の年号（5）を忘れても、いつまでも憶えていて実践するだろう。

「人生の一つの章が、終わったわ」机に鍵をかけ、アンは声に出して言った。心から寂しかったが、「章の終わり」という考え方がロマンチックで少々慰められた。

夏休みが始まると、アンはこだま荘をたずね、二週間みなで楽しくすごした。

アンは、ミス・ラヴェンダーを買い物につれだして町へ遠出し、新しいオーガンジーを買うように勧めた。それから一緒に胸はずませて生地を裁ち、縫った。シャーロッタ四世は幸せそうに仮縫いをして、裁ちくずをはいた。以前のミス・ラヴェンダーは何を見てもおもしろくないとこぼしていたが、美しいドレスを縫い進むうちに瞳に輝きがよみがえった。

「私ったら、なんて軽薄なお馬鹿さんでしょう」ミス・ラヴェンダーはため息をついた。

「新しいドレスを考えただけで、こんなに気持ちが浮き浮きするなんて、恥ずかしいわ……いくらわすれな草色(6)のオーガンジーでも。立派な道徳心を持とうと、海外伝道団に多めに寄付をしようと、こんなにわくわくしないもの」

滞在の途中、アンはグリーン・ゲイブルズに一日帰った。双子の靴下をつくろい、つもりにつもったデイヴィの質問に答えるためだ。そして夕方、ポールに会いに海岸通りを歩いていった。アーヴィング家の居間の低くて四角い窓のわきを通りすぎると、ポールが誰かのひざに抱かれているのが見えた。次の瞬間、彼は玄関へ走り出てきた。

「シャーリー先生」興奮して叫んだ。「何があったと思う！　とてもすばらしいこと、お父さんが来たんです……すごいでしょ！　先生、さあ、なかへ。お父さん、ぼくのきれいな先生だよ、知っているでしょ」

スティーヴン・アーヴィングがあらわれ、笑顔でアンを迎えた。背が高く、見映えのいい中年男性だった。白いものの混じる茶色の髪、深くくぼんだ目は濃いブルー、意志が強そうだが悲しげな面ざし、すばらしく形のいいあごと額。まさにロマンスの主人公《ヒーロー》に打ってつけの顔だちに、アンはふるえるような激しい満足をおぼえた。ロマンスの主人公になるはずの人物にいざ会ったところ、はげていたり、猫背だったり、男らしい美しさに欠けていると興ざめだ。ミス・ラヴェンダーのロマンスの相手が、ふさわしい風貌でなかったら、失望しただろう。

「では、あなたが、息子の『きれいな先生』なんですね、かねがねうかがっています」アーヴィング氏は、心のこもった握手をした。「息子の手紙は、先生のことばかりですから、もうすっかり存じあげているような気がします。ポールがお世話になって、ありがとうございます。あの子に一番必要なことを先生があたえてくださったのです。私の母は親切で気だてはいいのですが、無骨で、実用一点ばりの、スコットランド人気質でしてね、私の息子（7）のような気性は、必ずしも理解できないのです。母に足りないところを、先生が補ってくださったんです。この二年間、ポールにしてくださったご指導は、母親を亡くした男の子にとって理想的なものでした」

誰でもほめられると嬉しいものだ。アーヴィング氏に褒められ、アンの顔は「花がほころび、薔薇色に咲き開くようにぱっと」(8)紅く染まった。そんなアンを見て、多忙な仕事に疲れたこの世慣れた男は、カナダの「東の外れ」で教える、赤い髪にすばらしい目をしたこの若い教師ほど、きれいで初々しくほっそりした娘は見たことがないと思った。

ポールは二人の間に幸せに満ち満ちてすわった。

「お父さんが来るなんて夢にも思わなかったよ」少年は顔を輝かせた。「おばあちゃんだって知らなかったんだもの。本当にびっくりした。いつもなら……」ポールは茶色の巻き毛を重々しくふった。「驚かされるのはあまり好きじゃないの。不意をつかれたら、わくわくして待つ楽しみがないでしょ。でもこんなことならかまわないの。お父さんはゆうべ、ぼくが寝てから来たの。まずおばあちゃんとメアリ・ジョーがびっくりして、それがおさまってから、お父さんは、おばあちゃんと、二階へぼくを見に来たの。朝までおこすつもりはなかったけど、ちょうど目がさめたら、お父さんがいたんだよ。ぱっと飛びついちゃった」

「熊《くま》みたいに、しがみついたぞ」アーヴィング氏はほほえみ、ポールの肩を抱き寄せた。

「見違えるようでしたよ、こんなに大きくなって、日に焼けて、たくましくなりました」

「お父さんが帰ってきて、おばあちゃんとぼくと、どっちが喜んだかわからないくらい。おばあちゃんは一日中台所でお父さんの好物を作っているんです。息子の好物はメアリ・ジョーにはまかせられないって。そうやっておばあちゃんは嬉しい気持ちを表しているんです。ぼくはお父さんとすわってお話しするのが一番好き。失礼して、ちょっと出てきます。メアリ・ジョーのために牛をつれてもどるの。ぼくの日課だから」

日課をこなしにポールが走り出ていくと、アーヴィング氏はアンにさまざまな話をした。しかしその間中、彼が心では、別のことを考えているような気がした。ほどなくそれは言葉となってあらわれた。

「ポールがこの前よこした手紙に書いていたのですが、あの子は、先生と一緒に会いに行ったそうですね……私の古い……友人の一人に……ルイスさんですよ、グラフトンの石の家の。あの人をよくご存じなのですか」

「ええ、よく存じています。とても親しい友人なんです」アンは落ちついて答えた。本当はきかれたとたん、頭の天辺から爪先までときめいたが、そうした気配はみじんも感じさせない返答ぶりだった。ロマンスがすぐそばの角まで来て、こちらをうかがっている。アンは「本能的に感じた」。

アーヴィング氏は立ちあがって窓辺へ行き、外をながめた。はるかな海は夕日に金色にきらめき、波は高くうねり、風音が鳴っていた。少しの間、暗い壁紙の小さな部屋に、沈黙が流れた。彼はふりかえり、このなりゆきに心動かされているアンの顔に目をそそいだ。なかば気まぐれな、なかば優しげな笑みを浮かべて。

「どの程度、ご存じでしょうか」アーヴィング氏は言った。

「何もかも知っています」アンはすぐさま答えてから、あわててつけ加えた。「ミス・ラヴェンダーとは、とても親しいんです。あの人は、こんな神聖な類いのことを誰にでも話す方ではありません。私たちは心の同類だからなんです」

「そうでしょうね、そうだと思います。では、一つお願いがあるのですが。あの人がいいと言うなら、会いに行きたいのです。行ってもいいか、きいてもらえませんか」

きいてもらえないか、ですって？　もちろんきくに決まっている！　これはまさにロマンスだ、あらゆる詩と物語と夢の魔法にいろどられた本物のロマンスだ。六月に咲く薔薇が十月に咲いたように、少し遅れて開いた花。だが、それでもやはり、雌蕊《めしべ》が金色に輝き、美しく、甘く香る薔薇なのだ。翌朝、アンはぶなの森を抜けてグラフトンへむかった。こんなにいそいそと出かけるお使いはかつてなかった。ミス・ラヴェンダーは庭にいた。アンは恐ろしいほどに興奮して、手が冷たくなり、声も震えた。

「ミス・ラヴェンダー、お話があります……とても大事なことです。何だかわかりますか」

わからないだろうとアンは思った。しかしミス・ラヴェンダーの顔は、にわかに青ざめた。そして静かな抑揚のない声で答えた。そこにはいつもの声の色つやも輝きもなかった。

「スティーヴン・アーヴィングが、帰ってきたのね」

「どうしてわかったんです。誰かに聞いたのですか」アンは落胆して叫んだ。驚きの報せを告げようと期待していたのに、あてが外れたのだ。

「誰にも聞いていないわ。ただ、アンの口ぶりから、そう思ったの」

「アーヴィングさんが、会いたがっておられます」アンが言った。「おいでになっていいと、お返事していいですか」

「もちろんよ」ミス・ラヴェンダーはうろたえていた。「来ていけない理由はないもの。ただの昔の友だちとしていらっしゃるんだから」

この点、アンは異なった考えだったが、とにかく急いで家に入り、ミス・ラヴェンダーの机で手紙を書いた。

「ああ、なんてすてきでしょう、まるでおとぎ話のなかを生きているみたい」アンは喜びに胸をふるわせた。「きっとうまくいくわ……そうよ……ポールには望みどおりのお母さんができて、みんなが幸せになるのよ。だけど、アーヴィングさんはミス・ラヴェンダーをつれていくのね……そうなったら、小さな石の家はどうなるのかしら……だけど物事には良いことと悪いことの両面があるんだわ、この世のすべてがそうであるように」

大事な手紙を書きあげると、アンはみずからグラフトン郵便局へ持参した。郵便配達員がくるのを待ちかまえ、アヴォンリー郵便局へ運んでほしいと頼んだ。
「とても大切な手紙ですからね」心配のあまり念を押した。郵便配達は無愛想な老人で、恋の使者キューピッド(9)役には見えなかった。この老人は忘れずにアヴォンリー局へ持っていくだろうか。気がかりだったが、できるだけ覚えていようと言うので、納得するしかなかった。

昼下がり、シャーロッタ四世は、石の家に秘密の匂いがたちこめているのを感じた……しかも自分は秘密からのけ者にされているのだ。ミス・ラヴェンダーは心乱れた様子で庭を歩きまわっている。アンもまた、人を不安にする魔物にとりつかれでもしたように、家のなかを行ったり来たり、あがったりおりたりしている。シャーロッタ四世は我慢したが、「忍耐は美徳だというのはもうやめた」(10)とばかりに、用もないのにアンが三回めに台所をふらふら通り抜けたそのとき、ロマンスに心うばわれた娘の前に歩み出た。

「お願いです、シャーリーお嬢様」シャーロッタ四世は、青々としたリボンを憤まんやる方ないといったそぶりでふりあげた。「お嬢様とミス・ラヴェンダーに何か秘密がおありなのは、よくわかってます。出すぎた真似でしたら、お許しください。でも私たち、あんなに仲良くしてきたのに、教えてくださらないなんてひどすぎます」

「まあ、可愛いシャーロッタ、これが私のことなら、すっかり話すんだけど……ミス・ラヴェンダーの秘密なの。だけど、これだけならお話ししましょう……ただし、何もおきなければ、人に言ってはだめよ。いいこと、今夜、麗しの王子様がいらっしゃるの。ずっと前にもいらしたけど、愚かななりゆきから立ち去って、遠くをさまようちに、魔法にかけられたお城へもどる魔法の小径の秘密を忘れてしまったの。お城ではお姫様が王子を思って、胸もはりさけんばかりに泣いていたのに。でも、やっと王子様も思い出したのよ。もちろんお姫様はまだ待っていたわ……愛する王子様しか、姫をつれ出すことはできないもの」

「ふつうに言うと、どういう意味ですか」シャーロッタは当惑のあまりに息も絶え絶えになった。

アンは笑った。

「平たく言うと、ミス・ラヴェンダーの昔のお友だちが、今夜いらっしゃるの」

「ということは昔の恋人ですか」シャーロッタは単刀直入にきいた。

「そういうことになるかしら……ふつうに言うと」アンはもっともらしく答えた。「ポールのお父さん……スティーヴン・アーヴィングさんよ。ああ、どうなるかしら。とにかく、うまくいくように願いましょう」

「その人がミス・ラヴェンダーと結婚なされればいいな」シャーロッタ四世は疑う余地のない明確な言葉で言った。「女性には、もともと独身になるように生まれついた人もいますよ。残念ながら、私もそうなんじゃないかと思うんです。男の人に我慢できないたちですからね。だけども、ミス・ラヴェンダーは違うんです。だから私が大きくなってボストンへ行くことになったら、奥様がどうなることやら、ずっと心配だったんです。うちにもう妹はいないんですよ。よその女の子が来たら、ミス・ラヴェンダーはどうなさるんでしょう。その子は想像ごっこを笑うでしょう、物を散らかすでしょう、シャーロッタ五世だなんて呼ばせないでしょう。もっとも、私みたいに皿を割るような不始末はしない子でしょうけど、私ほどミス・ラヴェンダーをお慕《した》いする者は、決していないでしょう」

そう言うと、この忠実なる年若い侍女は鼻をすすりながら、オーヴンの扉めがけて走っていった。

その晩、こだま荘では、形だけはいつもどおりの夕食をとったが、実際は誰もが一口も喉をこさなかった。食事の後、ミス・ラヴェンダーは部屋にあがり、縫い上がったわすれな草色のオーガンジーのドレスに着替えた。アンは彼女の髪を結った。二人とも恐ろしいほど興奮していたが、ミス・ラヴェンダーは平然として、何でもないそぶりをしていた。

「カーテンがやぶれているわね、明日、縫わなくては」ミス・ラヴェンダーは今はこれが唯一の重大事だといわんばかりにカーテンを調べ、心配げに言った。「このカーテンは値段のわりに、長持ちしなかったわ。まあ、シャーロッタったら、また階段の手すりにはたきをかけるのを忘れてよ。よく言って聞かせないと」

アンが玄関前の階段に腰かけていると、スティーヴン・アーヴィングが小径を抜け、庭をやってきた。

「ここはまるで、時間が止まっているようだ」彼は懐かしそうにあたりを見わたした。「この家も、この庭も、二十五年前に来たときから、何一つ変わらない。まるで私も、若者にもどったような気がする」

「魔法の宮殿では、時間は止まっているんです」アンはまじめな顔をして言った。「王子が来て初めて、物語は動き出すんです」

アンの高揚した顔は、若さと先ゆきへの希望に星のごとく輝いていた。そんな彼女に、アーヴィング氏はいくらか悲しげに微笑をかえした。

「しかし、王子が来るのが遅すぎたということもあります」アーヴィング氏は、ふつうの言葉で言ってほしいとは頼まなかった。心の同類はみな意味がわかるのだ、彼もまた「理解した」のだった。

「いいえ、そんなことはありません。本物の王子が、本当の姫に会いに来たなら、遅すぎることはないのです」アンは赤毛の頭をふり断言すると、客間の扉をあけた。アーヴィング氏が客間に入ると、アンは外から固く閉ざした。ふりかえると、玄関ホールにいたシャーロッタ四世に出くわした。彼女は体中で「しきりにうなずき、大喜びの身ぶり手ぶりをして、花輪のようににっこり笑っていた」(11)。

「ああ、シャーリーお嬢様」シャーロッタ四世は深々と息をもらした。「さっき台所の窓から外を見てましたけど……美男子な方ですね……年のころあいもミス・ラヴェンダーにぴったり。ドアの前で立ち聞きしてはいけないでしょうか」

「とんでもない」アンは断固として言った。「一緒にむこうへ行くのよ、立ち聞きしようだなんて誘惑のおきないところへ」

「ああ、何も手につきませんよ、だけども、何もせずに待つのもつらいし」シャーロッタはため息をついた。「プロポーズなさらなかったら、どうしましょう。男なんてものは当てになりませんからね。一番上の姉さんは、シャーロッタ一世のことですけど、婚約したつもりだったのに、後でわかってみれば、相手にそんな気はなかったんです。男なんかもう信用しないって姉さんは言ってます。ほかにもありますよ。ある男が娘さんと結婚したくてたまらなかったのに、ずっと好きだったのは妹のほうだったんです。男が自分の気持ちがわからないのに、女はどうやって相手の気持ちをたしかめればいいんでしょう」

「台所へ行って、銀のスプーンを磨きましょう」アンは言った。「ありがたいことに頭を使わなくていいもの……今夜は頭を使う仕事はできないわ。でもこれは磨いていれば、ときがたつものね」

一時間がすぎた。アンが磨きあげた最後のスプーンを置いたそのとき、玄関の扉が閉まる音がした。アンとシャーロッタ四世は、どうにかいい解釈はできないものかと、たがいの瞳をすがるように見つめあった。

「シャーリーお嬢様」シャーロッタは息をのんだ。「こんなに早くお帰りだなんて、何もおきなかったんですよ。この先も無理でしょう」

二人は窓辺へかけよった。しかしアーヴィング氏に帰る気はなかった。ミス・ラヴェンダーとゆっくり庭の小径を歩き、石のベンチへむかっていた。

「アーヴィングさんたら、奥様の腰に腕をまわして」シャーロッタ四世が満足そうにささやいた。「きっとプロポーズなすったんですよ、でなければ奥様は、絶対にあんなこと、お許しになりません」

アンはシャーロッタ四世の丸々した腰をかかえ、二人とも息が切れるまで台所中をおどりまわった。

「ああ、シャーロッタ」アンは喜びいっぱいで叫んだ。「私は預言者じゃないし、預言者の娘でもないけど、一つ預言をするわ。かえでの葉が赤くなる前に、この古い石の家で婚礼があるでしょう。平たく言い直してほしい?」

「いいえ、私でもわかります」シャーロッタ四世は言った。「結婚式はむずかしい詩じゃありませんからね。あらま、シャーリーお嬢様ったら、泣いてる! どうしてですか」

「何もかもあんまりきれいで……おとぎ話みたいだもの……ロマンチックで……悲しくて」アンがまばたきすると、涙があふれた。「すべてが完璧にすてきで……だけどなぜか、小さな悲しみもまじっているの」

「そりゃあそうですよ。誰と一緒になろうと、結婚には危険がつきものですからね」シャーロッタ四世はわけ知り顔でうなずいた。「だけども、世のなかには、夫より始末に負えないものがたくさんありますからね、結局、結婚のほうがまだましですよ」

# 第29章　詩と散文（1）

　続く一か月、アンは、アヴォンリーにしては大騒動の連続と言えそうな日々を送った。レッドモンド大学で着る学生らしい服を準備しなければならなかったが、それは二の次だった。ミス・ラヴェンダーの婚礼支度が始まったのだ。石の家では、相談すること、計画すること、話しあうことが山ほどあり、シャーロッタ四世はそのまわりで喜んだり驚いたりして飛びまわっていた。仕立て屋が来ると、ドレスの型を見て、これはすてき、これはいま一つ、と選びわけ、仮縫いをした。アンとダイアナは、半分の時間をこだま荘ですごした。アンは、ミス・ラヴェンダーの旅行用ドレスに紺色ではなく茶色を勧め、灰色のシルク地はプリンセス・スタイル（2）のワンピースにするように勧めたが、家に帰り、それで良かったただろうかと考え出すと夜も眠れないほどだった。

　ミス・ラヴェンダーの結婚に、周囲は大喜びした。ポール・アーヴィングは父親から聞くとすぐさまグリーン・ゲイブルズに急ぎきて、アンと語りあった。

「お父さんは、二度めのお母さんもすてきな人を選ぶって、わかっていました」ポールは得意げに言った。「頼りになるお父さんがいるっていいね。ミス・ラヴェンダーのこと、大好き。おばあちゃんも言うの、二度めの奥さんはアメリカ人じゃなくて安堵したって。一度めはうまくいったけど、こうしたことは二度はおきないからって。リンドのおばさんも、この縁談に大賛成だよ、これでミス・ラヴェンダーも変ちくりんなことを考えるのはやめて世間並みになるよ、所帯を持つんだからね、だって。だけど変な考えをやめないでほしいの、そこが好きなんだもの。ふつうの人みたいになってほしくないの、そんな人はまわりにあり余るほどいるものね、先生」

シャーロッタ四世も晴れ晴れしていた。

「シャーリーお嬢様、何もかもうまくいきましたね。アーヴィングさんと奥様が新婚旅行から帰ってこられたら、私もボストンへ行って、一緒に暮らすことになったんです……私はまだ十五ですけどね、姉さんたちは十六になるまで出してもらえませんでしたよ。アーヴィングさんは、すばらしい方ですね。奥様が歩いた地面まで拝んでるんですよ。奥様を見る目つきといったら、私までおかしな気になりそうで、とても言葉では言い表せませんよ(3)。お二人が好きあってて、ほんとにありがたいことです。結局は、それが肝心ですよ。好いてなくても、うまくやってく人もいますけどね。私のおばさんは三回結婚したんですけど、そのおばが言うことには、最初の結婚は好きだったから、あとの二回は生活のために一緒になったけど、葬式のときを別にすると三回とも幸せだったんですって。だけども、おばさんは危険な賭けをしたもんだと思いますよ、シャーリーお嬢様」

その晩、アンはマリラに「ああ、何もかもとってもロマンチックだわ」と言って吐息をもらした。「もしキンブルさんの家へ行った日、道を間違えなかったら、ミス・ラヴェンダーを知ることはなかったのよ。もしミス・ラヴェンダーに会わなければ、ポールをつれて行くこともなかった……それにポールがお父さんにミス・ラヴェンダーの家に行ったって手紙を書くこともなかったわ。手紙が届いたとき、アーヴィングさんは、サンフランシスコへ旅立つところだったの。でも手紙を読むとすぐ、サンフランシスコへは代理人を送って、自分は島へ行こうと決めたんですって。ミス・ラヴェンダーのことは、ここ十五年、何も知らなかったの。十五年前にミス・ラヴェンダーが結婚すると風の便りに聞いて、結婚したものと思いこんで、誰にも消息をたずねなかったんですって。それが今、すべてうまくおさまったのよ。そこに私も手を貸したのよ。リンドのおばさんが言うように、すべてはあらかじめ神様がお決めになっていて、こうなる定めだったのかもしれないけど、たとえそうだとしても、運命の手先として使ってもらえたと思うとすてきだわ。本当にロマンチックだわ」

「何がそんなにロマンチックだかさっぱりわからんね」マリラは辛辣《しんらつ》に言った。アンは大学へ行く準備が山ほどあるのに、のぼせあがって、三日に二日はこだま荘へ通い、ミス・ラヴェンダーの手伝いをしていると、苦々しく思っていたのだ。「そもそもは馬鹿な若者二人が、口喧嘩をして、仲違《なかたが》いした。それでスティーヴン・アーヴィングは合衆国へ行き、しばらくして結婚して、誰が見ても幸せに暮らしていた。ところが女房が死んだもんで、人聞きの悪くない程度に間をあけてから田舎へ帰って、最初の恋人が結婚してくれるかどうか見てこようと思った。その間、女はずっと一人だった。おそらく、いいと思うような相手があらわれなかったんだろうよ。そんな二人が会って、結局、一緒になることにした。ほら、いったいどこがロマンチックなんだい」

アンは冷水を浴びせられたように息をのんだ。「そんなふうに言ったら身もふたもないわ。散文的《ふつう》に言えば、そうかもしれないけど、詩のように見たら全然違うわ……そのほうがすてきだと、私は思うの……詩のように見るほうが」アンは気をとり直して、目を輝かせ、頰を赤くそめた。

マリラは、晴れやかなアンの若い顔をちらと見て、それ以上皮肉を言うのはやめた。たぶんマリラも悟るところがあったのだ。結局は、アンのように「想像力と非凡な能力」(4)に恵まれているほうがいいのだろう――それは人が授けることもうばうこともできない生まれつきの才能なのだ――その才能をとおして見れば、人生が神々しい姿に変わり……あるいは人生の真実の姿が見えることもあるだろう――その媒介をとおして見れば、すべてが天国のような光できらめいて見え、栄光とみずみずしさに包まれるのだ(5)。しかしマリラやシャーロッタ四世のように、物事を散文的にしか見られない者の目にはうつらないのである。

「結婚式はいつだね」しばらく黙っていたマリラが口を開いた。

「八月最後の水曜日よ。庭のすいかずら《ハニーサックル》の棚の下で結婚するの……二十五年前、アーヴィングさんはそこでプロポーズしたのよ。これなら散文的に言ってもロマンチックでしょう。お式には、アーヴィングのおばあさんとポール、ギルバートとダイアナと私、それからミス・ラヴェンダーのいとこさんたちだけよ。その後、二人は六時の汽車で、太平洋岸へ旅立つの。秋に帰ってきたら、ポールとシャーロッタ四世もボストンへ行って四人で暮らすのよ。だけどこだま荘はそのままにしておくの……もちろんめんどりと牛は売るし、窓には板を打ちつけるけど……毎年夏には帰ってくるのよ。私も嬉しいわ。もし愛する石の家から家具が運び出されて、人気《ひとけ》もなく、室内ががらんとしてしまったら、この冬、レッドモンドでつらかったでしょうよ……だからといって他の人が住むのは、もっといやだもの。こだま荘はこれからも今までどおりよ、夏ごとにみんながもどってきて、また笑い声に包まれるのを楽しみに待つんだわ」

世界には、石の家の中年の恋人たちに舞いおりたロマンスだけでなく、ほかにもロマンスがある。アンは思いがけず目にすることになった。夕方、森の近道を抜けてオーチャード・スロープをたずね、バリー家の庭へ入ると、ダイアナ・バリーとフレッド・ライトが大きな柳のもとに立っていた。ダイアナは灰色の幹によりかかり、真紅《しんく》の頬に、まつ毛をふせていた。その片手を、フレッドが握っていた。彼はダイアナに顔をかがめ、低い声でたどたどしく、何ごとか懸命にささやいている。この魔法の瞬間、世界には二人しかいなかった。どちらもアンに気づかなかった。アンは呆然としながらも、一目で察して、踵《きびす》を返し、音をたてないようにえぞ松の木立を急ぎ帰った。東の切妻の部屋に着くまで、一度も立ち止まらなかった。息を切らしながら窓辺にすわり、散り散りになった理性をかき集めた。

「ダイアナとフレッドは愛しあっているんだわ」アンは息苦しくなった。「なんだか……とても……どうしようもなく進んでいるみたい」

このところダイアナは、子どものころにあこがれていたバイロン風の物憂《メランコリック》げな理想像(6)にどうも不実になったようだと、アンは疑わしく思っていた。しかし「見るは聞くより強烈」(7)というように、見なければまだ疑っていただろう。しかし実際に目にすると、驚きのあまりほとんどショックだった。続いて、妙な寂しさをかすかにおぼえた――あたかもダイアナが一人で新しい世界へ旅立ち、背後で門を閉ざして、自分は外にとり残された気がしたのだ。

「いろんなことがすごい速さで変わっていって、こわいくらい」アンは少し悲しんだ。「ダイアナとは、どうしたって、これまでどおりにはいかないわね。秘密もすっかり話せないわ……フレッドに話すかもしれないもの。ダイアナはフレッドのどこが気に入ったのかしら。親切で楽しい人だけど……所詮《しよせん》はフレッド・ライトじゃないの」

　ある人が、ある人のどこをいいと見るか——それは永遠にとけない謎である。しかしだからこそ幸せなのだ。みなが同じ見方をしたら——インディアンの古い諺のように「誰もがわしの女房をほしがる」ということになる。ダイアナはたしかにフレッド・ライトに何かを見た、しかしアンの目には見えなかったのだ。次の夕方、ダイアナがグリーン・ゲイブルズにやってきた。物思わしげではにかんだこの若い娘は、黄昏の東の切妻の部屋にあがり、二人だけになると、すべてを語った。二人は泣き、キスをして、笑いあった。

「とても幸せよ」ダイアナが言った。「だけどこの私が婚約してるなんて、おかしな気がするわ」

「婚約するって、どんな気持ち」アンは興味津々できいた。

「それは相手によるわ」婚約した者は、していない人の前で知ったふうを装うものだが、ダイアナも腹立たしいくらいに気どって答えた。「フレッドと婚約するのはすてきよ……だけど、ほかの人ならぞっとするわ」

「じゃあ残りの私たちは、どうしようもないわね。フレッドは一人しかいないもの」アンは笑った。

「まあアンたら、わかってないわね」ダイアナはいらいらした。「そんな意味じゃなくて……説明するのはむずかしいわ。でも気にしないで、アンも自分の番が来たら、いつかわかるわ」

「ごちそうさま、可愛いダイアナ、もちろん今でもわかっているわ。人の身になって人生を見られないなら、想像なんて役に立たないもの」

「アン、花嫁のつきそい《ブライズメイド》になってね。約束して……私が結婚するとき、アンがどこにいようとも」

「ダイアナの求めとあらば、地の果てからでもはせ参じるわ」アンはおごそかに約束した。

「でもね、まだ先よ」ダイアナは頬を染めた。「少なくとも三年……だって私はまだ十八でしょ、娘は二十一になるまで結婚させないってお母さんが言うの。それにフレッドのお父さんが、エイブラハム・フレッチャー農場をフレッドに買ってくれるんだけど、代金の三分の二をはらってから、フレッドの名義にするんですって。だけど三年なんて、嫁入り支度をするには足りないくらいよ(8)。縫い物も、編み物も、全然作ってないもの。さっそく明日から、かぎ針でドイリー(9)を編むわ。マイラ・ギリスなんか、結婚したとき三十七枚持ってったのよ。私も同じだけ編むわ」

「三十六枚じゃ、おさんどんが立派にできないものね」アンは大まじめにうなずいたが、目はおどっていた。

ダイアナは傷ついた顔をした。

「アンが私を馬鹿にするとは思ってなかったわ」ダイアナはとがめるように言った。

「馬鹿にしたんじゃないの」アンは後悔して叫んだ。「ちょっとからかっただけよ。あんたは世界で一番可愛い若奥さんになるわ。それに、今からもう夢の家(10)を思い描いているなんて、本当にすてきよ」

「夢の家」という言葉が口に出るや、アンの夢見がちな心は、その言いまわしの虜《とりこ》になり、すぐさま自分の夢の家をたて始めた。そこにはもちろん、黒髪に黒い瞳、誇り高く、憂いに満ちた理想の主人《あるじ》が住んでいた。しかしまことに奇妙なことに、ギルバート・ブライスがどうしてもまとわりついて、アンを手伝って絵をかけ、花壇の区画をつくり、誇り高く憂愁に満ちたヒーローなら体面をそこねると考えそうな雑用を片づけてくれる。きらびやかな想像の世界からギルバートの姿をうち消そうとしても、彼はなぜかそこに居続けていた。アンは気がせいていたので追い出すのはあきらめ、想像の家を着々とたて、ダイアナがまた口を開いたときには完成して、家具まで入っていた。

「フレッドをこんなに好きだなんて、アンにはおかしいでしょうね。今までは、背が高くて、やせた人と結婚すると言ってたのに、全然違うもの。だけどなぜか、フレッドに背が高くなって、やせてほしいとは思わないの……フレッドでなくなるもの」それから
ダイアナは物憂げにつけ加えた。「私たちは、でっぷり肥った夫婦になるわ。だけどチ

ビでデブに、ノッポでヤセの夫婦よりましよ、モーガン・スローン夫婦がそうでしょ。リンドのおばさんは、二人おそろいのところを見ると、『とどのつまりは《デコボコ・コンビ》』って言いまわしを思い出すんですって(11)」

その夜、アンは金《きん》ぶちの鏡にむかい髪にブラシをかけながら、つぶやいた。「ダイアナが幸せで満足していて良かったわ。でも私が婚約するときは……もしそんなことがあれば……もう少し胸ときめきたいわ。ダイアナも、前はそう思っていたのよ。ありきたりでつまらない婚約なんかしない……自分を射止めるには何かすばらしいところがなくちゃだめだって何べんも言っていたのに。だけど変わったのね。私も変わるのかしら。いいえ、変わらないわ……変わらないって決めた。それにしても婚約って、親友がすると、とてつもなく心が揺れ動くものね」

# 第30章　石の家の結婚式

八月最後の週となった。今週ミス・ラヴェンダーが結婚し、二週間後には、アンとギルバートがレッドモンド大学へ去っていく。そしてレイチェル・リンド夫人も、一週間もするとグリーン・ゲイブルズに引っ越し、客用寝室だった部屋に大切な家財(1)をおさめることになっていた。部屋はすでに、リンド夫人を迎えいれる準備を終えていた。夫人は、余分な所帯道具と農機具、家畜をすべて競売で売りはらい、今はアラン夫妻の荷造りを手伝うという、この夫人にぴったりの用事に精を出していた。次の日曜日、アラン牧師はお別れの説教をすることになっていた。古き秩序はうつろい、新しき秩序へ、すみやかに変わっていく(2)。アンは興奮と喜びのなかにも、一抹の寂しさをおぼえた。

「変化は、すべてがありがたいもんじゃないが、変わるということは大事なことだ」ハリソン氏が哲学者のように語った。「二年も同じまんまというのは長すぎる。それ以上続いたら苔が生えちまうさ」

ハリソン氏はヴェランダで煙草をふかしていた。奥さんは自分から折れて、開けた窓のそばなら家のなかで吸ってもかまわないと言ったのだ。そこでハリソン氏もこの譲歩にこたえ、天気のいい日は必ず外で吸うことにした。かくして二人はたがいに思いやるようになったのだ。

アンは、ハリソン夫人に黄色いダリアをもらいに来ていた。ダイアナと夕方からこだま荘へ泊まりに行き、いよいよ明日にひかえた結婚式にむけて、ミス・ラヴェンダーとシャーロッタ四世を手伝い、最後の準備をするのだ。ミス・ラヴェンダーは、ダリアは植えたことがなかった。好みではなく、奥まったあの古風な庭にただようひっそりした美しさに、ダリアはそぐわないからだ。しかしこの夏はアンクル・エイブの嵐のおかげで、アヴォンリーでも近隣の村々でも、花という花が足りなかった。そこでアンとダイアナは考えた。黄色いダリアを、いつもドーナッツが入っているクリーム色のストーンウェア(3)の古いつぼにこぼれんばかりに生けて、石の家の階段の薄暗いすみにおけば、玄関ホールの赤い壁紙の濃い色にどんなに映えることだろう。

「二週間すると、アンは大学へ行っちまうんだな」ハリソン氏が言った。「寂しくなるよ、エミリーも、わしもだ。もっとも、代わりにリンド夫人が引っ越して来るがな。アンの代わりはいないにしても、もっとましなのがいたろうに」

ハリソン氏の皮肉っぽい口ぶりは、文字ではとても伝えられないだろう。奥さんのほうはリンド夫人と親しくなったが、ハリソン氏とリンド夫人の関係は、たとえ新体制になろうと、せいぜいよくて武装中立どまりだった。

「大学へ行くことは、頭ではとても嬉しいのよ……でも心では悲しいの」

「アンのことだ、レッドモンドじゃ、そこら中にころがってる優秀賞や栄誉を片っぱしから手にするだろうな」

「一つか二つは心がけるつもりだけど」アンは正直に言った。「二年前ほどは、そうしたものにこだわっていないの。大学で学びたいことは、最良の生涯を送る方法と、一生の間に最善のことを数多くなしとげる方法、という人生の教養よ。他の人と自分を理解して、力になってあげることも学びたいわ」

ハリソン氏はうなずいた。

「そのとおり、それが大学のあるべき姿だ。ところがどっこい、本で読みかじった知識とうぬぼればっかりつめこんだ学士をわんさと送りだしている。だがな、アンなら大丈夫だ。大学へ行っても、大した害にはなるまいよ」

夕食の後、アンとダイアナは馬車でこだま荘へ出かけた。咲いているところなら自分の家はもちろん、近所の庭もまわって集めた花をたずさえていた。石の家は、興奮がみなぎっていた。シャーロッタ四世は猛烈な勢いできびきび飛びまわり、青いリボンがいたるところ同時に存在しているようだった。あたかもナバラ王国のかぶとの羽根飾りが激しい戦さに揺れたように(4)、シャーロッタの青いリボンも多忙のさなかひらひら揺れ続けていた。

「来てくだすって大助かりです」シャーロッタ四世は心底ほっとした。「やることが山ほどあるんです……ケーキの糖衣《フロスティング》がけは固まらないし……銀食器は磨いてないし……馬毛織りのトランクに荷物はつめないといけないし……チキンサラダにするおんどりはまだにわとり小屋のへんをかけまわってコケコッコーって鳴いてるし。かといって、こんなことは奥様じゃ頼りになりませんからね。ありがたいことに、ちょっと前にアーヴィングさんがおいでになって、森へ散歩につれ出してくださいました。恋愛やら求婚やらも、それにふさわしいときなら、けっこうなことですよ。だけども、恋愛と一緒に、料理も掃除もしなきゃいけないとなると、何もかも台なしです。私はそう思いますけどね、シャーリーお嬢様」

アンとダイアナは一生懸命に働き、十時には、シャーロッタ四世も満足のゆく支度がととのった。シャーロッタは髪に数え切れないほど三つ編みをこしらえ、疲れきった小さな体で寝室へむかった。

「だけども、ちっとも眠れそうにありません、シャーリーお嬢様。最後の最後に何かうまくいかないんじゃないか心配で……クリームが泡立たなかったり……アーヴィングさんが脳卒中になって来られなくなったり」

「アーヴィングさんに、卒中の持病はないでしょう?」ダイアナは、えくぼのくぼんだ唇の両端をおかしそうにひくひくさせた。彼女は、シャーロッタ四世をいわゆる美しい子ではないにしても、永遠に喜ばしい子(5)だと思っていたのだ。

「卒中は、持病でおきるもんじゃありませんよ」シャーロッタ四世が重々しく言った。「あれは急におきるんです……お嬢様もそうですよ。誰にだっておきるんですからね。どうしてなるのかわかっても仕方がないんです。アーヴィングさんは、私のおじにそっくりなんですけど、ある日そのおじが、昼食で腰かけたとたん脳卒中をおこしたんです。だけども、きっとすべてうまくいきますよ。この世のことは、最善になるようお祈りして、それから最悪の事態にそなえたら、後は神様の思召《おぼ》しを受け入れるんです」

「私が心配なのは、明日の天気だけよ」ダイアナが言った。「アンクル・エイブは、今週のなかばは雨だって予報してるの。大嵐が当たってからは、信じないではいられないわ」

アンはダイアナと違って、アンクル・エイブが嵐を当てたわけではないと知っていたので、予言は気にならなかった。アンは疲れてぐっすり眠りこんだが、途方もない時間にシャーロッタ四世におこされた。

「シャーリーお嬢様、こんなに早くお呼び立てしてすみません」ドアの鍵穴から悲しげな声が聞こえた。「まだやることがたくさんあるんです……それに雨がふりそうで心配なんです。お嬢様におきていただいて、雨はふらないって言ってもらいたいんです」

アンは窓にかけよった。自分をしっかりおこすために、シャーロッタ四世がそう言っただけであってほしいと願いながら。しかし、なんということだろう。その朝の天気は、雲ゆきが悪かった。窓の下のミス・ラヴェンダーの庭は、生まれたての淡い朝日が輝いているはずが、曇り、そよとも風がない。もみの木立に広がる空も、陰鬱な雲におおわれて暗かった。

「ひどいわ！」ダイアナが言った。

「うまくいくって希望を持つのよ」アンがきっぱり言った。「雨さえ落ちてこなければ、今日みたいな日は涼しくて、真珠色のうすぐもりで、かんかん照りの暑い日よりいいわ」

「だけども雨になりますよ」そっと部屋に入ったシャーロッタが嘆いた。頭に三つ編みをたくさんこしらえて先を白い糸で結《ゆ》わえたのが、四方八方につき出て滑稽な姿だった。「どうにか天気がもってたのに、いよいよ始まるというときに土砂ぶりになるんです。お客さんはずぶぬれ、歩いたあとで家中どろんこだらけ……結局、すいかずらの下で結婚式なんて、できないんですよ……お天道様《てんとさま》が花嫁に光を当てないなんて、人がなんと言おうと縁起《えんぎ》が悪いんですよ。物ごとはうまくいきすぎると長続きしないとは知ってましたけど」

　シャーロッタ四世は、悲観主義者イライザ・アンドリューズ嬢の言葉を借りてきたようだった。

雨はふらなかったが、今にも落ちてきそうな空模様は続いた。昼前には部屋の飾りつけもすみ、食卓も美しくしつらえた。二階では、花嫁が「夫のために衣装を装い」（6）、ひかえていた。

「本当にきれいだわ」アンはうっとり見とれた。

「すてきだわ」ダイアナも同じようにくり返した。

「何もかも整いました、シャーリーお嬢様。今のところ、困るようなことは何一つおきていません」シャーロッタ四世は晴れ晴れとして言った。そして自分の小部屋へ下がり、着替えた。三つ編みを全部ほどき、縮れてふくれた髪を二本のお下げに編み、リボンを結んだ。それも新品の目のさめるような青いリボンを二つのみならず、四つもつけた。上に結んだ二つのリボンは、シャーロッタの首から左右にのぞき、のびすぎた翼《つばさ》のようで、どこかラファエロの描く童天使《チエラブ》（7）のようだった。だが本人は大層きれいだと思った。それから固く糊をつけて服だけでも床に立ちそうな白いドレスをごそごそいわせて着こんだ。その姿を鏡でとくとながめ、大いに満足した――しかしその満足も、廊下へ出たところで消えた。客用寝室のドアから、すらりとした娘がしなやかに体にそうドレスをまとい、なめらかに波打つ赤い髪に星のような白い花を飾った姿が垣間見《かいまみ》えたのだ。

「ああ、シャーリーお嬢様みたいには、なれっこない」かわいそうに、シャーロッタは気を落とした。「あんなふうに生まれついているんだ……練習をつめば、あの雰囲気が身につくなんて、ありっこないんだ」

一時には客もそろい、アラン夫妻も訪れた。グラフトンの牧師が休暇で不在につき、アラン牧師が式をとり行うのだ。結婚式に、形式ばったところはなかった。まずミス・ラヴェンダーが階段をおりてきた。それを花婿が下で出迎え、花嫁の手をとった。ミス・ラヴェンダーは大きな茶色の瞳を上目づかいにして、花婿を見つめた。ちょうどそのまなざしをとらえたシャーロッタ四世は、今までに感じたことのない、ぞくっと妙な心地になった。新郎新婦が庭へ出て、すいかずらの棚へ歩いていくと、アラン牧師が二人を待ち受けていた。列席者たちは思い思いにつどった。アンとダイアナは古い石のベンチのそばに立った。その間でシャーロッタ四世は、冷たくふるえる小さな掌《てのひら》で、二人の手を強く握りしめていた。

アラン牧師が青い祈禱書《きとうしょ》を開き、式は進んでいった。そしてミス・ラヴェンダーとスティーヴン・アーヴィングが夫婦の誓いをたてたそのとき、まさに美しく象徴的なことがおきた。突然、太陽が灰色の雲間から顔をのぞかせ、まばゆいばかりの光を幸福な花嫁にむけて燦々《さんさん》とふりそそいだのだ。その瞬間、庭は生き返ったように、きらめく光とおどる影があふれた。

「なんてすてきな前兆でしょう」アンは花嫁にかけよってキスをした。それから三人の娘たちは、新婚夫婦をかこんで笑いさざめいている来客を残し、祝宴の用意がすべて整っているかどうか急いで家に入った。

「ありがたいことです、終わりましたね、シャーリーお嬢様」シャーロッタ四世が息をついた。「ご無事に結婚なすったからには、もう何がおきようと大丈夫です。お米の袋は配膳室《パントリー》にありますし、古い靴は扉の後ろ、泡立てた生クリームは地下室の階段にあります(8)」

二時半、アーヴィング夫妻は出発した。午後の汽車で旅立つ二人を、全員でブライト・リヴァー駅まで見送りに行った。ミス・ラヴェンダーが――いや失礼、アーヴィング夫人が住み慣れた家から歩み出ていくと、ギルバートと女の子たちが米をなげた(9)。シャーロッタ四世は古靴を放り投げたところ、見事に狙いがあたってアラン牧師の頭に命中した。しかし、とっておきのはなむけをしたのはポールだった。彼は、食堂の炉棚に飾ってある大きな古い真鍮《しんちゅう》のディナー・ベルをとり、派手に鳴らしながらポーチに飛びだしてきた。ポールはただ、華やかな音をたてようとしただけだった。しかしにぎやかな鐘の音がおさまると、今度は川むこうの木立、曲がり角、丘から、澄みきった甘い音色が「妖精の結婚式の鐘」(10)のチャイムのように次々と響きわたってきたのだ。やがてそれは少しずつ小さくなり、消えていった。あたかもミス・ラヴェンダーの愛したこだまたちが、お祝いと別れのあいさつを告げているようだった。この美しい音色の祝福を受けながら、ミス・ラヴェンダーは、夢と想像に閉ざされた古い暮らしから、そのかなたにある多忙な世界の、もっと充実した現実の暮らしへ馬車で旅立っていった。

二時間後、アンとシャーロッタ四世は、ふたたび小径にもどってきた。ギルバートは用事で西グラフトンへ行き、ダイアナは約束があり家に帰らねばならなかった。アンとシャーロッタ四世は小さな石の家を片づけ、戸じまりするためにもどったのだ。庭は、遅い午後の金色の陽ざしに満ち、蝶々は飛び、蜜蜂は羽音をたてていた。しかし小さな家にはすでに、祝祭の後につきものの言いようのない寂しさがただよっていた。

「なんだかさみしいですね」シャーロッタ四世は鼻をすすった。駅からの帰り道、泣きどおしだった。「結局、すんでみれば、結婚式といっても、葬式より楽しいこともないんですね」

続く夕方は忙しかった。飾りつけをはずし、食器を洗い、余ったごちそうはバスケットにつめ、シャーロッタ四世の弟たちへの土産にした。アンはすべてが整然と片づくまで休まなかった。シャーロッタ四世が土産を手に実家へ帰ると、アンは静まりかえった部屋を一つ一つまわった。人が去り、がらんとした晩餐会の大広間を一人きりで歩いているような気持ちで、よろい戸を閉めていった。最後に玄関に鍵をかけ、銀色ポプラのもとにすわり、ギルバートを待った。疲れていたが、それでもなお、「遠い遠い想い」(11)にふけらずにはいられなかった。

「アン、何を考えているの」ギルバートが庭の小径を歩いてきた。馬と一頭立ての馬車は、街道のはずれに置いていた。

「ミス・ラヴェンダーとアーヴィングさんのことよ」アンは夢見るように答えた。「なんて美しいんでしょう、どんなめぐりあわせで、すべてはこうなったのかしら……何年も離ればなれで仲違《なかたが》いしていた二人が、どうやってまた一緒になったのかしら」

「そうだね、美しいことだね」ギルバートは、見あげるアンの顔をじっと見おろした。「だけど、もしも二人に別れも仲違いもなかったら、もっと美しかったんじゃないかな……もし二人が手に手をとりあい、二人の過去に思い出がないのではなく、おたがいの思い出をわかちあって、一緒に生きてきたなら」

一瞬、アンの胸は妙にときめき、自分を見つめるギルバートのまなざしに、初めてためらい、青白いアンの頰が、にわかに薔薇色にそまった。まるでアンの胸の奥の意識にかかっていたヴェールが持ちあげられ⑿、思いがけない本当の感情と現実が、天の啓示として、アンに見せられたようだった。結局、ロマンスとは、立派な騎士が馬にまたがって登場するような、華々しさやらっぱの響きをともなって人生に訪れるのではないだろう。おそらく、古い友が静かに歩いてくるように、そっと静かにかたわらによりそうのだろう。たぶん、それは平凡な散文のなかに姿をあらわすのだ、そのページにふと一筋の光があたって初めて詩の韻律《リズム》と音楽が浮かびあがるように――たぶん――もしかすると――愛とは、美しい友情から自然に花開いてゆくのだろう、金色の蘂《しべ》を持つ薔薇の花が青いつぼみからすべり出ていくように。

やがてヴェールはまたおりた。しかし暮れなずむ小径を歩いていくアンは、前日の夕方、愉しげに馬車を走らせてきたアンと同じではなかった。少女時代のページは、目に見えない指によってめくられ、魅力と謎、苦しみと喜びをたたえた大人の女のページがアンの前に開かれたのだ。

賢明にも、ギルバートは何も言わなかった。しかしその沈黙のなかで、アンの赤く染まった顔を思い返しながら、これから四年間の歴史を読みとっていた。四年間、ひたむきに幸福に学ぼう――その褒美として、有意義な知識を身につけ、恋人を勝ちえるのだ。

二人の背後の庭では、小さな石の家が夕闇のなかにたたずんでいた。家は寂しげだったが、見捨てられたのではなかった。夢も笑い声も人生の喜びも、まだ終わってはいない。小さな石の家に、この先いくたびも夏はめぐりくる。それまでの間、待てばいいのだ。川のむこうではこだまたちもまた紫色の黄昏に包まれ、そのときが訪れるのを心待ちにしていた。

# 訳者によるノート——『アンの青春』の謎とき——

エピグラフ（題辞）と献辞

（1）彼女のゆくところ次々と花が咲きいずる／務めを注意深く果たし歩《あゆ》んでいく道に／我らの苦しくつらい人生の道筋も、彼女と共にあれば／美しい曲線を描くであろう／ホイティアー……アメリカの農民詩人ジョン・グリーンリーフ・ホイティアー（一八〇七～九二）の詩『丘のふところにて』第五十二節より引用。町の美しい娘が村の農夫と結婚し、娘の明るさ、堅実な仕事ぶり、賢さが、農村の人々に良い影響を与え周囲に幸せをもたらす様子を描いた詩。まわりに良き感化と光をおよぼす本作でのアンは、この詩の聡明なヒロイン像に重ね合わされている。またこの題辞は、前作『赤毛のアン』の最終章「道の曲がり角」の最後「クィーン学院から帰って、ここにすわった晩にくらべると、アンの地平線はせばめられていた。しかし、これからたどる道が、たとえ狭くなろうとも、その道に沿って、穏やかな幸福という花々が咲き開いていくことを、アンは知っていた。」に符合している。前作でアンが願った幸福の花が、本作で次々と開花していくことを題辞が暗示している。同様のつながりは、本作の最終章と、続編『アンの愛情』（一九一五）のエピグラフ（テニスンの詩の一節）の間にも見られる。［RW／In］

（2）**恩師／ハティ・ゴードン・スミス先生に捧《ささ》ぐ**……モンゴメリが教わった女性教師。本作のアヴォンリー校のモデルとなったキャベンディッシュ校で一八八二〜九二年に教諭を務めた。モンゴメリの日記一八八九年十月二十二日付（十四歳）には「ゴードン先生は私たちの先生。とてもいい先生で大好き」、一八九二年六月末日付（十七歳）には先生との別れに際し「とても名残惜しい！　真の友を失った——私の野心と努力を理解してくれるキャベンディッシュでただ一人の人。先生がいなくなったらとても寂しい」、一九〇九年九月一日（三十四歳）に本作『アンの青春』の本が届いた日は「恩師ゴードン先生に捧げた。先生の思いやりと励ましに感謝して。先生がご覧になるかどうかはわからない。先生の消息がわからないからだ。三年以上、先生から音信がない。現住所を探そうと手を尽くしているが成果はない」と書いている。モンゴメリは教師となったアンの姿を描きながら、あらためて恩師スミス先生の指導を感謝とともに思い出したのだろう。

第1章　怒りっぽい隣人　An Irate Neighbor

（1）**ヴァージルの長編詩を読みとこうと、かたく心に誓っていた**……ヴァージル（ラテン語名ウェルギリウス、前七〇～前一九）は古代ローマの詩人。アンはラテン語の古詩を読んでいる。『赤毛のアン』の最後で大学進学を断念するかわりに文学部に進むのと同じ勉強を家でしようと決意し、クィーン学院を卒業したこの夏に早くも始めている。本書第15章でもアンとギルバートがヴァージルのラテン語の詩を計画的に読んでいることが語られる。

（2）**今ではめったに使わないラテン語**……ラテン語は、二十世紀初頭まではカトリック教会の公用語であり、中世以来、学術語、外交語だったが、一般の書き言葉、話し言葉には使われない。『赤毛のアン』でアンは学校でラテン語を習った。現在も欧米の学校ではラテン語クラスがある。

（3）**J・A・ハリソン**……語源は「ハリィの息子」。ハリィは男性名であると同時に「襲撃、攻撃」という意味があり本書で初登場するハリソン氏が怒れる隣人として怒鳴りこんでくる状況と符合するのが興味深い。ハリソンさんの名のジェイムズは新約聖書に出てくるキリストの十二使徒ヤコブの英語名。またジェイムズは歴代スコットランド王の名でありスコットランド系の男性に多い。［Re］

（4）**ジャージー乳牛**……牛乳をとる酪農用の牛。乳脂肪が多くバター製造に適する。グリーン・ゲイブルズも他の農家と同様に乳牛を飼い、毎日乳をしぼり、バターやチーズに加工して保存している。

（5）**ニュー・ブランズウィック**……カナダ本土東海岸の州。本作の舞台プリンス・エドワード島とはノーサンバーランド海峡を挟んだ対岸にあたる。地図参照。

（6）**ジョン・ヘンリー・カーター**……ハリソン氏の雇い人。ジョンはキリストの使徒ヨハネの英語名。カーターは荷車《カート》を引く人、荷車御者から派生した人名。［Re］

（7）**マリラ・カスバート**……マリラは聖母マリアから派生した名前。カスバートは歴史的にはイングランド北部からスコットランドにかけて信仰されたケルト・キリスト教の聖カスバート（六三五?～六八七）が知られる。『赤毛のアン』に引用されるスコット作『マーミオン』（一八〇八）には聖カスバートの名が何度も登場する。モンゴメリは一九一一年に渡英した時に聖カスバートの修道院があったホリー島を訪ねている。モンゴメリの親族にもカスバート姓はあった。

（8）**ジンジャーという名前のおうむ**……ジンジャー（ショウガ）という名にはピリリと辛辣なイメージがあり悪態をつくおうむにふさわしい。十九世紀の欧米ではおうむは大航海と未開の南方を連想させるエキゾチックな動物だった。デフォー作『ロビンソン・クルーソー漂流記』（一七一九）、スティーヴンソン作『宝島』（一八八三）にも描かれる。南米やアフリカなどの原産でプリンス・エドワード島では非常に珍しかったが、当時の島はイギリス、カナダ東海岸、キューバなど西インド諸島をむすぶ三角貿易の中継点として海運業がさかんで海外船舶の寄港がありバハマ諸島などとも行き来があった。

（9）**忍耐は美徳だなんて言うが、もうやめるぞ**……イギリスの劇作家トーマス・モートン（一七六四〜一八三八）の戯曲『鋤《すき》に栄えあれ』（一七九八刊、一八〇〇初演）第四幕第三場「これからは忍耐は美徳だというのはやめる」の引用。「忍耐は美徳」という諺を前提とした言い回し。［RW／St］

（10）**からす麦《オート》**……イングランドでは馬の餌だがスコットランドではおかゆ（オートミール、ポーリッジ）にして朝食にする。晩冬に種をまいて夏に収穫する。アンの教え子のポールが毎朝からす麦のおかゆを食べさせられるのは、祖母のアーヴィング夫人がスコットランド人だから。からす麦を栽培するハリソン氏もスコットランド系の気配がある。第25章（4）参照。

（11）**おたくが柵をきちんと直しておけば、ドリィも押し入らなかったでしょう**……英語の諺に「隣人を愛せ、されど柵は壊すな」「良い垣根は良い隣人をつくる」がある。

（12）**シアラー**……Shearer 羊の毛を刈る（シアー shear）という動詞から派生した人名。本書では家畜と肉の商人。カーター少年とともにモンゴメリはアンの隣人たちに牧歌的な名を与えている。［Re］

（13）**競売が終わると、ほっとするよ**……第1章はマシューの死後一、二か月たった時期の出来事。マシューが世話をしていた多くの家畜をマリラとアンの二人で飼うのは大変なので、競《せ》りで売ろうとしている。マシューの手形が未払いであることも前作に書かれている。

（14）**マーティン**……もともとはフランスの守護聖人の名前、彼がフランス系カトリックの住民であることがわかる。仏語読みではマルタン。島では、マリラのような英系プロテスタントの住民は、仏系住民を農作業や家事の下働きとして雇った。背景には、仏領だった島を英国が戦争で勝って奪った歴史、プロテスタント（英）とカトリック（仏）の宗教対立がある。

(15) **メアリ・キース**……メアリは聖母マリアの英語名。キースはスコットランド語で森。マリラはスコットランド系であり、遠縁の親戚キースもスコットランドの姓。アンは生まれはノヴァ・スコシア（新スコットランドという意味）、教え子ポールのアーヴィング一家もスコットランド人であり、シリーズ第二巻の本作も、第一巻に続き主な登場人物はスコットランド系。［Re］

(16) **ブリティッシュ・コロンビア**……カナダ西海岸にある州で太平洋に面する。東海岸のプリンス・エドワード島からは四千キロも離れ、もっとも遠い。メアリの兄と連絡がつきにくいことをうかがわせる。

(17) **デイヴィ**……デイヴィッドの略称、聖書ではイスラエルの王ダビデの英語名。旧約聖書「詩編」の多くは彼の作と伝えられる。［Re］

(18) **ドーラ**……ドロシーの略称、語義はギリシア語で「神の贈り物」。

(19) **ポール・アーヴィング**……ポールはキリスト教の伝道者パウロの英語名。アーヴィングは古い英語で海の友だち。アンの親しい知人はポールもジェイムズ（・A・ハリソン）もキリスト教ゆかりの名前。［Re］

（20）**スティーヴン**……Stephen　英語の発音はスティーヴン。キリスト教では聖ステパノ（邦訳聖書ではステファノ）の英語名。原始キリスト教教会最初の殉教者で新約聖書「使徒言行録」第六章～第七章に描かれる。

（21）**ナザレから良い人物があらわれるだろうかと疑うように**……新約聖書「ヨハネによる福音書」第一章第四十六節「するとナタナエルが、『ナザレから何か良いものが出るだろうか』と言ったので、フィリポは、『来て、見なさい』と言った」からの引用。ナザレから世を救う救世主メシアが現れたと聞いたナタナエルは「ナザレから良いものが出るだろうか」と疑う。しかしイエスの人並みはずれた力を知り弟子になる。リンド夫人も島の外に良い人物がいるだろうか、と疑っているが、ポール、ハリソン夫妻など、杞憂であったことが本作を通じて描かれる。［Re／In］

（22）**天使でも君主でも権力者でも無理だった**……新約聖書「ローマの信徒への手紙」第八章第三十八節～第三十九節からの引用。「死も、命も、天使も、君主も、権力者も、現在のものも、未来のものも、高い所にいるものも、低い所にいるものも、他《た》のどんな被造物も、わたしたちの主キリスト・イエスによって示された神の愛から、わたしたちを引き離すことはできないのです」。リンド夫人のアメリカ人への不信感は強く、誰も説得できないという喩え。［In］

（1）**慌てて売って、ゆっくり悔やむ**……英語の諺「慌てて結婚して、ゆっくり悔やむ」のもじり。アンは後先考えずに慌てて牛を売り、後で悔やむ。

（2）**天使のような気分どころではなかった**……英語には「天使のような気分」として慈愛に満ちた穏やかな心地を表す言い回しがある。

（3）**オクトジェナリアンって何だろうね**……オクトジェナリアンは八十代の人々という意味。スローンは夫婦揃ってオクトジェナリアンの意味がわからないことを皮肉っている。スローン一族は善良でまじめで気前がいいが、間抜けな家系としてユーモラスに描かれる。『赤毛のアン』でアンと同級生だったチャーリー・スローンも同様。本作第6章の寄付に気前よくお金を出すのもスローン一族。モンゴメリはアン・シリーズに出てくるギリス家、パイ家などに、それぞれ異なる性格づけをしている。

（4）**仲直りの贈り物**……直訳の語意は和解のために贈る品物。聖書では神と和解する捧げ物。旧約聖書「出エジプト記」第二十章第二十四節「あなた（モーセ）は、わたし（主）のために土の祭壇を造り、焼き尽くす献《ささ》げ物、和解の献げ物、羊、牛をその上にささげなさい」。牛を勝手に売られてまた激怒するであろうハリソン氏のために、アンはケーキを和解の捧げ物として持っていく。［Re／In］

## 第3章　ハリソン氏の家へ　Mr. Harrison at Home

（1）**パイプはしまい、上着をはおっていた**……パイプ煙草は女性の前で吸わないことが紳士の礼儀。ハリソン氏はアンの前でパイプをしまい、さらに上着を着て感じよくしている。前日の癇癪をアンに申し訳なく思っていることが示されている。

（2）**おしゃべりおうむ**……原文では、telltale of a parrot 英国の子どもの囃し歌 telltale tit 「おしゃべり小鳥」のもじり。秘密が守れない者をあざけり、舌を切って罰するぞという歌で「マザーグース」に入っている。なぜハリソン氏のおうむが「おしゃべりおうむ」かといえば、「赤毛の小娘がっ」とおうむが口真似したことで、ハリソン氏がアンのいないところで同じ言い草をしたとばらしたから。おうむは隣室に移されて罰せられる。[Re／In]

（3）**思いがけない事故《アクシデント》はおきるもの**……英語の古い諺「不測の事態《アクシデント》はおきるもの」より。

（4）**前はおいしくないケーキを作ったこともありました、アラン夫人がよくご存じです**……『赤毛のアン』第21章でアラン牧師夫人にケーキを焼いたところ香料のヴァニラと間違えて痛み止めの薬を入れ、ひどい味になった。

（5）**豪華な羽根をしたおうむがジンジャーではそぐわない気がしたのだ**……ジンジャーには、生姜のほかに、その色から黄茶色、赤茶色という意味もあるため、緑色と金色のおうむには似つかわしくないとも言える。

## 第4章　意見の相違　Different Opinions

（1）**「学校運営」**……スクール・マネジメント。田舎では一つの教室の学校で全校生徒を教えることが多かった。一人の教師が一度に異なる学年と学科の子どもを指導する方法、カリキュラムのたて方などに関する教職課程の学科と思われる。

（2）《恋人の小径》……前作の原文では《恋人たちの小径》と《恋人の小径》が混在していたが、本作の英文は《恋人の小径》で統一されている。

（3）「可愛い子には鞭をくれよ」……英語の諺。直訳すると「鞭を惜しむと子どもがだめになる」。モンゴメリ本人は学校で鞭を使ったようだ。一八九四年十二月六日の日記「今ここにいる私は、ビデフォード校のきまじめな教員で、鞭と規則の使い方にたけている！」

（4）熱々の生姜《しょうが》のお茶を一杯飲んでいきなさい……生姜は風味づけとしてマーマレード、クッキー、パン、ビールなどに使われたほか、発汗と活気づけの効能があるとされ民間薬として愛用された。マリラは意気消沈しているアンを活気づけようとジンジャー・ティをすすめる。

第5章　一人前の女性教師　A Full-fledged Schoolma'am

（1）「朝日に輝くたくさんの顔」……シェイクスピア劇『お気に召すまま』第二幕第七場でジェークイズが学校に通う場面「朝日に輝く顔」の引用。モンゴメリも登校してきた子どもたちの描写に使用している。同じシーンの別の一節は本作第18章（9）、『赤毛のアン』第24章でもアンの通学風景に引用される。［RW／In］

（2）**大人の国へ旅立っていく小さな巡礼者たち**……キリスト教で巡礼とは、聖地エルサレムへの巡礼のほかに、人生は苦難をくぐり至福の天上へむかう巡礼であるという考えがある。モンゴメリが子ども時代から愛読し『赤毛のアン』にも引用したイギリスの作家ジョン・バニヤン（一六二八〜八八）が書いたキリスト教の寓話小説『天路歴程』全二部（一六七八、八四）も同じ概念から書かれ、主人公はさまざまな苦難の旅をへて天上の都市へたどりつく。

（3）**アンを一心に見つめる濃い青色の瞳には、アンの魂とどこか相通じるものが感じられた**……西洋文化では目は心の窓とされ、瞳をのぞき込むとその人の魂をうかがえるとされた。アンはポールの目から彼の魂を垣間見たのである。

（4）**ローマの建設と同じように**……ローマは一日にしてならず。古くは十二世紀の文献にもある言い回し。［St］

（5）**クラリス・アルマイラ**……クラリスは（7）のクレアの女性形。ドネルの子どもたちは兄妹で同じ名前をつけられている。アルマイラの語義はアラビア語で「お姫さま」。よってクラリス・アルマイラは「クラリスお姫さま」となり滅多にない名。ドネル夫人は飼い犬に「女王ちゃま」と名づけ、娘の名づけからも高貴を気どる趣味とわかる。［Re］

（6）**ジェイコブ**……旧約聖書「創世記」に出てくるヤコブの英語名。このヤコブは十二人の子を持ち、後にイスラエル十二部族の祖となる。信心深くて古風な名前でドネル

夫人の趣味ではない。［Re］

（7）**セント・クレア**……「聖なるクレア」という気取った名前、ドネル夫人のスノッブ趣味がわかる。ここでは少年の名だがクレアは女性にも使われ、カトリックでセント・クレアと言えばイタリアの宗教都市アッシジの女性聖人クララ（クレア、一一九四～一二五三）をさす。［Re］

（8）**シェイクスピア**……ウィリアム・シェイクスピア（一五六四～一六一六）。イギリスの劇作家、詩人。［Re］

（9）**『失楽園』**……イギリスの詩人ジョン・ミルトン（一六〇八～七四）による長編叙事詩（一六六七）。旧約聖書のアダムとイヴの楽園追放、人間の原罪が描かれる。自叙伝によるとモンゴメリは子どものころから読んでいた。また一八九五年十二月の日記によると、ハリファクスでの学生時代に『失楽園』に関する論文を書いた。

（10）**パグ犬**……小型犬、中国原産でチンに似る。十六世紀以降、欧州にも広がった。本書の十九世紀末の北米では東洋的な文物は珍しく洒落たものとされた。エキゾチックな東洋犬によって、モンゴメリはドネル夫人の贅沢な嗜好を表している。

（11）**磁器の皿で食べさせる**……東洋では磁器は古くから使われたが、西洋では十六世紀以降に中国などから輸入されて広まった貴重品。欧州のマイセン、セーブルなどが独自に製造できるようになったのは十八世紀に入ってから。北米では生産地がないため輸入品でさらに高価だった。そんな高価な磁器で犬に餌を与えるのでドネル夫人はどうかしているとリンド夫人は語る。

(12) **私だったら最後の審判がこわくて**……最後の審判とは、この世の終末に神が人を裁くというキリスト教の考え。リンド夫人はなぜ審判がこわくて犬と同じ食卓で食べないかといえば、キリスト教では人間より一段下に置かれる動物と同じ食卓で食事をすることと、神に捧げるべき愛を動物に過剰にむけることが教義に反するとリンド夫人は考えているから。

第6章　男も……そして女も人さまざま　All Sorts and Conditions of Men... and Women

(1) **男も……そして女も人さまざま**……直訳すると「あらゆる階級、種類の男たち……そして女たち」。このもとになった「あらゆる階級、種類の男たち」All sorts and conditions of men は、もともと英国国教会の祈禱書の一節、今は熟語。モンゴメリはそこに「……そして女も」と付け足している。[Re／In]

(2) **あきのきりん草**……ゴールデンロッド、直訳すると「黄金の杖」。くきが高くのび鮮やかな黄色の花を咲かせる。九月の島を訪ねると、初秋の野原に、あきのきりん草がうす紫色のアスターとともに咲いている。

(3) **アスター**……晩夏から秋にかけて野に小さな菊に似た花を咲かせる。シオン、エゾギクの総称。花びらは白、桃色、青、紫など、芯は黄色。アスターはギリシア語の「星」にちなむ。

（4）**エデンの園に残された一日**……人類が失った楽園のように美しく得難い一日。エデンの園は人類の始祖アダムとイヴが住んだ楽園。二人の過ちによりエデンの園を追放され人間は楽園を失った。旧約聖書「創世記」第二章第八節～第三章第二十四節。

（5）**かかる日に生きる無上の喜びよ、されど枯れたもみの香をかぐはまさに天国なり。これは三分の二がワーズワースで、三分の一がアン・シャーリーよ**……イギリス湖水地方の桂冠詩人ウィリアム・ワーズワース（一七七〇～一八五〇）の詩『フランス革命』（一八〇五）の四～五行「かかる夜明けに生きた無上の喜びよ、されど若さこそがまさに天国であった」のもじり。この詩は、君主制を倒したフランス革命を新しい時代の夜明けととらえ、そうした夜明けに若い日々を生きた喜びを詠ったもの。ワーズワースは革命に共鳴して二十代で渡仏するが、英仏の開戦、革命の恐怖政治への変質に失望して帰国した。［In］

（6）**木の精《ドライアド》**……ギリシア神話、ローマ神話の乙女の姿をした妖精ドリュアスの英語名。英米の詩では森の妖精、木の精霊としてしばしば描かれる。

（7）**森の精《ニンフ》**……ニンフは少女の姿をした美しい妖精、ギリシア、ローマ神話で山、森、川にすむとされる。

（8）**『エッジウッドの日々』**……エッジウッドはアメリカ東部メリーランド州、ケンタッキー州などにある市の名。カナダでは古い公的な地名としては見当たらないが、現在はノヴァ・スコシア州の地名、オンタリオ州の湖名などにある。

（9）**『薔薇のつぼみたちの園《ガーデン》』**……薔薇のつぼみには美しい少女、青春の乙女という意味がある。よってこのタイトルは、愛らしい娘たちの小説を思わせる。

（10）**トロント**……カナダ中南部オンタリオ州の州都。カナダ最大の都市。モンゴメリは本作発行の二年後、一九一一年に結婚してプリンス・エドワード島から約千三百キロ離れたトロントの北東約六十キロにあるリースクデイルに移り住んだ。それから一九四二年に亡くなるまでの三十一年間トロント周辺と市内で暮らした。アン・シリーズのうち『赤毛のアン』と本作は島で、第三巻以降はオンタリオ州で書かれた。

（11）**イライシャ**……イライシャはもともとは旧約聖書の人物、ヘブライの預言者。日本語訳聖書ではエリシャと表記される。第16章（2）（3）参照。預言者とは神の言葉をあずかり、民に伝える指導者。イライシャは改善協会は求婚クラブだと言い、現実になる。

（12）**涙の谷間**……幸福な天国に対して、苦難の多いこの世をさす。キリスト教では、現世は涙の谷間を通り天国へむかう道筋とされる。

（13）**気前をよくする前に正しくあれ**……英語の諺「気前をよくする前に、至当《しとう》たれ」。同じ諺はイギリスの作家チャールズ・ディケンズ（一八一二〜七〇）の『マーティン・チャズルウィット』（一八四三〜四四）第十三章、『デイヴィッド・カパーフィールド』（一八四九〜五〇）第十三章にも登場。［St］

（14）**モントリオール**……カナダ東部ケベック州の商業都市。フランス系カトリックの住民が多い。モンゴメリは一八九〇年と翌年、島とカナダ西部を往復した時に立ちよっている。

（15）**レイヤーケーキ**……直訳すると層のあるケーキ。ふくらし粉《ベーキングパウダー》を使ってふんわりと高く焼いたスポンジケーキを横に薄く切り、間にジャムやクリームを挟んで層（レイヤー）をなすケーキ。十九世紀にふくらし粉が発明されて流行した当時の新しいお菓子。ふくらし粉の開発以前は、伝統的などっしりしたパウンドケーキだった。

（16）**ヴァニラは大さじ一杯で充分でしょうかな**……これではヴァニラが多すぎる。濃度にもよるが液体ヴァニラはケーキ一つに数滴。こんなことも知らないブレア氏をアンとダイアナは気の毒に思いケーキ作りを手伝う。

（17）**春の復活祭《イースター》**……金曜日に磔《はりつけ》にされ日曜日に生き返ったキリストの復活を祝う祭り。三月下旬から四月にあたるため、欧米では長い冬が去り明るい春の訪れを喜ぶ祭りでもある。ホワイト氏は息子の誕生に、春の太陽のように顔を輝かせていた。

第7章　義務を語る　The Pointing of Duty

（1）**ピーター・ブリュエット夫人**……『赤毛のアン』第6章に登場した夫人。孤児院からグリーン・ゲイブルズに間違ってきたアンはこの夫人に子守りとして引き渡されそうになるが、マリラは良心の呵責を感じアンを引きとる。本作でもギルバートの悪評を本人に聞かせる役回りで登場。ギルバートは彼女の息子トミー・ブリュエットを教えている。本作第24章。

（2）**ハーモン・アンドリューズ夫人は、先生がおとぎ話《フェアリー・テイル》を読んで聞かせるのに反対……**ハーモン・アンドリューズ夫人はアンの同級生で優等生のジェーン・アンドリューズの母、人気者のアンに少々対抗心を持っている。おとぎ話は妖精や魔法が出てくる超自然的な物語であるため、神と精霊のみ認めるキリスト教の厳格な信者は必ずしも賛成しなかった。

（3）**アンは生まれながらに光の子らの一人……**光の子らとはキリスト教の神への信仰と愛に満ちた人。聖書では三か所に「光の子ら」が登場。新約聖書「ルカによる福音書」第十六章第八節、「ヨハネによる福音書」第十二章第三十六節「光の子らとなるために、光のあるうちに、光を信じなさい」、「テサロニケの信徒への手紙　一」第五章第五節「あなたがたはすべて光の子ら、昼の子だからです」。［In］

## 第8章

マリラ、双子を引きとる　Marilla Adopts Twins

（1）**デイヴィの瞳は小妖精《エルフ》のように茶目っ気たっぷりで……**エルフは小さな姿の妖精。人間にちょっとした悪戯をすることで知られる。第13章（11）参照。

（2）**ドーラの口もとは「とりすましていた」……**原文ではprunes and prisms（プルーンズ・アンド・プリズムズ、直訳すると「西洋すももと光学プリズム」）。チャールズ・ディケンズの小説『リトル・ドリット』（一八五五〜五七）第二巻第五章の言葉。リトル・ドリットことエイミィ・ドリットは女らしい話し方を教わり、pで始まる言葉はおちょぼ口で品がいいとして「プルーンズ・アンド・プリズムズ」という言葉を常日頃から言うように勧められる。今では熟語的に「とりすました」という意味に使われ、ドーラのおすましぶりがうかがえる。オルコット『若草物語』（一八六九）、ジョイス『ユリシーズ』（一九二二）、アン・シリーズ第三巻『アンの愛情』第35章にも使われる。［In／RW］

（3）**世界広しといえども、この一家だけは事故《アクシデント》などおきない**……ディケンズの小説『デイヴィッド・カパーフィールド』第二十八章「どんなにきちんとした家庭でも事故は起きる」のもじり。モンゴメリはこの小説を再読したと一九〇五年五月二十日の日記に書いている。［Lo］

## 第9章　色の問題　A Question of Color

（1）**聖具室**……祭服や礼拝の聖具を保管する。また教会や日曜学校の事務室、祈禱室として使われることもある。

## 第10章　デイヴィ、刺激を求める　Davy in Search of a Sensation

（1）**人さし指をふった**……人を批判、注意するときの仕草。

## 第11章　現実と空想　Facts and Fancies

（1）**ひき蛙を殺してはいけない理由は何ですかってきいたら、ベンジー・スローンが大まじめで「あくる日に雨がふるからです」**……ひき蛙を殺してはいけない理由は、畑の作物を荒らす害虫を食べてくれるから。殺虫剤を使わない昔ながらの農法ではこうした小動物が大切だった。そこからひき蛙を殺すと雨になるという迷信が生まれた。

（2）**トーマス・ア・ベケットは蛇《スネイク》として聖者の位に列せられた**……トーマス・ア・ベケット（一一一八?～七〇）はイギリスの聖人・カンタベリー大司教。正しくは「聖人として聖者の位に列せられ認められた」。蛇（スネイク snake）と聖人（セイント saint）を生徒は間違えている。旧約聖書では蛇は人を惑わす邪悪なものとされ、この間違いはいっそう滑稽である。

（3）**ウィリアム・ティンダルは新約聖書を書いた**……ウィリアム・ティンダル（一四九二?～一五三六）はイギリスの宗教改革者・殉教者。新約聖書をギリシア語の原典から英訳して現在の英訳聖書の基本を作った。

（4）**最新型の自転車**……自転車は十九世紀初めにドイツで発明され、英仏でさまざまに改良されて人気を集めた。現在と同じ空気入りタイヤでペダル式、後輪チェーン駆動、前輪後輪が同径の二輪車は一八八〇年代後半に製品化。本作の背景となる一八九〇年ごろはまさに話題の最新式の乗り物で、ギルバートが乗っている。

（5）**バーバラ・ショー**……この女の子は手足が何本もあるかのように落ちつきがなく、

しょっちゅう転んだり物を壊したりする様子が本作に描かれる。そうしたキャラクターにふさわしいユーモラスな手紙をモンゴメリは造形している。

（6）**イギリスのユニオン・ジャックのほうが、アメリカの星条旗より立派だ**……当時カナダに統一された独自の国旗はなく、宗主国の英国旗ユニオン・ジャックか、各州の旗の一部に英国旗をあしらったものを使っていた。現在のかえでの葉（メイプル・リーフ）のカナダ国旗は一九六五年に法律で制定された。

（7）**水の魔物《ケルピー》**……スコットランドの妖精で水魔。馬の姿であらわれ、人を水に誘ったり水死を予言したりする。時には髪を水草で飾った美青年となってあらわれる。

（8）**ムール貝の裏側**……ムール貝は黒い貝殻の二枚貝、裏側は真珠貝のように虹色に光る。島の名産の一つ。二十世紀初頭からは入江に養殖され、白ワイン蒸し、チャウダー等にする。

第12章　ヨナの日　A Jonah Day

（1）**ヨナの日**……ヨナは旧約聖書「ヨナ書」の主人公、ヘブライの預言者。神に背いたため次々と災難にあうことからヨナの日とは不運続きの厄日を意味する。この章でアンが数々の災難に襲われることを暗示する。

（2）**一晩中、歯がうずいて痛み、アンは朝までまんじりともしなかった**……モンゴメリの日記一八九四年六月六日「一晩中、歯が痛み、今朝起きあがると、顔の左半分が大きくはれ上がっていた。何という見てくれだろう！（中略）大学へ行くと、ふくらんだ頬に誰もがびっくりした」

（3）**退屈で、味気なく、生き甲斐がない**……シェイクスピア劇『ハムレット』第一幕第二場より引用。王子ハムレットが父の急死と母の再婚を嘆き世を呪う言葉。歯痛で寝不足のまま起きたアンの陰鬱な気分を表す。同じ一節は『赤毛のアン』第26章にも引用。［In］

（4）**プディング**……卵・牛乳・砂糖を蒸し焼きにした一般的なプディング（プリン）のほか、ブランマンジェ、ケーキ、ゼリーなども含めて柔らかい菓子類、デザート全般をさす。

（5）**誰かさんが「ヘルクラネウムばりの超人的な努力」と呼んだ**……ヘルクラネウムはイタリアの古代都市でヴェスヴィオ火山噴火によりポンペイとともに埋没した。この言い方は間違いで正しくは「ヘラクレスばりの超人的な努力」。ヘラクレスはギリシア神話最大の英雄で不死を手にするため十二の難関を切り抜けた。よってヘラクレスばりの努力とは、至難の超人的な大仕事という意味。アンはそれほどの苦労をして涙をこらえたという喩え。言い間違えた「誰かさん」とは当時のアメリカの人気小説のヒロイン、ジョサイア・アレンの妻ことサマンサ・アレンという農婦。これはマリエッタ・ホリー（一八三六～一九二六）作『サマンサ、女性問題を考える』（一八八九二）第二章より引用。サマンサ・シリーズは『赤毛のアン』第38章にも登場。モンゴ

メリは一九〇二年六月二日の日記にジョサイア・アレンの妻について書いている。〔RW／Re〕

（6）**プラム・ケーキといえども、病める心の慰めにはならないわ**……シェイクスピア劇『マクベス』第五幕第三場「おまえ（王の侍医）といえども病める心を慰められないのか」のもじり。スコットランドの将軍マクベスは妻と共謀して国王ダンカンを殺害し、王位を奪った。しかし妻は罪悪感から自分の手が血まみれになる幻影を見るようになって心を病み、王の侍医でも治すことができない。マリラの絶品のプラム・ケーキといえども苦悩するアンの心は治せないのでは、という引用。モンゴメリは一九一一年の渡英でダンカン王の墓があるとされるスコットランド西部の小島アイオーナ島へわたり墓地を訪れている。〔RW／In〕

（7）**「朝ごとに、新しく始まり／朝ごとに、世界は新しく生まれる」**……ダン・カスターの詩『朝ごとに新しく始まり』に同じ一節がある。昨日の不運を引きずらず新しい今日を幸福に生きようというアンの心がけを伝える一節。〔In〕

## 第13章　夢のような《ゴールデン》ピクニック　A Golden Picnic

（1）**緑の巻き毛をした小妖精《ピクシー》**……イングランド由来のいたずら好きな森の小さな妖精。髪や体や衣服は緑色、とがった耳があり、とがった帽子をかぶるとされる。

（2）**三月には生まれなかったわ。もちろん春に生まれたわ**……日本では三月に春が訪れるが亜寒帯の島の三月はまだ冬。春は六月に訪れる。この章は早春の六月。

（3）**メイフラワー**……メイフラワーは春五月《メイ》に咲く花の総称。北米ではいわなし、正式な英語名はトレイリング・アービュータス。高さ十センチくらいの多年草。春に良い香りのする白や薄桃色の小さな花をつける。

（4）**ゼリー・タルト**……英語のゼリーはゼラチンで固めたゼリーのほかに、果実に含まれるペクチンで固まったゼリー状の透明なジャムもさす。林檎ジャム、いちごジャムなど。ここではそうしたジャムを乗せたタルトを意味する。

（5）**ドロップ・クッキー**……クッキーの生地を型で抜かずに柔らかなたねを天板に垂らして（ドロップ）焼く菓子。

（6）**きんぽうげのケーキ**……全卵に加えて卵黄をかなり多めに入れて生地を黄色くする。表面の砂糖がけにも卵黄を混ぜ、春の花きんぽうげのようにきれいな黄色のお菓子となる。

（7）**「立ち去れ、厭《いと》わしき憂いよ！」**……イギリスの古民謡《バラッド》、作者不詳。日々の憂いは忘れ、愉快にすごそうという庶民の心意気が唄われた。原形はフランスにもあり、英語最古の記載は十七世紀のジョン・プレイフォード（一六二三〜八六？）編纂『音楽の手引き』にある。［RW／In］

（8）**いたたまれない人だっているわよ**……原文では too hot to hold いたたまれなくなる、こっぴどくやられるという言い回し。［Re］

（9）**象の耳《エレファンツ・イヤーズ》**……ベゴニア。特に大きな葉のベゴニアをさす。

（10）**木の妖精《ニンフ》**……ニンフはギリシア神話で、乙女の姿をして山、川、泉、木に棲むとされる妖精の総称。それぞれに異なる名前があり、『赤毛のアン』でアンが愛する木の精ドライアドもニンフの一つ。

（11）**森の悪い小妖精《エルフ》**……エルフはデンマークや北ドイツなどの北欧の伝説に由来する小妖精。エルフには明るい日なたに棲む色白金髪の良い妖精と、暗い森に棲む悪くて醜い妖精の二種類があるとされ、いずれも群れなして暮らし、自分たちの場所に訪れる人間や動物にいたずらをするとされる。アンの台詞（妖精が群れなしている、踊る、いたずらをする）は古い妖精伝説に基づいている。本作第21章の暗い森にも登場。

（12）**水仙の花また花が風にかろやかに首をふりながら、青々した若草のうえに咲き広がっていた**……モンゴメリが愛読したイギリスの詩人ワーズワースが湖水地方の春を歌った詩『黄水仙』を思わせる。金色に輝くおびただしい黄水仙がそよ風におどり、頭をふる様子が描かれる。

（13）**ルーン文字**……もともとは古代北欧のゲルマン人の文字。ルーン文字を刻んだ古い石碑などから神秘的な記号や文字も意味する。

（14）**赤い赤い薔薇**……スコットランドの詩人ロバート・バーンズ（一七五九〜九六）の詩『赤い赤い薔薇』を思わせる。一行目は「ああ、ぼくの恋人は赤い赤い薔薇、六月に花咲きそむる」。ダイアナを熱愛するアンらしい台詞。六月という時期も、詩と本

文は一致。モンゴメリは一九一一年にバーンズの生家をスコットランド南西部アロウエイに訪ねている。［In］

第14章

（1）危険は去った　A Danger Averted
**煮豆《ベイクド・ビーンズ》**……インゲン豆を塩漬けの豚肉、香辛料などと調理した料理。冷蔵庫のなかった当時、蛋白質は畜肉よりも乳製品や豆類からふんだんにとられた。

（2）**青柳模様《ブルー・ウィロー》の大皿**……ブルー・ウィローは中国の藍染めつけの模様を真似て、十八世紀以降の英国で作られた磁器の文様（口絵）。青色で、東洋的な太鼓橋、そのたもとに柳が風に揺れ、楼閣、中国人の男女三人、二羽の鳥が描かれる。異国趣味で珍重された。現在も骨董品として人気がある。英国の高級磁器は十八世紀末のミントン社、十九世紀初頭のドルトン社から発達した。大皿 platter は浅い楕円形の皿で肉や魚を盛り、それを銘々の皿に取り分ける。

（3）**「アンクル・エイブ」**……エイブはエイブラハム（日本語聖書ではアブラハム）の愛称、旧約聖書ではイスラエルの民の祖とされる大預言者。預言者は神の言葉を神託として受けとり預かる人物。一方のエイブおじさんは天気の予言者だが、モンゴメリは彼の予報に、預言 prophet と予言 predict の両方を使っている。

（4）**他の預言者と同じように、地元ではろくに尊敬されていなかった**……イエスが布教を始めた当初、生まれ故郷のナザレで神の教えを説いても、イエスの生いたちや両親、親族をよく知っている地元の人たちは信用せず相手にしなかったという聖書の一節にちなむ。アンクル・エイブも地元のアヴォンリーで予言をしても信用されなかったという意味。新約聖書「マルコによる福音書」第六章第四節、「マタイによる福音書」第十三章第五十七節、「ルカによる福音書」第四章第二十四節、「ヨハネによる福音書」第四章第四十四節に記載がある。［In］

（5）**マシューに忠義をたてて、アンも熱烈な保守党支持者だった**……『赤毛のアン』第18章と第25章にマシューが保守党支持者であることが書かれている。保守党の党首でカナダ初代首相を務めたジョン・A・マクドナルドは『赤毛のアン』第18章に登場。

（6）**手紙を郵便局から持って帰るところだった**……郵便配達制度はまだなく、郵便局へ行って自分宛または家族宛の手紙を受け取った。

（7）**教理問答集**……聖書の教えを問答形式にして短くまとめた書物。

（8）**「神様はジャム《プリザーヴ》をお作りくださり」**……プリザーヴは「（危害や腐敗から）保存する、保護する」という意味。保存という語義から果物の保存食の砂糖煮（ジャム、プリザーヴ）、保護という意味から神がお守りくださる、という二つの意味がある。食いしん坊のデイヴィは砂糖煮しか知らないところが可愛らしい。

（9）**安息日でお休み**……安息日はキリスト教では日曜日で、一切の労働、娯楽をしてはならなかった。そこでデイヴィは神様はいつジャムを作るのか不思議だったのだ。安息日の日曜、子どもは静かに教義を学び、行儀良くしなければならず自由に遊ぶことも禁止された。そのためデイヴィは天国が安息日だけなら行きたくないと語る。当時の北米の長老派教会の信徒には毎週の教会礼拝、毎晩の祈り、飲酒・華美の禁止など生活全般に厳密な決まりがあった。

（10）**馬鍬《まぐわ》**……鉄の歯がついた農具。畑の土を粉砕し、除草し、平らにならす。砕土機。昔は馬に引かせた。

（11）**自分の升《ます》で人のとうもろこしをはかる**……自分の尺度で他人を評価すること。十七世紀の文献にも見られる古い諺。［St］

## 第15章　夏休み、始まる　The Beginning of Vacation

（1）**おかゆ《ポーリッジ》**……オートミール。挽き割りにしたからす麦を煮て、暖めたミルク、黒砂糖などをかける。スコットランド系の朝食。ポールを育てる祖母アーヴィング夫人は生粋のスコットランド人と本作に書かれている。

（2）**「その王国のなんと美しいこと／想像が、風景の扉を開きゆく」**……出典不明。

（3）**「太陽の東、月の西」**……ノルウェーの民俗学者ペーテル・アスビョルンセン（一八一二～八五）、ノルウェーの詩人・民俗学者・神学者ヨルゲン・I・モウ（一八一三～八二）が国内各地で収集して『ノルウェー民話集』（一八四一～四四）に収めた民話『太陽の東、月の西』のタイトルにちなむ。この民話集は、イギリスの民俗学者・ジャーナリストのサー・ジョージ・ウェブ・デーセント（一八一七～九六）によって『北方民話』（一八五九）として英訳紹介された。内容は、魔法で白クマにされた王子にとついだ娘が、魔法をとく方法を求めて太陽の東、月の西と世界中を旅してまわる。最後に魔法をかけた魔女を退治し、人間にもどった王子と幸せになる。［In／Re］

（4）**生まれたときに良い妖精たちがさずけてくれる贈り物**……童話『眠り姫（いばら姫）』を思わせる。眠り姫は誕生時に良い妖精たちから贈り物を授かる。この童話はフランスの作家シャルル・ペロー（一六二八～一七〇三）の『昔々の物語』（一六九七）、ドイツの文献学者グリム兄弟（ヤーコプ／一七八五～一八六三、ヴィルヘルム／一七八六～一八五九）が編纂した『子どもと家庭のための昔話集』全二巻（一八一二、一五）に収録され、早くから英訳された。また本作第28章と続く第三巻『アンの愛情』冒頭のエピグラフも『眠り姫』にちなんでいる。

（5）**おいしいごちそうを口のなかで転がすように**……イギリスの聖職者マシュー・ヘンリー（一六六二～一七一四）の著書『全聖書注釈』（一七一二）第二章第四節にこの表現が登場。旧約聖書「エゼキエル書」の解説部分。以後さまざまな聖職者が説教や著書で使用。アンは牧師夫人と話しているため聖職者の言い回しを使っている。［In］

（6）**ローウェルも言っているわ、「失敗は罪ではない、低い志こそ罪である」**……有名な一節でアメリカの詩人・批評家ジェイムズ・ラッセル・ローウェル（一八一九～九一）の詩『署名によせて』第五節「大志を抱いて書き始めよ！　だが汝には／一行しか書く時間はない、もっともそれで／人生は上等なのだ／罪なるは失敗ではなく、低い志にある」からの引用。人生を生きることをペンで物語や署名を書くことに託して語った詩。ローウェル作品は『赤毛のアン』第2章にも引用される。［In／RW］

第16章　望んでいることの中身　The Substance of Things Hoped For

（1）**望んでいることの中身**……新約聖書「ヘブライ人への手紙」第十一章第一節「信仰とは望んでいる事の中身を確信し、見えない事実を確認すること」の引用。アンが望んでいることの中身、つまり前章でアンが語ったモーガン夫人の来訪が決まることを意味する。［RW／In］

（2）**エリヤとエリシャ**……紀元前九世紀のイスラエルの預言者。旧約聖書「列王記上」第十七章から「列王記下」第十三章に登場。

（3）**エリヤは天国に行くとき、エリシャに何を残しましたか**……ミルティは「古着です」と答えるが、正しくは外套。預言者のエリヤとエリシャの前に、火の馬に引かれた火の戦車があらわれ、エリヤだけを天へ連れていった。まもなく天からエリヤの外套が落ちてくる。エリシャが手にすると不思議な力を得て彼も預言者となる。「列王記下」第二章第十一節から第十四節。

（4）**天井の上は屋根裏しかないから、天国の場所がわかったんだよ**……一歳で母を亡くしたモンゴメリも四歳のとき、亡き母のいる天国は天井の上の屋根裏にあると信じていたと自叙伝にある。理由は本作と同じく、叔母に天国をたずねたところ黙って天井を指さされたから。幼いモンゴメリは天国へ行き母に会いたいと願っていた。

（5）**七月の暑いさなかに火の前で煮炊きするなんて**……調理は薪ストーブでするため、夏は暑かった。

（6）**白いモスリン**……モスリンは柔らかな平織の綿織物。白いモスリンのドレスは淡い色が流行した当時、少女らしい昼の服装だった。

（7）**ロングフェロー**……アメリカの詩人ヘンリー・ワズワース・ロングフェロー（一八〇七～八二）。ロングフェロー作品は『赤毛のアン』にも『乙女』（第31章）、『刈り人と花々』（第37章）が引用。

（8）**「いにしえの芸術において／作り手たちは細心の注意をはらって仕事をした／こまかいところも目に見えないすみずみも／神はすべてをお見通しになるからだ」**……ロングフェローの詩『建設者』第五節の引用。詩は「人はみな運命を築く建設者／人生の時間という囲いのなかで働く」と始まる。［In／RW］

第17章　思いがけない災難続く　A Chapter of Accidents

（1）**アフタヌーン・ドレス**……西洋服は一日の時間帯によってドレスコードが変わる。アフタヌーン・ドレス（日中服）、カクテル・ドレス（夕方服）、イヴニング・ドレス（夜会服）。男性も日中のモーニング・コート、フロック・コート、夜の燕尾服がある。

女性のアフタヌーン・ドレスは近代アメリカに生まれた外出着で、昼下がりまで着用。特徴は夜会服のドレスコード（深い衿ぐり、絹地または透ける素材、踵まで隠す長い丈）の反対で、衿がつまって肌を見せず、木綿や麻地、丈もひきずるほどは長くない。

（2）**ローン地**……木綿または亜麻の細い糸を平織にした、透きとおって張りのある薄手の生地。夏服やハンカチ、カーテンなどに使われる。

（3）**ブルーベル**……青い釣り鐘（ベル）のような花をつける可憐な野草、ホタルブクロ属。とくにスコットランド・ブルーベルは鮮やかな群青色の花をつけ、モンゴメリは一九一一年に訪れたスコットランドで目にしたその美しさを自叙伝に書いている。［Re］

（4）**馬の毛を織った固いソファ**……馬毛織りは縦糸に木綿や麻糸、横糸に馬の尻尾やたてがみの長い毛を使った織物。美しい光沢があり、かつては上質なソファなどに使われた。現在のグリーン・ゲイブルズの客間にも黒い馬毛織りの生地を張ったソファが展示されている。

（5）**スノーボール**……ガマズミ属の低木。アジサイのように小花が集まって白い玉のように咲くことからスノーボール（雪の玉）の名がある。島では夏の庭先によく見かける。現在のモンゴメリ生家の玄関横に植えられている。

（6）**重ね棚**……部屋の隅に置く飾り棚で、三角形または扇形の棚が段々に重なる。現在のグリーン・ゲイブルズの客間にもある。

（7）**テーブルクロス《リネン》**……リネンは亜麻糸で織った薄い織物で、夏の衣服やテーブルクロス等に使用される。日本ではフランス語に由来するリンネルという言葉も使われる。

（8）**ブレッド・ソース**……パン（ブレッド）を使ったスコットランド伝統のソース。小麦粉を使う仏料理のホワイト・ソースに似るが、パンを使うのでとろみが強い。材料は白パンを低温のオーヴンで乾燥させて作ったパン粉、牛乳、クローヴ、みじん切りの小玉ネギ、月桂樹の葉、生クリーム、塩、シェリー酒など。七面鳥やとり肉、牛肉のローストに温めて添える。アンはスコットランド風のロースト・チキンを用意している。［In］

（9）**『わかりまちた』**……原文はI seen. 正しくはI see.（わかりました）、またはI've seen.（見たことがあります）だが、それを幼児風または田舎風に言ったもの。

（10）**『青ひげ』の物語に出てくる自分と同じ名のヒロインが、塔の開き窓から外を見るようだった**……『青ひげ』はフランスのシャルル・ペローとドイツのグリム兄弟が編纂した童話集に収録、英訳紹介された。グリム版にはアンという女性名は出てこないが、ペロー版『青ひげ』の主人公の姉はアンヌ（Anne）といい、英語読みではアンで同じ名前。青ひげに殺されそうになった妹のために、アンヌは塔の窓から外を見て助けを待つ。今か今かとモーガン夫人を待つアンの不安が重ねられている。

（11）**大皿を送ってくれ、二十ドルも出して買ったから、よく気をつけてほしい**……ミス・バリーがアンに貸して割れた青柳模様の皿は、イギリスで作られ十九世紀のカナダに渡った骨董品で、古いものは当時から百年ほど前の品となる。価格の二十ドルは現在の貨幣価値で十五〜十八万円くらいか（モンゴメリの日記一八九五年九月十五日によると、前年からの教師生活一年めで百八十ドルの年俸を得ている。女性教師は男性より給料が低かった）。［Re］

（12）**義務を果たすよう期待されている**……イギリスが、フランス・スペイン連合軍と戦ったトラファルガーの海戦（一八〇五）で、英国提督ホレイショー・ネルソン（一七五八〜一八〇五）が「英国は、諸君一人一人が義務を果たすよう期待する」と語り、奮闘ののち勝利した。しかし彼は、スペインの英国本土上陸を阻止するも被弾し、「神に感謝す、われはわが義務を果たせり」と語って戦死、英国全土が喪に服した。この二つの名文句のもじり。ネルソンの言葉に鼓舞されたかのように、アンは災難続きにもめげず期待されている義務を果たそうと「じゃが芋をつぶす」というのがモンゴメリ流のユーモア。ロンドンのトラファルガー広場にはネルソン提督を称える記念碑がある。［Re］

（13）**料理人が多すぎるとスープができそこなうっていうケース**……英語の諺で関わる人や指図する人が多すぎて、物事がかえって失敗すること。日本でも似た意味の「船頭多くして船山に登る」がある。ここではダイアナ、アン、マリラがそれぞれ鍋に砂糖を入れて甘すぎる豆料理になった。

（14）**浮き世のことはさておいて**……シェイクスピア劇『ヘンリー四世』（一五九七作、

初演）第一部第四幕第一場一〇五行、ホットスパーの台詞「浮き世のことはさておいて」より引用。ヘンリー四世は一三九九年から一四一三年に在位した英国王。この史劇は、ヘンリー四世の息子ハル王子が「浮き世のことはさておいて」仲間たちと遊び呆け放蕩ののちに良き君主になるまでを描く。［RW／In］

第18章　トーリー街道の変てこ事件　An Adventure on the Tory Road

（1）**トーリー**……保守党の別名。トーリー街道（保守党街道）はその名にそぐわず保守党員がいない上に住人もろくにいないので使われていない。そこでダイアナは無用の長物だと批判している。

（2）**「月の山々のかなた／影の谷の底」**……アメリカの詩人・作家エドガー・アラン・ポー（一八〇九～四九）の有名な詩『エルドラード』第四節の引用。エルドラードは、もともとスペイン人が南米を侵略したときアマゾン川流域にあると想像した黄金の国。転じて豊かな桃源郷という意味で使われる。ポーの詩では、さまよう影（幽霊）が、黄金の里エルドラードは「月の山々のかなた／影の谷の底」にあると歌う。そしてアンは眠りの国はエルドラードにあると言う。つまり人の行けない遠い国にあると答えている。［In］

（3）**もし読者がご存じなく、興味がおありなら、アンの幼い日の物語をごらんいただきたい**……『赤毛のアン』第19章でアンとダイアナが客間のベッドに飛び乗ったところジョゼフィーンおばさんが寝ていて騒動になった。

（4）**やなぎ蘭《らん》**……fireweed　直訳すると火跡地《かせきち》雑草。だんどぼろ菊、またはやなぎ蘭。開墾地や焼け跡などに生える強い雑草。人の手の入らない荒れ地であることがわかる。やなぎ蘭は草地に群生し高さ〇・五〜一メートル、柳に似た葉で、夏に赤紫の花が咲く。一方のだんどぼろ菊は小さな白い地味な花が咲く。本文では燃えたつようにaflameとあるため、鮮やかな赤紫の花が咲くやなぎ蘭と思われる。

（5）**自由党**……当時のカナダは国の連邦議会でも島の州議会でも、大英帝国寄りで保護貿易主義の保守党と、自由貿易主義でやや米国寄りの自由党の二大政党が政権を奪いあい対立していた。文中のマーティン・ボーヴィエは名前からフランス系。自由党支持者はフランス系が多かった。

（6）**木の破片の長いのが、突き刺さっているの**……この章のアンの失態は、一八七〇年代から二十世紀初めに人気のあった笑い話『ソケリーはいかにして雌鳥《めんどり》に卵を抱かせたか』（作者不詳）をそのままモチーフにしている。ドイツ移民のソケリーが納屋の高いところにいるめんどりに卵を抱かせようと大樽を踏み台にしてあがろうとしたところ、樽を突き破って落ち、胴体がはまって動けなくなり斧で割ってもらい助け出される騒動をドイツ語訛りの英語でユーモラスに語る。『赤毛のアン』第19章の演芸会でサム・スローンがこれを語り、アンは大笑いする。

（7）**「カナダ婦人」に送るべきよ**……モンゴメリも十代初めからアメリカ、カナダの雑誌・新聞に詩・短編小説を投稿し、十代半ばに初めて掲載された。二十九歳の日記一九〇三年十二月三日には一年間の投稿生活で五百ドルの収入があったと書いている。

（8）**「キウリ」**……cowcumber　キュウリ（cucumber）の昔風の方言。コップさんの田舎婦人らしいひなびた雰囲気が伝わる。牛（cow）から大型種のキュウリをさすこともある。

（9）**「波瀾万丈《はらんばんじょう》の奇妙な一代記」**……シェイクスピア劇『お気に召すまま』第二幕第七場一七二行、厭世家ジェークイズの台詞「波瀾に富んだ奇々怪々の一代記」の引用。第5章（1）参照。［RW／In］

（10）**「終わり良ければすべて良し」**……英語の古い諺。シェイクスピア劇に『終わり良ければすべて良し』（一六〇三）という作品もある。

第19章　幸せな一日　Just a Happy Day

（1）**「スィート・グラス」**……甘味がある草、特にドジョウツナギ、砂地に生えるコウボウなど。アンたちは砂浜へピクニックに行ってデイヴィとつんでいるので、子どもたちが甘味を求めてこの草をかじったと思われる。一般には飼料産業のない当時、家畜飼料として使われた。［Re］

（2）**世界が生まれたころ**……イギリスの著述家・聖職者チャールズ・キングズリー（一八一九〜七五）の詩『水の子』（一八六三）に同様の一節がある。「まだ世界が生まれ

たころ、木々は青々としげり、ガチョウは白鳥のように優雅だった」［In／Ox］

（3）**若いメアリ・ジョー**……フランス系の雇い人。『赤毛のアン』第18章でダイアナの妹ミニー・メイが急病になった晩、彼女があまり役に立たなかったことが描かれている。ただし『赤毛のアン』のバリー家のメアリ・ジョーとアーヴィング家のメアリ・ジョーは別人の可能性がある。メアリはフランス系女性に多い名前マリー Marie の英語名 Mary、ジョーはフランス系カナダ人を意味することから、メアリ・ジョーの意味は「フランス娘のカナダ人」であり、英国系住民にはうまく発音できないフランス人の名を省いて、若い方のメアリ・ジョーと呼んだことも考えられる。『赤毛のアン』には年寄りのメアリ・ジョーも出てくる。

（4）**フランス人は身のほどをわきまえるべきだ**……第1章（14）参照。

（5）**あんたは、あたしの知ってる子らをみんなやっつけますだよ**……yous do beat all de kids I ever knowed. 正しくは you will beat all the kids I ever knew. フランス系のメアリ・ジョーは正しい英語が話せない人物として描かれている。

（6）**ショートブレッド**……スコットランド伝統のさくさくした固いクッキー。ショートニング（バター）が多い。今もスコットランド土産として有名で赤いタータンの箱入りで市販されている。アーヴィング老夫人はスコットランド系。

（7）**喜んで**……with a right good will はスコットランドの詩人ロバート・バーンズの詩「オールド・ラング・ザイン（蛍の光）」第六連 a right good will draught、スコットランド語で a right gude-willie waught（楽しき盃、喜びの盃）より。この言葉の語り手ポールはスコットランド人の祖母に育てられ、スコットランド風の言い回しをしている。

（8）**「あのポールときたら、変ちくりんな男ん子でさ、変てこなことばっか話して、おつむがどっか、おかしいんでねえか」**……あえて方言風に訳したのはフランス系のメアリが正しい英語を話していないため。たとえばフランス語にない th が発音できず、th のつく単語に訛りがある。モンゴメリは that, there, the, something を dat, dere, de, someting と書いている。

（9）**湾**……セント・ローレンス湾のこと。プリンス・エドワード島はカナダ東部のセント・ローレンス川（五大湖のオンタリオ湖に発してモントリオール、ケベックを流れて大西洋に出る全長一〇〇〇キロメートル以上の大河）の河口に広がるセント・ローレンス湾に浮かぶ。島南岸と本土の間の海はノーサンバーランド海峡と呼び、セント・ローレンス湾は島の北海岸の海をさす。アヴォンリー（モデルはキャベンディッシュ）は島の北海岸に位置する。

第20章　事は往々にしてそのようにおきるもの　The Way It Often Happens

（1）**暁《あかつき》の旗**……当時の英詩に見られる表現。［In］

（2）**ローストビーフにする上等な肉と、ステーキ用の牛肉を買っておくれ**……グリーン・ゲイブルズのような一般の農家では肉牛は飼っていなかった。牛肉は家畜商人のシアラーさんから切り身を購入している。しかし豚はグリーン・ゲイブルズでも飼っていて（ドーラが豚の囲いの中に落ちる）、ハム、ベーコン、ソーセージに塩漬け、燻製加工をして地下貯蔵庫に保存した。とり肉はモーガン夫人訪問やミス・ラヴェンダーの結婚の祝宴のように、特別な機会にしめて新鮮な肉を料理するご馳走だった。

（3）**海草のダルス**……北半球の高緯度地方の紅い海草、紅藻類。ダルスはもともとスコットランド語の方言。欧米に海草を食する民族はあまりないが、アイルランド人とスットランド人が食用にする。島はスコットランド系が多いため海草食の習慣も伝わった。モンゴメリの自叙伝第四章に子どものころ岩場でダルスをとって食べたと書いている。プリンス・エドワード島対岸のニュー・ブランズウィック州では天日干しの濃赤紫色のダルスが販売されていた。干し若布に似た味で、そのままでお茶うけや酒のつまみにするほか、戻してスープの具にもなる。

（4）**堕落した地をはう毛虫**……英国の著名な説教者チャールズ・ハドン・スパージョン（一八三四〜九二）の説教集にあり、牧師の礼拝によく使われた。原罪を抱えた罪深い人間は神の前には卑しく小さいという意味。［In］

（5）**鳥のわなから**……旧約聖書「詩編」第九十一章第三節「神はあなたを鳥のわなから救い出してくださる」の引用。本文も聖書も、英文は from the snare of the fowler この「鳥のわな」は野鳥を捕らえるために森の木々に張った網の「かすみ網」をさす。現在は禁止されている。デイヴィが厄介な質問をしてマリラが窮地に陥ると、ちょう

どリンド夫人が来て免れたという意味。［RW／In］

（6）**晴れ晴れとした心地で……**in her glory は新約聖書「マタイによる福音書」第六章第二十九節、「ルカによる福音書」第十二章第二十七節「栄華を極めたソロモン」と in one's glory という表現が同じ。マリラと双子がいなくなった家の静けさをアンが満喫している。［Re／In］

（7）**アンは来客を客用寝室に案内し、それから客間へお通しする……**北米ではまず来客を二階の客用寝室に案内する。そこで客は荷物を置き、帽子やコートを脱ぎ、髪や身なりを整える。その後に客間に下りた。

（8）**赤い染料を塗ったのね、マリラが敷物《ラグ》に模様の印をつける……**この敷物はフックド・ラグといい、目の粗い厚手の布に編物のかぎ針をさして毛糸を表面に引き出して短い輪《ループ》を密に並べて作るマット。最初に布地に模様を赤い染料で描く。現在、グリーン・ゲイブルズやモンゴメリ生家の床には色とりどりの毛糸でさした華やかな模様のフックド・ラグが置かれている。

（9）**リンドのおばさんは、運の良し悪しなんてものはない、すべては神様があらかじめお決めになっているっておっしゃる……**キリスト教新教の改革派と長老派がとる予定説。宗教改革者カルヴァンの改革派教会は、救われる者も滅びる者もあらかじめ全知全能の神がお決めになっているという予定説をとき、改革派教会から派生した長老派教会も同じ立場をとる。リンド夫人は長老派の敬虔な信徒。

（10）**神々の食物《アムブロージア》**……ギリシア神話の神々の食べ物アムブロシア。食べれば不老不死、傷に塗れば治るとされた。神々の飲み物である神酒はネクター。

（11）**魔物の出そうなころあい**……シェイクスピア劇『ハムレット』第三幕第二場に同じ表現がある。［Re］

（12）**高論清談、魂の交歓**……アレキサンダー・ポープの対話詩『ホラティウスに倣《なら》いて』（一七三三）第一巻一二七行の引用。ホラティウスは古代ローマの詩人クィントゥス・ホラティウス・フラックス（前六五〜前八）で、彼の詩の高貴な内容と美しいラテン語は高く評価され模倣者が続出した。ポープのこの詩もホラティウスの模倣を意図したもの。［RW／In］

（13）**いろいろなおもてなしにやきもきするより**……新約聖書「ルカによる福音書」第十章第四十節「マルタは、いろいろなもてなしにやきもきして立ち働いていた」の引用。イエスが姉妹マルタとマリアのいる家に入ったとき、マルタはイエスをもてなそうと立ち働いたが、マリアはすわって話を聞いた。そこでマルタが、マリアもてなしの準備をするようイエスから言ってほしいと頼むと、イエスは語る。「マルタ、マルタ、あなたは多くのことに思い悩み、心を乱している。しかし、必要なことはただ一つだけである。マリアは良い方を選んだ」。マルタのように料理を作りもてなすことに神経を使っていたら、アンはモーガン夫人のすばらしい話を堪能できなかっただろう。おもてなしにやきもきしなかったから、夫人と意義深い交流ができたという意味の引

用。［RW／In］

第21章　すてきなミス・ラヴェンダー　Sweet Miss Lavendar

（1）**ラヴェンダー**……Miss Lavendar は植物のラヴェンダー lavender とは綴りが異なるが、この章に彼女の名はラヴェンダーの花の香りからつけたとある。ラヴェンダーは芳香のあるハーブで紫色または白の小さな花をつける。花と茎の清潔で甘い香りは古くから愛された。化学薬品のなかった十九世紀以前は防虫剤、芳香剤として広く使われた。本書でもミス・ラヴェンダーの母親の実家はシーツなどリネン類の虫よけと香りづけに使っている。本書の背景となるヴィクトリア朝は生活品に香りをつけることが流行り、ラヴェンダーが人気だった。女性に草花の名をつけることも十九世紀から流行った。花言葉は「貞節」「優しさと尽きぬ愛情」「熱くとも口に出さぬ愛」。ミス・ラヴェンダーの秘めた恋にふさわしい。

（2）**この島の農家はふつうの木造ばかり**……島の石材はもろく赤い砂岩で建材に適さないため木造建築が大方を占める。石造りの建物は島の外部から船で石を運ぶため贅沢だった。しかしミス・ラヴェンダーの家は島の赤い砂岩が使われ、滅多にないためアンとダイアナは感激している。

（3）**こだま荘**……エコー・ロッジ。エコーはギリシア神話の森の妖精《ニンフ》。彼女は女神ヘラによって話す力を奪われ、人の言葉を繰りかえすだけとなった。そののち美少年ナルキッソスに恋をするものの報われず、失恋から痩せ細り、ついに肉体を失い声だけのこだまになった。失恋の傷をかかえたミス・ラヴェンダーが、悲恋ゆかりの「エコー」ロッジに住んでいる設定は興味深い。またこの屋敷は妖精と童話の雰囲気が以下の訳註のようにふんだんにもりこまれている。

（4）**「耳から耳まで」**……イギリスの作家・数学者ルイス・キャロル（一八三二～九八）の小説『不思議の国のアリス』（一八六五）第六章「ブタとコショウ」より、公爵夫人が飼うチェシャー猫の口が耳から耳まで裂けてニヤリと笑う場面からの引用。同作品は『赤毛のアン』第8章にも登場。［RW／In］

（5）**「祝祭の雰囲気」**……ウィリアム・ワーズワースの全九巻からなる長編詩『逍遥《しょうよう》』（一八一四）第二巻「隠遁者《いんとんしゃ》」第十一連二行より引用。第二巻は妻子を喪い社会的にも失敗した男が人里離れた山奥でひとり孤独にくらすもので、隠遁するミス・ラヴェンダーに重ねあわせられている。［In］

（6）**シャーロッタは下座にすわって**……お客を迎える家の主人が食卓の上座につき、ほかの家の者は下座につく。

（7）**「小妖精《エルフ》の国の角笛」**……イギリスの桂冠詩人アルフレッド・テニスン（一八〇九～九二）の長編詩『王女』第三章の最後に挿入される叙事詩『夕陽は城壁に照り映えて』（『角笛の歌』ともいう）第二節からの引用。湖畔に建つ古い城から角笛を吹き鳴らすと、はるかかなたからこだまが美しく響き、紫色にそまる谷間から「小妖精の国

の角笛」のように聞こえてきて、やがて少しずつ消えていくとうたわれる。［In］

（8）**小妖精《ピクシー》**……第13章（1）参照。

（9）**「わが身を引きさくように、別れねばならぬ」**……アメリカの作家ルイザ・メイ・オルコット（一八三二～八八）の小説『八人のいとこ』（一八七六）第六章からの引用。スコットランド系アメリカ人の少年たちが、ヒロインの少女ローズにいとまを告げるときにこの台詞が出てくる。本書でもスコットランド系アメリカ人のポールがアンにいとまを告げるときに語る。モンゴメリはオルコット作品を愛読していた。［In］

（10）**「シルクの装束《しょうぞく》」**……イギリス北西部カンバーランド地方の詩人スザンナ・ブレマイア（一七四七～九四）がスコットランド語で書いた恋の詩『銀の王冠』第一連二行と六行から引用。シャーロット・ブロンテ（一八一六～五五）が『ジェーン・エア』（一八四七）第十章にも使用。［RW／In］

（11）**アンという名前は、本当に威厳があって、女王様のようよ**……英王室にアンは多い。とくにスコットランド王家のスチュアート家最後の女王となったアン女王（在位一七〇二～一四、ジェイムズ二世の娘）のほかヘンリー八世の妻で女王エリザベス一世の母アン・ブーリン、英国女王エリザベス二世の長女アン王女など。［Re］

（12）**ケレンハパッチ**……Kerrenhappuch　聖書に由来する女性名、旧約聖書「ヨブ記」第四十二章に出てくるヨブの娘の名前。日本語聖書ではケレン・プクと訳されている。非常に珍しい名で語感があまりよくない。

第22章　人それぞれの近況　Odds and Ends

（1）かえでの糖蜜《メイプル・シロップ》……北米の寒冷な森林地帯では春先に砂糖かえでの甘い樹液をとり、煮つめて甘味料にした。

第23章　ミス・ラヴェンダーの恋物語《ロマンス》　Miss Lavendar's Romance

（1）「俗世を忘れ、俗世から忘れられた」……アレキサンダー・ポープが十二世紀フランスに実在した男女の往復書簡に材をとった長編詩『エロイーズからアベラールへ』（一七一七）二〇八行の引用。恋に破れた女性エロイーズが俗世と断絶した僧院にこもり、かつての恋人アベラールへ手紙を書き送る。恋に破れ人里離れたこだま荘に隠遁していたミス・ラヴェンダーは、僧院に身を置いて「俗世を忘れ、俗世から忘れられた」孤独なエロイーズと重ねあわされている。［RW／In］

（2）「すてきな馬鹿騒ぎ」……原文では"high jinks"「どんちゃん騒ぎ」という意味の会話語。石の家のにぎわいの楽しくくだけた雰囲気を伝える。

（3）薔薇のポプリ……ポプリは乾燥させた花びらに香料や香辛料をまぜた芳香剤。ミス・ラヴェンダーのポプリは薔薇のほかにきっと庭のラヴェンダー等もまぜた美しい匂いだろう。炉棚の熱で香りがよくたつ。

（4）「生まれつきオールドミスの人もいれば、努力してオールドミスになりとげる人もいるし、**無理やりオールドミスにされてしまう人もいるのよ」シェイクスピア劇を軽妙にもじった**……シェイクスピアの喜劇『十二夜』第二幕第五場七四行でマルヴォーリオが読みあげる「生まれつき高貴な人もいれば、努力して高貴になりとげる人もいるし、無理やり高貴にされてしまう人もいる」のもじり。［RW／In］

第24章　地元の預言者　A Prophet in His Own Country

（1）**地元の預言者**……第14章（4）参照。

（2）**チェス**……西洋将棋。おのおの十六個のコマを使って相手の王を取ると勝ち。貴族の遊びから十八、十九世紀に欧州の市民、そして北米に広まった。

（3）**夫のために着飾った花嫁のように**……新約聖書「ヨハネの黙示録」第二十一章第二節「更にわたしは、聖なる都、新しいエルサレムが、夫のために着飾った花嫁のように用意を整えて、神のもとを離れ、天から下って来るのを見た」の引用。［RW／In］

（4）**感謝祭**……感謝祭は北米のカナダ、アメリカ両国にあるが、日にちと行事の内容が異なる。アメリカの感謝祭は十一月の第四木曜日だが、冬の訪れが早いカナダでは通例十月の第二月曜日。本書でアンが感謝祭は十一月だと話しているのは、本書はアメリカの出版社から発行されたためアメリカの暦に書きかえられたと思われる。『赤毛のアン』でも同様の改変が見られる。

（5）**エデンの園**……旧約聖書「創世記」第二、三章に伝えられる人類最初の夫婦アダムとイヴが暮らした楽園。二人は禁じられた「善悪を知る樹の実」を食べて追放され、その後、神はエデンの入口に、智天使ケルビム（暴風の雲と稲妻の象徴）と剣の炎を置いて人が入らないようにした。本章でもこの後、暴風と稲妻の嵐が荒れ狂う。

（6）**イエロー・ダッチェス**……赤い縞の入った黄色の林檎。酸っぱいため料理用に使う。マリラもアップル・パイの材料にしている。

（7）**カシス酒がどんなに効くか、アンは子どものころの経験で充分すぎるほど知っていた**……『赤毛のアン』第16章でアンはダイアナにラズベリー水のつもりで間違ってカシス酒を飲ませて泥酔させ、騒動になる。

（8）**へえ、奥さん、あんまし無事じゃないんだ、奥さん。雷にやられてさ。稲妻が台所の煙突に落っこちて、煙穴をつたっておりてきたんだよ、そんでジンジャーのかごをぶっ飛ばしたあげくに、床に穴をあけて、地下室まで落ちたんだ、奥さん**……Yas'm. Not quite so well, ma'am. We was（正しくは were）struck. The lightning knocked over the kitchen chimbly（chimney）and come（came）down the flue and knocked over Ginger's cage and tore a hole in the floor and went into the sullar（cellar）. モンゴメリは雇い人のジョン・ヘンリー・カーターの台詞に間違いの多い英語を書いている。

（9）**鍛冶屋へ出かけ、丸一日をすごした**……村の鍛冶屋は馬車の車輪、農耕具、馬の蹄鉄、鍋釜、ストーブなど鉄製品全般をあつかった。とくに災害の後は修理のために人々が集まるのでアンクル・エイブは出かけている。

（10）**ギレアドにはまだ慰めになる香油がある**……ギレアドはヨルダン川の東にある山岳地方。旧約聖書「エレミヤ書」第八章第二十二節「ギレアドに（慰めになる）香油はないのか／そこには医者がいないのか／なぜ、娘なるわが民の傷はいえないのか」のもじり。ここでの香油は心の痛手を癒やす慰めという意味。［RW／In］

第25章　アヴォンリーの仰天事《スキャンダル》　An Avonlea Scandal

（1）**帽子箱からとり出したばかり、という言い回し**……昔風の英語の言い回しで、帽子の箱から出したばかりの新品のように清潔できれいなこと。

（2）**あの人は夢と同じものでできている**……シェイクスピア劇『テンペスト』（一六一一）第四幕第一場一六八～九行「我らは夢と同じものでき、はかない人生は眠りによって仕上げられる」のもじり。［RW／In］

（3）**アンなら恐れて足を踏み入れないところへ、リンド夫人は突進していった**……アレキサンダー・ポープ『批評論』（一七一一）第三章第六十六節「天使も恐れて足を踏み入れないところへ、愚か者は突進する」のパロディ。［RW／In］

（4）**スコッツフォード**……スコットランド人の川の渡し場という意味の地名。ハリソン氏がスコットランド系の集落に住んでいたことをうかがわせる。

（5）**エミリー・スコット**……スコット Scott はスコットランド人の名字。隣人のハリソン氏は、夫も妻もスコットランド系と推測できる。

（6）**セント・ジョン**……カナダ東海岸ニュー・ブランズウィック州の最大の都市。ファンディ湾に面しノヴァ・スコシア州とむかいあう。冬も凍らないためカナダ有数の貿易港で風光明媚。歴史的には一七八三年にアメリカがイギリスと戦った独立戦争のとき、英王室に忠誠を誓うロイヤリストがアメリカから移り住み基礎をきずいた町として知られる。モンゴメリは十五歳のときに大陸横断鉄道で西部へ行く途中に立ちよった。「セント・ジョンにいる。これまでのところすばらしい旅だ。風景は絵のように美しい。線路は小高い森の丘をぬけていった。時々さっと景色が開けると、美しい湖とカーブした川があらわれ、さながらエメラルドの額縁をつけた鏡のようだ」（一八九〇年八月十二日付の日記）

（7）**家に入るときは玄関でブーツを脱げだの、スリッパにはき替えろ**……欧米人は家でも靴をはくというのは一面的な理解で、ハリソン氏が農作業用ブーツを勝手口で脱がないのは行儀が悪く、スリッパ（室内履きの靴）に替えろというハリソン夫人の言い分のほうが正しい。ちなみにマシューは『赤毛のアン』第25章で裏口から台所に入りブーツを脱いでいる。

（8）**おすの七面鳥**……おうむのジンジャーがおすの七面鳥に興奮して叫ぶのは、おすの七面鳥は華やかな羽を持ちおうむに似ていることとおす同士で対抗するため。

（9）**陸のはじっこから海に落ちるんじゃないかと、日が暮れたらおちおち外も歩けんような小島**……プリンス・エドワード島は小島ではなく長辺は二百キロ以上、面積は東京都の二倍以上あり単独で一州をなす。ただし広大なカナダ本土に比べると小さいため、ハリソン夫人のように誤解する人もいる。

（10）**「薔薇は赤い、すみれは青い／砂糖は甘い、あなたは優しい」**……英国「マザーグース」の歌。ローラ・インガルス・ワイルダー（一八六七～一九五七）作『大きな森の小さな家』（一九三二）にも登場し、北米の子どもに愛誦された。

第26章　曲がり角のむこう　Around the Bend

（1）**曲がり角のむこう**……『赤毛のアン』最後の第38章「道の曲がり角」にちなんだ章題。『赤毛のアン』で十六歳のアンは大学への奨学金を勝ちとって進学に胸ふくらませていたがマシューの急死により断念し、村に残り教師になる決断をして、人生という道の一つの曲がり角をむかえる。曲がり角のむこうは明確に見えていなかったが、本書のこの章で「曲がり角」をまわったむこうに念願の大学が見えてくる。

（2）**「ほのかな銀色の」**……アルフレッド・テニスンの詩『オードリー・コート』（一八七四）第七連からの引用。古い友だちの男二人が夕暮れ、「ほのかな銀色の」月明かりのもと海辺を歩く場面。本作でもアンとダイアナが「ほのかな銀色の」月光に照らされて語りあい、古い友人とすごす情景が引用元と一致している。［In］

（3）**アラン夫人はアヴォンリーを離れるのがつらいんですって。新婚の花嫁さんとして来てより、みんなにとても親切にしてもらったから、生涯の親友と別れるような気が**

**するんですって。それに赤ちゃんのお墓もあるでしょう**……モンゴメリは本作発行の二年後、一九一一年に結婚し、新婚の牧師花嫁としてオンタリオ州北東部の農村リースクデイルへ赴いた。その後、赤ん坊（次男）の墓を残し夫の次の赴任地ノーヴァルへむかったのはアラン夫人と不思議に一致している。

第27章　石の家の昼下がり　An Afternoon at the Stone House

（1）**すっげえなあ**……bully　話し言葉で、すごい、でかした、という意味。アンがこのような言葉は使わないようにデイヴィに注意する。二頁後でもデイヴィは「すっげえ」と言いかける。

（2）**マシューが亡くなって以来、喪服だったアンが初めて身につけた色物だった**……マシューは二年前、アンがクィーン学院を卒業した夏に亡くなっている。アンは二年間、黒または灰色の喪服を着ていたことになる。カナダの国家君主だった英国ヴィクトリア女王は一八六一年に夫アルバート公を亡くした後、一九〇一年の逝去まで四十年間、黒い喪服を通した。その習慣が伝わったもので当時のカナダでは比較的新しい習慣。

（3）**ひとり身の幸せ**……シェイクスピア劇『夏の夜の夢』（一五九五ごろ）第一幕第一場八三行「ひとり身の幸せに生き、死んでいく」よりの引用。［Re］

（4）**魚の日**……肉食禁止日のこと。キリスト教徒にとっては金曜日。肉のかわりに魚を食べる精進日。

（5）**青々とした月桂樹のように元気いっぱいよ**……旧約聖書「詩編」第三十七章第三十五節「青々とした月桂樹のように伸び栄える」と同じ英文。英国国教会の『祈禱書』（一六六二）「詩編」第三十七章第三十五節にも「青々とした月桂樹のように伸び栄える」とある。［RW／In］

（6）**水銀丸薬**……水銀をグリセリンや蜂蜜などでねった丸薬。水銀はその滅菌と殺虫の作用から虫下し、皮膚病の塗り薬に、またその刺激性から強壮剤、下剤、梅毒薬として化学薬品のない時代はあらゆる病気に服用され、中国でも不老不死の薬とされた。しかし毒性が強いため現在は使われない。

（7）**銀色ポプラ**……葉の裏が白灰色のウラジロハコヤナギ、ユーラシア原産だが北米でも広く栽培される。

（8）**安らかで豊かなわが家**……直訳すると「自分のブドウとイチジクの木」。旧約聖書「列王記上」第四章第二十五節「ユダとイスラエルの人々は、何人もブドウとイチジクの木のもとに住まい」にもとづく言いまわしで、安全で豊かなわが家という意味。英訳聖書では「列王記上」第四章は三十四節まである。だが日本語の共同訳聖書では二十節までで二十五節はなく、この表現は次の第五章第五節にある。［Re／In］

第28章　王子、魔法の宮殿にもどる　The Prince Comes Back to the Enchanted Palace

（1）**王子、魔法の宮殿にもどる**……時が止まっている魔法の宮殿を王子が訪ねる運びは欧州童話『眠り姫』を連想させる。続く第三巻『アンの愛情』のエピグラフには『眠り姫』の物語をテニスンが詩にした「白昼夢」の四行が掲げられ、本作と第三巻がつながる。

（2）**アンドリューズ一家には家庭の円満というものがない**……『赤毛のアン』第30章でアンドリューズ家の夫がけちで口やかましいことが語られている。

（3）**シャーロットタウンの教会にアラン牧師をお呼びしようと、長老会が話しあっていますよ**……本作の登場人物たちが信仰する長老派教会では、牧師と、信者から選ばれた長老がそれぞれの教会を運営し、その上に地方ごとの長老会がある。ベル夫人が語る長老会はこれを意味する。モンゴメリは師範学校に通った頃は、シャーロットタウンの長老派の聖ヤコブ教会に通った。

（4）**アフガニスタンの首都**……当時のカナダがアフガニスタンについて学ぶには理由があった。カナダの宗主国イギリスは、十九世紀を通じてアフガニスタンの領土をロシアと競って狙い、第一次、第二次アフガニスタン戦争を起こした。しかし首都カブールで英大使が殺害され、各部族の徹底抗戦にあうなどしたため苦戦、直接支配はあきらめた。英国史はカナダの学校の必修科目だった。

（5）**薔薇戦争の年号**……一四五五～八五年。イギリスのランカスター家とヨーク家が王位を争った内乱。前者は紅薔薇、後者は白薔薇を徽章として戦った。

（6）**わすれな草色**……澄んだ薄青色。わすれな草 forget-me-not はミス・ラヴェンダーが昔の恋人に再会するこの章にふさわしい。プリンス・エドワード島では春先に花が見られる。

（7）**私の息子**……my laddie　スコットランド語で、うちの若いの、わが息子。話し手のスティーヴン・アーヴィング氏もスコットランド系のため、モンゴメリはスコットランド語を話させている。

（8）**「花がほころび、薔薇色に咲き開くようにぱっと」**……ジョン・グリーンリーフ・ホィティアーの長編詩『雪に閉ざされて』（一八六六）一一八行の引用。雪に閉ざされた農家のゆうべ、暖炉に火を入れると、暗い部屋はぱっと花が咲いたように薔薇色になる。この詩は『赤毛のアン』第37章でも引用。[RW／In]

（9）**キューピッド**……ローマ神話の恋愛の神。背中に小さな翼をつけた裸の子どもが弓矢を持つ姿として描かれる。恋の使者という意味もある。美と愛の女神ヴィーナスの息子。老郵便局員はキューピッドとは似ても似つかない設定でおかしみがある。

（10）**「忍耐は美徳だというのはもうやめた」**……第1章（9）参照。

（11）**「しきりにうなずき、大喜びの身ぶり手ぶりをして、花輪のようににっこり笑っていた」**……ジョン・ミルトンの詩『ラレグロ（邦題「快活の人」）』二八～二九行からの引用。詩では、歓喜の妖精《ニンフ》のお供をする三人の妖精たち（うなずき妖精、身ぶり手ぶりの妖精、微笑する妖精）を表している。アンはシャーロッタ四世を小妖精のようだとたびたび語り、この引用でも妖精に擬《ぎ》されている。[RW／In]

## 第29章

（1）詩と散文　Poetry and Prose

**詩と散文**……詩とは物事を詩的に詩情を込めて見ること、散文は詩趣なく平凡に見ること。アンは詩的、マリラとシャーロッタ四世は散文的と描かれる。

（2）**プリンセス・スタイル**……ロングドレスの形。ウェストに切替えがなく、体にぴったりした胴着から広がったフレアースカートの裾までを縦の切替えのラインで形作る。若々しくすっきりして品のあるデザイン。

（3）**とても言葉では言い表せませんよ**……It beggars description. シェイクスピア劇『アントニーとクレオパトラ』（一六〇七?）第二幕第二場二三〇行に同じ表現がある。マーク・アントニーが初めて会ったエジプトの女王クレオパトラはどんな言葉でも言い表せないほどであった、という台詞。［Re］

（4）**「想像力と非凡な能力」**……ワーズワースの長編詩『逍遥』第一巻「旅商人」七七〜七九行「ああ、多くの詩人たちは／生まれながらに授かったのだ。至高なる才能と／想像力と非凡な能力を与えられた人たち」より引用。［RW／In］

（5）**天国のような光できらめいて見え、栄光とみずみずしさに包まれるのだ**……ワーズワースの詩『幼年時代を追想して不死を知る頌《しょう》』（一八〇七）第一節第四〜五行「かつては、牧草地も、森も、小川も／大地も、目にうつるあたりの景色という景色が／私には、まるで／天国のような光できらめいて見えた／夢のような栄光とみずみずし

さに包まれていた」より引用。この詩は『赤毛のアン』第36章にも引用。［RW／In］

（6）**バイロン風の物憂《メランコリック》げな理想像**……バイロンとはイギリスの詩人ジョージ・ゴードン・バイロン（一七八八〜一八二四）。祖国を離れ異国をさすらう自分をモデルにして憂愁の貴公子が欧州を旅する全四巻の長編詩『チャイルド・ハロルドの遍歴』（一八一二〜一八）を書いて脚光を浴びた。この詩は『赤毛のアン』第21章と第三巻『アンの愛情』第3章にも引用。

（7）**「見るは聞くより強烈」**……アルフレッド・テニスンの長編詩『イノック・アーデン』（一八六四）七六二行の引用。遠く航海に出たイノック・アーデンが苦難と長い音信不通ののちにやっとわが家へ帰りつくと、妻は、夫が死んだものと諦めて幼なじみのフィリップと幸せに暮らしていた。それを垣間見たイノックの心情を表す言葉。イノックはそっと踵をかえし音もたてないように去っていく（アンの退却も同様）。ダイアナのロマンスを目にしてそっと立ち去るアンのショックは妻の再婚を知ったイノックに重ねあわされている。［RW／In］

（8）**三年なんて、嫁入り支度をするには足りないくらいよ**……女性の結婚準備としては料理など家事をおぼえるほかに新婚家庭で使う寝具やリネン類を手作りで揃える必要があった。寝具はアンが本作で羽毛の入れかえをしたように羽毛で敷き布団や枕を作り、掛け布団を縫い、ベッドカバーを白い木綿糸で編み、リネン類ではシーツ、枕カバー、テーブルクロス、テーブルナプキン、布巾やタオルまで手縫いし、レースの敷物も編んだ。当時は市販品は少なく家庭で作った。

（9）**ドイリー**……レース糸などで編んだ敷物類。花瓶敷き程度の小物だけでなくいすの背カバー、肘カバーなども含む。ダイアナは三十七枚編むのだから確かに短い期間では難しい。

（10）**夢の家**……home o'dreams　色々な夢がある家庭、家。モンゴメリは、アン・シリーズ第五巻『アンの夢の家』（一九一七）の原題 Anne's House of Dreams では、家庭 home ではなく家 house と書いている。

（11）**リンドのおばさんは、二人おそろいのところを見ると、「とどのつまりは《デコボコ・コンビ》」って言いまわしを思い出すんですって**……英語の言いまわしを使ったジョーク。「とどのつまりは」は英語で'the long and the short of it'（長いものを短く）。「ロング、背が高い」と「ショート、背が低い」の二語が入っているため、リンド夫人はデコボコ・コンビのスローン夫妻を見ると「とどのつまりは」という表現を思い出す。

## 第30章　石の家の結婚式　A Wedding at the Stone House

（1）**大切な家財**……lares and penates 古代ローマ神話のラレス（家庭の神）とペナテス（家のかまどの神）から転じて、大切な家財、家庭の守護神を意味する。長年にわたり働き者の賢い主婦として家を切り盛りしてきたリンド夫人にふさわしい言い回し。

（2）**古き秩序はうつろい、新しき秩序へ、すみやかに変わっていく**……アルフレッド・

テニスンが古代ケルトのアーサー王を描いた中編詩『アーサー王の死』（一八八四）二九一行、アーサー王がこの世を去る場面の引用。『赤毛のアン』第28章には、テニスンがアーサー王伝説を描いた長編詩『国王牧歌』が多く引用される。[RW／In]

（3）**ストーンウェア**……炻器《せっき》、陶磁器の一種。絵つけのうわぐすりを使用しない素朴な風合いの普段使いのやきもの。プリンス・エドワード島にストーンウェアの看板を掲げた店がある。

（4）**あたかもナバラ王国のかぶとの羽根飾りが激しい戦さに揺れたように**……ナバラ王国は、フランス、スペインの国境地帯のバスク地方で十世紀初めに創設されたキリスト教国。イギリスの歴史家・政治家・エッセイストのトーマス・バビントン・マコーリー（一八〇〇～五九）の詩『イヴリー、ユグノーの歌』第四連二十行「ナバラ王国のかぶとが激しい殺戮に燃えたつ」のもじり。ユグノーは十六世紀から十八世紀のフランスにおけるカルヴァン派の新教徒。カルヴァン派は、スコットランドにわたって長老派教会（モンゴメリ、カスバート一家が信仰する新教）となった経緯から、ユグノーのカルヴァン派と長老派の教義は近い。十六世紀後半のフランスは新教ユグノーと旧教カトリックが抗争したユグノー戦争（宗教戦争）に加えて、スペインにまたがるナバラ王国の領土をめぐり各勢力が入り乱れて争っていた。[RW]

（5）**美しい子ではないにしても、永遠に喜ばしい子**……イギリスの詩人ジョン・キーツ（一七九五～一八二一）の詩『エンデュミオン』（一八一八）第一巻「序章」一行「美しいものは永遠の喜びである」のもじり。エンデュミオンはギリシア神話の月の女神セレーネに愛される美少年。ここでもシャーロッタ四世には妖精神話の気配が与えられている。［RW／In］

(6) **「夫のために衣装を装い」**……第24章（3）参照。

(7) **ラファエロの描く童天使《チェラブ》**……ラファエロ・サンツィオ（一四八三〜一五二〇）はイタリア、ルネッサンス期の画家。絵画「システィーナの聖母」に優美な聖母像と二人の童天使像を描いた。童天使は翼のあるふくよかで美しい子どもの姿で描かれる。

(8) **泡立てた生クリームは地下室の階段にあります**……冷蔵庫のない時代、冷暗所の地下室はいたみやすい食品や長期保存する林檎などの保存室として使われた。この場面は夏の結婚式のため生クリームを涼しい地下室へ下りる階段に置いている。

(9) **米をなげた**……結婚式で新婚夫婦に米を投げるのは多産を祈る風習から。古靴や空き缶を馬車（現代では自動車）につるしたり鐘でにぎやかな音を鳴らすことには魔よけの意味がある。

(10) **「妖精の結婚式の鐘」**……イギリスの女性詩人・小説家ジーン・インジェロー（一八二〇〜九七）の詩『分けられて』第二部第三節「小川はちろりちろりと甘く歌いかける、我らの語らいもまるで妖精の鐘のようにかろやかに。妖精の結婚式の鐘のようにかそけく鳴る」からの引用。インジェローの詩集は十九世紀のアメリカで十万部近くを売り大人気を博していた。モンゴメリは日記（一九一四年四月十五日）にジー

ン・インジェローは大好きな女性詩人と書いている。［In］

（11）**「遠い遠い想い」**……ヘンリー・ワズワース・ロングフェローの詩『失われし青春』で何回もくり返され主題となる一節「少年の夢は、風の夢。若き日の想いは、遠い遠い想い」より引用。大人になったロングフェローが幼い日と青春を回想する詩であり、過去を想うアンの心境に重ねあわされている。と同時に、アンが少女時代をすぎて大人になっていく本作の結末を象徴している。［RW／In］

（12）**ヴェールが持ちあげられ**……本作第二巻『アンの青春』の最終章と続く第三巻『アンの愛情』冒頭の題辞（エピグラフ）のつながりをモンゴメリは工夫している。ここではアンの胸の奥にかかる「ヴェールが持ちあげられ」、一瞬、アンはギルバートへの自分の思いに気付くが、またヴェールは「おりる」、しかし続く第三巻の題辞のテニスン詩では「ヴェールが引かれ、隠れていた価値が現れる」。

各項文末の記号について

［RW］は、'L. M. Montgomery's use of quotations and allusions in the "ANNE" books' by Rea Wilmshurst, "Canadian Children's Literature" Vol.56, 1989 をもとに、その誤記を訂正し、さらに訳者が引用意図を加筆した。［In］はインターネットの検索サイトで『アンの青春』の英文で検索して一致した英米詩を調査した。［Re］は研究社『リーダーズ＋プラス』、［St］は『スティーヴンソン引用句辞典』、［Lo］は『ロングマン英語引用句辞典』、［Ox］

は『オックスフォード引用句辞典』による。

聖書からの引用文は邦訳聖書として代表的な日本聖書協会『新共同訳 聖書』にもとづいたが、一部は解説をわかりやすくするために訳者が欽定版から訳した。引用元となった詩、モンゴメリの日記の紹介は拙訳による。各資料の詳細は主な参考文献一覧を参照。

# 地 図

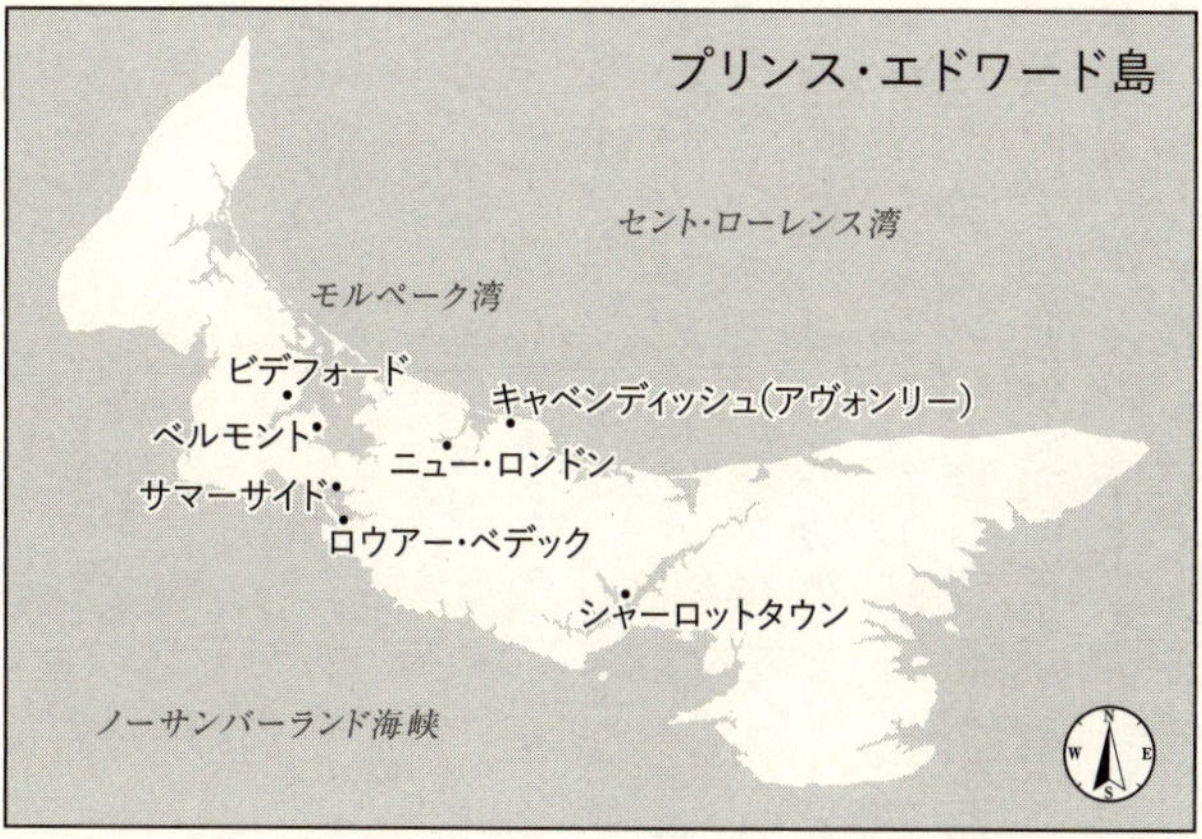
プリンス・エドワード島
セント・ローレンス湾
モルペーク湾
ビデフォード
ベルモント
サマーサイド
ロウアー・ベデック
キャベンディッシュ（アヴォンリー）
ニュー・ロンドン
シャーロットタウン
ノーサンバーランド海峡
N
W
E
S

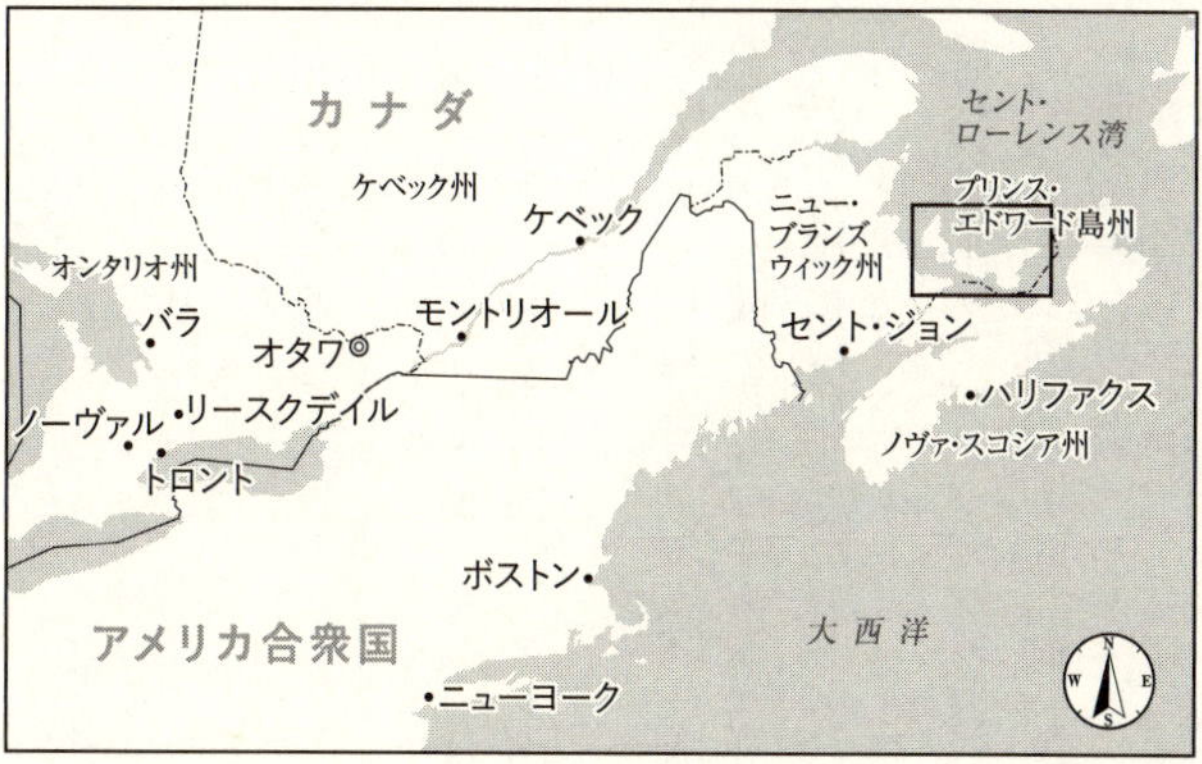
カ ナ ダ
ケベック州
ケベック
オンタリオ州
バラ
オタワ
モントリオール
ノーヴァル
リースクデイル
トロント
ニュー・ブランズウィック州
セント・ジョン
セント・ローレンス湾
プリンス・エドワード島州
ハリファクス
ノヴァ・スコシア州
ボストン
アメリカ合衆国
大 西 洋
ニューヨーク
N
W
E
S

# 訳者あとがき

## 一、成長したアンの姿

本書『アンの青春』（文春文庫、二〇一九年）は、カナダの作家L・M・モンゴメリの小説『赤毛のアン』の続編 Anne of Avonlea の全文訳です。また旧い拙訳『アンの青春』（集英社文庫、二〇〇五年）の訳文と訳註を改訂した新訳です。

本作の舞台は十九世紀の終わり、カナダ東海岸に浮かぶ風光明媚なプリンス・エドワード島。アン・シャーリーの十六歳から十八歳までの二年間が描かれる、若い女性の成長物語です。訳しながら、あの幼かったアンがなんと立派な娘に成長したのだろう、と感慨にふけることがしばしばでした。

マシュー亡き後のアンは、老いたマリラを助け、農場グリーン・ゲイブルズを維持するために、奨学金を勝ち得た大学進学をあきらめ、小村アヴォンリーの若き教師になりました。まだ十代ながらも、子どもたちに精いっぱい良い影響をあたえようと苦心して教え、体罰の是非を真摯に考え、教え子たちから厚く慕われる熱心な先生になります。

と同時に、アヴォンリー村の景観を改善する運動を発足させ、活動資金を集めるために家庭を訪問して寄付金をつのり、美観作りにとりくみます。

アヴォンリーのモデルとなったプリンス・エドワード島のキャベンディッシュ一帯は、今でも、島の中でもとくに息をのむような美しい景色が保たれています。自然が美しいだけでなく、家々も庭もよく手入れされ、調和のとれた村作りに対する人々の意識が高いことがうかがえます。それは百年以上も前から、アンのような活動と公共の美意識が地元にあったからかもしれません。このようにアンは、評判の良い教師、社会性と行動力のある若者として、地元アヴォンリーの人々に知られ、将来を期待される存在となったのです。

そんなアンもグリーン・ゲイブルズでは、親のない双子のデイヴィとドーラを親身になって育てる優しい娘です。彼女は家事のにない手でもあり、料理、洗濯、炊事、裁縫にも労をいとわず精を出します。彼女に恋の足音はまだ遠くからかすかに響くのみですが、ミス・ラヴェンダーの恋物語《ロマンス》と結婚、親友ダイアナ・バリーの婚約に胸をときめかせ、充実した青春の日々を送ります。

## 二、寂しい子どもたちと傷ついた大人たち

本書にはさまざまな子どもたちが登場しますが、アンがもっとも深く心を通わせるのはポール・アーヴィング、双子のデイヴィとドーラ、アンソニー・パイの四人です。

この四人には、いずれも親がありません。ポールは母を喪い、父は遠いアメリカにいます。双子のデイヴィとドーラは両親と死別。アンソニー・パイも親がないために親戚にあずけられています。主人公のアンも両親の顔さえ記憶にない親なき子です。

彼らの親たちが短命なのは単なる作り話ではありません。当時は抗生物質などの優れた薬品がなく、衛生、栄養事情も今ほど良くなかったために、流感、肺炎といった現在なら死にはいたらないような病いで命を落とす大人は少なくなかったのです。

しかしそれを割り引いても、アンの周辺に親のない子どもが集まっている設定はふつうではありません。モンゴメリは無意識だったと思いますが、二歳になる前に母を亡くし、父とも生き別れて育った作者の深層心理がここに反映されているのかもしれません。

作家は、心の底にあるものを無意識のうちに小説という虚構に映し出すことがあります。私は、彼女が書いた文章、単語の一つ一つに、モンゴメリが幼い日に味わった孤独の影を感じて胸が痛みました。

亡くなった母を恋しがって涙ぐむポール、愛情に飢え、心を閉ざしてひねくれている

アンソニー・パイ、きちんとした躾を受けられなかったために善悪の判断も持てずいたずらを重ねるデイヴィ……。

一見すると、本書は、のどかな物語に読めるかもしれません。しかしそこには心に傷をかかえた無力な子どもたちが登場しているのです。大人にかえりみられず誰にも愛されずに育ったアンは、彼らが小さな胸に宿す悲しみを自分のことのように感じ、深い愛情をそそぎます。そうした子どもたちの悲しみは、母を亡くし、父とも離れてマクニール家で育った子ども時代のモンゴメリ自身の心にも漂っていたのです。

子どもだけではありません。大人たちも胸に秘めた傷《いた》みをかかえています。隣人のハリソン氏は夫婦仲が悪く、妻が家を出たために知人もいない島に独りぼっちで流れついてきた初老の寂しい男です。ミス・ラヴェンダーは、若い日の失恋と別れに、後悔と未練を残しながら、人里離れた石の家で二十五年間、寂しい歳月を送ってきた中年の独身女性です。アーヴィング氏も妻の死によって幸福な家庭を失い、子どもと離れ、多忙な仕事に悲しみをまぎらわせています。強烈な個性とエネルギーに満ちたリンド夫人でさえ、長年連れそった夫を介護して看取り、未亡人になります。アンが熱愛するアラン夫人も、かつては愛らしく朗らかで、まだ娘のような女性でしたが、今や幼いわが子を喪い、思うに任せない人生の悲哀をその面ざしに翳《かげ》らせた大人の女性に変じています。

アン・シリーズを、脳天気な人ばかり登場する現実離れして楽天的な作品だと思うのは早計です。私たちと同じように生老病死の苦しみを抱えた老若男女が織りなす、陰影ときらめきの両方をたたえた大河小説なのです。

しかし傷ついた大人も子どもも、太陽のように明るく温かいアンによって生まれ変わったように人生が変貌していきます。アンの愛情深さ、希望に満ちた態度、善に対する強い信念に感化され、人々はまた生きる価値を見出していくのです。

もっとも、アン本人も常に天真爛漫《らんまん》ではありません。最愛のマシューが急死した悲しみ、そのために大学に行けなかった無念さを、誰にも告げないまま、じっと胸にしまっています。人にはどんなに願っても実らない夢があり、思いがけない不幸や大切な人との死別も訪れます。それでも徒《いたずら》に悲嘆に暮れることなく、いつか夢を実現させようと根気強く努力を重ねる精神力が、アンにはあります。つまり村の教師として働きながら、アンはさらなる教養を目指してラテン語や文学の勉強を続けます。その甲斐あって、カナダ本土の名門大学への進学も現実のものとなります。若い女性が未来にかける抱負と努力は、現代の私たちをも鼓舞《こぶ》し励ましてくれます。

しかし本作は、人生の野心や偉大な一面だけを伝えるものではありません。変わり映えのしない日々を丁寧に暮らす心がけについても、アンならではの幸福の哲学が描かれています。仕事、勉強、家事とさまざまな用事に追われる多忙な日々を美しさと喜びのある日常へ変えていく暮らし方、何気ない小さな幸せに満ちた真珠のような一日一日を愛しむ生き方もまた、この小説が読者に与えてくれる贈り物の一つです。

アンはマリラに言います。「一番幸せで心楽しい暮らしとは、華やかなこと、驚くようなこと、胸ときめくようなことが起きる日々ではなく、さりげない小さな喜びをもたらす毎日が、今日、明日としずかに続いていくことなのね、まるで真珠が一つ、また一つと、糸からすべり出ていくように I believe the nicest and sweetest days are not those on which anything very splendid or wonderful or exciting happens but just those that bring simple little pleasures, following one another softly, like pearls slipping off a string.」（第19章）

本作で二年間の教師生活を経験したアンは、最終章にて、若き日の想いは「遠い遠い想い」という詩人ロングフェローが青春を回想した詩の一節を語ります。そしてアンの「少女時代のページは、目に見えない指によってめくられ、魅力と謎、苦しみと喜びをたたえた大人の女のページが」彼女の前に開かれていくのです。

二十世紀初めに書かれた本作は古典とも呼べる作品ですが、二十一世紀にも通用する普遍的な魅力に満ち、青春の尊さ、人生を生きる意味を私たちに教えてくれます。

## 三、モンゴメリの教師時代

モンゴメリは一八七四年十一月三十日、島の北岸近くのクリフトン（現在はニュー・ロンドンという地名）に生をうけました。母は一人娘のモンゴメリをのこして二十代で早世し、父は娘をキャベンディッシュにある妻の実家にあずけたため、モンゴメリは母方マクニール家の祖父母に育てられました。モンゴメリが育ったキャベンディッシュはアヴォンリーのモデルとなった村です。

父はやがて島を離れ、カナダ本土の中西部にわたり、再婚して新たな所帯を持ちます。そこで十五歳のモンゴメリは父と暮らすために、一八九〇年、大陸横断鉄道に乗ってカナダを東から西へ横断し、サスカチュワン州へはるばる数千キロの道のりを旅していきます。モンゴメリは、生まれて初めて親のもとで暮らせる期待に胸ふくらませていましたが、姉のように年若い継母との同居はむずかしかったようです。

一年後、ふたたび大陸鉄道と船を乗りついで島に帰ったモンゴメリは、受験勉強を始めます。四年制大学へ進み、英文学を専攻するのが夢でしたが、年老いた祖父母に四年間の学費をまかなう経済力はなく、島の州都シャーロットタウンにある師範短期大学プリンス・オブ・ウェールズ・カレッジに入学しました。一年後の一八九四年に教員資格をとって卒業し、本書のアンと同じように十代の若さで新米教師になるのです。

モンゴメリの教師生活は約二年半でしたが、その間、三つの村で教えています。

最初に教えたのは、一八九四年の夏から一年間、島の北西部の村ビデフォードでした。行ってみると、モルペーク湾に面した半農半漁の静かなところでした。この本に書かれたアンの教師生活初日の様子、学校を去る日の感慨などについては、モンゴメリが教師時代に下宿で書いた日記に、本作と一致する文章があります。モンゴメリは、田舎の学校で子どもたちを教えた実感を盛り込みながら、アンが教師となる小説を書いたのです。その意味で、アヴォンリーのモデルとなったキャベンディッシュのほかに、彼女が教壇にたった三つの学校、教師として暮らした三つの村々と下宿先も、本作にゆかりの場所と言えるでしょう。

最初に教えたビデフォードはキャベンディッシュから西へゆき、モルペーク湾をぐりとまわって百二十キロも離れているため、モンゴメリは学校近くのメソジスト教会の牧師館（口絵）に下宿しました。牧師の妻エスティ夫人はケーキに痛み止めの薬を入れて焼いた人物で、生涯忘れられない味だったとモンゴメリは日記に書いています。『赤毛のアン』で、アンがアラン夫人に痛み止め入りのケーキを焼いたユーモラスなエピソードは、下宿先で経験した実話だったのです。

モンゴメリは当時から作家を目指していました。そのため専門的に文学を学ぼうと、二十歳代時、ビデフォードで働いた給料の半分以上を貯金して、一八九五年九月、カナダ南東部ノヴァ・スコシア州の都ハリファクスにわたり、名門ダルハウジー大学で、英文学の特別講義を受けます。

この学生生活は第三巻『アンの愛情』の下敷きとなっています。アンが通うキングスポートのレッドモンド Redmond 大学は、ハリファクスのダルハウジー大学がモデルです。ハリファクス時代のモンゴメリは、大学で文学のコースを受けながら、アメリカやカナダの新聞雑誌に詩や短編小説を投稿し、その賞金と掲載料で少しずつ収入を得るようになりました。それを元手にシェイクスピア全集、ワーズワース、ロングフェロー、ホィティアーなどの詩集をそろえて計画的に読破しています。しかし学費が続かず、翌年、島に帰ります。

二つめの赴任地は、島の西部にある、同じくモルペーク湾沿いの村ベルモントです。一八九六年十月から翌年の六月まで教えました。

三つめの赴任地は島の南部ロウアー・ベデック。モンゴメリが教鞭をとった学校と下宿した家があります。学校は、アンが教えたアヴォンリーと同様、教室が一つだけの木造校舎です。

ミス・ラヴェンダーのような若いころの実らなかった恋といえば、モンゴメリもロウアー・ベデックで下宿していた農家の息子ハーマン・リアードと恋に落ちます。しかし無学で家柄の釣りあわない彼と結婚して、忙しい農家の妻となれば、作家になる夢を諦めなければならないと苦悩します。ちょうどそのころ、モンゴメリを育ててくれた祖父が亡くなり、祖母が一人のこされたために、キャベンディッシュのマクニール家にもどり、一八九八年に二十三歳で教職をしりぞきました。ところがその一年後、別れたハーマンは二十六歳の若さで流感のために急死し、モンゴメリの胸に忘れられない青春の悲恋を刻むのです。

モンゴメリは祖母の面倒を見ながら、祖父が残した郵便局の業務もこなし、執筆を続けます。『赤毛のアン』が出るまでの十年間、北米の雑誌に数百作の短編小説と詩を投稿して活字になります。モンゴメリがスコットランドに暮らす文通相手G・B・マクミランに宛てた書簡に、一九〇三年には散文（短編小説）で五百ドル、詩で百ドルの収入があったとあります。モンゴメリは手元に七十種類の定期刊行雑誌のリストを用意し、書いた作品を売り込んだのです。しかしモンゴメリの夢は、本が出版される作家になることでした。

## 四、『アンの青春』を書いた三十三歳のモンゴメリ

モンゴメリは、一九〇五年から六年にかけて『赤毛のアン』を執筆して米国の複数の版元に送ります。いずれも不採用となり返却されますが、ボストンのL・C・ペイジ社に郵送したところ、一九〇七年四月に書籍として出版すると返事があり、合わせて続編の執筆を依頼されたのです。そこで七年十月から八年十月にかけて、本作を書きます。初めての本『赤毛のアン』が出版されたのは一九〇八年六月ですから、『赤毛のアン』が大ベストセラーとなる前から、版元ペイジ社の求めにより続編にとりくんでいたのです。

その頃のモンゴメリは、祖母の世話をしながら小説を書き、長老派教会でオルガンを弾き、読書と猫と刺繍と美しいドレスを愛し、写真機を買ってプリンス・エドワード島や自宅の室内を撮影し、夏は海水浴を楽しむ知的で美しい女性でした。キャベンディッシュの長老派教会に牧師として赴任して来たユーアン・マクドナルドとは婚約中で、村を離れた彼と文通をしていました。

当時のモンゴメリの日記から、本作に関する記述の一部をご紹介しましょう。

**一九〇八年一月十二日**

「次の本（『アンの青春』）をせっせと書いている。冬の執筆は気がめいる。ほかの部屋

は暖かくないので台所で書かなければならないからだ。郵便局に人の出入りが多く、しょっちゅう中断する」

この台所は、母屋の外に建てた小屋（口絵）で、小さな夏の台所兼郵便局として使われていました。モンゴメリが郵便局の窓口業務をしながら『赤毛のアン』と『アンの青春』の一部を書いたこの小屋は、一九六〇年代からプリンス・エドワード島のモンゴメリ研究家ボルジャー神父所有の敷地に移築され、一度、見学させて頂きましたが、私有地につき一般には非公開でした。しかし神父が他界されてからマクニール家にもどり、二〇一九年から一般公開されています。郵便局兼夏の台所として使われた小屋は、当時のままのペンキを塗らない杉材の外壁で、モンゴメリが『赤毛のアン』や本作を書いた日々を偲ぶことができます。

そして一九〇八年六月十日、モンゴメリにとって初めての本『赤毛のアン』が発行されて歓喜します。版元から『赤毛のアン』が届いた時の感激を、モンゴメリは日記に書いています（『赤毛のアン』のあとがきに訳出）。モンゴメリは、ついに長年の夢がかない、また六月は北国の島に春が訪れる時期であり、彼女の気分も明るくなります。

**一九〇八年六月三十日**

「気分はずっと良くなっている。この冬の憂鬱と不安は去り、希望と明るさを感じる。私がしているように、毎朝、机にむかう前に丘まで歩けば誰でも心が癒されるだろう。

両側にはえぞ松がならび、むこうには緑のまきばが広がる。『人生はかくも麗しいと主に感謝しながら』歩いていく。（中略）

早なりのいちごをつみにいった。夕方、海岸ぞいへ出かけて、草が風にそよぎ甘く香る野原でカップいっぱいにつんだ。いちごつみは大好き。若さを持続させる何かがある。ギリシアの神々たちもオリュンポスの山で威厳をそこねずにいちごをつんだことだろう。

このところ『赤毛のアン』の書評が出るのでずっとわくわくしている。書評が好意的であるかぎりは。すでに第二刷となり、版元は続編をせかしている」

「人生はかくも麗しい……」の言葉は、本作第30章に引用されるイギリスの詩人インジェローの『分けられて』の一節です。早なりのいちごつみのくだりも本作第27章に出てきます。

モンゴメリがマクミランに宛てた書簡によると、『赤毛のアン』は一九〇八年六月に発行されると、二か月後の八月までに六十六の書評が出て、アメリカで第四刷が決まります。勢いのある『赤毛のアン』の続編小説の脱稿を、ペイジ社は急ぐよう求め、モンゴメリは一九〇八年十月に本作を書き上げ、タイプライターで打って印字した原稿を、版元に送ります。

さらに約半年後の一九〇九年五月の書簡によると、『赤毛のアン』はアメリカで第十一刷、イギリスで第五刷となり、売れ行き好調の中、一九〇九年九月に、本作『アンの青春』がボストンで発行されたのです。

『赤毛のアン』で一躍、世界的な人気作家となったモンゴメリですが、日記を読むと、本作を何度も組み立て直し、苦心して書き直しています。長編小説の執筆には、実際に、それを書き上げたことのある人にしかわからない先の見えない困難さと苦しみがあります。また母親が病死して親戚のマクニール家に引きとられたモンゴメリは、老いた祖母が亡くなれば、住む家を失うのではないか、という不安も抱えつつ（それは後に現実のものとなります）、本作を執筆していました。

しかし一九〇八年八月三日の日記には、「何といっても、（『アンの青春』を）書くことは楽しかった」と書いています。小説の執筆には苦労があると同時に、空想の世界を描き出す無上の喜びもあるのです。モンゴメリの日常生活には心配事があったとしても、晴れやかで清らかな光の子であるアンの世界に没頭しているかぎり、幸福を感じていたのです。

モンゴメリの日記を読むと、自分にはかなわなかった夢をアンにたくして書いていることがわかります。たとえば師範短大を出たモンゴメリが就職するとき、祖父は、女が働くことと女性教師に偏見をもち就職活動に協力的でなかったために、家の近くで教職につけず、百二十キロ離れた遠い村に勤務し、下宿をしました。これに対してアンは住みなれた愛する村アヴォンリーで教師になり、家族のいるグリーン・ゲイブルズから学校に通います。またモンゴメリが住んでいたマクニールの家や土地はいずれ叔父のものになる運命でしたが、アンはグリーン・ゲイブルズを手放すことはなく、彼女を温かく迎えるわが家として存在し続けます。さらにモンゴメリは充分な学費を出してくれる親も親族もないために大学を一年足らずで去りましたが、アンは四年制大学に進み、卒業します。アンの世界は、モンゴメリが実際には生きなかったもう一つの世界であり、それを書くことはある種の救い、心の慰めであり、喜びだったのです。

## 五、引用出典探しとインターネット

前作と同様、本作にもたくさんの英米文学が登場します。主だったところをあげると、エピグラフのホィティアーに始まり、聖書、シェイクスピア劇、「マザーグース」、ワーズワース、ディケンズ、ロングフェロー、ポー、ポープ、テニスン、オルコット、ミルトン、キーツの作品などです。第一巻ではモンゴメリの祖国スコットランドの文学をアンは好んで語っていましたが、本作ではアメリカ人の詩が増えています。

私自身の引用出典探しの方法も、前作とは大きく変わりました。『赤毛のアン』を訳した一九九一〜九三年はまだインターネット普及前で、パソコン通信などのネット媒体にも英米詩はあまり流通していませんでした。

そこでデジタル検索はパッケージ媒体、つまり電子ブック版の聖書やCD-ROM版の文学全集を使うか、海外の大学図書館でコピーした十九世紀の英米詩集をスキャンしてからOCRソフトにかけ、テキストデータを自分で作りました。他はすべて紙媒体の引用句辞典です。

しかし今回は、ほとんどの引用出典をインターネットの海外文学サイトで検索して見つけました。著作権が切れた十九世紀以前の詩や、絶版になった古書がデジタル化されてネットに掲載されているからです。以前はネット上に古い文学テキストがなかったため、引用元の詩の全文を読むためには、英米にわたり、大学図書館と古本屋で探したものです。しかし本作の翻訳では二度渡米しただけで、その他はすべてネットに詩の英文がありました。そこでネットで引用の出典を読み、モンゴメリがそれぞれの一節を引用した意味を訳註に書くことができました。

それにしてもモンゴメリはなぜ、これほどたくさんの引用を作品に盛りこんだのでしょうか。

一つには、『アン』にかぎらず十九世紀の欧米小説においては、聖書、シェイクスピア劇、有名な詩の一節を盛りこむことが一般的に行われていた背景があります。かつての日本でもそうでしたが、昔の国語教育は古典の暗誦が主たるものでした。よって多くの読者、とくに文学好きの読者は、小説に引用された句について、注釈がなくとも出典に気づき、意味の重ねあわせを楽しむことができたのです。

アメリカの作家マーク・トウェインは『赤毛のアン』を絶賛した有名なコメントを残していますが、それは彼がユーモア文学としての『アン』を評価しただけでなく、『アン』に引用される無数の詩の出典を理解し、その掛詞《かけことば》の面白さを堪能したからでしょう。それをたしかめるために、米国コネティカット州にトウェインの屋敷と博物館を訪ね、彼の蔵書を見学したところ、『赤毛のアン』に引用される英米詩の書籍はほとんどあり、そこに様々な書き込みがなされていて熟読のほどがうかがえました。

　こうした引用技法は、かつては日本文学にも見られました。古くは『源氏物語』『枕草子』などの平安文学から明治初期までの小説には、漢詩や論語の一節などが文中に用いられました。古典の素養のある読者は、「ああ、これは李白の詩だ」「あれは白楽天だ」などと出典がわかったのです。もちろんわからない人もいます。そのため日本にも昔は引用句辞典があり、頻繁に引用される名句や格言の由来が解説してありました。しかし現代では、洋の東西を問わず古典の暗記をしなくなったため、欧米のキリスト教徒なら誰でも知っている聖書の言葉を別にすると、名句が小説に引用されることは少なくなっています。つまり引用技法は古典的な文学技法の一つだったのです。

　二つめには、モンゴメリ自身が英米文学の愛好家であり、美しい言葉や印象的な一節を暗誦するのを好んでいたことがあげられます。そのためにアン・シリーズは、当時の小説としてもとくに引用が多用されています。

　三つめは、二つめの理由とも重なりますが、主人公のアンが悲劇的な詩や戯曲を愛する文学少女で、詩に出てくる昔風の言葉づかいや、大げさな表現、ロマンチックな言いまわしを話し言葉に織りまぜて語る個性的なキャラクターであること。アンの口ぶりは何ともいえずおしゃまで、滑稽な笑いを誘ったり、あるいは悲哀をより深く表現しています。

　こうした文学と聖書からの数々の引用により、『赤毛のアン』シリーズは表面を流れるアンの物語のほかに、英米文学、キリスト教、ケルト族の世界が地下水脈として流れる二重構造をなしています。

訳註の取材としては、舞台のプリンス・エドワード島州のほか、隣人ハリソン氏の出身地ニュー・ブランズウィック州、奥さんと新婚旅行に出かけた町セント・ジョン、アンの生まれ故郷ノヴァ・スコシア州、フランス系住民が多いケベック州などへ足を運びました。プリンス・エドワード島に近い各州へ行き、カナダ東海岸の風土、歴史への理解がさらに深まったように思います。

またモンゴメリが一九一一年に渡英して訪ねたイギリス文学と歴史にゆかりの場所、たとえば本作に戯曲が引用されるシェイクスピアの生没地、スコットランドの詩人ロバート・バーンズの生家と亡くなった屋敷、ロンドンのディケンズ・ハウス、『不思議の国のアリス』のキャロルが教えたオックスフォード大学と亡くなったギルフォード、「アーサー王伝説」の写本が発見されたウィンチェスター、米国マサチューセッツ州では詩人ロングフェローのケンブリッジの邸宅、『八人のいとこ』のオルコットが暮らしたコンコードの屋敷などを訪れました。本作でアンが好んで食べるスコットランドのお菓子ショートブレッドをエジンバラで味わい、デイヴィが海岸に拾いに行く紅い海草ダルスをカナダのニュー・ブランズウィック州で探して食べてみました。

こうした取材でわかった古典文学からの引用の意味やカナダの暮らしについて、鑑賞の一助となることを願って巻末に訳者によるノートをつけました。合わせてお楽しみ頂けましたら幸いです。

## 六、ケルト族の文学、キリスト教ゆかりの人物名

ケルト族とは、ヨーロッパの先住民族であり、先史時代には欧州南部をのぞく広い範囲に住んでいました。しかし一世紀にローマ帝国の支配下に入り、五、六世紀にはゲルマン人の西方大移動によって、辺境へ追いやられます。たとえばイギリスのブリテン島も、古代はケルト族のブリトン人が暮らしていましたが、金髪碧眼のゲルマン人が海を渡って島に上陸してきたため、島のケルト族は迎え撃って戦います。その指揮をとったのがケルトの英雄アーサー王とされています。ところがケルト族は敗れ、北へ逃げてブリテン島北部のスコットランドへ、西のアイルランドへ、南のフランス・ブルターニュ（ブリトン人に由来する地名）地方へ渡ります。

第一巻『赤毛のアン』では、アン、マシューとマリラのカスバート家はスコットランド系、親友ダイアナとレイチェル・リンド夫人はアイルランド系で、ケルト族です。またカスバートと言えば、七世紀のケルト・キリスト教の象徴である聖人カスバートが知られ、モンゴメリは聖カスバートが暮らした修道院跡を英国の小島に訪ねています。さらにアンは、古代ケルトのアーサー王伝説を芝居にして遊び、物語の舞台アヴォンリーの「アヴォン」はケルト語で「川」です。

続く『アンの青春』では、第1章に登場する隣人ジェイムズ・ハリソン氏は、ジェイ

ムズがスコットランド王家スチュアート家の歴代王の名で、スコットランド人男性に多い名前です。またハリソン氏はスコットランド人の朝食オートミールの材料からす麦を栽培し、隣の州のスコッツフォードから来ていることから、モンゴメリはスコットランド的な気配を与えています。彼の妻エミリー・スコットも、名字からスコットランド系とわかります。

マリラが引きとる親戚の双子デイヴィとドーラの名字キースも、スコットランド人の名前です。アンが愛する教え子ポールは、生粋のスコットランド人の祖母に育てられ、毎朝オートミールを食べ、ポールも彼の父も、スコットランド語の言い回しを話します。

さらに本作にも、アーサー王伝説にもとづくテニスンの詩「アーサー王の死」が引用されています。モンゴメリはケルト族の物語を意識しているのです。

キリスト教ゆかりの人物名については、『赤毛のアン』では、アンは聖母マリアの母アンナの英語名、マシューはイエスの十二使徒マタイの英語名、マリラは聖母マリアの変形でした。

『アンの青春』では、隣人ハリソン氏のジェイムズはイエスの十二使徒ヤコブの英語名、教え子ポールはキリスト教を布教した聖パウロの英語名です。ダイアナとギルバートは聖書にある名前ではありませんが、アンと親しい人物は、基本的にはキリスト教に由来する名であり、イエスの教えに忠実な善人であると暗示されています。

## 七、原題と邦題について

第一巻『赤毛のアン』の原題は、『グリーン・ゲイブルズのアン（緑色の切妻屋根と破風のアン）』です。グリーン・ゲイブルズとは、母屋の特徴的な外観から付けられた農場の屋号で、どこの家のアンなのかを示す呼び名です。たとえば前作第19章で、ミス・バリーに「あんたは誰かね」と問われたアンは、「グリーン・ゲイブルズのアンです」と答えています。

続く本作の原題は『アヴォンリーのアン』です。前作のアンはまだ幼く、彼女の世界は学校とグリーン・ゲイブルズという家庭に限られていました。そこでアンと言えば「グリーン・ゲイブルズという屋号の農場のアン」だったのですが、第二巻では活動の場が広がり、アンと言えばアヴォンリー校の先生、アヴォンリー村改善協会の実力者として、近隣の村々にまで名を知られる存在となったのです。

第三巻の原題は『島のアン』。カナダ本土の大学へ行ったアンは、都会のキャンパスでも魅力的な人柄と優秀さによって、ますます人気と評判を高めます。そこでアンと言えば、プリンス・エドワード島から来たアンという意味をこめて『島のアン』です。このようにヒロインの活躍の場が広がっていく様子が、シリーズのタイトルに表現されているのです。

日本では私も愛読して育った村岡花子訳の『赤毛のアン』『アンの青春』『アンの愛情』という邦題が定着しています。そこで読者の便宜をはかって、本書もならうことにしました。と同時にモンゴメリがアンの成長を示唆してつけた本来のタイトルもご紹介したいと思い、あとがきでご説明しました。『アヴォンリーのアン』は、英語の頭韻を踏んだ美しいタイトルです。

## 八、『赤毛のアン』の末尾と『アンの青春』冒頭のつながり

興味深いことに『赤毛のアン』の末尾と『アンの青春』冒頭のエピグラフはつながっています。『赤毛のアン』の最後には、「これからたどる道が、たとえ狭くなろうとも、その道に沿って、穏やかな幸福という花々が咲き開いていくことを、アンは知っていた」と書かれています。

続く『アンの青春』を開くと、最初にあらわれるエピグラフの一行目に、「彼女のゆくところ次々と花が咲きいずる」とあり、アンの幸福の花がたしかに咲き開いていくことが、読者に伝えられるのです。

同じように、『アンの青春』の終わりと第三巻『アンの愛情』のエピグラフも見事なつながりが工夫されています。本作最終章でアンの胸の中のヴェールが上がり、彼女の本当の気持ちが一瞬、あらわれるものの、またヴェールが下がり、それを隠してしまいます。しかし『アンの愛情』のエピグラフでは、ヴェールが引かれて隠されていた価値があらわれると書かれています。モンゴメリが用意したエピグラフの仕掛けは、もう一つあり、本作後半に引喩として出てくる欧州民話「眠り姫」にちなんでいます。これは『アンの愛情』でくわしくご紹介しましょう。

第三巻『アンの愛情』（一九一五年）は、十八歳から二十二歳という娘ざかりのアン

が、島を出て故郷のノヴァ・スコシア州にわたり、美しい港を擁《よう》する都会に暮らしながら、共学の大学へ通い、勉強に、求婚に、真実の愛にと、さらなる青春の冒険に飛びこんでいきます。シリーズで唯一、プリンス・エドワード島以外が舞台となった恋愛小説です。日本初の全文訳、巻末訳註付の新訳をみなさまにお届けしたいと思います。

二〇一九年初夏

松本侑子

# 謝辞

Acknowledgments

This translation would not have been possible without the professional guidance and warm encouragement of Ms. Rae Yates, my former English teacher from Canada, who loves the Anne Books and English literature. I greatly appreciate her kindness.

本書の訳出は、アン・ブックスと英文学を愛するカナダ人英語教師レイ・イェーツ先生の専門的なご指導と暖かい励ましなしではなしえませんでした。先生のご厚情に心から感謝します。

モンゴメリ研究の情報をカナダからお送りくださる梶原由佳様、文藝春秋翻訳出版部の永嶋俊一郎部長、文春文庫の花田朋子局長、武田昇副部長、文庫営業部の伊藤健治部長には、今回も大変にお世話になりました。

カバーのイラストは漫画家の勝田文先生に美しい絵を描いて頂きました。すてきなミス・ラヴェンダーのラベンダーの花、シャーロッタ四世がアンとつむ野いちご、そしてヘスター・グレイの庭に咲く白水仙と黄水仙……。若くして世を去った可憐なヘスター・グレイには、二十三歳の若さで他界したモンゴメリの亡き母への憧れと想いが重ね合わさせているように思われます。これらの絵を元に、長谷川有香先生がすばらしいデザインと装丁に仕上げてくださいました。

最後に、本書『アンの青春』をお読みくださった読者のおひとりおひとり、心の同類のみなさまがたに愛と感謝をお伝えします。

## 主な参考文献

### 引用句辞典、英文学事典、英和辞典、百科事典等

Burton Stevenson "THE MACMILAN BOOK OF PROVERBS, MAXIMS, AND FAMOUS PHRASES" Macmilan Publishing Company, New York, 1987

Angela Partington "THE OXFORD DICTIONARY OF QUOTATIONS" Oxford University Press, New York, 1992

"THE KENKYUSHA DICTIONARY OF QUOTATIONS" Edited by Sanki Ichikawa, Masami Nishikawa, Mamoru Shimizu, Tokyo, 1982（英文『引用句辞典』研究社）

"THE KENKYUSHA DICTIONARY OF CURRENT ENGLISH IDIOMS" Edited by Sanki Ichikawa, Takuji Mine, Ryoichi Inui, Kenzo Kihara, Shiro Takaha, Tokyo, 1981（英文『英語イディオム辞典』研究社）

Michael Stapleton "THE CAMBRIDGE GUIDE TO ENGLISH LITERATURE" Cambridge University Press, London, 1983

James David Hart "THE OXFORD COMPANION TO AMERICAN LITERATURE" Oxford University Press, New York, 1983

"ENCYCLOPAEDIA BRITANNICA ON CD 97" London, 1997

『英米文学辞典』研究社、一九八五年
『英語歳時記』研究社、一九九一年
CD―ROM版『リーダーズ・プラス』研究社、一九九四年
CD―ROM版『世界大百科事典』平凡社、一九九二年
『ロングマン英語引用句辞典』北星堂書店、一九八七年

**文学研究、解説書**

Rea Wilmshurst 'L. M. Montgomery's use of quotations and allusions in the "ANNE" books' Canadian Children's Literature, 56, 1989
"AMERICAN WOMEN WRITERS" 4 vols. Edited by Lina Mainiero, Frederick Ungar, New York, 1979–1982
西前美巳『テニスン研究』中教出版、一九七九年
西前美巳『テニスンの詩想』桐原書店、一九九二年
倉橋健編『シェイクスピア辞典』東京堂出版、一九七二年
玉泉八州男ほか編『シェイクスピア全作品論』研究社出版、一九九二年
酒井幸三『ポウプ・愛の書簡詩「エロイーザからアベラードへ」注解』臨川書店、一九九二年
松本侑子、鈴木康之『赤毛のアンの翻訳物語』集英社、一九九八年
松本侑子『赤毛のアンに隠されたシェイクスピア』集英社、二〇〇一年

## 詩集、戯曲、小説

“THE COMPLETE POETICAL WORKS OF JOHN GREENLEAF WHITTIER HOUSEHOLD EDITION” Houghton, Mifflin Company, Boston and New York, Reprint of 1904 version

“JOHN KEATS COMPLETE POEMS” Edited by Jack Stillinger, The Belknap Press of Harvard University Press, Cambridge, 1978

キーツ『キーツ詩集』岡地嶺訳、泰文堂、一九七九年

“THE POEMS OF ALEXANDER POPE” Edited by John Butt, Methuen & Co. Ltd., London, 1975

“THE POEMS OF JAMES RUSSELL LOWELL” Oxford University Press, London, 1926

“THE POETICAL WORKS OF HENRY WADSWORTH LONGFELLOW” Collins’ Clear-Type Press, London and Glasgow, 1900

“THE POETICAL WORKS OF TENNYSON” Edited by G.Robert Stange, Houghton Mifflin Company, Boston, 1974

テニスン『イノック・アーデン』入江直祐訳、岩波文庫、一九五七年改版

“WILLIAM WORDSWORTH THE POEMS” Penguin Classics by Penguin Group, 1977

ワーズワース『ワーズワース詩集』田部重治選訳、岩波文庫、一九六六年

ワーズワース『序曲』岡三郎訳、国文社、一九六八年

ワーズワース『逍遥』田中宏訳、成美堂、一九八九年

“PLAYS by GEORGE COLMAN THE YOUNGER and THOMAS MORTON” Edited by Barry Sutcliffe, Cambridge University Press, London, 1983

Marietta Holley “SAMANTHA ON THE WOMAN QUESTION” Fleming H. Revell Company, New York, 1913

L. M. Montgomery “ANNE OF GREEN GABLES” Puffin Books, England, 1977

バーンズ『バーンズ詩選』難波利夫訳註、大学書林語学文庫、一九五八年

ミルトン『ミルトン英詩全訳集』上巻、宮西光雄訳、金星堂、一九八三年

ポー『ポー詩集』加島祥造編訳、岩波文庫、一九九七年

ポープ『批評論』矢本貞幹訳、研究社出版、一九六七年

“MACAULAY PROSE AND POETRY” Rupert Hart-Davis, London, 1952

L. M. Montgomery “Anne of Avonlea” L. C. Page & Company, Inc, Boston, 1911

L. M. Montgomery “Anne of Avonlea” SEAL BOOKS, McClelland-Bantam, Inc, Toronto, 1984

L. M. Montgomery “Anne of Avonlea” A Thrushwood Book, Grosset & Dunlap Publishers, New York, 1936

『英詩を愉しむ』松浦暢編訳、平凡社ライブラリー、一九九七年

シェイクスピア『ハムレット』小田島雄志訳、白水社、一九八三年

シェイクスピア『マクベス』小田島雄志訳、白水社、一九八三年

シェイクスピア『お気に召すまま』小田島雄志訳、白水社、一九八三年

シェイクスピア『ウィンザーの陽気な女房たち』小田島雄志訳、白水社、一九八三年
シェイクスピア『十二夜』小田島雄志訳、白水社、一九八三年
シェイクスピア『テンペスト』小田島雄志訳、白水社、一九八三年
シェイクスピア『アントニーとクレオパトラ』小田島雄志訳、白水社、一九八三年
シェイクスピア『ヘンリー四世』第1部、小田島雄志訳、白水社、一九八三年
シェイクスピア『夏の夜の夢・あらし』福田恆存訳、新潮文庫、一九七一年
バイロン『チャイルド・ハロルドの巡礼』東中稜代訳、修学社、一九九四年
バニヤン『天路歴程　正篇』池谷敏雄訳、新教出版社、一九七六年
キャロル『不思議の国のアリス』マーチン・ガードナー注、石川澄子訳、東京図書、一九八〇年
ディケンズ『リトル・ドリット』Ⅰ、Ⅱ、小池滋訳、集英社世界文学全集第33、34巻、一九八〇年
オルコット『八人のいとこ』村岡花子訳、角川文庫、一九六〇年

**キリスト教関連**

“THE HOLY BIBLE : King James Version” American Bible Society, New York
『聖書』新共同訳、日本聖書協会、一九九八年
ジョン・ボウカー編著『聖書百科全書』荒井献、池田裕、井谷嘉男監訳、三省堂、二〇〇〇年

ピーター・カルヴォコレッシ『聖書人名事典』佐柳文男訳、教文館、一九九八年
『キリスト教大事典』教文館、一九六八年改訂新版

## モンゴメリ関連、そのほか

"THE SELECTED JOURNALS OF L. M. MONTGOMERY" Volume I : 1889-1910, Edited by Mary Rubio & Elizabeth Waterston, Oxford University Press, Toronto, 1985
M・ルビオ、E・ウォータストン編『L・M・モンゴメリの日記I（1889－1894）』桂宥子訳、篠崎書林、一九八九年
"THE SELECTED JOURNALS OF L. M. MONTGOMERY" Volume II : 1910-1921, Edited by Mary Rubio & Elizabeth Waterston, Oxford University Press, Toronto, 1987
"THE SELECTED JOURNALS OF L. M. MONTGOMERY" Volume III : 1921-1929, Edited by Mary Rubio & Elizabeth Waterston, Oxford University Press, Toronto, 1992
『険しい道・モンゴメリ自叙伝』山口昌子訳、篠崎書林、一九七九年
ボルジャー／エパリー編『モンゴメリ書簡集I　G・B・マクミランへの手紙』宮武潤三、宮武順子訳、篠崎書林、一九九二年
クリスティン・ヒューズ『十九世紀イギリスの日常生活』植松靖夫訳、松柏社、一九九九年
松本侑子『誰も知らない「赤毛のアン」』集英社、二〇〇〇年

単行本　二〇〇一年、集英社
文庫本　二〇〇五年、集英社文庫
文春文庫から新訳を刊行するにあたり、右記の訳文と訳註を全面的に改稿しました。
デザイン　長谷川有香
（ムシカゴグラフィクス）
イラスト　勝田文

Anne of Avonlea
(1909)

by

L. M. Montgomery
(1874～1942)

ANNE OF AVONLEA (1909)
by L.M. Montgomery (1874-1942)



文春文庫

# アンの青《せい》春《しゅん》

定価はカバーに
表示してあります

2019年9月10日　第1刷
2025年5月30日　第7刷

著　者　L・M・モンゴメリ
訳　者　松《まつ》本《もと》侑《ゆう》子《こ》
発行者　大沼貴之
発行所　株式会社 文藝春秋

東京都千代田区紀尾井町 3-23　〒102-8008
TEL　03・3265・1211(代)
文藝春秋ホームページ　https://www.bunshun.co.jp

落丁、乱丁本は、お手数ですが小社製作部宛お送り下さい。送料小社負担でお取替致します。

印刷製本・大日本印刷
Printed in Japan

ISBN978-4-16-791359-5

孤児アンはプリンス・エドワード島のグリーン・ゲイブルズで
マシューとマリラに愛され、すこやかに育つ。
笑いと涙の名作は英文学が引用される芸術的な文学だった。
お茶会のラズベリー水とカシス酒、
スコットランド系アンの民族衣裳も原書通りに翻訳。
みずみずしく夢のある
日本初の全文訳・訳註付『赤毛のアン』シリーズ第1巻

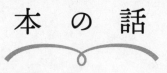